BERTHA
VON SUTTNER

MARTHAS KINDER

HIRNKOST

Originalausgabe

prverlag@hirnkost.de; http://www.hirnkost.de/

1. Auflage September 2024

Vertrieb für den Buchhandel:

Runge Verlagsauslieferung; *msr@rungeva.de*

Privatkunden und Mailorder:

https://shop.hirnkost.de/

Lektorat: Klaus Farin

Korrektorat: Christian W. Winkelmann

Layout: benSwerk

E-Book: Hardy Kettlitz

ISBN:

PRINT: 978-3-98857-051-2

PDF: 978-3-98857-053-6

EPUB: 978-3-98857-052-9

Hirnkost versteht sich als engagierter Verlag für engagierte Literatur.

Mehr Infos: https://www.hirnkost.de/der-engagierte-verlag/

BERTHA
VON SUTTNER

MARTHAS KINDER

HIRNKOST

BERTHA SOPHIA FELICITA FREIFRAU VON SUTTNER · 1843 – 1914

war eine österreichische Schriftstellerin, Pazifistin und politische Aktivistin der Friedensbewegung. Als gebürtige Gräfin aus einer böhmischen Adelsfamilie wuchs sie im militärisch geprägten aristokratischen Umfeld der österreichisch-ungarischen Monarchie auf.

Von 1876 bis 1885 lebte sie mit ihrem Mann in Georgien. Mit Beginn des Russisch-Türkischen Krieges 1877 begannen beide eine journalistische Tätigkeit mit Berichten über den Krieg sowie über Land und Leute in deutschen und österreichischen Zeitungen. 1889 veröffentlichte Bertha von Suttner den pazifistischen Roman *Die Waffen nieder!*, der in mehr als 15 Sprachen übersetzt wurde und als das wichtigste Werk der Antikriegsliteratur galt, bis 1929 *Im Westen nichts Neues* von Erich Maria Remarque herauskam. 1891 wurde sie beim Weltfriedenskongress in Rom zur Vizepräsidentin des Internationalen Friedensbüros gewählt und 1892 gründete sie die Deutsche Friedensgesellschaft.

1898 wandte sich Bertha von Suttner mit ihrer Schrift *Schach der Qual* gegen Tierversuche. 1899 war sie an den Vorbereitungen zur Ersten Haager Friedenskonferenz beteiligt, 1904 hielt sie einen Vortrag auf der »Internationalen Frauenkonferenz« des Internationalen Frauenrates in Berlin. Im selben Jahr reiste sie anlässlich des Weltfriedenskongresses in Boston durch die USA und hielt täglich bis zu drei Vorträge. In Washington wurde sie von Präsident Theodore Roosevelt ins Weiße Haus eingeladen. 1905 erhielt Bertha von Suttner als erste Frau den Friedensnobelpreis – ein Jahr vor Theodore Roosevelt.

Am 21. Juni 1914, wenige Wochen vor dem Beginn des Ersten Weltkriegs, erlag Bertha von Suttner einem Krebsleiden.

In Deutschland sind 167 Straßen und Plätze und mehrere Dutzend Schulen nach Bertha von Suttner benannt.

BENSWERK

geboren 1970, lebt in Berlin. Studierte Werbegrafik und freie Kunst. Wenn sie nicht für Hirnkost layoutet, porträtiert sie das kleine Volk und andere Wesenheiten der Anderswelt, ersinnt Orakelkarten oder gestaltet andere Bücher – mit Vorliebe in den Bereichen WeirdFiction oder Phantastik. *www.benswerk.com*

KLAUS FARIN

geboren 1958 in Gelsenkirchen, lebt seit 1980 – Punk sei Dank – in Berlin-Neukölln. Nach Tätigkeiten als Konzertveranstalter und -Security, Buchhändler und Journalist nun freier Autor und Lektor, Aktivist und Vortragsreisender. Bis heute hat Farin 29 Bücher verfasst und weitere herausgegeben, zuletzt gemeinsam mit Rafik Schami: *Flucht aus Syrien – neue Heimat Deutschland?* und mit Eberhard Seidel: *Wendejugend*. Er ist Vorsitzender der Stiftung *Respekt!* und ehrenamtlich Geschäftsführer des Hirnkost Verlags. Weitere Infos: *https://klausfarin.de/ueber-klaus-farin/biographie.*

CHRISTIAN WINKELMANN

geboren 1963, studierte Geschichte, Publizistik und Skandinavistik, bereiste zwischendurch und anschließend die halbe Welt, spricht 7 Fremdsprachen, wirkte 20 Jahre als Privatlehrer und ist heute in Berlin im Verlagswesen sowie als Schriftsteller und Autor tätig. Bücher (Auswahl): *Wir. Erfindungen und Kultur des deutschen Sprachraumes* (Epee Edition, Kehl am Rhein) *Brasilien* (Geschichte und Kultur), ebenso bei Epee Edition *Lotte – von den Tücken des Alters und den Demenzmonstern* (Roed Verlag, Kehl am Rhein) *Vom Nonsens zur Philosophie und wieder zurück* (Verlag am Rande, Raxendorf, Niederösterreich)

1

»Es lebe die Zukunft!«

Mit diesen Worten schloss Graf Rudolf Dotzky seine Tafelrede.

»Und aus diesem Glas«, fügte er hinzu, indem er den Champagnerkelch an die Wand warf, dass er klirrend zerschellte, »darf kein anderer Trunk mehr gemacht werden, und heute, zu meines Erstgeborenen Tauffest, soll auch kein anderer Toast mehr gesprochen werden als dieser: Es lebe die Zukunft! Nicht unserer Vätersväter – wie die alte Phrase lautet – wollen wir trachten, uns würdig zu zeigen, sondern unserer Enkelsöhne ... Mutter«, unterbrach er sich, »was ist dir? Du weinst? Was siehst du dort?«

Baronin Martha Tilling hatte ihre großen schwarzen Augen, die so seltsam von dem weißen Haar abstachen und aus welchen ihr jetzt zwei große Tränen über die Wangen rannen, starr nach dem Garten gerichtet, der vor der offenen Terrassentür lag.

Was sie dort sah, war ein Halluzinationsbild, das oft in ihren Träumen auftauchte: ein alter Mann – ihr Mann, der im Abendsonnenschein mit einer Gartenschere Rosenbäumchen stutzt.

Sie hatten einst, die glücklichen jungen Eheleute, von ihrer fernen Zukunft gesprochen:

»Weißt du, Martha, wenn ich einmal über die Siebzig bin und für das Weltgetriebe nicht mehr tauge, da werde ich mich meiner Liebe zu den Blumen hingeben und Gärtnerei betreiben.«

»Oh, ich sehe dich vor mir, ein Hauskäppchen – nicht etwa von mir gehäkelt, derlei grauenvolle Arbeiten mache ich nie –, ein

Hauskäppchen auf den Silberlocken, in der Hand eine Gartenschere, mit der du die welken Blüten von den Rosenstämmen trennst.«

»Ja ... Und du sitzt auf der Gartenbank, ein duftiges Spitzentuch geschmackvoll auf dein ebenfalls schon gebleichtes Haar gesteckt – denn kokett wirst du immer bleiben –, in der Hand also keine Häkelei, sondern das noch geschlossene Buch, aus dem du mir später vorlesen wirst, und lächelnd siehst du meiner Arbeit zu ... Wir werden ein glückliches altes Paar sein, Martha!«

Diese Vorstellung hatte sich ihr so eingeprägt, dass sie sich in ihren Träumen wie ein Erlebnis zu wiederholen pflegte. Achtzehn Jahre schon war sie verwitwet und immer noch, wenn sie von ihrem verlorenen Friedrich träumte, sah sie ihn lebend vor sich; meist so, wie er in der Brautzeit gewesen, und manchmal auch in jener Gestalt, die nur in beider Fantasie entstanden war.

An diesem Tage, beim Tauffest ihres Enkelkindes, als Rudolf in seinem Trinkspruch gesagt hatte:

»Ja, Mutter, dieses Glas bringe ich dem Andenken deines ewig Geliebten und ewig Betrauerten, dem auch ich alles verdanke, was ich denke und was ich bin.«

– da war ihr furchtbar weh ums Herz geworden. Sie saß der offenen Fenstertür gegenüber. Die Strahlen der untergehenden Sonne umwoben einen Rosenstrauch mit zittergoldigem Dunst und davon sich abhebend ihr Traumbild: Sie sieht die Gartenschere flimmern, das weiße Haupthaar glänzen ...

»Nicht wahr«, lächelte er zu ihr herüber, »wir sind ein glückliches altes Paar?«

Durch Rudolfs Frage aufgeschreckt, trocknete sie rasch ihre Augen und erhob sich.

Sie nahm den Arm ihres Nachbarn zur Rechten – Ritter von Wegemann, Minister a. D., im Hause unter dem Spitznamen »Minister Allerdings« oder eines neuerlich angenommenen Gewohnheitswortes wegen »Minister Andererseits« bekannt.

Man begab sich in den anstoßenden Salon. Es war nur eine kleine Tischgesellschaft gewesen: Außer den schon Genannten Rudolfs Halbschwester Sylvia – der Mutter lebendes Jugendbild; Gräfin Lori Griesbach, Rudolfs Schwiegermutter; Doktor Bresser, der langjährige Freund des Hauses, und sein Sohn Hugo Bresser; Graf Anton Delnitzky, der junge Pate des Täuflings; Oberst Baron Schrauffen, ein alter Anbeter Gräfin Loris; und der Ortspfarrer, Pater Protus.

Sylvia schenkte den schwarzen Kaffee in die Schalen und reichte diese den Gästen.

Jede Bewegung der schlanken, geschmeidigen Gestalt atmete Anmut; auf dem rosigen Gesichtchen lag ein Schein von gehobener Glücksstimmung.

Martha und Lori nahmen auf einem kleinen Eckdiwan Platz, während die Herren in der Nähe Sylvias blieben.

»Also wirklich«, sagte Gräfin Griesbach, »der Toni Delnitzky hat sich erklärt? Da gratuliere ich ... Und darf man schon laut …?«

»Nein, nein, ich bitte dich! Sylvia hat mir die Sache auf dem Wege von der Kirche mitgeteilt – erst morgen wird er bei mir um ihre Hand anhalten. Erst dann, wenn ich Ja gesagt habe, kann die Verlobung verkündet werden – *wenn* ich Ja sage ...«

»Du wirst doch nichts einzuwenden haben? Einer der größten Freier Österreichs! Dass er ein leichter Vogel war – ja nun, das sind sie mehr oder weniger alle ... Solche jungen Leute wie Rudolf findet man nicht wieder.«

»Obwohl ich einzuwenden hätte, dass ich wirklich glaube, dass die beiden Charaktere nicht zueinanderpassen ... Sylvia ist kein Kind mehr ...«

»Du kommst mir sehr unschlüssig vor: zuerst ›*wenn* ich Ja sage‹ und dann ›wenn ich auch Einwendungen machen wollte, so nützt es nichts‹.«

»In der Tat – es nützt nichts. Schau nur, wie glückstrahlend sie aussieht und mit welchem Eifer Delnitzky jetzt auf sie einredet ...«

Lori seufzte.

»Es ist doch eine schöne Sache mit der Jugend!«

»Du kommst mir eigentlich auch noch jung vor, Lori ...«

»Vorgestern war mein achtundvierzigster Geburtstag ...«

»Du hast dich körperlich nicht viel und seelisch gar nicht verändert in den letzten zwanzig Jahren. Du bist noch immer so schlank, so blond, so lebhaft und so – verzeih – gefallsüchtig wie immer ... Dieses prachtvolle granatrote Kleid – dazu die Blicke, die du unserem Minister Andererseits zugeworfen hast – was wird Schrauffen dazu sagen?«

»Und du in deinem ewigen Schwarz und ewigen Ernst – du machst dich viel älter, als dir zukommt.«

»Ach, mein Schatz, wenn man solchen Schmerz erfahren hat wie ich, so unsägliches Unglück nach so unsäglichem Glück, dann dürfte man schon ganz gebrochen sein ... Ich bin es nicht, weil ich meine Kinder habe ...«

Der Minister näherte sich den Damen und ließ sich in einem Fauteuil an der Seite Loris nieder.

»Ich habe eben mit dem Grafen Rudolf disputiert, meine Damen, und rufe Sie zu Richterinnen an. Der Ton, den er in seinem

Trinkspruch angeschlagen hat, wollte mir nicht gefallen ... ein Ausfall gegen die Väter und Vätersväter! Allerdings, wenn man gerade ein Wickelkind feiert, so liegt der Gedanke an Enkelsöhne näher – andererseits soll man nicht vergessen, dass es nur *einen* Boden gibt für ersprießliches Gedeihen: den Boden der Tradition. Was sagen Sie, Gräfin?«

Lori war weit davon entfernt, über diese Frage irgendeine Meinung zu hegen, aber da sie doch etwas antworten musste, so sagte sie:

»Sie haben ganz recht, ganz recht.«

Das ist eine Meinungsäußerung, welche denjenigen, dem sie gilt, gewöhnlich sehr vernünftig erscheint.

»Ich muss meinem Sohn recht geben«, widersprach Martha. »Es ist besser, denen zu Dank zu handeln, die nach uns kommen, als jenen, die vor uns waren. Straßenpflegen ist ganz schön – Bahnbrechen ist schöner.«

Die Neuverlobten konnten jetzt einige unbelauschte Worte tauschen:

»Morgen werde ich also mit Ihrer Mutter sprechen, Sylvia. Ich fürchte mich ein wenig ...«

»Sie glauben doch nicht, dass Mama …«

»Nein, abweisen wird sie mich nicht, das fürchte ich nicht, sondern die Feierlichkeit davon – die Ungewohnheit ...«

Sylvia lachte.

»Hoffentlich ist's ungewohnt! Wer soll denn Übung darin erlangen, um Hände anzuhalten? Übrigens, auch mir ist entsetzlich ›ungewohnt‹ zumute ... Ich begreife gar nicht, dass ich mit einem kurzen ›ja‹ mein ganzes Leben verpfändet habe. War ich nicht voreilig? Ich kenne Sie eigentlich so wenig und Sie – kennen mich vielleicht gar nicht …«

»Und ob ich Sie kenne: das natürlichste, heiterste, anmutigste Geschöpf …«

»Kurz, das Muster einer wohlerzogenen Komtesse, wie? Ein anderes Bild hatte ich ja auch nicht Gelegenheit hervorzukehren in den fünf oder sechs Kotillons, die wir miteinander getanzt haben. Es steckt aber wirklich doch noch manches andere in mir, von dem Sie vermutlich nichts ahnen.«

»Zum Beispiel?«

»Ungeheure Ansprüche an das Leben und an die Menschen – und besonders an den Menschen, der mein Leben ausfüllen soll.«

»Muss er ein halber Gott sein?«

»Nein, aber ein ganzer Mensch. So wie dieser da«, fügte sie hinzu, auf den Bruder deutend.

Rudolf trat heran.

»Warum wird hier mit Fingern auf mich gezeigt?«

»Als Muster der Vollkommenheit wirst du gepriesen«, antwortete Delnitzky. »Du entsprichst dem Ideal, das sich deine Schwester von einem – wie sagte sie doch? – ›ganzen Menschen‹ macht.«

Seufzend schüttelte Rudolf den Kopf:

»Da muss ich das Leitmotiv meines Toasts wiederholen: Es lebe die Zukunft! – Die wird ganze Menschen haben … Heute findet man nur viertel, achtel, hundertstel …«

»Nicht einmal halbe gibst du zu?«

»Oh, Halbheit in anderem Sinne, auf die stößt man nur zu oft. Ernstlich, du hast eine zu gute Meinung von mir, Sylvia. Du weißt doch, dass ich eine Aufgabe habe, und weißt, wie wenig ich bislang die Kraft fand, sie zu erfüllen.«

»Nicht die Kraft«, unterbrach Sylvia, »die Möglichkeit hat dir gefehlt.«

»Auch die. Hoffentlich wird es größere, weitere Möglichkeiten geben, wenn mein Friedrich erwachsen ist. Sein Feld wird das 20. Jahrhundert sein, und von dem erwarte ich die Erfüllung großer Dinge.«

»Du bist heute ganz Zukunft, Rudi«, sagte Delnitzky. »Da folge ich dir nicht, denn die Gegenwart ist viel zu schön.«

Sylvia warf ihm einen Blick zu, mit dem sie ihm das Weiterreden verwehrte. Offenbar war es ihr unerwünscht, dass Rudolf in diesem Augenblick erfuhr, was Delnitzkys Gegenwart so sehr verschönte.

In einer anderen Ecke standen der Oberst von Schrauffen, Doktor Bresser und der Pfarrer im Gespräch.

»Ein hübscher Junge, Ihr Sohn, Herr Doktor«, sagte der Pfarrer. »Dem hätte die Uniform gut gestanden – warum haben Sie ihn nicht zum Militär gegeben?«

Pater Protus war eine Zeit lang Feldkaplan gewesen und hatte sich eine große Vorliebe für die Angehörigen des Militärs bewahrt. Die Erinnerung an die in Gesellschaft fröhlicher Offiziere zugebrachten Stunden gehörte zu seinen liebsten Erinnerungen. Zweiunddreißig Jahre alt, aufgeweckten Geistes, lern- und lebenslustig, war er von jeglichem Sektengeist, von jeglicher heuchlerischer Strenge weit entfernt. Als Gesellschafter war er allgemein beliebt. Er wusste ebenso gut auf Scherze einzugehen wie an wissenschaftlichen Diskussionen teilzunehmen. Natürlich hatten seine Freunde den Takt, dem Priester gegenüber bei Scherzen keinen zu frivolen, bei Diskussionen keinen glaubensverletzenden Ton anzuschlagen. Ebenso zurückhaltend war Pater Protus: Im gesellschaftlichen Verkehr schlug er niemals einen lehrerhaften, bekehrenden Ton an. Ob er nicht auch selber in seinem Innern mit manchen Dogmen gebrochen hatte, das konnte aus seinen Äußerungen niemals hervorgehen, doch lag in seiner Art, mit notorisch freidenkenden Menschen umzugehen, ein Zug stillschweigender Achtung.

»Ein hübscher Junge, Ihr Sohn«, sagte er zu Doktor Bresser, »dem hätte die Uniform schön gestanden, warum haben Sie ihn nicht zum Militär gegeben?«

»Gegeben? Ich?«, antwortete ihm nun Doktor Bresser. »Er hat sich seinen Beruf selber gewählt. Er ist Schriftsteller.«

»Soo?«, machte der Oberst. »Ist denn das überhaupt ein Beruf?«

»Ich sollte meinen, einer der allerschönsten«, bemerkte Pater Protus. »Aber ich denke, Schriftstellerei kann man nur so nebenbei betreiben; es ist ja doch keine Karriere mit regelmäßigem Vorrücken, mit gesichertem Erwerb.«

»Das freilich nicht. Aber da mein Sohn von seiner Mutter ein genügendes, selbstständiges Vermögen geerbt hat …«

»Ich verstehe«, unterbrach der Oberst, »so zieht er sich zurück.«

»Im Gegenteil – er hat sich die breiteste Öffentlichkeit als Lebensweg gewählt: Er ist Schriftsteller und Journalist.«

»Journalist? Also der Beruf der Leute – ich glaube, Bismarck hat ihn so genannt –, die ihren Beruf verfehlt haben?«

»Ich finde den Journalismus einen sehr schönen Beruf«, fiel der Pfarrer lebhaft ein. »Ein lieber, sehr geschätzter Freund von mir schreibt die Kunst- und Musikartikel für die *Neue Freie Presse*.«

»Es nimmt mich Wunder, dass ein geistlicher Herr das bekannte Judenblatt …«

»Oh, ich stehe nicht auf dem antisemitischen Standpunkt, Herr Oberst. Und für welche Zeitung arbeitet Ihr Sohn, Doktor Bresser?«

»Für zehn verschiedene. Doch ab Oktober wird er eine Stelle als ständiger Redakteur eines neu gegründeten politischen Blattes antreten.«

»Hoffentlich ein gutgesinntes ... Einerlei: Als Leutnant – jetzt könnte er auch schon Oberleutnant sein – wäre mir Ihr Sohn doch lieber denn als – verzeihen Sie – Federfuchser. Hätten Sie ihn rechtzeitig in eine Militärakademie gesteckt ... Aber Sie sind ja ein alter Freund der Baronin Tilling – folglich eingefleischter Militärfeind …«

»Militarismusfeind«, verbesserte Bresser.

»Das bleibt sich gleich. Wenn einer eine Sache nicht mag, so fügt er ihrem Namen ein gehässiges ›ismus‹ an. Nicht wahr, Herr Pfarrer, die Feinde der Kirche sagen auch beileibe nicht, dass sie etwas gegen die Religion oder gegen die Kleriker haben – nur dem Klerikalismus sind sie feind …«

»Ich fühle da doch den Unterschied«, erwiderte Pater Protus, dann an Doktor Bresser gewendet:

»Ihr Sohn kommt mir heute sehr schweigsam und melancholisch vor. Ist er oft so?«

»Er ist gewöhnlich ernst; doch ist es mir auch aufgefallen, dass er heute etwas verstimmt scheint.«

Der junge Mann, von dem die Rede war, saß an einem Tisch und blätterte in illustrierten Zeitschriften. Aber sein Blick haftete nur zerstreut auf den Bildern, immer wieder irrte er in die Richtung, wo Sylvia und Denitzky nebeneinanderstanden.

Seit Jahren schon trug Hugo Bresser eine schwärmerische Neigung für Sylvia im Herzen. In bewusster Hoffnungslosigkeit zwar, denn er maßte sich nicht an, sich der gefeierten reichen Aristokratin als Freier zu nähern. Was ihm aber heute in Gebaren und Mienenspiel an dem Paar aufgefallen war, hatte seine Eifersucht entfacht.

Selber auf ein Glück verzichten ist schon schwer genug – aber einen anderen in dessen Besitz zu sehen ist unerträglich ...

Wenn ich recht errate, sagte er sich, so werde ich dieses Haus zukünftig meiden – ich könnte da nicht zusehen. Und dabei: Er ist ihrer nicht wert! Nur dem Besten, Gescheitesten, Edelsten wäre sie zu gönnen – aber dieser Dutzendmensch! Ist es nicht schon bedauerlich genug, dass der herrliche Rudolf sich ein Dutzend-Komtesschen nahm?

Währenddessen waren die beiden Großmütter in das Schlafzimmer der jungen Frau gegangen, um ihr einen Besuch abzustatten.

Beatrix Dotzky, in schleifen- und spitzengeschmücktes Nachtgewand gehüllt, lag in ihrem Bett und hielt den kleinen Fritz im Arm. Kammerfrau und Wärterin standen daneben.

Gräfin Lori eilte auf ihre Tochter zu:

»Also, Trixi – wie geht's? Gib mir das Wurm ein bissel her ... So ein lieber Schneck. Ganz die Mama – und da du mir ähnlich siehst, folglich die ganze Großmama. Ich kann zwar nicht behaupten, dass mich dieser Titel entzückt ...«

»Er will dir auch gar nicht passen, liebste Mama ...«

»Aber *mir* passt er doch, Beatrix, nicht wahr?«, sagte Martha. »Gib mir den Kleinen, Lori.«

Gräfin Griesbach ließ sich nicht bitten und legte das Kind auf Marthas Arme.

»Und jetzt lass dir erzählen ...«

Sie setzten sich an das Fußende des Bettes, und in übersprudelndem Redefluss berichtete sie, wie die Taufe in der Kirche vor sich gegangen war, was der Pfarrer gesprochen hatte, wie der Kleine geschrien hatte und was für Toaste bei Tische ausgebracht wurden: Oberst von Schrauffen hatte so herrlich von den künftigen Großtaten gesprochen, die der kleine Fritz bestimmt war, im Dienste des Vaterlandes auszuführen, wenn er wie sein Großvater und wie sein Urgroßvater Althaus des Kaisers Rock trüge. Von da sprang Loris Rede ohne Übergang auf die Genesis ihres granatroten Damastkleides, auf die Misere, die man später mit den Bonnen[1] hat, auf Verhaltensmaßregeln für die junge Mutter.

»In sechs Wochen«, so schloss sie, »musst du nach Mariazell, um der Muttergottes für die Geburt des Knaben zu danken (ich bin so froh, dass es ein Bub ist – wegen dem Majorat[2]). Ich bin schon vor deiner Geburt nach Mariazell gewallfahrtet, und wie du siehst, hat es dir Glück gebracht.«

Martha saß schweigend am anderen Bettrand und blickte nachdenklich auf das Kind, das sie im Schoße hielt. Gedanken, Gefühle, Bilder durchwogten ihre Seele – nicht klar, nicht abgesondert, sondern ineinanderfließend, in ihrer Vermengung eine Wehmutsstimmung ergebend.

---

1) Erzieherinnen

2) Erbrecht

Der Sohn ihres Sohnes ... vielleicht würde auch der wieder Söhne zeugen ... Und so geht das Leben, um alles Sterben unbekümmert, aus entlegenster Vergangenheit in entlegenste Zukunft hinüber – dazwischen immer wieder Leid, Kampf, Alter, Tod … Und was am Ziele? Was am Wege? Wohl auch mitunter Freude, Liebe, Begeisterungsschwung: Das ist ja an sich schon erfüllter Zweck. Das Ziel kann doch nur sein: mehr Freude, mehr Liebe, höherer Schwung ... O du kleines, hilfloses Geschöpf, was wird aus dir werden? Wie viel Schmerz wirst du erdulden, wie viel Schmerz bereiten? *Sicher* ist dir nur eines, früher oder später: das Totsein – die ewige Abwesenheit ... O mein Verlorener! ...

Und wieder entstand das Bild Tillings vor ihrem inneren Auge. Aber nicht in jener im Traum entstandenen altersmüden Gestalt, sondern wie er in seiner Vollkraft gewesen war an dem Tage, da er unter den Kugeln des Exekutionskommandos zusammenfiel.

2

Rudolf Graf Dotzky, geboren 1859, wenige Monate vor Ausbruch des italienisch-österreichischen Krieges, in dem sein Vater den Tod fand, zählte jetzt dreißig Jahre. Als Besitzer des ausgedehnten Dotzky'schen Erbes hatte er keinen anderen praktischen Beruf als die Bewirtschaftung seiner Güter. Daneben hatte er sich aber noch einen idealen Beruf erwählt, dem sein Lernen, Denken und Streben galt, nämlich Friedrich Tillings Vermächtnis zu erfüllen: die Bekämpfung der Kriegsinstitution. Die eigentliche Erbin dieses Vermächtnisses war freilich Tillings Witwe, doch freiwillig hatte sich Rudolf zum Mitarbeiter seiner Mutter herangebildet. Das zu Friedrichs Lebzeiten angelegte »Protokoll« – ein Buch, in das die Fortschritte der Friedensidee und -bewegung eingetragen waren, wurde zuerst von Martha, dann von Rudolf weitergeführt. Die von dem Elternpaar zusammengetragene Bücherei natur- und sozialwissenschaftlicher Werke fand in ihm einen eifrigen Studenten und Mehrer.

Allerdings musste daneben das obligate Studium der offiziellen Schulgegenstände absolviert werden; auch das Freiwilligenjahr hatte er ableisten müssen. Dann kam die Erbschaft, wodurch dem jungen Mann die Notwendigkeit erwuchs – wollte er den Pflichten des Großgrundbesitzes gerecht werden –, ernstliche Landwirtschaftsstudien zu betreiben. All das ergab eine bedeutende Ablenkung von jenem idealen Beruf.

Auch kam eine Zeit, da er durch den Umgang mit seinen Alters- und Standesgenossen in einen Wirbel von weltlichen und sportlichen

Vergnügungen gerissen wurde, wobei die Beschäftigung mit seiner Lebensaufgabe stark zur Seite geschoben war. Sogar die Gesinnungen, die dieser Aufgabe als Grundlage dienten, waren durch den Einfluss der ganz entgegengesetzten feudalen, chauvinistischen und reaktionären Ansichten, die in seiner Umgebung herrschten, zeitweilig ins Schwanken geraten und wären Gefahr gelaufen, ganz unterzugehen, wären sie nicht schon so tief in seiner Seele verankert gewesen und hätte der niemals ganz aufgegebene innige Verkehr mit der Mutter ihm nicht immer wieder die Ideale aufgefrischt, für die er wirken wollte – später, später, wenn er zur Ruhe käme.

Und er kam bald zur Ruhe. Das schale Leben der »goldenen Jugend« mit den ewigen Trinkgelagen und ewigen »kleinen Jeux«, mit den abwechslungslosen Jagd-, Rennstall- und Kulissengesprächen ekelte ihn bald an. Es zog ihn zurück zu seinen Büchern und zu seinen gutsherrlichen Pflichten. Schon im Alter von vierundzwanzig Jahren hatte er sich von dem Treiben seiner Genossen losgerissen. Er zog sich auf Brunnhof – die größte und schönste seiner Domänen – zurück und lud seine Mutter und seine Schwester ein, bei ihm zu wohnen.

Hier widmete er sich wieder mit verdoppeltem Eifer seinen beiden Berufen – dem einen mit ausübender, dem anderen mit vorbereitender Arbeit. Er unterbrach dieses einsame Landleben nur durch einige Reisen nach Paris, London und Italien. Denn er sah ein, dass man ein Stück Welt gesehen haben musste, wenn man später öffentlich wirken wollte.

Sein Aufgabengebiet hatte sich unversehens stark erweitert. Ursprünglich war es nur die eine von Tilling übernommene Idee

– Bekämpfung der Kriegsinstitution –, die ihm als Ziel vorgeschwebt hatte, aber allmählich kam er zur Überzeugung, dass jeder Zustand, jede Einrichtung mit allen anderen Zuständen und Einrichtungen in vielfacher Wurzelverschlingung verbunden ist, und da begann er, sich in andere Probleme zu vertiefen und andere Bewegungen zu verfolgen; überall lauschte er hin, wo ein neuer Geist die alten Formen sprengen wollte. Je weiter er vorwärtsdrang, desto zahlreicher eröffneten sich ihm immer wieder neue Forschungsfelder. Die Fülle der auf ihn einstürmenden Gedanken und erwachenden Erkenntnisse hinderte ihn daran, sich auf irgendeine bestimmte Aktion zu konzentrieren. Erst musste er lernen und noch mehr lernen, erst musste sein gärender Geist Klärung gewinnen, ehe er darangehen konnte, tätig in das Räderwerk des öffentlichen Lebens einzugreifen. »Später, später!«, rief er sich zu und verzichtete vorläufig darauf, sich politisch oder publizistisch zu betätigen. Er bewarb sich nicht um den Reichsratssitz, zu dem ihn sein Großgrundbesitz berechtigt hätte, er schloss sich keinem Verein an und veröffentlichte keine Aufsätze; er begnügte sich mit Studieren und Denken, mit Schauen und Beobachten. Dass er öffentlich würde wirken müssen, um die in Tillings Vermächtnis enthaltene Aufgabe zu erfüllen, das war ihm klar – aber: später, später.

Als er achtundzwanzig Jahre alt war, entschloss er sich zu heiraten. Der Erbe und zugleich letzte männliche Spross des Hauses Dotzky war einfach verpflichtet, für Vermögens- und Namenserhaltung zu sorgen und sich eine ebenbürtige Gattin zu wählen.

Von Kindheit auf hatte er – halb im Scherz, halb im Ernst – wiederholt gehört, dass die einzige Tochter der Gräfin Griesbach, die kleine Beatrix, seine Frau werden solle. Die Mütter waren Jugendfreundinnen, die Kinder Spielgenossen, und der Gedanke, dass sie einst ein Paar werden sollten, wuchs sowohl bei Rudolf wie bei Beatrix als etwas Selbstverständliches, Einfaches, gar nicht Tiefbewegendes oder Hochbeglückendes, aber immerhin als etwas ganz Erfreuliches heran.

Ohne langes Hofmachen seinerseits, ohne langes Überlegen ihrerseits, ohne Überraschung für die Familien und Freunde wurde Rudolfs Werbung vorgebracht und angenommen und sechs Wochen später die Trauung vollzogen. Beatrix war eine anmutige und elegante Erscheinung; in geistiger Beziehung war sie nicht viel über das Niveau ihrer Mutter hinausgewachsen, aber Rudolf hatte gar nicht den Versuch gemacht, sie zur Teilnahme an seinen geistigen Interessen zu bewegen – hierin war und blieb die Mutter seine Vertraute. Bei seiner kleinen Frau wollte er nicht Anregung zu seinen Arbeiten, sondern Erholung finden. Ausruhen wollte er bei ihr und sich aufheitern lassen. Sie besaß ein fröhliches Temperament und fühlte sich durch die glänzende Lebensstellung, die ihr der liebenswürdige und hübsche Gatte bot, vollständig glücklich – da konnte sie wohl durch sonnige Laune und ungeheuchelte Zärtlichkeit die gewünschte Aufheiterung leisten. Für das geistige Ausruhen bürgte ihr gänzliches Unverständnis: Mit ihr gab es kein weiteres Ausspinnen der Gedanken, kein Erwägen der Pläne – mit einem Wort keinerlei weiteres Kopfzerbrechen, in ihrer Gesellschaft musste man die geistige Arbeit ruhen lassen.

Martha hatte sich dieser Eheschließung nicht widersetzt. Sie hatte die Empfindung, dass Rudolfs Lebensaufgabe und Lebensinhalt außerhalb der häuslichen Verhältnisse lagen, etwa wie bei einem von seiner Berufspflicht ganz erfüllten Priester. Rudolfs Schicksal hing nicht an der Gemeinschaft mit einem geliebten Weib – es hatte ein weiteres Feld. Auf diesem Felde war die Mutter seine Vertraute und Beraterin; vielleicht wäre es dieser sogar schmerzlich gewesen, eine solche Rolle einer anderen überlassen zu sollen. Der große Liebreiz der jungen Gräfin Dotzky, verbunden mit ihrem kindlichen Frohsinn, ließ über ihren Mangel an Geist, über die Seichtigkeit ihres Charakters hinwegsehen. Viele nannten sie entzückend, und Rudolf hatte sie von Herzen lieb.

So fühlte sich Martha über ihres Sohnes Eheleben ganz beruhigt und zufriedengestellt. Anders urteilte sie über die bevorstehende Heirat der Tochter. Da war ihr unsäglich bange. Für Sylvia hatte sie stets den Traum genährt, dass ihr in einer harmonischen Ehe ein Glück beschieden sein möge, wie sie selber es an der Seite Tillings gefunden hatte. Und dafür bot ihr das Wesen des jungen Delnitzky keine Gewähr.

Es war am Abend des Tauffestes. Sylvia saß beim Fenster in ihrem Zimmer. Die Dunkelheit war schon hereingebrochen. Das Fenster stand offen und die laue Sommernachtluft, düftebeladen, strömte herein. Hinter den Baumwipfeln stieg eine glutrote, unnatürlich groß scheinende Mondscheibe empor. Von ferne erklang leiser Unkengesang und aus nahem Gebüsch die Triller einer Nachtigall.

Sylvias Kopf war an die Fauteuillehne zurückgeworfen und ihre beiden Hände hingen über die Armlehnen hinab. Ihr Atem ging hörbar und kurz durch die halb geöffneten Lippen; sie selber fühlte das Schlagen ihres Herzens.

Sie war verliebt ...

Die Wonne dieses Bewusstseins war nicht nur eine seelisch, sondern zugleich physisch empfundene Wonne. Eine süße Wärme, eine seligkeitsahnende Beklemmung in der Brust, eine wogende Betäubung im Kopf.

Beim Abschied – sie standen von den anderen ungesehen in einer Nische der finsteren Ausgangshalle – hatte Delnitzky sie auf den Mund geküsst. Der erste Liebeskuss in ihrem Leben. Jetzt saß sie da und suchte sich dieses Erlebnis, dieses Ereignis wieder zu vergegenwärtigen. Sie war erschüttert, bereichert – verändert mit einem Wort, nicht mehr dieselbe Sylvia, die sie vor einigen Stunden gewesen war.

Die Tür ging auf.

»Im Finstern, mein Kind?«

Und Martha drückte den elektrischen Knopf. Ein mattes rosa Licht fiel nun durch die gläserne Deckenampel in den Raum und zeigte die weiß lackierten Möbel, die blumengemusterten Stoffe und Tapeten des frischen, einfachen Mädchenzimmers.

Sylvia sprang auf.

»Habe ich dich erschreckt?«

»O nein, Mama ... Gut, dass du kommst ... Ich wäre ohnehin später zu dir hinüber ... Bitte, setz dich hierher auf das Sofa und lass mich ... so, auf diesem Schemel ...«

Und Sylvia ließ sich zu ihrer Mutter Füßen nieder und legte den Kopf auf deren Schoß.

Martha strich liebkosend über des jungen Mädchens Scheitel:

»Das ist ja unsere Märchenerzähl-Stellung«, sagte sie lächelnd. »Nur sind die Rollen getauscht: Jetzt musst du mir erzählen. Morgen will Delnitzky um deine Hand bei mir anhalten. Werde ich … Werden wir Ja sagen? Bist du mit dir im Reinen?«

»Glücklich bin ich, glücklich ...«

»Die Frage ist, ob du glücklich wirst ... Auf die Dauer, meine ich ... für ein ganzes Leben ... Passt ihr auch zueinander? Kennst du ihn als einen Mann, zu dem du vertrauensvoll aufblicken kannst, von dessen Verstand, dessen Güte, dessen Übereinstimmung mit deinem Wesen du überzeugt bist?«

»Das sagte ich ihm vor ein paar Stunden selber: ›Wir kennen uns nicht.‹ So wie du, Mama, empfand auch ich halbe Zweifel ... Aber jetzt ist das verscheucht ... Liebe kann nicht so täuschen – und ist Liebe nicht schon an und für sich Gewähr für Glück? Ob fürs ganze Leben ... Wer wird gleich so viel verlangen? Ist es nicht schon Erfüllung genug, dass man diese goldene Frucht – das Glück – überhaupt pflücken und die Seele damit laben darf? Erinnerst du dich, Mama – du hast mir nicht nur Märchen, du hast mir auch Geschichten aus deinem Leben erzählt –, erinnerst du dich, wie du deine Ehe mit Rudolfs Vater eingegangen bist? Ein Kotillon auf einem Kasinoball – und sein und dein Schicksal waren besiegelt. Warst du nicht glücklich mit ihm? Freilich nicht fürs Leben – denn nach einem kurzen Jahr ist er dir entrissen worden ... Aber war dieses Jahr nicht schön?«

»Mein Kind, das ist etwas anderes. Ich war damals so jung, so unausgewachsen an Vernunft und Charakter, während du, Sylvia ...«

»Ich bin doch auch jung ...«

»Doch schon zweiundzwanzig. Ich war damals siebzehn Jahre alt. Aber nicht die Jahre machen es – du bist ein ernstes Mädchen, ein selbstständig denkendes Weib; du stellst große Ansprüche an die Menschen.«

»Ja, dasselbe habe ich heute meinem Bräutigam gesagt ... dieselben Zweifel ausgedrückt ...«

»Siehst du?«

»Ausgedrückt habe ich sie, aber ich empfinde sie nicht – wenigstens jetzt nicht. Das Glück, das mich erfüllt, ist stärker als alles andere – ich begreife es ja nicht ...«

»Du hast schon so viele Körbe gegeben, und unter deinen abgewiesenen Freiern waren solche, die ich höher einschätze als Delnitzky. Du aber konntest nicht genug zu erwägen, zu tadeln finden. Der war nicht genug universell gebildet, der nicht hochherzig genug, dem mangelte es an funkelndem Geist, dem an edler Milde – kurz, man hätte glauben sollen, du wolltest deine Zukunft nur einem Ideal von Vollkommenheit anvertrauen, und jetzt ...«

»Und jetzt habe ich das Gefühl, dass es auf der ganzen Welt keinen anderen Menschen gibt, dem ich angehören könnte, als Delnitzky. Märchen sollte ich dir erzählen, Mama? Da hast du eins! Ein lichtes Wunder, ganz losgelöst von allem vernünftigen ›Warum?‹ und ›Wozu?‹. Es hat keine Erklärung und braucht keine. Ich bin so glücklich, und mir ist, als wäre alles verzaubert. Und ich selber bin eine andere, als ich war. Was ich früher gedacht, überlegt, erwogen habe – das ist alles zerflattert, zerstoben. Etwas Neues umgibt, durchdringt mich, hebt mich empor ...«

»Kind, Kind – du sprichst wie im Rausch.«

»Ja, Mama. Aber nicht der Champagner ist mir zu Kopf gestiegen – ich weiß jetzt, was das Wort Glücksrausch bedeutet.«

»Du bist mir aber noch die Erzählung schuldig. Wie ist es gekommen?«

»Auf dem Wege von der Kirche hat er sich erklärt.«

»Nein – ich frage, wie ist es gekommen, dass er dein Herz erobert hat? Allmählich? Plötzlich? Welche besondere Eigenschaft hast du an ihm entdeckt?«

»Eine besondere Eigenschaft? Irgendeine Tugend, die mich zu dem überlegten Entschluss veranlasst hätte: Dieser Mensch ist liebenswert – ich will ihn lieben? So etwas ist nicht geschehen. Zwar hatte ich das stets so erwartet. Da bisher alle meine Bekannten und alle meine eifrigsten Courmacher[3] mich kaltgelassen hatten, sagte ich mir: Es hat eben noch keiner so liebenswerte Eigenschaften gezeigt, wie ich sie von meinem künftigen Gatten fordere; wenn sich einer so offenbaren wird, wie mein Ideal beschaffen ist, dann werde ich ihm meine Liebe schenken. Als ob ein solches Geschenk ein willkürlicher Akt wäre! Jetzt habe ich erfahren, dass Liebe von jeglicher Willenslenkung unabhängig ist – ebenso gut könnte man aus freiem Entschluss ein Nervenfieber bekommen, wie …«

»Wie ein Liebesfieber? Als eine Krankheit betrachtet meine Sylvia ihr schicksalsentscheidendes Gefühl?«

»Als eine süße, betäubende, gefährliche Krankheit …«

»Warum gefährlich?«

»Weil ich sterben müsste, wenn etwa jetzt ein Hindernis …«

»Oh, man stirbt nicht so leicht an Schicksalsschlägen und an Seelenschmerz – dafür bin ich ein Beispiel. Doch jetzt will ich dich allein lassen, mein geliebtes Kind ... Geh zur Ruh – ein tüchtiger, langer, fester Jugendschlaf wird dich erfrischen und beruhigen. Du bist jetzt so erregt – ich will dich nicht mit weiteren Ausforschungen plagen. Morgen früh wirst du mir besser erzählen können, was ich noch wissen will. Gute Nacht, mein Kind.«

Martha beugte sich über ihre Tochter und strich ihr mit der einen Hand zärtlich über das Haar, während Sylvia die andere an ihre Lippen zog.

---

3) Frauenhelden; Männer, die Frauen den Hof machen.

»Gute Nacht, Mutter, Freundin – einzige, gute, liebste Mama, ich bin so glücklich ...«

Nachdem sie allein geblieben war, ging Sylvia wieder zum offenen Fenster und schaute zum Nachthimmel auf. Jetzt stand der Mond schon hoch am Firmament und goss ein sanftes, blau-weißes Licht auf die Büsche und auf die Kieswege des Gartens. Die leise bewegte Luft war von Rosen- und Jasmindüften durchweht.

Diese Nachtluft und diese Düfte – wie oft hatte Sylvia deren Zauber empfunden; doch während solcher Zauber sonst eine Verheißung war, heute war er Erfüllung.

»Wie es gekommen ist?«

Das zog jetzt an Sylvias Geist vorüber.

Vor vierzehn Tagen im Prater – damals blühte noch der Flieder und es war auch so eine laue, helle Frühlingsnacht gewesen – war im Sacher-Saal ein »Junge-Herren-Ball« veranstaltet worden. Von allen jungen Herren der Gesellschaft galt Delnitzky als der hübscheste und eleganteste. Wenigstens zehn Komtessen schwärmten für ihn, und fast alle Mütter wünschten im Stillen, dass ihre Töchter ihn erobern mochten – denn er war eine der ersten »Partien« des Landes.

Auf den drei oder vier vorhergehenden Bällen hatte der junge Mann Sylvia besonders auffallend gehuldigt, wodurch sie sich – nicht ohne eine gewisse Genugtuung – als der Gegenstand vielseitigen Neides fühlte. Dann aber, in einer Soiree bei der französischen Gesandtschaft, am Vorabend jenes Praterballes, hatte er sich von Sylvia ganz ferngehalten und in ziemlich ostentativer Weise der jungen Gattin eines alten Diplomaten den Hof gemacht. Eine gemischte Empfindung von Kränkung und Ärger klärte Sylvia darüber auf, dass ihr Delnitzky nicht gleichgültig war.

Am liebsten hätte sie auf den »Junge-Herren-Ball« – den letzten der Saison – verzichtet. Delnitzky unter solchen Umständen wiederzusehen würde ihr nur Qual bereiten. Es kam aber anders. Gleich bei ihrem Eintritt in den Saal eilte der junge Mann auf sie zu und bat um den Kotillon.

Einen Augenblick war sie versucht zu erwidern, dass sie vergeben sei, aber ehe sie noch darüber entschied, hatte sie schon unwillkürlich Ja gesagt.

Jene junge Frau war auch anwesend, doch wechselte Delnitzky diesmal keine zehn Worte mit ihr.

Während einer Tanzpause kam eine ihrer Freundinnen auf Sylvia zu und hängte sich bei ihr ein:

»Komm, lass uns ein wenig auf und ab gehen – ich habe dir etwas zu erzählen …«

»Das wäre?«

»Ich bin vorhin von einem Verliebten zur Vertrauten erkoren worden. Zwar kein sehr lustiges Amt – man ist in solchen Angelegenheiten lieber der Gegenstand –, aber da es sich um dich handelt, von der man weiß, dass du meine liebste Freundin bist ... Kurz, ich bin nicht neidisch. Hast du gesehen, mit wem ich die letzte Quadrille getanzt habe?«

»Ja, mit Delnitzky. Und ich sah ihn eifrig mit dir sprechen.«

»Was er mir so eifrig sagte, war, dass er unsterblich in dich verliebt ist; dass er dich aber für kalt und ablehnend hält. Gestern habe er in seiner Verzweiflung versucht, einer anderen den Hof zu machen – er hatte sich vorgenommen, dich zu meiden –, doch heute war dieses Vorhaben wieder umgestoßen; er halte es nicht aus ... Und er bat mich, dich auszuforschen – klug und unmerklich auszuforschen, ob er hoffen dürfte. Ich entledige mich dieses Auftrags, freilich nicht besonders klug und unmerklich – wozu auch? Du wirst auf jeden Fall aufrichtig mit mir sein, gell? Nun?«

Sylvia zögerte mit der Antwort. Da fiel das Orchester mit einer rauschenden Walzermelodie ein und mehrere junge Leute traten mit auffordernder Verbeugung vor beide Mädchen hin.

»Freut euch des Lebens« hieß der Walzer – und wahrlich: diesem von Meister Strauß im Dreivierteltakt erlassenen Gebot gehorchte Sylvia aus vollem Herzen, als sie sich nun von ihrem Tänzer durch den Saal wirbeln ließ.

Der Kotillon, die Krönung der schönen Ballnacht, brachte zwar keine förmliche Erklärung, aber ein durch Blick und Tonfall sich unzählige Male wiederholendes Bewerben und Gewähren. Auf einen Heiratsantrag hätte Sylvia sich Bedenkzeit erbeten, denn sie war durchaus nicht entschlossen, Delnitzkys Frau zu werden – dazu musste sie ihn doch erst besser kennenlernen –, aber auf die stummen, liebeerglühten Blicke gaben ihre Augen, ohne dass sie es verhindern konnte, zärtliche Antwort, und seine leidenschaftszitternde Stimme, auch wenn er die gleichgültigsten Dinge redete, weckte ein Echo in ihrer befangenen Gegenrede.

Nach dem Kotillon das Souper an seiner Seite – und dann der Aufbruch in den dämmernden Frühlingsmorgen hinaus; er war es, der sie in ihren Mantel hüllte, der ihr das Spitzentuch um den Kopf wand, der sie zum Wagen führte und ihr einsteigen half – mit langem, bebendem Händedruck.

An all das dachte Sylvia zurück. Jetzt war alles besiegelt, er hatte ihre Hand begehrt und sie hatte Ja gesagt; er hatte sie geküsst und sie hatte seinen Kuss erwidert ...

Und so war es denn Sylvia ergangen wie der erstbesten Komtesse, deren ganzer geistiger Horizont von den Begriffen Ball, Courmacher, »glänzende Partie« umgrenzt ist. Und doch: wie ganz anders war sie geartet. Ihre Interessen umfassten eine ganze Welt von Ideen, Kenntnissen und Zeitfragen; an den Bestrebungen und Plänen ihrer Mutter und ihres Bruders hatte sie stets ernsten Anteil genommen. Obwohl von diesen beiden nicht zur tätigen Mitarbeit herangezogen, war ihr doch Einblick in deren Denken und Fühlen gegeben, und auch sie war ein ernstes, von hohen Idealen erfülltes Menschenkind geworden. Und wenn sie von ihrer Zukunft träumte, so pflegte sie sich an der Seite irgendeines bedeutenden Mannes – Gelehrter oder Staatsmann – zu sehen, der seiner Zeit seinen Stempel aufdrücken würde und der befähigt wäre, diesen Stempel so zu formen, dass den Zeitgenossen wieder um eine Stufe heraufgeholfen würde auf der Skala der Veredlung und Beglückung.

Und jetzt? Jetzt war sie bereit und entschlossen, ihr Leben mit einem Mann zu teilen, von dessen Charakter sie eigentlich nichts, gar nichts wusste; von dem ihr keinerlei Gewähr geboten war, dass er ihre Träume erfüllen, dass ihm jemals eine hervorragende und Einfluss ausübende Rolle zufallen würde, dass er überhaupt ein – Edelmensch sei. Dieses von Tilling geprägte Wort war im Hause geläufig geblieben. Und an ihrem Bruder besaß Sylvia das Urbild aller Eigenschaften, die zu jenem Titel berechtigten; von Toni Delnitzkys Eigenschaften kannte sie eigentlich nur die, dass er ihr Herz in seliger Unruhe hatte pochen lassen, dass er rasend verliebt schien und dass er der einzige Mann auf Erden war, nach dessen Kuss ihre Lippen sich sehnten. Sie war aber nicht verblendet, sie dichtete ihm nicht alle Tugenden an, wie das bei naiv Verliebten sonst Brauch ist.

Sie gab sich Rechenschaft darüber, dass sie dem Bann einer Leidenschaft verfallen war. Es war aber ein so starker und so süßer Bann, dass sie gar nicht versuchen wollte, dagegen anzukämpfen. Wozu auch? Es band sie keine andere Pflicht, sie brach niemandem die Treue – sie setzte nur eines aufs Spiel: ihr eigenes Glück. Das Glück späterer Jahre. Nun, diesen Einsatz konnte sie wagen; denn das Glück der gegenwärtigen Stunde und der nächsten Zukunft war ihr sicher und sie fühlte, dass sie höchstes Glück gewährte, da sie dem geliebten Freier mit ihrem »Ja« eine beseligende Gabe gereicht hatte, während ihr »Nein« ihm schier unerträgliches Leid zugefügt hätte. Sie empfand, dass sie durch diese Verlobung aus der Alltäglichkeit in ein ungeahntes Fest gehoben war, aus der sie nicht willkürlich sich herausreißen konnte, ehe die Festnummern absolviert waren, die auf dem rosa Programm prangten ...

Lange noch stand Sylvia am offenen Fenster und sog die balsamische Nachtluft ein. Jeder Atemzug Freude, jeder Pulsschlag Lebensgenuss.

3

Martha hatte ihren Sohn bitten lassen, auf ihr Zimmer zu kommen, sie habe mit ihm zu sprechen.

Rudolf folgte dem abgesandten Diener auf dem Fuße.

»Was steht zu Befehl, Mutter?«

Baronin Tilling saß in einem an ihr Schreibzimmer anstoßenden runden Erker. Der kleine Raum enthielt nur ein Miniatursofa an der linken Wand und einen niederen Schrank an der rechten. In der Mitte, dem Eingang gegenüber, Marthas Fauteuil, davor ein drehbarer Lesetisch und rechts daneben ein zweites Tischchen. Auf diesem die Tageszeitungen, ein Arbeitskorb, Fächer, Flakon, Blumenvase und ein Fotorahmen mit Tillings Bild. An den Wänden hingen noch mehrere Bilder des verlorenen Gatten in verschiedenen Aufnahmen und Größen. Darunter auch ein gemaltes lebensgroßes Kniestück von der Hand eines berühmten französischen Künstlers. Dieses Porträt war aber unvollendet. Begonnen im Sommer 1870, einige Wochen vor Ausbruch des Krieges, konnte es nicht ausgeführt werden, weil sich der Maler zu den Fahnen stellen musste. Dennoch, so wie es war, zeigte es schon die größte Ähnlichkeit.

Der niedere Schrank, kunstvoll aus Ebenholz geschnitzt und mit Elfenbein eingelegt, war mit Andenken an Tilling bedeckt und angefüllt. Da standen zwei Kassetten aus oxidiertem Silber mit den gravierten Jahreszahlen 1864 und 1866. Es waren die Briefe, welche Tilling von den dänischen und den böhmischen Schlachtfeldern an seine Frau geschrieben hatte, und in einem kleinen goldenen Kästchen lag der erste Brief, den sie überhaupt von ihm bekommen hatte – geschrieben am Sterbelager seiner Mutter. In dem Schrank waren auch die blauen Hefte aufbewahrt, das sogenannte »Protokoll«, worin die Eheleute gemeinsam die Chronik der Friedensidee eingetragen hatten.

In diesem Winkelchen hielt sich Martha täglich mehrere Stunden auf; hier las sie ihre Bücher und Zeitungen oder zog die Fäden einer Stickerei, dabei an den Verlorenen denkend.

Rudolf küsste seiner Mutter die Hand. Dann setzte er sich auf das kleine Sofa.

Wohlgefällig blickte Martha auf ihren Sohn – ein Bild männlicher Jugendfrische und Vornehmheit. Er trug einen hellen sommerlichen Morgenanzug, der seine sonnengebräunte Hautfarbe noch dunkler erscheinen ließ. Tiefschwarz das kurz geschorene, in drei Zacken in die Stirn gepflanzte Haar; schwarz der schmale Schnurrbart, der den schön gezeichneten Mund frei ließ, schwarz auch und leicht gekräuselt der spanisch zugestutzte Kinnbart. Nur die dicht bewimperten Augen unter den dunklen Brauen waren blau. Edel geformt das Profil, die Gestalt geschmeidig und schlank und eins achtzig groß, aristokratische Hände und Füße. – Mit Recht galt Rudolf Dotzky als einer der hübschesten Männer des an schönen Männererscheinungen nicht armen österreichischen Hochadels. So ungefähr hatte auch der junge Husar ausgesehen, der das Herz der siebzehnjährigen Martha Althaus im Fluge erobert hatte. Die Züge waren jedenfalls ähnlich, jedoch viel durchgeistigter. Und in Sprache und Tonfall hatte Rudolf vieles von seinem Stiefvater angenommen, so waren ihm manche seiner Bewegungen, seine Art zu lachen und ein paar norddeutsch anklingende Redewendungen hängen geblieben.

»Ich wollte mit dir über zwei wichtige Dinge sprechen, Rudolf.«

»Auch ich will dir eine Mitteilung machen. Doch nachher ... Zuerst du ...«

»Also, erstens: Delnitzky hat um Sylvias Hand angehalten.«

»Habe mir's gedacht.«

»Sie liebt ihn und ist entschlossen, ihn zu nehmen. Zwar habe ich mir meinen künftigen Schwiegersohn anders erträumt … – was ist deine Ansicht?«

»Mein Gott, ich kenne den Toni nur wenig ... Ich könnte nichts Übles von ihm sagen, habe auch nie Übles über ihn gehört. Und wenn sie ihn gernhat …«

»Ich halte ihn für oberflächlich, für unfähig, auf die Ideen und Gesinnungen einzugehen, die meine Kinder hegen.«

»Vielleicht wird Sylvia ihn beeinflussen.«

»Das dachte ich im ersten Augenblick auch ... Dass sie füreinander schwärmten, bemerkte ich schon lang – besonders seit jenem ›Junge-Herren-Ball‹ ... Und Delnitzky ist ja ein lieber, guter Mensch, ein Gentleman ... Aber seitdem die Entscheidung gefallen ist, steigen mir die Zweifel auf. Meines unvergleichlichen Friedrich Kind ... das gönne ich keinem, der nicht so ist wie er gewesen ... Aber gibt es einen solchen? Und verlieren werden wir sie ...«

»Ich glaube nicht, dass unsere Sylvia sich uns entfremden wird. Wir drei sind mit zu vielen Herzens- und Geistesfasern miteinander verwachsen, als dass uns etwas auseinanderreißen könnte. Auch die Ehe nicht. Sieh mich, zum Beispiel ...«

»Ja, du, mein Rudolf! Reden wir jetzt von dir. Das ist der zweite Gegenstand, den ich auf dem Herzen hatte. Du hast gestern beim Tauffest Worte gesprochen, die tiefen Eindruck auf mich gemacht haben – die klangen wie eine geliebte, längst verstummte Stimme …«

»Und darum brachst du in Tränen aus? Was sagte ich? Ich erinnere mich nicht.«

»Desto genauer erinnere ich mich – jedes Wort hat sich mir eingeprägt. ›Solange wir uns an die Vergangenheit klammern, werden wir Wilde bleiben‹, sagtest du. ›Aber schon stehen wir an der Pforte einer neuen Zeit. Die Blicke sind nach vorwärts gerichtet, alles drängt mächtig zu anderer, zu höherer Gestaltung – schon dämmert die Erkenntnis, dass die *Gerechtigkeit* als Grundlage alles sozialen Lebens dienen soll, und aus dieser Erkenntnis wird die Menschlichkeit erblühen – die Edelmenschlichkeit ...‹ Aber, Rudolf, die Zukunft wird nur dann eine andere, wenn die Gegenwart zu vorbereitender Handlung genutzt wird. Willst du nicht handeln?«

»Ja, ich will. Das war es eben, was ich dir mitzuteilen hatte. Was ich vor mir sehe, ist dies: ein Sitz im Abgeordnetenhaus. Die Gründung, vielleicht die Führerschaft einer neuen Partei. Daneben publizistische Tätigkeit. In Bressers Blatt wird mir allwöchentlich eine Spalte offenstehen.«

»Und da wirst du die Friedens- und Abrüstungsidee vertreten? Wie mich das beglückt! Du weißt ja, dass sich eine interparlamentarische Union gebildet hat – da könntest du im österreichischen Parlament auch eine Gruppe zu bilden trachten.«

»Ich habe ein umfassenderes Programm im Sinn. Damit *eine* große Wandlung angebahnt werden kann, müssen zehn andere große Wandlungen gleichzeitig angestrebt werden.«

Martha schüttelte den Kopf.

»Gewiss«, sagte sie, »jede Wandlung ist von anderen bedingt und zieht andere mit sich. Ob aber ein Mensch zugleich in alle verzweigten Richtungen streben soll? Wo bleibt da die Arbeitsteilung?«

»Es gibt Dinge, die sich nicht teilen lassen, die ein großes Ganzes sind – z. B. eine Weltanschauung. Je mehr ich mich umsehe im ganzen öffentlichen Leben, desto deutlicher erkenne ich, dass das, was nottut, ebendies ist: eine neue Weltanschauung – eine neue Orientierung. Nicht Schrauben und Masten sind am Schiff zu ändern, auf dass es besser segle – der Kurs muss ein anderer werden. Denn in seiner jetzigen Richtung gleitet es in einen Sog, der es in die Tiefe ziehen wird.«

»Und du allein, mein Sohn, willst der Lotse sein, der solche Kursänderung erreicht? Dein Ehrgeiz ist hoch.«

»Ehrgeiz?«

Rudolf machte eine wegwerfende Handbewegung.

»Nein, den hab ich nicht. Ich weiß ganz gut, dass das, was man unter Ehre und Würde versteht, nicht auf Pfaden zu holen ist, die man erst noch anlegen muss.«

»Und aus welchem Anlass hast du dich gerade jetzt zum Handeln entschlossen?«

»Mein dreißigstes Jahr ist vollendet, die Lehrlingszeit ist vorüber – und dann vielleicht auch die gestrige Feier ... Als ich es aussprach, dass wir uns der Söhne und Enkel würdig zeigen müssen, da ermahnte mich das Gewissen, dass ich selber noch nichts dazu getan habe. Wie soll ich hoffen, dass mein Sohn einst meine Arbeit fortsetzt, wenn ich die Aufgabe nicht erfüllt habe, die ich von meinem Vater übernahm?«

»Von deinem Vater?«

»Ach, verzeih – meinen wirklichen Vater habe ich ja nicht gekannt, und in meinem Herzen habe ich stets diesen« – er zeigte auf das Bild an der Wand – »so genannt.«

»Das hat er auch verdient.«

»Und billigst du meinen Entschluss?«

»Ich sagte schon: Er beglückt mich. Nur das eine fürchte ich: dass du ein zu weites Feld bebauen willst und dadurch vielleicht gerade die Pflanze vernachlässigen wirst, deren Pflege ›er‹« – mit einem Blick auf das Bild – »uns hinterlassen hat. Ich meine jene ganz bestimmte, umgrenzte Bewegung.«

»Ich weiß, was du meinst: Schiedsgericht – Weltfrieden … Und das nennst du umgrenzt? Es bedeutet nichts Geringeres als die Umwälzung aller landläufigen Erziehung, Politik, Moral, Gesellschaftsordnung – kurz: eine Revolution. Und bemerkst du nicht, dass wir in einer Zeit leben, in welcher auch wirklich auf allen Gebieten revolutioniert wird? Seit zehn Jahren etwa ist in Deutschland eine ›Revolution der Literatur‹ ausgebrochen; die bildende Kunst nennt ihren Aufstand ›Sezession‹; die Frauen nennen den ihrigen Emanzipation und die Proletarier reden von Sozialdemokratie …«

»Nicht jeder, der eine neue Zeit ersehnt, braucht aber auf allen Seiten mitzuarbeiten. Jeder hilft dem anderen am besten, wenn er die eigene Aufgabe gut erfüllt.«

»Du, Mutter, interessierst dich eben nur für die eine Frage – und nicht für den Umschwung in Literatur und Kunst, nicht für die Frauen- oder Arbeiterbewegung?«

»Interessieren? Doch! Wer am Wandel der Zeit Anteil nimmt, der horcht und blickt überall mit Spannung hin. Aber kämpfen und wirken, das möchte ich nur in einer Richtung – und wie du weißt, soweit meine Kräfte reichen, habe ich's ja durch die Niederschrift meiner Lebensgeschichte auch versucht … In anderer Richtung fehlt mir das Verständnis, die Auffassungskraft. So gestehe ich dir, dass mich die neue Kunst vielfach abschreckt, dass ich noch an allem hänge, was ich in meiner Jugend bewunderte und als gut kennengelernt habe ... Ich habe nicht versucht, aus Sylvia eine ›neue Frau‹ zu machen; ich bin zu alt, um zu …«

»Vielleicht ist das der Unterschied zwischen uns«, unterbrach Rudolf. »Ich bin jung. Ich bin aufgewachsen in der gärenden Atmosphäre, in dem Sturm der Moderne ... Freilich wehte mich dieser Sturm zumeist nur aus Büchern und Zeitungen an, denn die Menschen, mit denen wir verkehren, leben noch sehr in den alten Anschauungen und Gewohnheiten; die wissen gar nicht, dass die Welt sich bewegt. Bis auf den alten Grafen Kolnos kenne ich aus unseren Kreisen gar keinen Menschen mit modernen Ideen. Es gibt gewiss ein paar Dutzend, aber ich kenne sie eben nicht.«

»Von Kolnos habe ich heute einen lieben Brief bekommen«, sagte Martha. »Der ist wirklich ein merkwürdiger und herrlicher Typ. Aber nicht, was ich unter modern verstehe: nichts von Dekadenz, nichts von raffiniertem Übermenschentum, nichts von tempelschänderischen Gelüsten.«

»Du musst nicht gerade die krankhaften Erscheinungen des modernen Geistes ins Auge fassen, Mutter …«

»Freilich, du hast recht; die meisten Missverständnisse kommen auch daher: Jedes Ding hat so verschiedene Aspekte – und zwei Menschen, die im Grunde eigentlich gleicher Meinung wären, streiten über eine Sache, für die sie nur einen Namen haben, die sie aber von zwei ganz verschiedenen Seiten betrachten ... Wovon sprachen wir eigentlich?«

»Von Kolnos.«

»Ja, richtig ... Wo habe ich seinen Brief? – Ah, da ... Er hat mir sein neuestes Gedicht geschickt. Lies selbst: Er kennt meine schwache Seite, wie du siehst; sein Lied ist gegen die Kanonen gerichtet.«

Rudolf nahm das Blatt und überflog es. Das dreizehn Strophen umfassende Gedicht, betitelt: »Nach zigtausend Jahren«, schildert eine Szene der fernen Zukunft, da man in dem vergletschert gewesenen Europa alte Funde ausgräbt und darüber Forschungen anstellt, um den Lauf der Kulturentwicklung zu erkunden:

Gelehrte schreiben dicke Bücher
Und streiten sich wie heute auch,
Um Wert und Schönheit der Antike
Und ihrer Werke Nutzgebrauch.

Nun findet man ein rätselhaftes Instrument, über dessen Bestimmung man sich die weisen Köpfe zerbricht. Es ist ein dickes Metallrohr. Sollte es eine Riesenorgelpfeife, ein prähistorisches Flötenstück oder ein Trinkhorn für Giganten gewesen sein? Oder ein mystisches Symbol – sogar in finsteren Zeiten ein Götze der Gläubigen? Endlich ward ein Stein entziffert, worin die Erklärung eingegraben war. Darauf wäre man freilich von selber nie gekommen: Man brauchte das Rohr zum Massenmord, euphemistisch Krieg genannt:

Und weil der Totschlag gut kanonisch,
(das Mittel heiligte den Zweck)
so nannte man das Ding Kanone
und blies damit den Gegner weg.

Robert gab das Blatt zurück.

»Nun, ich sag's ja: ein moderner Mensch, dieser hohe Sechziger. Denn sein Blick ist auf die Zukunft gerichtet. Er weiß, dass wir in

Wandlung begriffen sind. Er schaut erkennend und sehnend nach vorwärts, während meine verehrten Genossen, wenn sie schon Ideale haben, sie immer nur in der Vergangenheit sehen. Die meisten sehen überhaupt nicht weiter als ihre Nase.«

»Dabei sind aber diese Menschen ihrer Anlage nach vielleicht genauso gescheit wie du, mein Lieber. Es kommt nur darauf an, auf welche Gedankenpfade, auf welche Kenntnisfelder man zufällig geraten ist. Erziehung ist alles. Und nicht nur Kindererziehung – auch die der Erwachsenen. Tilling hat erst mit vierzig Jahren über gewisse Dinge nachzudenken begonnen – über die ihm dann so weite Horizonte aufgegangen sind.«

»Du denkst doch immer und immer wieder an ihn«, sagte Rudolf in leisem, ehrerbietigem Ton.

Martha hob den Blick zum Himmel:

»Immer. Ich bin stolz darauf, an mir erfahren zu haben, dass es eine Liebe gibt, die stärker ist als der Tod.«

4

Ein heißer Augustnachmittag. Die Hitze hinderte aber die Bewohner von Brunnhof nicht, sich am Tennisspiel zu ergötzen.

Der Spielplatz lag in einem um diese Stunde von der Sonne unbeschienenen Teil des Parks. Von hier war die Rückseite des Schlosses mit seinen in das Parterre führenden Terrassen zu sehen. In der Mitte ein großes Wasserbecken, aus welchem ein Springbrunnen stieg. Rings in künstlerischer Anordnung farbenprächtige Teppichbeete. Eben war ein Gärtnergehilfe damit beschäftigt, den Wasserschlauch auf diese Beete zu richten, die unter dem belebenden Strahl verstärkte Düfte aussandten, die von der schwülen Luft bis zum Tennisplatz getragen wurden. Unter den gemischten Wohlgerüchen herrschte der etwas betäubende Hauch einiger in der Nähe blühender Vanillesträucher vor.

Es war zufällig dieselbe Gesellschaft, die beim Tauffest versammelt gewesen war, vermehrt durch die Gegenwart der jungen Schlossherrin, die schon die von ihrer Mutter so dringend empfohlene Wallfahrt nach Mariazell hinter sich hatte.

Man saß am Tennisplatz auf einer Reihe von Bänken und sah den vier Spielenden zu: Sylvia und ihr Bräutigam; Rudolf und der junge Bresser.

Dieser war seinem Vorsatz, das Haus zu meiden, falls Sylvia sich verlobte, untreu geworden. Die Gewohnheit, mit der Familie zu verkehren, deren ältester Freund sein Vater war, war ihm zu teuer geworden. Der Umgang mit Baronin Tilling, die kameradschaftlichen Plauderstunden mit Rudolf Dotzky und wenigstens der Anblick der still angebeteten Sylvia – darauf konnte er doch nicht verzichten. Die blöde Eifersucht musste niedergekämpft werden. Hatte er doch niemals gehofft, das Mädchen zu erringen, so musste er sich damit abfinden, sie an der Seite eines anderen zu sehen. Dass dieser kein Idealmensch war, bot ihm eigentlich eine kleine Genugtuung, die er sich zwar nicht eingestand, aber darum nicht weniger empfand. Da ihm selber Delnitzky nicht liebenswert erschien, so gab er sich der Idee hin, dass Sylvia eine Vernunftheirat einging, an der ihr Herz nur wenig beteiligt war.

»Game – play – out.«

Die Worte drangen vom Spielplatz herüber, aber in ruhigem Ton; die Bälle flogen hin und her oder stießen an das Netz und fielen oft zu Boden, alles dies lautlos; nur wenn der Ball ungeschickterweise mit dem Schlägerkopf getroffen wurde, rief gewöhnlich von den Zuschauern einer:

»Holz – Holz!«

Die Bewegungen der Spielenden hatten keinerlei Heftigkeit; kein Laufen oder Springen, vielmehr – besonders bei den Herren – eine behäbige, sich wiegende Nachlässigkeit.

Martha, die etwas abseits von den anderen saß, hielt eine Zeitung in den Händen; sie las aber nicht, sondern verfolgte mit den Blicken die anmutigen Gestalten ihrer Kinder.

Mit Sylvias Verlobung hatte sie sich nunmehr ausgesöhnt. Täglich wiederholte ihr das junge Mädchen, dass es sich vollkommen glücklich fühle. Mitunter stiegen ihr aber dennoch Zweifel auf. Vieles in ihres künftigen Schwiegersohnes Wesen und Äußerungen wirkte auf ihre Nerven; aber solche Regungen verjagte sie rasch.

Beatrix und ihre Mutter saßen nebeneinander, in eifriges Kleinkindergespräch vertieft. Die Existenz des neuen Insassen und Erben von Brunnhof war für seine junge Mutter die wunderbarste und für seine Großmutter die wichtigste Erscheinung der Umwelt.

Die vier Herren, Oberst von Schrauffen, Minister »Allerdings«, Pater Protus und Doktor Bresser, unterhielten sich untereinander.

»Von dem Spiel verstehe ich nichts«, sagte der Pfarrer. »Es sieht gar nicht lebhaft aus – sehen Sie nur, wie wenig heftig die Bewegungen sind – kein Laufen, kein Springen, im Gegenteil ... Besonders die Herren – so was Behäbiges, Wiegendes, Nachlässiges. Aber amüsieren müssen sich die Herrschaften doch wohl, sonst würden sie's nicht so hartnäckig betreiben. Mir tut's leid um die gemütlichen Kegelpartien, die nun überall ausbleiben.«

»So ist die Welt, hochwürdiger Herr – alles Alte wird von Neuem verdrängt.«

Der Pfarrer schüttelte den Kopf.

»Nur unter neuerungssüchtigen Menschen, Herr Doktor. Sehen Sie sich einmal die Natur an: immer wieder die gleichen Bäume, dieselben Berge ...«

»O nein«, rief der Doktor. »Die Veränderungen in der Natur gehen nur langsam vor sich, sodass man sie nicht wahrnimmt. Aber meinen Sie nicht, dass seit der Tertiärzeit die hiesige Gegend viel größere Wandlungen durchgemacht hat als die von der Kegelbahn zum Tennisplatz?«

»Allerdings«, bestätigte der Minister. »Die größten und häufigsten Wandlungen sind aber schon in unserer Politik zu konstatieren. Da lässt sich schon gar nicht, trotz der nimmer nachlassenden Anstrengungen der Konservativen, die geringste Stabilität erzielen

… Da wir von ›Politik‹ reden: Wissen die Herren, dass unser Rudolf sich um ein Mandat im Abgeordnetenhaus bewirbt?«

»Ich weiß es«, sagte Doktor Bresser. »Die Baronin Tilling ist entzückt darüber.«

»Einerseits begreife ich das«, versetzte der Minister. »Mütter freuen sich immer, wenn sich ihre Söhne im öffentlichen Leben hervortun wollen. Andererseits bringt die Abgeordnetenlaufbahn viel Verdruss und Schwierigkeiten.«

Der Oberst zuckte die Achseln.

»Ach was, Schwierigkeiten! Mit Rudolfs Namen und Verbindungen … Da wird's ihm nicht schwerfallen, zu irgendeinem angesehenen Posten zu gelangen – zuerst ein paar Jahre im Parlament, dann irgendein höheres Amt …«

»Ich kann mir nicht recht vorstellen«, sagte Peter Protus, »welche Rolle Graf Rudolf in der Politik spielen wird. Seinem Rang nach müsste er sich der konservativen Partei anschließen.«

»Allerdings«, nickte der Minister.

»Wie ich ihn aber kenne, neigt er zu den Liberalen, um nicht zu sagen – Radikalen.«

»Jedenfalls ist seine Gesinnung nicht ganz geheuer«, sagte der Oberst. »Ich kann die antimilitärische Rede nicht verschmerzen, die er beim Tauffest seines Erben gehalten hat, wobei Sie, Herr Doktor, ihn noch unterstützten! Wenn ich mich recht erinnere, so haben Sie für Verweigerung der Heereskosten plädiert. Wenn Rudolf in dieser Richtung auftreten sollte …«

Der Minister machte eine beschwichtigende Handbewegung:

»Seien Sie ruhig – wem Gott das Amt gibt, gibt er auch den Verstand. Das heißt mit anderen Worten: Wenn man in eine gewisse

Stellung gelangt – und in gewisse Kreise –, so wird man von den Obliegenheiten dieser Stellung und dem Geist dieser Kreise unwillkürlich so durchdrungen, dass die alten Ideen und Neigungen wie Nebel zerrinnen und man tut und wirkt, was der neue Posten erheischt.«

»Es sei denn«, entgegnete Bresser, »dass man eine so starke Persönlichkeit ist, dass die Umgebung gezwungen wird, sich ihr anzupassen, und nicht umgekehrt.«

Die Spieler hatten ihre Partie beendet. Rudolf trat auf die Gruppe zu:

»Wovon sprachen Sie so emsig, meine Herren?«

»Von Ihnen und Ihrer Reichsrats-Kandidatur.«

»Da haben Sie wohl nicht viel Gutes gesagt, denn mit Ausnahme Doktor Bressers vielleicht stehen Sie alle auf ganz anderem politischen Standpunkt als ich.«

»Die Nuancen mögen allerdings verschieden sein«, sagte der Minister. »Aber in der Grundfarbe, da sind doch ziemlich alle anständigen Leute übereinstimmend: verfassungstreu, kaisertreu, vaterlandstreu ...«

»Treu, treu ...«, wiederholte Rudolf kopfschüttelnd. »Diese schöne Eigenschaft ist wohl dem Bestehenden gegenüber – sofern es gut ist – angebracht. Was soll aber derjenige sein, der dem dienen will, was kommen wird?«

Bresser antwortete:

»Der muss kühn sein.«

»Ja«, sagte Rudolf, »und doch auch treu. Sich selber treu.«

Sylvia und Delnitzky gingen nebeneinander in einer der Parkalleen auf und nieder; den anderen in Sicht, aber außer Hörweite.

In den sechs Wochen, die seit der Verlobung verstrichen waren, hatte das junge Mädchen sehr verschiedene Stimmungen durchgemacht. Der taumelnde Glücksrausch jenes Abends, an dem sie den ersten Kuss und ihr Jawort gegeben hatte, hatte sich nicht wiederholt – nur erinnern konnte sie sich an das, was sie damals empfunden hatte, ohne es jedoch wieder zu empfinden. Es kann eben keine zwei ersten Küsse geben und keine zwei Augenblicke, in welchen man einen bestimmten, lebensentscheidenden Entschluss fasst. Es war ihr sogar manchmal geschehen, dass ihr Liebesgefühl erlahmte. Auch ihr war, wie ihrer Mutter, manches, was Delnitzky sagte oder wie er es sagte, auf die Nerven gegangen. Aber das dauerte nicht länger als eine Minute, die nächste Minute brachte ihr wieder ins Bewusstsein, dass sie eine liebende, glückliche Braut sei.

Einige Schritte waren sie schweigend einhergegangen. Delnitzky sprach zuerst:

»Wie schön du bist!«

Das »Du« war nur dem Tête-à-Tête vorbehalten. Unter Leuten sagten die Verlobten »Sie«. Und gerade das machte aus dem Du eine Art Liebkosung.

»So gefällst du mir noch viel besser als im Sommerkleid – und beim Ballspiel finde ich dich noch graziöser als beim Tanzen.«

In ihrem fußfreien weißen Piquékleidchen mit Ledergürtel um die geschmeidige, nicht zu dünne Taille, mit den absatzlosen gelben Schuhen an den schmalen Füßen, mit dem einfachen Matrosenhut auf dem kastanienbraunen Haar, das in einer festen Flechte auf den Hinterkopf gesteckt war und auf welches die Sonne bronzefarbene Lichter setzte, bot Sylvia in der Tat ein frisches, liebreizendes Bild. Das jugendliche Gesicht mit dem feinen Profil war wie in Glanz getaucht; rosige Glut auf den Wangen, dunkelrote Glut auf den Lippen, schwarzes Funkeln in den Augen, weiß blitzendes Lächeln; wohl konnte der beglückte Bräutigam in den Ruf ausbrechen:

»Wie schön du bist!«

»Findest du? Und ist dir mein Hübschsein das Liebste an mir?«

»Alles ist mir lieb an dir. Bist ein Kreuzmädel ... voll Rasse … ohne Faxen ...«

Über Sylvias Gesicht huschte eine Wolke. Das war wieder eine jener Äußerungen, die sie ärgerlich berührten.

Sie blieb stumm. Delnitzky fuhr fort:

»Mir ist nichts zuwiderer als affektierte oder kokette Manieren oder gar Blaustrumpf-Fexereien. Du bist einfach, natürlich ... zwar auch mörderisch g'scheit, kehrst es aber nicht protzig heraus. Vor deinem G'scheitsein habe ich mich anfänglich ein bissel g'fürchtet ... Du hast so den Ruf, dass du allerlei ernste Sachen studierst und mit deiner Mama und dem Rudi stundenlang gelehrte Bücher liest. Aber es war nicht so schlimm ... Ich hab dich nie was Pedantisches reden g'hört.«

»Bis jetzt, mein lieber Toni, haben wir eigentlich nur im Ballsaal verkehrt, da konnte ich natürlich keine ›pedantischen‹ Unterhaltungen einleiten ... Und seit wir verlobt sind, sprechen wir fast immer von unserer Liebe – auch dieses Thema lässt nichts Pedantisches zu. Aber du musst dich doch darauf gefasst machen, dass ich in der Tat damit rechne, wenn wir einmal verheiratet sind …«

»Über Schopenhauer und Nietzsche oder gar über die Geschichte der Konzilien mit mir zu konversieren? Da danke ich …«

»Die beiden Denker, die du meinst, so tief und wunderbar ihre Sprache ist, gehören nicht zu meinen Lieblingen.«

»Hast du sie denn überhaupt gelesen?«

»Du etwa nicht?«

Anton verneinte mit dem Kopfe.

»Und was die Konzilien betrifft, so habe ich von deren Geschichte nicht viel gehört.«

»Ich schon. Du weißt, ich war zwei Jahre in Kalksburg, bei die Jesuiten.«

»Bei *den* Jesuiten.«

Toni zuckte ungeduldig mit den Achseln.

»No ja, pardon, bei *den* Jesuiten – und da wird alles, was Kirchengeschichte ist, gar genau studiert. Länger als zwei Jahr hab ich's dort nicht ausgehalten – aus mir wäre doch nie der richtige Jesuitenzögling geworden.«

»Gottlob. Was ich aber sagen wollte: Ich hoffe darauf, dass wir in inniger geistiger Gemeinschaft sein werden, dass wir miteinander über alles reden, was wir bewundern, was wir bestaunen von den Mysterien, die …«

»Ich staune über das Mysterium deiner Schönheit.«

Jetzt zuckte sie mit den Achseln.

»Schon wieder?«

»Bist du bös, wenn ich dich bewundere – wenn ich verrückt werde durch deinen Reiz?«

Nein, darüber war sie nicht böse; aber dass er nichts anderes zu sagen wusste, das begann ihr ein gewisses Grauen einzuflößen.

Er drückte ihren Arm fest an sich und beugte sich zu ihr nieder, indem er seine brennenden Augen tief in die ihrigen senkte – eine Art zu blicken, die sie mit süßem Schauer durchrieselte. In der Tat, was in der Welt konnte neben solchem Mysterium noch bestehen?

Sie schwiegen nun beide. In der schwülen Luft erhob sich ein leiser Regengeruch. Ein fernes Donnergrollen wurde vernehmbar.

»Kinder, Kinder!«, riefen die anderen. »Es kommt ein Gewitter – gehen wir hinein ...«

Wenn etwas Sylvias Empfindung – halb Lust, halb Bangen – noch erhöhen konnte, so war es die Aussicht, dass jetzt ein tüchtiges Unwetter losbrechen werde: prasselnder Regen, grelle Blitze, Donnerschläge: Danach sehnte und davor fürchtete sie sich. Und richtig, kaum verstrichen noch einige erwartungsvolle Minuten, so fing ein pfeifender Wind an, die Baumäste zu biegen und Wirbel von Staub und Blättern durch die Luft zu jagen; dicke, warme Tropfen fielen herab; schwarze Wolkenmassen wälzten sich heran und hingen tief zur Erde herab. Ein blendender Blitz zeichnete eine feurige Zackenlinie vom Zenit bis zum Boden, und gleich darauf knatterte eine heftige Donnersalve – es musste in der Nähe eingeschlagen haben.

Die ganze Gesellschaft stürzte, so schnell sie konnte, dem Schloss zu. Die Verlobten waren etwas weiter entfernt und mussten ihre Schritte noch mehr beschleunigen, wollten sie rechtzeitig unters Dach kommen. Hugo Bresser, einen Schirm in der Hand, eilte ihnen entgegen.

Jetzt kam ein förmlicher Wolkenbruch herabgeschüttet. Da begann Sylvia zu rennen; als sie nur mehr einen Schritt von Hugo entfernt war, stolperte sie über einen Stein und fiel. Der junge Mann fing sie noch rechtzeitig in seinen Armen auf.

Er umschlang sie fest. Mitten in dieser elektrizitätsgeladenen Atmosphäre, in diesem Sturm der losgelassenen Elemente pochte es auch wild in seinen Adern. Und seine lange zurückgehaltene Leidenschaft entlud sich in diesem einen Augenblick, da der Zufall ihm das angebetete Mädchen in die Arme warf, und – er konnte nicht anders – er drückte sie ans Herz. Dabei lag in seinem ganzen Gesichtsausdruck das deutlichste Geständnis glühender Liebe.

Auch Sylvia war unter dem Bann der stürmischen Minute: Diese plötzlich offenbarte Leidenschaft glich ja auch einem Blitzstrahl ... Sie empfand keinen Groll; was sie empfand, war vielmehr der Rückschlag desselben elektrischen Stromes, der das Herz durchzuckte, an dem sie lag.

Nur drei Sekunden lang. Schon war Delnitzky herbeigesprungen und befreite sie. Er hatte von dem Vorfall weiter nichts gesehen als das Ausgleiten ihres Fußes und die zufällig gebotene Hilfe.

Sylvia atmete schwer und tief auf.

»Nein, nein – nichts, nichts ...«, stammelte sie und schloss die Augen.

5

An diesem Abend blieb Sylvia nicht im Salon. Gleich nach dem Dinner, bei dem sie die Schüsseln beinahe unberührt vorübergehen ließ, zog sie sich, heftigen Kopfschmerz vorschützend, auf ihr Zimmer zurück.

Sie wollte beichten. Zuerst ihr Gewissen erforschen und dann Beichte ablegen – sich selbst. Und sich wahrscheinlich eine Buße diktieren – denn die Sünde, die sie in der bevorstehenden Gewissenserforschung zu finden fürchtete, verdiente nicht – ohne weiteres – die eigene Absolution.

Bei Tisch hatte die Unterhaltung einmal einen höheren Ton angeschlagen als gewöhnlich. Rudolf und Hugo, die einander gegenübersaßen, waren in ein Wortgefecht geraten, das bald so lebhaft wurde, dass alle anderen Gespräche verstummten und die ganze Gesellschaft den beiden jungen Männern lauschte:

»Und ich sage, lieber Bresser, das Höchste ist die Tat.«

»Ich bleibe dabei, Graf Rudi, als Höchstes thront der Gedanke, schon deshalb, weil er einsam sein kann – in Gletscherhöhen schweben. Ich weiß in der Geschichte keine sogenannte Tat, durch die die Menschheit bereichert und geadelt worden wäre – das ist immer nur das Werk großer Gedanken gewesen.«

»Die erste Stufe kann doch nicht höher stehen als die nächste. Zuerst denkt – dann handelt man. Das Wort muss Fleisch werden, die Idee muss eine Form beseelen. Das Gedachte muss sich bejahen, durchsetzen, muss geschehen, muss – mit einem Wort – getan werden, entschlossen, kräftig, wuchtig getan.«

»Diese Worte passen auf Faustschläge, auf Gewaltakte überhaupt. Es wundert mich, dass gerade Sie, der Friedensanwalt, so sprechen.«

»Eben weil ich Anwalt einer Idee bin, lechze ich danach, dass sie sich in Taten umsetze, in Institutionen verkörpere.«

»Das geschieht von selber, wenn die Idee erst mächtig genug geworden ist. Eine Institution ist nicht lebensfähig, wenn sie vorzeitig erzwungen wird. – Was verstehen Sie übrigens unter Institutionen? Gesetze? Verfassungen? Politische Formen? Anstalten und Körperschaften? Wie ist das alles so nebensächlich, so unwichtig gegen das Reich des Geistes ... des täglich wachsenden, immer lichtere Höhen erklimmenden Menschengeistes ...«

»In wie wenig Köpfen!«

»Die vielen folgen langsam nach.«

»Die folgen nur dem sichtbar, also Tat gewordenen Gedanken.«

»Übrigens: Noch wertvoller als Handeln und Denken ist das Gefühl. Gefühl ist der Gipfelpunkt des Lebens, der Regulator all der sogenannten Institutionen: Das Gefühl, nicht das besonnene Urteil der Massen, kann als Gradmesser der Kultur gelten. Nur im Bereich des Gefühls entfalten sich die reichsten Blüten der Seele: das Mitleid, die Begeisterung, die Andacht und die Krone alles Seins – die Liebe. Aus dem Gefühl strömt die Schöpferkraft des Künstlers und flammt die Lust des Kunstgenießens ... Auch des Naturgenusses: Nicht was wir an der Rose riechen, ist es, das uns entzückt, sondern was wir beim Einatmen ihres Duftes mit allerlei verketteten Vorstellungen und Erinnerungen fühlen; was wir an Akkorden und Tonfolgen hören, ist Lärm, erst was wir daraus fühlen, ist Musik.«

»Was der für geschwollenes Zeug redet«, flüsterte Delnitzky seiner Braut zu. »Pass nicht auf, reden wir lieber von ...«

Sylvia machte eine abwehrende Handbewegung, kehrte sich noch mehr von ihrem Nachbarn weg und blickte mit gespannter Miene auf den Sprecher.

Dieser fuhr fort:

»Durch das Gefühlte – Inspiration, Ahnung, Leidenschaft – wächst man über sich selbst hinaus. Augenblicke, in denen der Mensch zum Gott wird – es sind nur Augenblicke, nicht Tage, nicht einmal Stunden –, sind Augenblicke überströmenden Gefühls ... Der Dichter, der Seher, der Liebende weiß, was solche Augenblicke sind ... Wer sie erlebt hat, ist geweiht – der gäbe die Erinnerung daran nicht um schwere Schätze her ... Einer solchen Erinnerung –«, Hugo nahm sein Glas zur Hand und stand auf, »ich besitze sie erst seit heute – trinke ich nun zu, und wer einen Augenblick erlebt hat, der ihn über alles Irdische erhob, stoße mit mir an!«

»Mit anderen Worten«, sagte Oberst von Schrauffen, der neben Hugo saß und auf sich aufmerksam machte, »Unsere schönen Erinnerungen: Hoch!«

Damit war der etwas überspannte Ausfall des jungen Schriftstellers auf ein allgemein verständliches Niveau gebracht und die Gläser klirrten.

»Unsere Erinnerungen: Hoch!«, hieß es um die ganze Tafelrunde.

Delnitzky fand ein für einen Bräutigam glückliches Wort:

»Höher noch unsere schönen Erwartungen!«

Sylvia hatte Hugo zugetrunken – auf den Toast Antons reagierte sie nicht.

»Warum hast du vorhin nicht mit mir angestoßen?«, fragte Delnitzky seine Braut, die er am Arm führte, als sie in den Salon gingen.

»Lass mich«, antwortete Sylvia in nervösem Ton, »ich habe Kopfweh.«

Und dieses Kopfweh diente ihr als Vorwand, sich unverzüglich zurückzuziehen.

In ihrem Zimmer angelangt, war ihr Erstes, die Fenster aufzureißen. Vorsichtshalber war von der Dienerschaft, als das Gewitter losging, alles verschlossen worden; aber jetzt war das Unwetter vorbei und Sylvia lechzte nach Luft. Die Sonne war schon untergegangen, aber noch war es Tag. Abgekühlt, regenfeucht, schwer duftend strömte die Luft herein. Von den Bäumen und Büschen tropfte es noch herab; am Horizont, bald hier, bald dort, flammte es wetterleuchtend auf ...

Sylvia lieh sich ein paar Minuten von den fächelnden Lüften die heiße Stirn kühlen, dann ging sie zur Tür und schob den Riegel vor. Es wäre ihr unangenehm gewesen, wenn jetzt ihre Mutter hereingekommen wäre. Wollte sie vielleicht nachsehen und fände die Tür verschlossen, so würde sie in der Annahme, Sylvia schlafe, wieder fortgehen.

Das junge Mädchen warf sich in die Chaiselongue und schloss die Augen: Also jetzt – die Beichte …

Ich bin schuldig ... flatterhaft und – wie soll ich's nur nennen? Einfach beim Namen, im Beichtstuhl lügt man nicht, beschönigt man nicht: Sinnlich bin ich. Meine Liebe zu Toni, die ja erst unter seinem ersten Kuss so mächtig aufflammte – ist es überhaupt Liebe? Eigentlich nein, da er mir jetzt so oft missfällt, da so vieles, was er mir sagt, mich wie mit einem kalten Wasserstrahl berührt ... Und dasselbe, was ich bei jenem ersten Kuss in Tonis Armen empfand, es hat mich heute – und noch viel heftiger – durchzuckt, als Hugo Bresser … – Hugo liebt mich, das habe ich deutlich gefühlt. Er hat es ja auch gesagt: Der Augenblick, der ihn zum Gott machte, den hat er erst heute erlebt ... Das war der Augenblick, in dem er mich – die nicht Widerstrebende! – ans Herz drückte. Ich habe ihm zugetrunken! Sagte ich damit nicht: »Ich verstehe dich«? Was wird er jetzt hoffen dürfen – und was werde ich fürchten müssen?

Es wurde an der Türklinke gerüttelt.

»Ich bin's, mein Kind. Hast du dich niedergelegt?«

Sylvia schwankte. Sollte sie der Mutter öffnen? Sollte sie dieser bewährten Freundin gestehen, was in ihrem Innern vorging? Ach, wusste sie es denn selber? Nein – zuvor musste sie mit sich ins Klare kommen.

Sie gab keine Antwort, und Martha entfernte sich wieder.

Jetzt schloss Sylvia das Fenster, ließ die Vorhänge herab und machte Licht. Sie setzte sich an ihren Schreibtisch und nahm die darauf stehende Fotografie Delnitzkys in die Hand.

Lange betrachtete sie das Bild. Dabei stiegen ihr Erinnerungen an die zärtlichkeits- und glücksvollen Gefühle auf, die sie noch vor kurzem beim Anblick dieser Züge erfüllten. Das ist doch Liebe …

Gleich darauf aber regte sich der Zweifel.

Ist denn aber auch eine solche Liebe, wie ich sie jetzt durchschaut habe, meiner wert? Und ist nicht sogar diese im Schwinden begriffen, da ein anderer imstande war, einen Augenblick in mir gleiche Regungen zu wecken? Und da ich erkannte, wie dieser andere in seinem Denken und Fühlen über den Verlobten hinausragte? Welcher Schwung in Hugo Bressers Worten, und Toni nannte das »geschwollenes Zeug«. Nun ja, es klang etwas exaltiert; und wer weiß, ob es aufrichtig war, ob es nicht galt, mich zu faszinieren – eine Art gesprochene Fortsetzung der kühnen Umarmung im Garten? Vielleicht war auch nur das Gewitter daran schuld, dass ich in jenem Augenblick wie unter einem elektrischen Schlag erbebte ... Ich liebe ja diesen Herrn Bresser nicht – mein Herz hab ich dem Tom geschenkt ... Mein *Herz*? Oder ist es …? Ich bin ja, wie jedes junge Menschenkind, ein Ding von Seele *und Leib* – mit warmem Blut ... Aber die Ehe – mein Gott, die Ehe ... dieses lebenslängliche Einssein ... Wenn da die Seele zu kurz kommt? Und da hilft kein Leugnen: In der letzten Zeit haben hundert Dinge, die ich an Toni entdeckt oder die ich an ihm vermisst habe, meine Liebe schlagartig regelrecht ausgelöscht. Freilich entbrannte sie dann von Neuem ... Wenn aber die Augenblicke des Verlöschens immer häufiger und immer länger werden? Noch wäre es Zeit, zurückzutreten …

Jetzt malte sie sich diese Alternative aus: die abgebrochene Verlobung. War das nicht Pflicht, wenn auch schmerzliche Pflicht, denn der Gedanke tat ihr weh ... Doch war sie es nicht ihrer und auch seiner Zukunft schuldig, einen Bund zu lösen, der nicht auf zweifel- und reueloser Gesinnung ruhte?

Mit raschem Entschluss öffnete sie ihre Mappe, um einen Abschiedsbrief zu schreiben.

In der Mappe lag ein Zettelchen, das einst zwischen die Blumen des ersten Brautstraußes gesteckt war, den sie von Delnitzky bekam. An das Zettelchen hatte sie nicht mehr gedacht, und sie schob es jetzt beiseite, um einen Briefbogen hinzulegen. Dabei streifte ihr Blick den Inhalt – den hatte sie auch vergessen:

»Mein Glück über das erhaltene ›Ja‹ ist so groß, dass es kein Maß dafür gibt. Nur etwas hätte noch größer sein können: meine Verzweiflung, wenn es ›nein‹ geheißen hätte.«

Die Worte drangen in Sylvias Inneres wie ein flehender Schrei: Um Gottes willen, lass von deiner Absicht ab – stürze mich nicht in Verzweiflung!

Sie malte sich nun den Schmerz aus, den sie daran war, dem geliebten – ja, dennoch geliebten – Mann zuzufügen. Daran knüpfte sich noch eine ganze Kette anderer peinlicher Vorstellungen: das Ärgernis erregende Aufsehen, das eine zurückgehende Verlobung erregen würde; die Kränkung ihrer Mutter, der Tadel Rudolfs, die Vorwürfe der anderen und – was schlimmer war als alles Übrige – der Triumph Hugo Bressers, der mit diesem ihrem Entschluss Auslegungen und Hoffnungen verbinden könnte, die ganz falsch wären. Ganz falsch. Ob sie nun mit dem Bräutigam brechen würde oder nicht, ihrer Würde war sie es schuldig, den jungen Schriftsteller fernzuhalten.

Sie war wieder ganz schwankend geworden.

Zur Probe nur wollte sie den Brief schreiben – unter dem Vorbehalt, ihn nicht abzuschicken.

Sie tauchte die Feder ein. Dabei sah sie den Diamantring an ihrem Finger blitzen, der das erste Geschenk ihres Bräutigams gewesen war. Wie hatte damals das hübsche Kleinod sie gefreut – durch seine geheimnis- und weihevolle Bedeutung gefreut: der Verlobungsring, das Pfand des gegebenen, für das Leben bindenden Wortes ... Leise bewegte sie die Hand hin und her, um die Steine zum Funkeln zu bringen.

Und ist ein Wortbruch nicht auch eine hässliche Handlung? Wahrlich, sie wusste nicht, wo ihre Pflicht lag ... Immerhin, der Brief konnte ja für alle Fälle geschrieben werden. Sie tauchte die wieder trocken gewordene Feder ein zweites Mal in die violette Tinte:

»Mein lieber Graf Delnitzky …«

Sonderbar, wie ihre Hand zitterte – das war ja gar nicht ihre Schrift …

»Verzeihen Sie den Entschluss, zu dem mich reifliche Überlegung brachte – weder ich noch Sie könnten glücklich werden …«

Sie strich die ganzen Zeilen wieder durch. Wie war das matt ausgedrückt … Einem Menschen einen Dolch ins Herz stoßen und höflichst um Entschuldigung bitten für diesen reiflich überlegten Entschluss … So geht es nicht … Es geht überhaupt nicht!

Sie sprang von ihrem Sitz beim Schreibtisch auf und lief zum Bett, an dessen Rand sie sich auf die Knie warf, das Gesicht in die Decken vergrabend. Beten wollte sie und – weinen.

Sie stöhnte laut auf:

»Toni, Toni, lieb ich dich denn nicht mehr? Und doch, ich kann – ich *kann* dir nicht Lebewohl sagen. Beides ist so schrecklich traurig: der Verlust meines Glücksgefühls, meines Liebesrausches, und der Abschied von dir!«

Ihre schmerzliche Erregung löste sich in Tränen. Fast eine Stunde lang blieb sie auf den Knien liegen und schluchzte – zuerst heftig, dann immer leiser.

Eine große Müdigkeit überkam sie und die von Weinen brennenden Augen fielen ihr schlaftrunken zu. Dabei durchrieselte ihre Glieder ein eigentümliches erschlafftes Wohlgefühl. Sie raffte sich auf und machte sich bereit für die Nacht, voll Sehnsucht nach der vollen Ruhe des Bettes. Sie wollte nichts mehr denken – nur schlafen.

Das Gefühl des Unglücklichseins hatte sie verlassen. Ein warmer, sanfter Strom von Zärtlichkeit stieg ihr vom Herzen auf zugleich mit Tonis Bild. Warum hatte sie ihn denn wie einen Toten beweint – er lebte ja, und auch ihre Liebe atmete noch … Und das Leben überhaupt, das große, reiche, hat ja so viel Schönes zu bieten, so viel Süßes – unter anderem den Schlaf … Wie köstlich würde es jetzt sein, das Bewusstsein zu verlieren und in tiefen, tiefen Schlummer zu versinken …

Sie schlüpfte zwischen das kühle Leinen, löschte die Kerze aus, vergrub den Kopf in den Kissen und schlief mit einem gemurmelten »Gute Nacht, Toni« in wenigen Minuten ein.

6

»Ist's wahr, Rudi – du willst kandidieren? Wie freu ich mich!«

Rudolf blickte überrascht von seiner Zeitung zur Sprecherin auf.

»Woher weißt du? Und warum freust du dich?«

Beatrix, die mit ihrem Frühstück noch nicht fertig war und sich eben eine Buttersemmel strich, machte eine ärgerliche Kopfbewegung.

»Woher ich's weiß? Von fremden Leuten – denn du hast mich nicht wert gefunden, mir etwas so Wichtiges mitzuteilen. Und ich freu mich wegen der Ehre – in der Politik lässt sich ja zu hohen Stellungen gelangen. Vielleicht wirst du Minister …«

»Das wäre mir nicht unlieb, denn in solcher Stellung könnte ich Einfluss ausüben, wie ich es mir erträume … Aber der Weg vom Abgeordneten zum Minister ist weit. Und dass ich dir nichts mitgeteilt habe? Mein Gott, Trixi, du interessierst dich doch nicht für Politik?«

»Nein, Gott sei Dank, ich interessiere mich gar nicht dafür – das heißt, wenn du einmal dabei bist, da wird's mich schon unterhalten.«

»Unterhalten?«

»Na ja, wenn's heißen wird: Der Abgeordnete Graf Dotzky hat eine große Rede gehalten über … Von was redet man da? Über Salzsteuer oder über neue Gewehre? Das wird doch spaßig sein.«

»Spaßig?«

»Natürlich wirst du unter die Konservativen gehen.«

»Wie? Du kennst dich in den Parteibildungen aus?«

»Das haben Mama gesagt und Herr von Wegemann.«

Rudolf lächelte.

»Der ›Allerdings‹ – diesmal ist es aber ›andererseits‹.«

Beatrix fuhr fort:

»Leute von unserem Rang gehören immer zu den Konservativen – überhaupt alle anständigen Leute.«

»Ich staune …«

»Du wirst mir doch einen guten Platz auf der Galerie verschaffen, wenn du deine erste Rede hältst? Das wird mir lieber sein als ein Theater.«

»Ich bin noch nicht gewählt.«

»Als Großgrundbesitzer – auch das weiß ich durch Herrn von Wegemann – bist du ja berechtigt ...«

»Ja, wenn ich mich einer ihrer Parteien anschließe, was ich nicht tun will. Ich beabsichtige … – aber das verstehst du wieder nicht; über meine Gesinnungen und Pläne wird dich Minister ›Allerdings‹ nicht unterrichtet haben, denn die liegen außerhalb der Sphäre seines politischen Denkens. Ich habe ihm einmal ein paar Andeutungen gemacht, da schaute er mich aber so verständnislos an, als hätte ich japanisch gesprochen. Wenn ich dir nun erklären wollte …«

»Nein, das brauchst du nicht – für mich ist ohnehin alles japanisch, was in den hohen Häusern verhandelt wird. Ich lese niemals diese Rubrik in den Zeitungen ... Das ist nichts für uns Frauen. Wenn man nicht Lateinisch und Griechisch gelernt hat – das bildet ja den Verstand, und auch das können ja nur die Männer ... Und überhaupt, alles Politische, es ist so fad ... Vielleicht nicht für die Männer, aber die haben einen ganz anderen Geist.«

»Du würdest in der Frauenfrage nicht auf Seiten deiner Geschlechtsgenossinnen stehen, wie ich sehe?«

»Von Emanzipation – ausgenommen das Zigarettenrauchen – will ich nichts wissen. Würdest du dir eine emanzipierte Frau wünschen?«

»Was du dir darunter vorstellst ganz und gar nicht. Überhaupt wünsche ich mir ja keine andere Frau – du bist ein lieber Schatz ... Und ich bitte dich, bleib deiner Abneigung gegen Politik treu, auch für den Fall, dass ich mich hineinstürzen müsste: Versuche dann nicht, mir eine bestimmte Richtung zu suggerieren, wie vorhin mit dem Konservativsein der anständigen Leute ... Was macht unser Fritzi? Hat ihn das Mädchen in den Garten getragen?«

»Ja, unter die Linde. Komm, gehen wir hin.«

Und sie stand auf.

»Geh du – ich habe zu arbeiten.«

»Aha, da sieht man schon den Staatsmann«, sagte Beatrix lachend.

Sie ging hinter Rudolfs Stuhl, legte ihm den Arm um den Hals und küsste ihn auf die Stirn.

»Er muss arbeiten, Österreichs Geschicke lenken, und vernachlässigt Weib und Kind – adieu denn, zerbrich dir nicht den geliebten Schädel ... Gib mir ein Busserl.«

Er legte die Zeitung aus der Hand und zog seine Frau zu sich herab.

»Noch zwei, Trixi – auf jedes deiner Wangengrübchen ... Adieu – ich lasse unseren Kronprinzen grüßen.«

»Für den werd ich ein neues Wiegenlied dichten:

Schlaf, Kindchen, schlaf, dein Vater ist ein Graf.«

»Das ist nicht sehr neu ...«

»Warte nur: Schlaf, du kleiner Arier, dein Vater ist ein Parlamentarier.«

Leichten Schrittes eilte sie durch die offene Fenstertür in den Garten hinaus. Dabei flatterte das weiße Spitzengewoge ihres Schlafrocks und die Strahlen der Morgensonne verfingen sich goldig in ihrem flockigen Blondhaar.

Mit lächelndem Wohlgefallen blickte ihr Rudolf nach:

»Vögelchen, liebes! Kolibri, süßer ... und von einem Kolibri verlangt man doch kein Adlerhirn ...«

Dann stand er auf und begab sich in den ersten Stock in sein Arbeitszimmer.

Dieser Raum war im Hause unter dem Namen »der Harlekinsaal« bekannt. Wie das zweifarbig geteilte Kleid der Komödienfigur war das Arbeitszimmer des Schlossherrn in zwei abstechende symmetrische Hälften geteilt. An jedem Ende in tiefer Nische breite Doppelfenster, durch die das Grün der Bäume sichtbar war. Sowohl am rechten wie am linken Ende ein großer Schreibtisch, so gestellt, dass das Licht nicht auf die Hand fiel. Dort wie da Bücherschränke, dort wie da Wandschmuck. Aber die eine Hälfte in hellem, die andere in dunklem Holz. Die eine Hälfte eine Kanzlei, die andere, was in englischen Landhäusern *»studio«* heißt.

Die Zweiteilung von Rudolfs Berufsleben spiegelte sich in dieser Anordnung. Hier: die Wirtschaftsbücher; die Geschäftsbriefe, Steuerbogen, landwirtschaftlichen Zeitungen, Prospekte von Maschinenfabriken und Samenhandlungen; Versicherungspolicen, Muster von Holz- und Steingattungen; eine ganze Bücherei von Fachwerken über Feld- und Gartenbau, über Obstzucht und Viehzucht, über Milchwirtschaft und Waldkultur. An den Wänden Hirsch- und Rehgeweihe, fotografische Ansichten der zu der Domäne gehörenden Meierhöfe, Pferdebilder und dergleichen mehr. Dort: der Arbeitstisch, bedeckt mit Monats- und Wochenschriften sozialpolitischen Inhalts; unter Briefbeschwerern die zu erledigenden Briefe von berühmten Gelehrten und Schriftstellern, mit welchen Rudolf in regelmäßiger Korrespondenz stand. Ein Paket Bücher – gerade heute vom Wiener Buchhändler »zur Ansicht« übersandt, immer die hervorragendsten Neuerscheinungen der wissenschaftlichen Literatur. Diesmal der neueste Nietzsche: *Götterdämmerung*; *Looking backward* von Bellamy; Herbert Spencer: *Grundlage der Ethik*; Carus Sterne: *Alte und neue Weltanschauung*; Carneri: *Entwicklung zur Glückseligkeit*. Im Bücherschrank die Werke von Marx, Lassalle, Engels, Henry George, Auguste Comte, Ernst Haeckel, Stuart Mill, Huxley, Buckle, Strauß, Virchow, Berthelot, Alfred Fouillée, Guyau u. a. In einem offenen Bücherregal neben dem Schreibtisch eine Reihe von Nachschlagwerken, Lexika und Wörterbücher; in einem anderen eine Sammlung von Lieblingsdichtern: Goethe, Byron, Victor Hugo, Anastasius Grün, Shelley, Platen, Musset, Longfellow, und auch von den damals jüngsten: Liliencron, Henckell, Hart. Daneben Prosadichtungen, wie Tolstois *Krieg und Frieden*, wie Zolas *Germinal*. Als Wandschmuck Sternkarten und Fotografien berühmter Gemälde lebender Künstler: Gabriel Max, Böcklin, Klinger, Piglheim, Wereschagin. Auch einige Porträts: Darwin, Ibsen, Richard Wagner.

Rudolf hatte sein Arbeitszimmer in der Absicht aufgesucht, ein Programm für seine Kandidatur aufzusetzen. Da er sich auf keine der bestehenden Parteien einschwören wollte, so musste er darauf verzichten, sich einfach einer der Gruppen des Großgrundbesitzes anzuschließen; er beabsichtigte, sich in Wien auf Grund seiner eigenen politischen Ideale wählen zu lassen.

Darüber wollte er nun ein Programm entwerfen. Noch kein definitives für Druck und Verteilung bestimmtes, sondern zunächst für sich selber. Mit sich musste er erst einig werden, in welche Form die ihm vorschwebenden Ziele einzukleiden seien. Ein tüchtiges, ernstes Stück Arbeit.

Ehe er sich zum Schreibtisch setzte, trat er ans Fenster. Von hier aus sah er ein hübsches Bild: im Schatten der alten Linde, unter der Obhut eines Mädchens in russischem Bauernkostüm, die rosa Wiege seines Sohnes und eben aus einer Nebenallee herbeieilend in ihrem flatternden weißen Kleid Beatrix. Nun war sie zur Stelle und beugte sich über das Wägelchen. Rudolf blieb beim Fenster stehen und schaute der kleinen Familienszene zu. Am liebsten wäre er hinuntergegangen, um sie durch seine Gegenwart zu vervollständigen. Aber er war ja da, um zu arbeiten.

Zögernd verließ er die Fensternische und sein Blick fiel – am anderen Ende des »Harlekinzimmers« – auf den Arbeitstisch des Landwirts, worauf ein Paket lag, das er nicht kannte; da musste er doch nachsehen: vielleicht etwas Dringendes.

Er ging hin, nahm das Päckchen zur Hand, entfernte die Hülle und fand, was er bestellt hatte – einige kleine Modelle von Dresch- und Sämaschinen. Die Dingerchen interessierten ihn lebhaft. Schon wollte er die Klingel ziehen, um den Verwalter rufen zu lassen; doch rechtzeitig besann er sich, dass es jetzt anderes zu tun gab. Nichts Geringeres als ein Programm aufzusetzen, das den Ausgangspunkt seiner öffentlichen Laufbahn bilden sollte.

Nachdenklich schritt er zum Schreibtisch des »*studio*« zurück. Zum ersten Mal stieg ihm ein Gedanke auf, der in der Folge sich oft einstellen sollte: »Man kann nicht zwei Herren dienen.« Und gar dreien: die Familie, die Landwirtschaft und ein Apostolat. Dazu noch alles, was mit seiner Lebensstellung zusammenhing: der Umgang mit den Standesgenossen und die daraus erwachsenden gesellschaftlichen Pflichten, die Nachbarschaften mit ihren Besuchen, ihren Jagden; die Jagden auf der eigenen Domäne, bei deren Anlass Brunnhof sich mit Gästen füllte und wobei die Tage und Abende nur mit Sport und Billard- und Kartenspiel gefüllt waren; ein Gesellschaftskreis, dessen Interessen und Begriffe von den Interessen und Begriffen, die seine Lebensaufgabe abgaben, durch einen Abgrund getrennt waren.

Doch den Gedanken »man kann nicht zwei Herren dienen« suchte Rudolf abzuschütteln; man hat eben einen ganzen Kreis von Pflichten und muss allen gerecht werden können ... alles zu seiner Zeit ... Und das Leben will auch genossen sein ... Ich werde doch den Freuden, die mir von meinem häuslichen und geselligen Leben geboten werden, nicht allen entsagen wollen. Und auch die den nächsten Kreisen schuldigen Rücksichten darf man nicht außer Acht lassen, wenn man in der Öffentlichkeit wirken will. Man muss nur in den Stunden, die man einer gewissen Sache widmen möchte, auch ganz bei der Sache sein ...

An die Arbeit!

Er legte ein weißes Blatt vor sich hin und nahm die Bleifeder zur Hand. Die Stirn in die linke Hand gestützt, blieb er lange ins Nachdenken versunken. Mechanisch führte die rechte Hand Arabesken auf dem oberen Rand des unbeschriebenen Blattes aus. Seine

Gedanken zogen weite Kreise. Den ganzen Komplex seiner Einsichten, Schlüsse, Sehnsüchten umfassten sie. Den Untergrund bildete das Bewusstsein, im Besitz einiger großer, im politischen Leben und in sozialen Einrichtungen noch ganz neuer Wahrheiten zu sein. Die mussten deutlich herausgekehrt, die mussten formuliert werden. Damit theoretische Wahrheiten sich in politische Institutionen, in soziale Sitten umwandeln, müssen sie in die Köpfe der Leiter und der Massen dringen. Zu der Ausführung weittragender Ideen ist dem einzelnen Abgeordneten freilich keine Macht gegeben ... Werkstätte ist das Parlament ja nicht, aber eine Tribüne ist es. Der Predigt in einer Kirche lauscht nur eine kleine Gemeinde; die Parlamentsrede, von allen Blättern wiedergegeben, dringt ins ganze Land und über die Grenzen hinaus ...

Und nun begann er zu schreiben. Einzelne Hauptworte, durch Punkte getrennt. Gewissermaßen Leitmotive, Absteckpfähle.

Gemeinwohl. Gerechtigkeit. Versöhnung. Und noch eine ganze Reihe so fort. Als er die Liste überlas, fiel ihm auf, dass diese Worte, die bei der Niederschrift mit ganzen Begriffsketten und Bilderreihen seine Seele erfüllt hatten, voll Größe und voll Verheißung – dass diese Worte abgegriffenen Münzen, schlimmer noch: falschen Spielmarken glichen; denn seit Jahren und Jahren und immer wieder, bei jeder neuen Programmrede, in jedem Wahlaufruf wurden solche und ähnliche Worte vorgebracht – wie sollte damit das Neue und Erhabene, das ihm vorgeschwebt hatte, würdig ausgedrückt werden? Goldechtes Gold war's, was er seinen Mitmenschen hätte bringen wollen; wenn er ihnen aber auch nur diese alten verbogenen Messingmarken brachte, wie sollten sie Vertrauen fühlen – wie den verheißenen Schatz erkennen? Freilich – Gerechtigkeit, Versöhnung und Gemeinwohl; Besseres könnte ja ein Volksvertreter nicht versprechen; das Traurige ist nur, dass es noch von allen jenen versprochen wurde, die das Gegenteil verfolgen, die statt der Gerechtigkeit der Gewalt Vorschub leisten, die statt Versöhnung Verhetzung betreiben; die das Wohl der Parteifraktion über alles andere stellen. Für die meisten bedeutet Politik eben gar nichts anderes als: Kampf der Klasseninteressen. Oder auch ein Sprungbrett für persönlichen Ehrgeiz, ein günstiger Posten zur Erlangung eigenen Vorteils. Und die ausgegebene Parole heißt immer »Gerechtigkeit, Gemeinwohl«.

Rudolf suchte nach einem anderen Wort. Was nottut, ist nicht das Herzählen der in allen Morallehren, allen Katechismen, allen Festansprachen wimmelnden Tugendnamen; was nottut, ist – jetzt hatte er das Wort: *Verwirklichung*.

Er tat einen tiefen Atemzug. Wie eine Welle der Energie und des Tatendrangs war es ihm durch die Brust geflutet. Er sprang auf und ging im Saale auf und nieder. Jetzt hatte sein Gedankengang eine andere Richtung. Tun, tun? Was kann ein einzelner Abgeordneter denn tun in seiner engen Machtsphäre? Er kann fordern. Die Versprechungen und Phrasen, die aus allen Regierungsprogrammen und in den Thronreden ebenso tugendhaft und ebenso leer wimmeln wie in den Kandidatenreden, die kann man festhalten – auf ihre Verwirklichung kann man bestehen.

Beim Wort nehmen – das war's. All das schal und hohl gewordene Geklingel der großen Worte, wie müsste das zu herrlich brausender Harmonie anschwellen, wenn man den Sinn herauslöste und den Sinn zwänge, Tat zu werden. Ein sekundenkurzes Leuchten fuhr durch Rudolfs Seele. Wie eine bei Nacht durch einen Blitz erhellte Landschaft, so deutlich, aber auch so flüchtig erschien ihm eine ganze Reihe von lebendig gewordenen Worten: Wohlstand, Freiheit, Frieden, Recht ... diese vier ineinandergeschmolzen als der herrliche Begriff »Glück«. Nicht nur allen versprochener, sondern für alle erleichterter Wohlstand, wahre Freiheit, herrschendes Recht, gesicherter Frieden. Dann wurde es wieder finster. Aber er hatte dabei das Bewusstsein, dass er das Licht wieder herbeischaffen könne; nur ein Sichsammeln, ein kurzes Anstrengen, und der blendende Ideenschatz wäre wieder da, um sich heben zu lassen – Perle für Perle, Diamant für Diamant …

Also an die Arbeit, sofort!

»Herr Graf – ein Telegramm.«

Rudolf war über die Störung ungehalten. Aber natürlich, mit einer Depesche durfte der Diener jederzeit in das Heiligtum des Arbeitszimmers einbrechen; es konnte ja etwas Unaufschiebbares sein.

Diesmal war es die Nachricht, dass am folgenden Tage Brunnhof Einquartierung bekommen sollte. Die diesjährigen Manöver fanden in wenigen Meilen Entfernung statt. Der Quartiermeister würde in zwei oder drei Stunden der Depesche nachfolgen. Angesagt waren für das Schloss: ein General, ein Oberst und mehrere Offiziere.

Da mussten sogleich Vorbereitungen getroffen und Befehle erteilt werden. Mit dem Programmschreiben war es vorläufig vorbei. Und nicht nur mit diesem, sondern mit der ganzen Stimmung. Als Endaufgabe die Herbeiführung von Zuständen, in welchen die Völker befreit sein sollten von Militärlasten und Kriegsgefahren – und als nächstliegende Aufgabe die reichliche, herzliche, fröhliche Bewirtung von Militärs, die soeben vom Manöver kamen.

»Man kann nicht zwei Herren dienen ...«

7

Hugo Bressers Leidenschaft war durch die Zwischenfälle jenes Gewittertages zu höchster Glut entfacht. Zuerst der seligschwüle Augenblick, da er Sylvia im Arm gehalten hatte, dann die Erregung, in die er sich bei Tisch durch die eigenen Worte hineinredete, wobei er sah, wie des geliebten Mädchens Blick an seinen Lippen hing; dann ihre Gebärde, als sie ihm zutrank; zuletzt ihre Flucht aus dem Salon: Ihm war, als wäre zwischen ihnen beiden ein Einverständnis. Heiß und heftig empfand er, dass etwas Neues in sein und in ihr Leben getreten war. Sie liebten sich – sie mussten einander gehören trotz aller Hindernisse ... Die Verlobung würde sie rückgängig machen.

Bresser hatte am folgenden Morgen schon um acht Uhr von Brunnhof wegfahren müssen, weil er in Wien mittags einer Konferenz jener Unternehmer beizuwohnen hatte, die das neue Blatt gründeten, dessen Feuilletonredaktion ihm zufallen sollte.

Natürlich hatte er zu so früher Morgenstunde keine der Damen des Hauses mehr sehen können; aber für Sylvia hatte er eine stumme Botschaft hinterlassen in Form eines Sträußchens, das er selbst im Garten gepflückt und gebunden hatte und das er Sylvias Kammermädchen mit dem Auftrag übergab, es auf den Schminktisch ihrer Herrin zu legen. Es war ein – im Grunde nicht sehr geschmackvoll zusammengestelltes – Sträußchen, nur aus roten Blüten bestehend. Eine Rose, ein paar Fuchsien, drei Mohnblumen, und herum ein Doldenring von »brennender Liebe«. Sie würde schon verstehen, was er damit sagen wollte.

Er bestieg ein leeres Coupé. Seine Gedanken flogen von den gestrigen Ereignissen zu der bevorstehenden Konferenz und schnell wieder zu dem Bilde Sylvias zurück. Die Gründungsangelegenheit interessierte ihn nun doppelt, da es ihm sehr gelegen kam, gerade jetzt festen Fuß in der Journalistik und in der Schriftstellerlaufbahn fassen zu können. Liebe feuert den Ehrgeiz an. Er wollte Großes erreichen mit seiner Feder. Großes als Dichter, vielleicht noch Größeres als Publizist. Einen neuen, höher gestimmten Ton in die Tagespresse einführen, für die Ziele sozialer Entwicklung wirken, dem idealen Streben Rudolfs – *ihres* Bruders – die Stütze der Öffentlichkeit leihen, ihm helfen, indem er die Gedanken, die Rudolf im Parlament verträte, in dem neuen Blatt entwickeln wollte. Denn neben der alleinigen Leitung des Feuilletons sollte ihm auch eine Spalte im politischen Teil zur Verfügung stehen. Das war ein Kampffeld, auf dem bedeutende Siege zu holen waren. Und er wollte siegen. Er wollte, dass *sie* auf ihn stolz sein könnte. Wer weiß, auch die Bühne konnte er erobern. Ein ganzer Schwarm ungeborener Dramenstoffe schien in seinem erregten Hirn zu wirbeln – nebst Ruhm würde er sich auch ein Vermögen erschreiben. Schwert und Zepter und Zauberstab sollte ihm seine Feder sein ...

Auf einer Zwischenstation stieg ein alter Herr ein – zufällig ein Bekannter, ein Berufsgenosse seines Vaters.

Es wäre Hugo viel lieber gewesen, allein zu bleiben. Er fühlte sich gestört wie jemand, den man beim Geldzählen unterbrochen hat.

»Ah, guten Tag, Bresser – das ist ja ein sehr angenehmes Zusammentreffen! Sie sehen prächtig aus – und so strahlend!«

Der Ausruf war gerechtfertigt. Aus den Augen des jungen Mannes blitzte solches Feuer, ein so sieghafter Ausdruck belebte seine Züge, dass es auffallen musste.

»Kommen Sie von einer Kaltwasserkur oder fahren Sie nach Wien, um einen Hauptgewinn entgegenzunehmen?«, fragte der andere lachend. »Sie sehen mir nach beidem aus.«

Nun war es mit dem schönen Sinnen und Träumen vorbei, Hugo musste sich für den Rest der Fahrt auf ein banales Gespräch einlassen.

In Wien angelangt, begab er sich in ein Café, wo er frühstückte und die Zeitungen las. Nicht nach den Nachrichten als solchen suchte er in den Blättern, sondern er musterte die Anordnung, kritisierte den Stil und die Tendenz der Kommentare und verglich damit im Geist das Idealblatt, welches an diesem Tage ins Leben treten sollte.

Und wenn er durch die breite Fensterscheibe, neben der er saß, auf die Straße blickte, wo so manche hübsche junge Frauengestalten vorbeieilten – Verkäuferinnen, die ihren Geschäften nachgingen –, da betrachtete er auch diese nicht wie sonst um ihrer selbst willen, sondern verglich sie mit dem idealen Mädchen, das er zwar schon lange im Herzen trug, das ihm aber seit gestern zum einzigen Weib auf Erden geworden war.

Als er in das Sitzungslokal – im Büro eines großen Bankhauses – kam, waren schon einige der Herren anwesend. Nach weiteren zehn Minuten war man vollzählig: der Besitzer des Bankgeschäftes und neben ihm drei andere Finanzgrößen, zwei Advokaten, mehrere Reichsratsabgeordnete, darunter ein Minister a. D., ein einstiger

Zeitungsherausgeber und eine Anzahl junger Schriftsteller. In der Reihe der Letzteren galt Bresser als einer der Hauptträger des neuen Unternehmens; ihm hatte man bei den Vorbesprechungen die meisten Anregungen zu danken gehabt, und von ihm waren die Prospekte entworfen worden, die man zur Anwerbung von Mitgliedern für das Gründungskomitee versendet hatte.

Von einigen der Grundsätze und Programmpunkte, die in jenem Prospekt enthalten waren, war man im Verlaufe der Sitzungen schon abgekommen und manches Neue hatte sich eingeschoben. Heute galt es, zu endgültigen Entschlüssen zu gelangen und über die Finanzierung ins Reine zu kommen. Von verschiedenen Seiten waren Beteiligungsbeträge gezeichnet worden, aber erst die anwesenden Kapitalisten waren diejenigen, die den Ausschlag zu geben hatten, denn das von den anderen Gezeichnete hätte nicht einmal zehn Prozent dessen ergeben, was nötig war, um das Unternehmen lebenskräftig zu gestalten. Ein Jahr oder besser noch zwei Jahre musste man arbeiten können, ohne mit Gewinn zu rechnen; vielmehr musste man gefasst sein, am Anfang größere Beträge draufzulegen. Denn das Blatt musste eine Zeit lang in Massen gratis versendet und in allen Cafés ausgelegt werden, damit das Publikum sich an dessen Physiognomie gewöhnte. Eine Zeit der Aussaat hatte vorauszugehen – dann erst konnte man auf eine Ernte zählen. Die größten Autorennamen sollten für die literarischen Beiträge gesichert werden, indem man höhere Honorare bewilligte als jede andere Zeitung. Auch im politischen Teil sollten unterzeichnete Artikel von hervorragenden Publizisten des In- und Auslandes erscheinen; der Nachrichtendienst sollte durch Originaldepeschen und Originalkorrespondenzen aus allen Hauptstädten versehen werden – und alles das erforderte große Summen. Wenn man aber erst das reichhaltigste, bestinformierte, literarisch vornehmste, unabhängigste, kurz: das *führende* Blatt geworden war, dann hätte man nicht nur eine hohe kulturelle Tat vollbracht, indem man das Niveau der Tagespresse hob, dann hätte man nicht nur veredelnden Einfluss auf den Geist der Bevölkerung und vielleicht auch wohltätigen Einfluss auf den Gang der inner- und außerpolitischen Ereignisse gewonnen – auch in finanzieller Hinsicht würde man reichlichen Gewinn erzielen. Schon bei einer Anzahl von dreißigtausend Abonnenten würde das angewandte Kapital sich verzinsen, und hielte man nur zwei Jahre aus, so musste die Zahl der Abonnenten und Käufer eine weit bedeutendere Höhe erreichen.

Das waren so die Ideen gewesen, auf welchen sich der große Zeitungsplan aufgebaut hatte.

Und nun sollte die entscheidende Sitzung beginnen. Bresser fühlte sich in gehobener Stimmung. Hier eröffnete sich ihm ein reiches Wirkungsfeld. Die roten Blumen, die Sylvia um diese Stunde schon gefunden haben musste, waren in seinem Bewusstsein stets gegenwärtig. Und selbst *wenn* sie Gräfin Delnitzky wurde ... ihr Herz konnte in einigen Jahren doch dem erfolgreichen Dichter sich zuwenden ...

Aber jetzt war überhaupt nicht der Augenblick, an Liebe zu denken. Dieser Augenblick gehörte der praktischen Arbeit, dem Lebensberuf. Es war ein bedeutender, zukunftsentscheidender Wendepunkt.

Als Vorsitzender fungierte der Besitzer des Büros. Er eröffnete die Sitzung, indem er die Fondsbeschaffungsfrage zur Diskussion stellte und daran die Mitteilung knüpfte, dass er von zwei Kapitalisten, deren Beteiligung schon in sichere Aussicht genommen war, am selben Morgen Briefe erhalten hatte, worin unter verschiedenen Vorwänden das gegebene Versprechen wieder zurückgenommen wurde.

»Was mich betrifft«, fügte er hinzu, »so bleibe ich natürlich im Wort. Hunderttausend Gulden will ich dem Unternehmen zuwenden; nur muss ich noch eine Bedingung stellen, die übrigens weiter keine Schwierigkeit machen wird und die wir erst beim nächsten Punkt der Tagesordnung – ›Programm‹ – erörtern wollen. Das Wort hat nun Herr Baron Glasschild.«

Der Genannte, ein behäbiger Fünfziger mit ausgeprägt orientalischen Zügen, räusperte sich, klemmte seinen Zwicker auf die Nase und sagte:

»Was ich zu bemerken hätte, bezieht sich ebenfalls auf den Programmpunkt. Aber ich will es lieber gleich jetzt vorbringen, denn es ist mir sehr wichtig. Nämlich das: In dem Prospekt, den ich erst heute genau gelesen habe, finde ich etwas, das unbedingt hinausmuss ...«

Er nahm eines der auf dem Tisch liegenden Exemplare zur Hand.

»Hier steht's: ›Bekämpfung des Antisemitismus‹.«

Die anderen blickten erstaunt auf. Der Baron, selber ein Jude, konnte doch gegen diesen Programmpunkt nicht eingenommen sein?

Dieser aber fuhr fort:

»Wissen Sie, meine Herren, man bekämpft doch nur etwas, das man ernst nimmt – etwas, das bedrohlich sein kann. Aber der Antisemitismus (mir ist das bloße Wort schon verhasst, man sollte ihm gar nicht die Ehre erweisen, es auszusprechen) ist ja eine schon absterbende Verirrung, die aus Deutschland hereinkam, eine Erfindung des Pastors Stöcker, die aber hier keine Wurzel fassen wird ... Dazu ist der Wiener zu gemütlich und zu fidel, dem passen solche düsteren Verfolgungslehren nicht – auch zu passiv, zu bequem. Glauben Sie mir – ich kenne unsere Bevölkerung; von den hohen Klassen rede ich gar nicht, ich verkehre doch mit der höchsten Aristokratie ... Na, und die kleinen Bürger, denen fällt so was gar nicht ein. Da sind nur so ein paar Hetzer, die man am besten durch Totschweigen unschädlich macht. Kurz, ich erkläre, wenn sich das Blatt mit dieser Frage überhaupt befassen, das dumme Zeug nur erwähnen wollte, so ziehe ich meine Mitwirkung zurück. Hat sich was: Antisemitismus ... Unsinn, weiter nichts – und soll auch als Unsinn behandelt, d. h. also in einer ernsten Publikation gar nicht behandelt werden. *Dixi.*«

Bresser erbat sich das Wort.

»Da ich der Urheber jenes Programmpunktes bin, so muss ich doch zu seiner Verteidigung und Begründung einige Argumente vorbringen.«

»Bringen Sie vor, was Sie wollen«, unterbrach der Baron, »ich gehe von meinem Entschluss nicht ab. Ein Blatt, das ostentativ erklärt, eine solch dumme Frage erörtern zu wollen, subventioniere ich nicht – ich nicht.«

Der Vorsitzende ergriff das Wort:

»Diese Kontroverse kann leicht behoben werden«, sagte er. »Ich bin ganz einverstanden, dass das Wort ›Antisemitismus‹ in unserem Prospekt gestrichen werden soll. Gegen die Formel ›Bekämpfung aller rückschrittlichen Gesinnungen‹ haben Sie doch nichts einzuwenden, Herr Baron.«

»Nein.«

»Nun, damit ist auch Ihnen Satisfaktion gegeben, Herr Bresser, denn unter diesen Sammelnamen muss ja die mittelalterliche Bewegung auch fallen, die Sie bekämpfen wollen und die, wenn sie fortfahren sollte, um sich zu greifen, natürlich in einer Tageszeitung auch besprochen werden müsste.«

»Ich bin's zufrieden«, sagte Bresser.

»Ich aber nicht«, versetzte Glasschild. »Je mehr die anderen den Unfug auffallend machen wollen, desto konsequenter müssen wir ihn totschweigen. In ein paar Monaten redet so niemand mehr davon.«

Einer der Reichsräte erbat sich das Wort.

»Da wir schon von den Bedenken sprechen, die das Programm unserer geplanten Zeitung erweckt, so kann ich nicht verhehlen, dass mir daran der Mangel einer strammen Parteiansicht sehr unangenehm auffällt. Wir sind einig geworden, dass wir auf Regierungssubvention verzichten. Gut. Wir werden auch keine Direktive von oben annehmen, wie wir uns zu dieser oder jener politischen Frage zu äußern haben. Auch gut. Dafür aber müssen wir uns selber eine Direktive geben – einen festen Weg vorzeichnen – sonst gleiten wir unversehens ins reaktionäre oder ins revolutionäre Lager. Hauptsache ist doch, dem liberalen Prinzip zum Sieg zu verhelfen, nicht wahr? Also ist es doch geboten, dass wir in unseren Leitartikeln die Grundsätze und die Taktik der Liberalen Partei zielbewusst vertreten.«

»Die Taktik dieser Partei ist mit ihren Grundsätzen oft in direktem Widerspruch«, warf Bresser ein.

»Das beruht dann auf kluger Erwägung der gegebenen Umstände.«

»Opportunismus«, murmelte Bresser.

»Nennen Sie es Opportunismus, wenn Sie wollen. Man muss ja doch mit den realen Verhältnissen rechnen. Man kann, wenn man, um seine Prinzipien desto besser durchzusetzen, regierungsfähig werden will, nicht in allem Opposition machen; man muss gewisse Forderungen der Regierung – z. B. in der Militärfrage – opfermutig bewilligen, schon um sich loyal zu zeigen, um keinen Zweifel an seinem Patriotismus aufkommen zu lassen. Kurz, man muss, um das segensreiche Wirken unserer Partei zu unterstützen, fest und unentwegt zu ihr halten.«

»Dazu hätte man nicht erst eine neue Zeitung zu gründen brauchen«, bemerkte einer der Journalisten. »Wir besitzen ja in Wien ein Weltblatt, das mit Ihrer Partei durch dick und dünn geht.«

Bresser öffnete und schloss mehrere Male hintereinander die Lippen – aber er sagte nichts. Ein zorniges Gefühl stieg ihm in die Kehle – ein Gefühl, das einen trockenen und bitteren Geschmack hatte. – Macht haben und *allein* sein: Das ist das Einzige, um Großes, Neues durchzusetzen, sagte er sich im Geiste. Statt all dieser Finanzprotze, Politikaster und Federfuchser er allein mit ein paar Millionen in der Hand, dann flöge das Blatt, genau im Geiste seines Prospektes beschaffen, schon in vierzehn Tagen in alle Welt. Die kongenialen Kräfte kämen dann schon von selber herbei. Aber hier, das sah er jetzt kommen, würde das Unternehmen an den gegensätzlichen Willensrichtungen scheitern oder in irgendein altes Gleis hineingleiten. Schritte zu machen, zu diesem Beschluss raffen sich beratende Körperschaften schon auf – aber vorsichtshalber nur schön auf ausgetretenem Wege. Einen neuen Weg vorzuschlagen, das wagt immer nur der Einzelne.

Nach langer Debatte, an der sich Bresser nicht mehr beteiligte, wurde ein Vorschlag eingebracht und angenommen dahingehend, dass aus der Mitte der Teilnehmer eine engere Kommission gewählt werde, bestehend aus zwei Kapitalisten, zwei Reichsratsabgeordneten und zwei Schriftstellern, welche für Redaktion, für Annahme und Ablehnung von Artikeln sowie als oberstes Zensuramt und entscheidende Instanz eingesetzt würde.

Diese Wahl wurde für die nächste Sitzung anberaumt, denn es war mittlerweile Essenszeit geworden, und der Hunger ist stärker als die Liebe zu einem den Geist anstrengenden Unternehmen.

»Ich bin dabei«, sagte der Vorsitzende. »Konstituieren wir unser Zensurkomitee das nächste Mal, und dann soll auch die finanzielle Frage endgültig gelöst werden. Und somit …«

»Vor Schluss der Sitzung bitte ich noch ums Wort!«, unterbrach Bresser mit erregter Stimme.

Einige der Herren, die schon im Aufstehen begriffen waren, setzten sich wieder.

»Also bitte, Herr Bresser«, sagte der Vorsitzende.

»Ich wollte einfach meinen Austritt anmelden. Der Verlauf, den die heutigen Verhandlungen genommen haben, zeigt mir deutlich, dass unser ursprünglicher Plan ganz fallen gelassen wird. Was an dessen Stelle getreten ist, macht es mir unmöglich, mitzuhalten. Der Verlust wird für die anderen kein großer sein – ich habe ja kein Kapital und auch keinen berühmten Namen einzusetzen ... Nur Arbeitslust hätte ich mitgebracht und Begeisterung für gewisse Ideen. Die Arbeitslust ist verschwunden, denn gerade die Ideen, die in meinen Augen den Sinn und den Zweck des neuen Blattes abgaben, würden der neu beschlossenen Zensur zum Opfer fallen.

Der Begriff Zensur an sich stößt schon alles um, was ich von diesem Blatt erträumt hatte. Wir sollen für die Freiheit wirken und selber nicht frei sein? Nun – heute besitze ich noch meine volle Freiheit, ich benutze sie, um mich von dem Unternehmen zurückzuziehen.«

Sprach's, empfahl sich und ging.

8

Die Kapelle im Schloss Brunnhof war reich mit Grün und Blumen geschmückt. Die Glashäuser waren geplündert worden und hatten alle ihre Oleander- und Orangen- und Palmenbäume in Kübeln hergeben müssen, um den Hauptaltar zu umrahmen. Und an die hohen Wachskerzen, die in den silbernen Kirchenleuchtern brannten, waren weiße Schleifen, Rosen und Kamelien befestigt. Die Rosen, mit welchen man auch in reicher Fülle die Altarstufen bestreute, waren aus Wiener Blumenhandlungen geschickt, denn in Brunnhof – man schrieb den 12. November – blühten keine mehr. Vom Eingang der Kapelle bis zu den Betschemeln des Brautpaares lief ein roter Plüschteppich, und auch die ersten Reihen der Kirchenbänke waren mit rotem Stoff ausgeschlagen.

Schon füllten sich die hinteren Bänke mit den Dorfbewohnern – in der nächsten Viertelstunde mussten die Herrschaften kommen. Die festgesetzte Stunde – elf Uhr – schlug eben von der Schlossuhr herab. In der Sakristei wartete in vollem Ornat der Prälat des benachbarten Stiftes, der unter der Assistenz des Paters Protus die Trauung vollziehen sollte. Auf dem Chor saßen und standen die Musiker und Sänger bereit – tüchtige Kräfte aus Wien.

Unterdessen hatten sich in einem Saal des Schlosses die Hochzeitsgäste versammelt. Es fehlten nur noch die Braut und ihre Mutter.

Die ganze Gutsnachbarschaft war eingeladen worden und außerdem noch Verwandte aus Wien und von weiter her – im Ganzen etwa sechzig bis siebzig Personen. Ein Schwarm junger Komtessen, Sylvias Ballgenossinnen der verflossenen Wintersaisons, unter ihnen die vier Brautjungfern in gleichen rosa Kleidern; die Damen alle in hellen Kleidern, zwar hoch und mit geschlossenen Hütchen, aber dennoch mit Schleppe und Schmuck; die Herren in Galauniform oder Frack, die meisten mit Ordenskettchen im Knopfloch. Man stand in Gruppen umher und lebhaftes Stimmengewirr füllte den Raum.

In einem Nebensaal, zu dem die Türen offen standen, waren die Brautgeschenke ausgestellt: zwei lange Tische voll Schmuckkapseln, silberne Schmink-, Tisch- und Teegarnituren, Vasen, Fächer, Spitzen, Lampen, Gürtelschnallen und Sonnenschirmgriffe aus Gold und Edelsteinen sowie sonstige Kostbarkeiten. Alles das hatte die Gesellschaft schon vor einer Stunde bewundert; jetzt standen vor der gehäuften Pracht nur noch zwei junge Mädchen, und ein stiller Neid, gemildert durch die Hoffnung, dass die Zukunft ihnen Ähnliches bescheren werde, erfüllte ihre eitlen Seelchen.

Die Gespräche der Herren im Saal drehten sich fast ausschließlich um die Jagd. Es war die Jahreszeit, da man von einem Schloss zum anderen fuhr, um Hasen, Rehe und Fasane zu erlegen, und einer erzählte dem anderen oder fragte, bei wem gestern gejagt worden sei und bei wem morgen gejagt werde und wie viel man dort geschossen habe und wie viel da. Einige waren so glücklich, von kaiserlichen und erzherzoglichen Jagden erzählen zu können, an denen sie teilgenommen hatten oder die ihnen bevorstanden. Rudolf, der Hausherr, sprach Einladungen zu den Brunnhofer Jagden aus, die vom 21. bis 23. November stattfinden sollten.

Auch in die Unterhaltung der Damen mischte sich häufig das Wort »Jagd«. Wenn auch nur wenige unter ihnen waren, die sich aktiv, mit dem Gewehr auf der Schulter, an dem Sport beteiligten, so gehörte doch die ganze Sache um diese Herbstzeit so sehr zur Lebensausfüllung ihrer Kreise, dass sich ihre Gedanken und Gespräche damit beschäftigen mussten. All den Hausfrauen, denen das Empfangen und Bewirten der Gäste obliegt, ist das Thema beinahe ebenso wichtig wie für die Jagdherren. »Wie viel ist geschossen worden?«, das ist die erste Frage, welche die gastliche Wirtin an die heimgekehrten, vor dem Diner im Salon versammelten Jäger richtet, worauf dann jeder Einzelne noch mit lebhaftestem Interesse über die Zahl seiner Beutestücke befragt wird. Den Franzosen und den Engländer fragt man: »Wie viel Stück haben Sie *getötet* ?« Der Letztere fügt der genannten Zahl höflich hinzu: *»Oh, it was excellent sport.«*

Sport? Also nur Vergnügen? Mitnichten. Das Ding wird als eine Art Pflicht aufgefasst, als etwas, das man – dem gegenseitigen Rang und Reichtum angemessen – sich und seinen Standesgenossen schuldig ist. Jede Mutter erzählte ihren Freundinnen mit Stolz, dass der Gusti oder der Fredi neulich seinen ersten Bock geschossen habe. Wenn das in Marthas Gegenwart geschah, so blieb sie stumm. »Das arme Reh!«, dachte sie dabei, und auch ein wenig »Der arme Bub«, denn wenn das als freudvolles Ehrgeizziel gelten soll: die Vernichtung eines unschuldigen Lebens ...

Alle Gespräche verstummten plötzlich. Sylvia trat über die Schwelle in einer weißen Glorie von Atlas, Tüll und Myrtenblüten. Zwei kleine Knaben in Pagenkostümen trugen ihre Schleppe.

Zugleich war auch Baronin Tilling erschienen. Diesmal hatte sie jedoch die gewohnte tiefe Trauer abgelegt und war in lichtes Grau gekleidet. Beide Frauen waren blass und hatten gerötete Augen. Die anderen fanden das natürlich: Der Abschied und die Feierlichkeit der Lebenswende – das ist ja Grund genug zum Tränenvergießen. Sie hatten aber nicht nur aus diesem Grund geweint – Mutter und Tochter. Ein banges Weh hatte sie beide erfasst, ein Gefühl beinahe wie Furcht und Reue.

Jetzt aber stürzten die vier Jungfern auf die Braut zu und umarmten sie stürmisch; von allen Seiten Händedrücke, Küsse, Gratulationen, Verbeugungen ... Sylvias Bangen wich dem wiedererwachenden Bewusstsein, dass sie der viel beneidete, viel bewunderte Mittelpunkt dieser glänzenden, wichtigen Feier war. Und auch von ihrer verliebten Leidenschaft strömte wieder eine beglückende Welle zu ihrem Herzen empor, als sie nun ihrem schmucken Bräutigam, der auf sie zueilte, in die freudestrahlenden Augen sah.

Noch ein paar Minuten der Begrüßungen und der Gespräche, dann begann, unter Rudolfs Anordnung, der Zug sich zu bilden.

Der Weg aus den Salons zur Schlosskirche – wenn man nicht ins Oratorium, sondern in das Schiff gelangen wollte – führte über zwei Treppen und einen langen Korridor. Dieser ganze Weg war teppichbelegt und mit Reisig und Blumen bestreut. Davon stieg ein Duft auf, der an Fronleichnamsprozessionen erinnerte. Glocken- und Orgelklänge drangen auch schon aus dem Kirchlein herüber. Am Arm des Brautführers – ein junger Vetter, Graf Althaus – schritt Sylvia langsam dahin, hinter ihr die Schleppe tragenden Pagen; es war ihr dabei zu Mute, halb als ob sie träumte, halb als ginge sie über eine Theaterbühne; und nicht, als wäre das alles wirkliches Erlebnis.

Und als sie die Kapelle betrat und die unzähligen brennenden Kerzen sah, die zwischen den Blattpflanzen auf und rings um den Altar flimmerten, da empfand sie etwas von dem Eindruck, den man beim Betreten eines Zimmers hat, in dem ein angezündeter Christbaum strahlt. Bescherungen und Überraschungen sollte es ja da auch geben: ein funkelnagelneuer Frauentitel, ganze Schachteln voll interessanter Pflichten – und auch Süßigkeiten, sonst verbotene ...

Diese Christbaumstimmung machte schnell einer anderen Platz, als sie auf den Betschemel niederkniete, Toni Delnitzky an ihrer Seite. Die Priester kamen aus der Seitentür und stellten sich an den Altar; vom knapp vor dem Brautpaar geschwungenen Weihrauchfass qualmte der intensivste Kirchenduft empor und mahnte Sylvia an Begräbnisfeiern – begraben für ewig war ja auch die Mädchenzeit, war die Freiheit, war die Möglichkeit, das wunderbar volle Glück zweifelloser Liebe zu finden ... Der Mann neben ihr war ihr nicht Hort und Zuflucht; erst gestern, während des Polterabends, hatte er Dinge gesagt, die ihr furchtbar missfallen hatten ... Zum Glück war die verliebte Regung wiederaufgetaucht, aber das selige, beschützende Sich-schmiegen und Sich-kauern, das konnte sie an dieser Brust da neben sich nicht finden.

Das Kirchlein war dicht gefüllt. Oben seitlich vom Altar und in den vorderen Bänken die Verwandten und die Gäste in ihren glänzenden Uniformen und Kleidern, hinten die Beamtenschaft und die Dorfbewohner im Sonntagsstaat – gehobene Feststimmung auf allen Mienen. Auf Marthas Gesicht jedoch lag es wie Schmerz und Trauer. Das war man aber – bei feierlichen Anlässen – an ihr gewohnt. Wenn sie bewegt war, pilgerten ihre Gedanken stets zu ihrem geliebten Toten – das wusste und ehrte man.

Die Traurede begann. Hätte Pater Protus sie gesprochen, so hätte er herzlichere und bewegendere Töne anzuschlagen gewusst. Der fremde, sehr klerikale Prälat hielt eine Predigt, die eher *pro domo* als für das junge Paar gehalten schien. Das heilige Sakrament der Ehe, so führte er aus, ist von Gott eingesetzt, denn es ist dem Bunde Christi mit seiner katholischen Kirche nachgebildet. Der Zweck der Ehe bestehe darin, dass sich die Eheleute gegenseitig im Glauben stärken und in der Ausübung ihrer religiösen Pflichten zu unterstützen haben, und dass sie eine Familie gründen, die, in echtem Glauben auferzogen, das Reich der Kirche immer mehr verbreite. Das Glück der Ehe ist nur zu erreichen, wenn beide Gatten eifrig beten und die Kirchengebote erfüllen; das Unglück so vieler Ehen rührt von dem leider so stark zunehmenden Indifferentismus her. Die Prüfungen und Krankheiten und Unglücksfälle, die keinem Menschenschicksal erspart bleiben, sind teils Strafen für Mangel an echter Religiosität, teils liebend auferlegte Prüfungen, aus denen man, wenn man gläubig und fromm ist, geläutert hervorgeht und dann zu einem gottgefälligen Tode gelangt, nach welchem die treuen Ehegatten im Himmel wieder zu ewiger Seligkeit vereint werden.

Was in dieser Traurede gesprochen wurde, darauf achtete die anwesende Gemeinde weniger. Die darin enthaltenen Worte gehörten eben zu der Zeremonie, kraft welcher diese beiden jungen Menschenkinder zu unlöslicher Lebensgemeinschaft verbunden werden – in Liebe und Treue, bis der Tod sie trennt. Auch der Ringwechsel sowie das dazu gesprochene »Ja« waren so ein zauberkräftiges Verfahren, wodurch zwei vor einer Minute noch freie Menschen aneinandergekettet waren, wodurch der eine Teil sogar den bislang getragenen Namen verloren und einen neuen erworben hat.

Sylvia empfand diese Wandlung, die doch eigentlich nur eine ideelle ist, als wäre sie mechanisch vollzogen; wie ein Ruck überkam es sie, als sie das »Ja« gesprochen hatte und den Ring am Finger fühlte: Jetzt bin ich Sylvia Delnitzky.

Vom Chor herab ertönte feierlicher Gesang. Die lateinischen Worte verstand man nicht, aber aus der süßen Melodie klang es wie eine fromme Bitte um Segen für das junge Paar. Eine gerührte Stimmung bemächtigte sich aller. Als die Sänger geendet hatten, ward der *pro-domo*-Dienst wieder aufgenommen, indem ein Credo, drei Vaterunser und drei Ave-Maria laut hergesagt wurden.

Während des Ringwechsels waren draußen Böllerschüsse gefallen, und auch jetzt, nach beendeter Zeremonie, während alle Familienglieder sich um die Neuvermählten drängten, um sie zu küssen, ließen die Burschen im Dorf die Freudenschüsse knattern.

Nachdem das junge Paar und die Trauzeugen ihre Namen in das Kirchenregister eingetragen hatten, war die ganze Handlung beendet. Erneut formte sich der Zug, doch jetzt in anderer Ordnung: Sylvia voran am Arm des Gatten.

Es folgte nun – alle Festlichkeiten gipfeln ja im Essen und Trinken – das Hochzeitsfrühstück an der mit weißen Blüten bestreuten Tafel.

Den ersten Toast brachte der Prälat aus – auf die Neuvermählten natürlich. Ein Blumensträußchen hatte er für sie gewunden. Darin waren weißer Flieder (als Sinnbild der Unschuld der holden Braut), eine blaue Kornblume (die Farbe der ehelichen Treue), eine rote Rose (das Bild der Liebe), und das Ganze wurde zusammengehalten durch einen Dorn aus des Heilands Dornenkrone. Und indem er ihnen diesen Strauß auf den Lebensweg mitgebe – der aber kein Dornen-, sondern ein Rosenpfad sein möge –, bringe er ein Hoch aus auf Graf Anton und Gräfin Sylvia Delnitzky.

Alle rufen »Hoch!« und stehen auf, um mit den beiden anzustoßen. Gar manche sind darunter, die vor mehr oder weniger Jahren das Gleiche durchgemacht haben, auf deren Glück ebenso stürmische »Hochs« ausgebracht wurden und die doch nichts weniger als glücklich geworden sind.

Sylvia ist von der durchgemachten Erregung, von dem Lärm wie halb betäubt: Das Wort Glück schlägt von allen Seiten an ihr Ohr. Aber ist diese Müdigkeit, diese Abspannung, diese zugleich glühende Neugier und fröstelnde Furcht vor dem so nahe bevorstehenden »Endlich allein«, dieses Bangen vor der lebenslänglichen Zukunft an der Seite eines – Fremden, dieser Abschied von dem teuren Mädchenheim, von den Ihren: Ist denn das »Glück«?

Sie denkt auch, mehr als sie daran denken sollte, an einen Brief, den sie vor einigen Tagen von Hugo Bresser erhalten hat. Einen Brief, den sie oft durchgelesen und den sie an diesem Morgen verbrannt hatte …

Nach zwei Stunden war das Mahl zu Ende und eine weitere Stunde später bestieg das junge Paar den Wagen, der es zur Eisenbahnstation brachte. Ein kalter Novembernebel rieselte herab, doch die Hochzeitsreise ging ja in das Land der Sonne – an die Riviera.

9

Kurz nach der Abfahrt der Neuvermählten hatte sich Baronin Tilling in ihre Zimmer zurückgezogen. Sie war nicht in der Laune, mit fremden Leuten liebenswürdig zu sein. Diese Aufgabe mussten Rudolf und Beatrix absolvieren, sie sehnte sich nach Ruhe und Einsamkeit.

Gegen Abend aber sehnte sie sich nach Mitteilung, und da ließ sie ihren Sohn bitten, er möge zu ihr kommen. Bereitwillig entsprach Rudolf diesem Wunsch. Denn auch er hatte Unausgesprochenes auf dem Herzen, Dinge, über die er sich mit niemand anderem als mit ihr aussprechen konnte.

Martha, die ihre prunkvolle Brautmutterkluft gegen einen bequemen Schlafrock aus schwarzem Samt vertauscht hatte, lag auf einem in die Nähe des knisternden Ofenfeuers gerückten Ruhebett; eine unter großem Spitzenschirm brennende Lampe verbreitete ein gedämpftes Licht in dem wohligen, mit Blumenduft erfüllten Raum. Der Duft kam von den Orangenblüten des Brautstraußes, den Sylvia hier hatte liegen lassen, als sie von der Mutter Abschied nahm.

»Hier bin ich«, sagte Rudolf eintretend. »Wünschst du etwas von mir, Mutter?«

»Nur deine Gesellschaft, liebes Kind. Komm, setz dich daher. Hab ich dich durch mein Rufenlassen gestört – du spieltest vielleicht Karten unten mit den Gästen?«

»Oh, ich habe keinerlei Sehnsucht, wieder hinunterzugehen. Der Pfarrer hat meinen Platz am Tarocktisch übernommen und du hast mir den größten Gefallen erwiesen, indem du mich rufen ließest … Sind das alle Depeschen?«

Rudolf zeigte auf einen Haufen Telegramme, der auf dem Tischchen lag.

»Ja, ich habe vorhin alle Glückwünsche durchgelesen – über zweihundert … fast überall dieselben Worte: Demütig die einen, herablassend die anderen wünschen alle Sylvia Glück … Und weißt du, Rudolf, was ich fürchte? Sie wird *nicht* glücklich werden. Das habe ich heute wieder mit erschreckender Deutlichkeit empfunden. Und ich fühle mich so schuldig dabei, so schuldig!«

Ihre Stimme zitterte. Rudolf legte beschwichtigend die Hand auf ihren Arm.

»Mach dir keine Vorwürfe, Mutter. Die Zeiten existieren nicht mehr, in denen Eltern über das Schicksal der Kinder verfügten. Sylvia hat frei gewählt. Und schließlich: Der Toni ist nicht schlimmer als ein Dutzend andere …«

»Unsere Sylvia – meines Friedrichs Sylvia – durfte aber keinem Dutzendmenschen gegeben werden … Überhaupt, seit einiger Zeit ist mir, als täte ich dem Andenken meines Toten gegenüber nicht mehr meine ganze Schuldigkeit. Als ich an meiner Lebensgeschichte schrieb, da hatte ich das Bewusstsein, eine Aufgabe zu erfüllen; jetzt, seitdem diese Arbeit vollendet ist, ist mir, als müsste ich anderes wirken, tun, vollbringen, und ich tue nichts …«

Rudolf sprang erregt auf und ging einige Schritte auf und nieder. Dann blieb er vor seiner Mutter stehen:

»Ich tue auch nichts. Das lastet auf deinem Gewissen wie auf dem meinen. Du hast mich ja dazu aufgezogen, den Kampf fortzusetzen, den Tilling begonnen hat, und was habe ich bis jetzt geleistet?

Immer nur verschoben und verschoben ... immer nur geplant und geplant ... Aber getan? Nichts.«

»Nun, wenn du im Parlament ...«

»Ja, das ist auch so einer meiner Pläne, meiner hinausgeschobenen Arbeitsvorsätze. Aber ich fange an zu fürchten, dass es damit auch nichts werden wird ... Wer weiß, ob ich überhaupt ins Parlament komme? Ich werde hin und her gezerrt, ich möge mich dieser oder jener Partei anschließen, und wenn ich dann sage, was ich eigentlich will – Dinge, die außerhalb der bestehenden Programme liegen –, so finde ich kein Verständnis, so glauben die Leute – ich sehe es ihnen an –, ich hätte einen Dachschaden. Am allerwenigsten verstehen mich die Wähler. Du wirst sehen: Ich werde gar nicht gewählt. Mein Gegenkandidat, der tritt so schön vertrauenerweckend in die gewohnten Phrasengleise; der verspricht so bieder, alle kleinen Lokalinteressen zu vertreten, während ich von Allgemeinheitsinteressen fasele ... Du wirst sehen, mein Gegenkandidat wird zehnmal mehr Stimmen erlangen als ich. Und das wird mich nicht einmal kränken können, denn in jeder Ansammlung von Köpfen gibt es doch zehnmal mehr dumme als kluge ... Hat man als Grundlage von Gesetzgebung und Regierung etwas Blöderes, geradezu Schädlicheres finden können als das Entscheidungsrecht der Mehrheit?«

»Das Instrument mag schlecht sein, Rudolf. Aber wenn kein anderes da ist, worauf willst du deine Melodie spielen?«

»*Meine* Melodie! Wenn nur die auch schon klar und voll und alles andere übertönend mir in der Seele klingen wollte ...«

»Das tut sie ja. Wenn ich an die begeisterten Worte denke, die du bei Fritzis Taufe sprachst ... das war echter Klang.«

»O ja, einzelne große Glockentöne, die ich selber höre, wie sie mir aus Herzensgrund und Seelentiefe schallen ... Dann aber kommt wieder der Lärm der Welt hinzu, der sie verschlingt – das Gegacker der Alltäglichkeit, das Gekläffe der Gemeinheit ...«

»In solchem Zorn liebe ich dich ... Solche Selbstanklage bürgt mir für dein echtes Wollen.«

»Du bist zu nachsichtig mit mir, Mutter. Ich würde deinen Tadel, deine Vorwürfe verdienen. Was habe ich bis jetzt erreicht? Was habe ich wenigstens *versucht* in jener großen Sache, die Friedrich Tillings Vermächtnis war? Heute hat es mich wie Reue erfasst ...«

»Wir begegnen uns, mein Kind; auch ich habe die Empfindung, mich an Friedrich versündigt zu haben.«

»Du, wieso? Was kannst du in der Sache noch tun?«

»Nicht in der Friedenssache meine ich. Ich meine ... Es fällt mir schwer, es zu erklären ... Du hast doch meine Lebensgeschichte gelesen. Du musst darin den Abglanz eines Dinges gefunden haben, das in der Welt gar so selten anzutreffen ist: das vollständige eheliche Liebesglück.«

»Ja, das habe ich in deinem Buch gefunden. Auch habe ich ja selber als Kind gesehen, wie glücklich ihr beiden wart. Ich bin aber auch Zeuge, wie deine Liebe und Treue übers Grab hinaus bis heute jenem Andenken geweiht geblieben sind – was kannst du da für Reue fühlen?«

»Dass ich, die ich doch durch ihn die ganze Fülle ehelicher Liebe kennengelernt habe, einer Liebe, die auf voller Seelenübereinstimmung gegründet war, *seine* Sylvia nicht auch einem solchen Glück zugeführt habe, dass ich sie nicht dazu erzogen habe, nur dann ihre Hand zu vergeben, wenn sie zugleich auch unumschränktes

Vertrauen und tief begründete Achtung schenken kann. Ich habe nicht meine Schuldigkeit getan, Rudolf ... Ja, die Pläne, die mein Friedrich für das Wohl der Welt gehegt hat, die habe ich gehütet und der Öffentlichkeit übermittelt; aber sein persönliches Werk, das er durch sein Herz geleistet hat, das tatsächliche häusliche Glück, das er geschaffen hat – auch das hätte ich als sein Vermächtnis hüten und auf sein Kind übertragen müssen. Die Lehren, die er *gepredigt* hat, die habe ich weitergegeben, aber die Lehren, die er *gelebt* hat, die sind verschollen, durch meine Schuld ...«

Martha wiederholte dieses Wort, während sie die Hände vors Gesicht schlug und in Weinen ausbrach. Rudolf beugte sich liebevoll über sie.

»Nicht – nicht, Mutter! Du bist nur so angegriffen ... Das sind die Nerven. Es ist ja natürlich: die Trennung von unserer Sylvia ... Aber der Toni ist kein böser Mensch. Wer sagt dir, dass sie nicht glücklich wird?«

Martha trocknete sich die Tränen ab.

»Ihre eigene Ahnung sagt es ihr. Wenn du sie heute gesehen hättest, wie sie – knapp vor dem Kirchgang – mir weinend in die Arme fiel ...«

»Nun ja, das Abschiedsweh.«

»Nein, nicht Schmerz um das, was sie verließ – es war Furcht vor dem, dem sie entgegengeht.«

10

Hugo Bresser war seit seiner plötzlichen Abreise in seine Heimat nicht zurückgekehrt. Einige Tage vor Sylvias Hochzeit war er nach Berlin gereist, und dort hatte er sich ganz niedergelassen. In dem Brief, den er damals an Sylvia geschrieben hatte und den sie an ihrem Hochzeitsmorgen verbrannte, war in glühenden Worten, in Versen und in Prosa seine ganze Leidenschaft niedergelegt gewesen. Wie er sie jahrelang hoffnungslos geliebt, wie erst in den letzten Tagen – trotz ihrer Verlobung – in jener Gewitterstunde eine Hoffnung in ihm erwacht war ... Sie musste die Verlobung rückgängig machen, hatte er, der Wahnwitzige, vermeint ... Es war Täuschung. Und so gehe er in freiwillige Verbannung – es sei ihm unmöglich, in dem Lande zu bleiben, wo sie an der Seite eines anderen lebte. Möge sie glücklich werden – ebenso glücklich, wie er tief unglücklich ist. Nicht so unglücklich, dass er sterben müsse – nein, er wolle leben und streben in heißem Ehrgeiz, um einst den Beweis zu erbringen, dass es kein Unwürdiger war, dessen Liebe sich bis zu ihr erhoben hatte und der ein paar Stunden lang von dem Wahn beseligt gewesen war, ihr Herz zu besitzen.

Jetzt, nach zweieinhalb Jahren, hielt Sylvia wieder einen Brief Bressers in der Hand. Es waren nur wenige Zeilen, worin er anfragte, ob es ihm gestattet sei, während seines bevorstehenden kurzen Aufenthaltes in Wien der Frau Gräfin seine Aufwartung zu machen.

Sylvia saß mit ihrem Mann beim Frühstück, als dieser Brief ankam. Das junge Paar bewohnte den ersten Stock eines

Ringstraßenpalais. Auf Delnitzkys Wunsch war man schon seit Oktober vom Land nach Wien übersiedelt. Es war in ihm eine große Leidenschaft für die Oper erwacht. Zwei- oder dreimal in der Woche nahm er seinen ständigen Sitz in der zweiten Parkettreihe ein.

Viele Leute bemerkten, dass Graf Delnitzky gerade an jenen Tagen unfehlbar in der Oper erschien, an welchen eine gewisse, wegen ihrer Schönheit und ihres Talentes vielgefeierte Primadonna beschäftigt war. Sylvia bemerkte das nicht – oder beachtete es nicht. In dieser kurzen Frist von zweieinhalb Jahren war ihre Liebe zu Delnitzky vollständig erloschen. Den ersten Schaden hatte diese Liebe schon auf der Hochzeitsreise erlitten durch die jedes Hauches von Poesie, jedes Zartsinns entbehrende Art, in der der junge Ehemann seine Gattenrechte zur Geltung brachte. Er war leidenschaftlich in ihre Schönheit verliebt; aber diese Leidenschaft äußerte sich durch eine an Brutalität grenzende Heftigkeit. Das Feuer, das in Sylvias jungen Sinnen geglüht hatte, war durch solch raue Art vollends erstickt. Nicht die Schauer der Wonne hatte er zu wecken gewusst, sondern eher den Schauer des Ekels eingeflößt; und ihr abwehrendes, im günstigsten Fall duldendes Verhalten unter den Ausbrüchen seiner erotischen Gewalttätigkeiten weckte in ihm das zornige Urteil:

»Oh, das zimperliche, kalte, temperamentlose Geschöpf!«

Nachdem der Gatte den physischen Zauber verscheucht hatte, in dessen Bann sich Sylvia zum Bräutigam hingezogen gefühlt hatte, schwand auch bald alle seelische Liebesempfindung; ernüchtert gewahrte sie nun in voller Deutlichkeit die Mängel seines Wesens; was ihr früher nur für kurze Augenblicke an die Nerven gegangen war, das wurde ihr beständig widerwärtig. Und da sie diese Empfindungen nicht zu verbergen wusste, da sie Freundlichkeit nicht heucheln konnte, wenn sie sich geärgert und abgestoßen fühlte, so erweckte ihr Benehmen bei Delnitzky das weitere zornige Urteil:

»Oh, das launenhafte, mürrische, zuwid're Ding!«

Zu einer Aussprache der stillen Beschwerden, zu gegenseitigen Vorwürfen kam es nicht. Es stellte sich nur eine wachsende Gleichgültigkeit ein. Der Verkehr wurde immer matter und kühler, die Gespräche wurden immer kürzer und sachlicher – ein paar Zärtlichkeitsausdrücke und Kosenamen, die noch aus der Brautzeit stammten, wurden immer seltener angewendet, bis sie ganz ausstarben, und jeder Tag, statt die beiden immer näher und immer näher zu bringen – wie dies in Tillings und Marthas mit Liebe gesegneter Ehe gewesen war –, brachte ein größeres Stück der Entfernung, der Entfremdung zwischen sie.

Im ersten Jahr war ihnen ein Kind geboren worden. Aber auch die Mutterfreuden blieben der jungen Frau versagt. Unter furchtbaren Schmerzen und unter Lebensgefahr hatte sie das Kind zur Welt gebracht und vier Monate später musste sie es in qualvollen Konvulsionen sterben sehen.

Sie wünschte sich kein zweites. Einsam fühlte sie sich nicht. Ihr Herz war mit der Liebe zur Mutter und zu Rudolf ebenso ausgefüllt wie zu ihrer Mädchenzeit – eher noch mehr. Ihre Anteilnahme an den Bestrebungen und Ideen des Bruders war noch gewachsen, auch der Mutter hatte sie sich inniger angeschlossen als je zuvor. Aus ihren ehelichen Enttäuschungen machte sie dieser ihrer besten Freundin gegenüber kein Geheimnis, aber sie teilte sich mit, ohne dabei in Klagen auszubrechen. Glücklich war sie freilich nicht

– aber auch nicht unglücklich. Das große Los hatte sie nicht gezogen in der Heiratslotterie – aber die Niete machte sie nicht zur Bettlerin. Die Selbstvorwürfe, mit welchen Martha sich quälte, suchte sie zu verscheuchen; sie lud alle Schuld auf sich, auf ihre eigensinnige Verblendung; nichts, nicht einmal die mütterliche Autorität, hatte sie von ihrem durch närrische Verliebtheit befestigten Entschluss abbringen können – und dafür wurde sie jetzt gestraft.

Aber was weiter? Gibt es nicht Tausende von Frauen, die früher oder später mit ihren Männern auch in solches Stadium gegenseitiger Gleichgültigkeit geraten? Und unzählige Mädchen, die gar nicht heiraten und dabei doch Genuss am Leben finden? Sind denn Genuss und ungetrübtes Glück überhaupt etwas, worauf jeder berechtigten Anspruch erheben darf, philosophierte sie weiter. Warum sollte gerade ihr ein Paradies erschlossen werden, wo so viele auf Erden ein Fegefeuer, gar manche sogar eine Hölle finden? Man muss sich bescheiden mit dem, was man hat; und sie hatte gar viel: eine herrliche Mutter, einen teuren Bruder, geistige Mitwirkung an den Lebensaufgaben dieser beiden, dazu Gesundheit, Reichtum, Rang.

»Nein, nein, Mutter, bedauere mich nicht!«

So wusste sie Martha stets zu trösten, wenn diese über die zu rasche Einwilligung in die Heirat ihrer Tochter in Selbstanklagen ausbrach.

Als Sylvia die Schriftzüge auf der Adresse des Berliner Briefes erkannte, erblasste sie.

»Von wem denn?«, fragte Anton über seine Zeitung hinüber. Er las den Sportbericht im *Neuen Wiener Tagblatt*.

»Von Hugo Bresser ... Er will für kurze Zeit hierherkommen. Das wird seinen Vater freuen.«

»Du, sag mir: Ist euer Hausfreund, der alte Bresser, nicht ein getaufter Jud?«

»Mag sein – ich weiß nicht.«

»Also vielleicht gar ungetauft?«

»Das sicher nicht. Aber warum fragst du?«

»Oh, ich mag die Juden nicht.«

»Das auch noch!«, seufzte Sylvia im Innern. Es war ihr nichts widerwärtiger als der in der Gesellschaft und in der Wiener Kleinbürgerschaft überhandnehmende Antisemitismus. Laut sagte sie nur:

»Pater Protus denkt da viel weitherziger.«

»Ach, der! Der ist auch so ein Liberaler ... Na ja, ich bin ja auch kein bigotter Duckmäuser ... Aber wenn ich schon Priester wäre, so würde ich auch zu den klerikalen Ansichten halten und mich nach meinen Vorgesetzten richten. Wird der junge Bresser jetzt im Lande bleiben und sich redlich nähren?«

»Ich sagte dir, er kommt nur für kurze Zeit. Lies selber.«

Sie schob den Brief hinüber.

Anton machte eine abwehrende Bewegung.

»Es interessiert mich nicht. Der ganze Mensch interessiert mich nicht mit seinem sogenannten ›schriftstellerischen Beruf‹, von dem sein Vater immer so lang und breit erzählt.«

In der Tat: Im Hause Tilling war man über das Schicksal des jungen Bresser durch die Mitteilungen des Doktors stets auf dem Laufenden geblieben. Man hatte erfahren, dass sich Hugo in Berlin in die Schriftstellerkreise eingeführt hatte, dass er rastlos produzierte und sowohl mit einem Roman, der in einer angesehenen *Rundschau* erschienen war, als auch mit einem Drama, das gerade die Runde über sämtliche deutsche Bühnen machte, große Erfolge errungen hatte.

»Wenn er kommt, lad ihn zum Essen ein«, sagte Delnitzky aufstehend. »Ich geh jetzt ...«

Sylvia fragte nicht, wohin ...

Allein geblieben las sie noch ein paarmal die wenigen Zeilen durch. Die Physiognomie der Schrift war es, was sie daran fesselte; denn sie brachte ihr deutlich jenen verbrannten Brief und das – nicht unangenehme – Gefühl ins Gedächtnis, welches ihr damals der Brief verursacht hatte. Eigentlich war es eine Kühnheit von dem Bresser, sich jetzt bei ihr anzumelden, als wäre nichts geschehen ...

Sollte sie ihn empfangen? Warum nicht? Die Schwärmerei von damals war ja sicherlich vergessen. Sie hatte selbst erfahren, wie die Zeit tiefe Wandlungen in verliebte Gefühle bringen kann. Und nun gar bei einem jungen Mann – einem gefeierten Autor ... Der hatte in Berlin sicher mehr als ein Liebesverhältnis angeknüpft und dachte gar nicht mehr an jene wesenlose Episode. Empfinge sie ihn nicht, den Sohn des alten Hausfreundes, so wäre das auffallend. Und er selber könnte sich's auslegen, als fürchtete sie sich vor ihm – und wahrlich, das lag ihr fern.

So ging sie an ihren Schreibtisch und antwortete, es werde sie und ihren Mann sehr freuen, Herrn Bresser wiederzusehen und von seinen Erfolgen berichten zu hören. Er möge, damit man gemütlicher plaudern könne, zur Speisestunde, sechs Uhr, kommen, und zwar am nächsten Donnerstag; da erwarte sie auch ihren Bruder, der sich gewiss ebenso freuen würde, ihn zu treffen.

Am nächsten Donnerstag, zehn Minuten vor der angegebenen Stunde, fand sich Hugo Bresser in der Delnitzky'schen Wohnung ein. Das Herz klopfte ihm, als er das Vorzimmer betrat. Ein Diener nahm ihm den Überrock ab. Vor dem Spiegel zupfte er die weiße Krawatte zurecht und überzeugte sich, dass die Gardeniablüte im Knopfloch seines Fracks gut befestigt war.

Der Diener ging voran und führte den Gast durch zwei große, nur schwach erleuchtete Salons in einen dritten, kleinen, wo die Hausfrau las – allein.

Sylvia, in einfacher, heller Seidengaze, kam Hugo ein paar Schritte entgegen und reichte ihm die Hand, die er ehrerbietig küsste.

»Herzlich willkommen, Herr Bresser! Wie Sie sich verändert haben! – Vorteilhaft verändert«, fügte sie lächelnd hinzu.

Sie sagte die Wahrheit. Hugo, der jetzt einen spitz gestutzten Bart und in der Mitte gescheiteltes Haar trug, hatte ein verändertes und vorteilhafteres Aussehen. Auch in seinem Gesichtsausdruck, in der eleganten Sicherheit seines Auftretens war etwas Neues, etwas, das er den Erfolgen zu danken hatte, durch die er zu einem gefeierten Liebling der Berliner Gesellschaft geworden war und durch die er an Selbstbewusstsein gewonnen hatte.

Sylvias äußere Erscheinung war unverändert. Auf den ersten Blick und nach den ersten getauschten Worten fand Hugo jenes gewisse Etwas in ihren Zügen wieder, das er daran geliebt hatte – ein eigener Zauber, der, wenn sie sprach und lächelte, um ihre die kleinen perlenweißen Zähne aufdeckenden Lippen huschte.

Die innere Bewegung dieses Wiedersehens verdeckten beide durch ein beinahe überhastetes Fragen und Antworten über die banalsten Gegenstände:

»Wann sind Sie angekommen? – Wie lange bleiben Sie? – Wie gefällt es Ihnen in Berlin?«

Und seinerseits:

»Wie geht es dem Grafen Delnitzky, wie der verehrten Baronin Tilling? – Hatte die Frau Gräfin einen angenehmen Aufenthalt an der Riviera gehabt und hat sie wieder eine Reise vor?«

Dann lenkte Sylvia das Gespräch auf Hugos literarische Erfolge, und dadurch ward es auf ein weniger flaches Gebiet gebracht und auf einen persönlichen Ton gestimmt.

»Sie sind nun ein anerkannter, man darf schon sagen ein berühmter Dichter geworden, Herr Bresser! Das muss doch ein stolzes, angenehmes Gefühl sein?«

»Das Angenehmste beim Dichten liegt nicht in der Anerkennung, sondern in der Arbeit. Das Schaffen ist eine Befreiung ... eine Besitzergreifung von erträumten Schätzen. Alles, was einem das Leben und die Welt auch bringen mag an Enttäuschung, an Schmerz, an Zorn – das braucht einen nicht im Innern zu erdrücken und zu ersticken ... Das packt man, gibt ihm eine Form und bekleidet es mit seiner ganzen Leidenschaft. Da steht es dann da, zuckend, lodernd, weinend – aber man ist es los. Und auch die Freuden, die Seligkeiten, die stolzen Siege, die einem das Leben *nicht* bietet – auch die reißt man aus dem Reich der Fantasie herunter und stellt sie vor sich hin, in den Prunk der Sprache gekleidet; und sie gehören einem: Man ist ja ihr Schöpfer.«

»Wie begeistert Sie von der Dichtkunst sprechen!«

»Ich nehme meinen Beruf ernst, Gräfin, ich gehe in ihm auf. Seit jeher, Sie wissen es ja, habe ich darauf gerechnet, mit der Feder zu wirken. Die Journalistik war das Feld, auf dem ich kämpfen wollte ...«

»Ja, ich erinnere mich – jene Zeitung, in der auch Rudolf eine Stütze seiner parlamentarischen Aktion finden sollte.«

»Die ist ins Wasser gefallen …«

»Wie Rudolfs parlamentarische Laufbahn«, warf Sylvia ein.

»Ich weiß. Für mich war's gut. Vielleicht auch für ihn? Ich wurde in ein anderes Gebiet der schriftstellerischen Arbeit gedrängt und habe darin die unerwartetsten Erfolge erzielt.«

»Gesegnet sei also jenes gescheiterte Journal!«

»Nicht dieses Scheitern allein hat mich von der Journalistik zur Dichtkunst gebracht. Es war ein Erlebnis, das meine Seele aufgewühlt hat – ein Sturm von Gefühlen, den ich nicht in Leitartikeln und Feuilletons hätte austoben können.«

»Sondern in Romanen und Dramen? Ich muss zu meiner Schande gestehen, dass ich Ihre Werke noch nicht kenne – haben Sie denn dazu Ihre eigenen Erlebnisse als Stoff verwertet?«

»Nein. Nur die tobenden Gedanken und Gefühle, die durch meine Erlebnisse erweckt wurden, habe ich in meine Versuche gelegt. Ich sage Versuche, wo Sie Werke sagen, Gräfin – denn obwohl ich ja als Anfänger Glück gehabt habe, so weiß ich doch, dass mein bisher Geleistetes nur schwache Versuche sind ... Mein Werk, mein Kunstwerk – das *werde* ich erst schreiben. Nennen Sie das nicht unbescheiden, nicht Vermessenheit. Ich glaube, es kann gar keinen rechtschaffenen Künstler geben, der nicht in sich ein ganzes Chaos von brodelnden Stoffen und Kräften fühlt, das danach strebt, eine Welt zu werden.«

»Bitte um Verzeihung ... Hab ich mich verspätet?«

Es war Delnitzky, der hereingetreten war.

»Grüß Sie Gott, Bresser. Na, ich gratuliere – Sie sind ja ein Tausendsassa geworden ... Das muss hübsche Tantiemen absetzen, Ihr

Theaterstück, was? Du«, wandte er sich zu seiner Frau, »ich soll dir sagen: Der Rudi kann heut nicht kommen – die Beatrix ist krank.«

»Ach, die Arme, schon wieder? Und meine Cousine hat auch abgesagt, so werden wir allein essen.«

»Das wird ja recht gemütlich so«, sagte Delnitzky. »Nur lass schnell anrichten – ich geh heut in die Oper und von ›Carmen‹ hör ich gern den ersten Akt.«

Während des kleinen Dinners beschränkte sich die Unterhaltung auf Reminiszenzen aus der Zeit, welche Hugos Abreise und Sylvias Heirat vorangegangen war. Man sprach von den Tennispartien in Brunnhof, von Pater Protus, von der Taufe des kleinen Fritz und ähnlichen Dingen. Von sich und seinen Arbeiten erzählte Hugo nichts, er wich sogar einigen darauf bezüglichen Fragen Delnitzkys aus. Wohl mochte er fühlen, dass er von dieser Seite kein Verständnis für sein Streben fände.

Als man vom Tische aufstand, sah Delnitzky auf die Uhr.

»Gleich sieben – ich bitte um Verzeihung. Auf den Kaffee will ich verzichten, sonst komm ich wirklich zu spät ... Ich lasse die Herrschaften ja beide in guter Gesellschaft ... Jugendfreunde ... Also, ich empfehle mich ... hat mich sehr gefreut ... Sie bleiben doch noch eine Zeit in Wien? ... Schön – also auf Wiedersehen. Adieu.«

Und fort war er.

Sylvia ging mit Hugo in den Salon zurück.

»Störe ich nicht, Gräfin? Sie wollten vielleicht auch ins Theater ...«

»Nein, nein, ich bleibe zu Hause. Ich muss sogar – meine Freunde wissen, dass ich an Donnerstagabenden anzutreffen bin.«

Sie schenkte den schwarzen Kaffee ein und reichte ihm eine Schale. Zugleich deutete sie auf einen mit Zigaretten gefüllten Becher.

»Wenn Sie rauchen wollen – es ist erlaubt.«

Das Tête-à-Tête hatte etwas Schwüles, Beengendes für sie. Sie fürchtete, Hugo könnte von seinem Brief sprechen, den sie an ihrem Hochzeitstag verbrannt hatte. Sie empfand etwas Beschämung, denn der junge Mann musste durchschaut haben, dass ihr eheliches Verhältnis nicht war, was es sein sollte.

In Bresser loderte die alte Leidenschaft wieder hell auf. In den Schatten gestellt war das Bild einer jungen Berliner Schauspielerin, die seine Geliebte war; es war ihm, als hätte er nie an eine andere gedacht – als wäre Sylvia wieder das einzige Weib, das die Welt für ihn enthielt.

Aber er wagte es nicht, sich zu verraten. Er versuchte, die Unterhaltung in demselben banalen Ton fortzusetzen, wie sie bei Tisch geführt worden war. Sylvia ging darauf ein, doch es verletzte sie, dass Bresser nicht, wie er es vor Delnitzkys Ankunft getan hatte, sein Gespräch jetzt wieder auf einen höheren Ton stimmte. Sollte er glauben, dass sie nicht auf seinem geistigen Niveau war, dass sie sich nur behaglich fühlte in den schalen Alltäglichkeiten, welche den Stoff zu Delnitzkys Unterhaltung abgegeben hatten? So sollte ein Dichter – und ein Mann, der sie einst geliebt hatte – nicht von ihr denken. Und als er wieder irgendeine nichtssagende Bemerkung vorbrachte – ein Vergleich zwischen den Bauten von Wien und Berlin, zwischen den Kältegraden von dort und hier –, machte sie eine ungeduldige Bewegung und sagte:

»Ach, das interessiert mich nicht. Reden Sie doch nicht so mit mir ... Wie sagte doch Toni? Wir seien Jugendfreunde. Freunde haben sich doch Besseres mitzuteilen als architektonische und meteorologische Beobachtungen.«

»Wir waren aber nicht Jugendfreunde, Frau Gräfin. Zwischen uns beiden gähnte ein gesellschaftlicher Abgrund – ich blickte zu Ihnen auf wie zu einem Stern ... Nur einmal – ein paar Stunden, ein paar Tage – vergaß ich diese Entfernung. Aber *davon* soll und darf ich doch nicht reden?«

»Nein, davon nicht.«

So schwiegen sie eine Weile – eigentlich hatten sie beide doch davon geredet.

»Lassen Sie uns auf Ihre literarische Laufbahn zurückkommen – das fesselt mich wirklich lebhaft. Ich sehe, dass Sie eine Lebensaufgabe haben, dass Sie großen Zielen zustreben ... wie mein Bruder. Wie schade, dass er nicht gekommen ist; Sie hätten miteinander vielleicht wieder jenen Streit aufgenommen – über den Vorrang des Gedankens oder der Tat ...«

»Sie erinnern sich noch? Wie Sie sehen, bin ich meiner Ansicht treu geblieben – ich habe mich einzig in den Dienst des Gedankens gestellt. Und da nicht einmal des grübelnden oder auf irgendwelche praktischen Ziele gerichteten, sondern des frei über allen Wolken schwebenden Gedankens. Rudolf hat wohl noch immer politische und weltverbessernde Pläne? Ach, ich fürchte, verbessern lässt sich nicht viel an unserem kleinen Stückchen Umwelt ... Ich wenigstens könnte es nicht – höchstens ein klein wenig verschönern, sei es durch ein bisschen Kunst oder ein bisschen – Liebe.«

Das Wort Liebe, in der Betonung, in der Hugo es gesprochen hatte, verursachte der jungen Frau eine Sekunde der Beklemmung. Sie wusste selbst nicht, was diese Beklemmung eigentlich war ... Sehnsucht? Eifersucht? Sie holte einen tiefen Atemzug.

»Was schreiben Sie jetzt?«, fragte sie schließlich.

Er hatte nicht Zeit zu antworten. Der Bediente meldete Besuch. Bald war der Salon mit einem Dutzend Leute gefüllt und Bresser empfahl sich von der Hausfrau.

»Wann sieht man Sie wieder?«, fragte sie, ihm die Hand zum Kusse reichend.

»Sobald Sie befehlen.«

11

Rudolf Dotzky war bei den Reichsratswahlen durchgefallen. Er hatte es verschmäht, sich vom Großgrundbesitz aufstellen zu lassen, weil er sich da einer der bestehenden Parteien hätte anschließen müssen, und sich um ein Mandat in Wien beworben. In den Wahlversammlungen hatte er sein Programm mit beredten Worten entwickelt und viel Beifall gefunden – die Stimmenmehrheit fand er aber nicht.

Sein Gegenkandidat hatte ein so bewährtes altes Programm entworfen, mit allen üblichen Versprechungen gespickt, dass ihm die Stimmen nur so zuflogen. Alles geht ja – das ist naturgesetzmäßig – auf der Bahn des geringsten Widerstandes, also auf der gewohnheitsgeglätteten Bahn. Die neuen, noch nie gehörten Ideen, die Rudolf vorgebracht hatte, blieben teils unverstanden, teils flößten sie Bangen ein.

Namentlich von seinen Standesgenossen musste er Vorwürfe hören. Die älteren Herren gaben ihm wohlmeinende Belehrungen. Sie waren ja erfahrene Politiker – »Realpolitiker«; sie wussten also genau Bescheid und versuchten eindringlich, ihn von seinen unpraktischen Anschauungen abzubringen. An und für sich mag ja dies und jenes richtig sein, gaben sie zu, einiges sogar unanfechtbar; dennoch dürfe man es nicht vorbringen, weil es an gewissen Stellen verstimmen könnte – und vor allem gelte es, die eigene Partei regierungsfähig zu machen, nur dann sei überhaupt etwas zu erreichen. Daher ist Unterwerfung unter das Parteiinteresse das wichtigste politische Prinzip.

Dem meisten Widerstand begegnete Rudolf von einer Seite, von der er ihn am wenigsten erwartet hätte – bei seiner Frau und deren Mutter. Kein direkter Widerstand gegen seine Prinzipien, denn von diesen verstanden sie nichts, und er hatte sie ihnen auch nicht erläutert, sondern indirekt durch das Hervorkehren *ihrer* Auffassung des ganzen parlamentarischen Berufs, in welchem sie nichts sahen als den Hebel zur Erlangung eigener Vorteile. Als die eigentliche Aufgabe, die unabweisbare Pflicht eines Abgeordneten betrachteten sie das Bestreben, durch die politische Tätigkeit Karriere zu machen. Also natürlich alles tun und reden, was den jeweiligen Ministern gefällt, und noch mehr das, was an allerhöchster Stelle gefallen muss.

»Darum, Rudi, nur immer eintreten für Thron, Altar und Armee ... Unser Hof ist ja sehr fromm. Und friedliebend ist der Kaiser ja auch – er liebt seine Armee und tut so viel für sie ... Was Friedrich Tilling wollte, ist ja recht schön; nur darf man das Militär nicht angreifen ... Je stärker das Heer ist und je besser gerüstet, desto weniger werden die anderen sich trauen, Krieg anzufangen ... Was würde auch aus allen Söhnen des Adels werden, wenn man weniger Offiziere bräuchte? Und dann: Es ist gar nicht anständig, nicht patriotisch, wenn man gegen den Militarismus loszieht – das tun ja die sogenannten Roten, die alle Ordnung untergraben wollen ...«

Rudolf wehrte derlei Einmengungen zwar ungeduldig ab, aber sie schwirrten immer wieder um seine Ohren. Es war ihm daher beinahe wie eine Erleichterung, als er *nicht* gewählt wurde; denn zu dem Kampf, der im Reichsrat aufzunehmen war, hätte sich noch der Kampf mit den Seinen gesellt. Er wäre jedoch nicht zurückgeschreckt vor diesem Kampf und war entschlossen, bei nächster Gelegenheit wieder auf den Plan zu treten.

Den schon vor längerer Zeit seiner Mutter mitgeteilten Plan, mit den Führern der Friedenssache in brieflichen und persönlichen Verkehr zu treten, hatte er ausgeführt. Er schrieb an Hodgson Pratt und Randal Cremer nach London, an Frédéric Passy und Simon nach Paris, an Franz Wirth nach Frankfurt a. M., an Virchow nach Berlin, an Professor Graf Komorowski nach Moskau, an Teodoro Moneta nach Mailand, an Ruggero Bonghi und Beniamino Pandolfi nach Rom, an Fredrik Bajer nach Kopenhagen, an General Türr nach Budapest. Von diesen erfuhr er genau, wie die »Bewegung« für Frieden und Schiedsgerichte in den verschiedenen europäischen Ländern stand, und in das bekannte Protokoll gab es wieder viel einzutragen. Hätte Rudolf dem Parlament angehört, so würde er versucht haben, sich an die Spitze einer österreichischen Gruppe der Interparlamentarischen Union zu stellen. Eine solche entstand anlässlich der im November 1891 in Rom tagenden interparlamentarischen Konferenz, und zur Anregung dieser Bildung hatte er reichlich beigetragen.

Im Übrigen war und blieb er ein Feind des Vereinswesens. Martha hatte ihm nahegelegt, dass für ihn die beste Art, Tillings Ideen zu verwirklichen, darin bestände, die internationale Bewegung, mit deren Trägern er ja so eifrig korrespondierte, nach Österreich zu verpflanzen, indem er auch in Wien einen Verein ins Leben riefe, dessen Mitglieder dann an den alljährlichen Kongressen teilnehmen würden. Aber dazu konnte er sich nicht entschließen. Er war nicht, was so viele Menschen nach mehrjähriger Erfahrung werden – vereins*müde*, denn er hatte darin keine Erfahrungen, sondern er war vereins*scheu*. Konkrete Dinge, wie beim Roten Kreuz, Rettungsgesellschaft, Tierschutz und dergleichen, konnten wohl durch Organisation ersprießlich betrieben werden; abstrakte Ideen, sittliche Ideale, philosophische Wahrheiten – nein, diesen half es nichts, sie in ein Büro mit Funktionären und Sitzungen mit Protokollen oder in Kongresse mit Resolutionen zu zwingen; die mussten, um die öffentlichen Institutionen umzuwandeln, ihren Weg ins Haus, in die Schule, in die Köpfe der geistigen Führer und der Staatslenker finden.

»Eine Weltanschauung«, pflegte er zu sagen, »lässt sich nicht organisieren; zur Heranziehung einer Gemeinde gehören nicht Vorsitzende, Schriftführer und Kassenwarte, sondern Apostel.«

»Und willst du nicht Apostel werden?«, hatte ihn Martha gefragt.

»Hängt das vom Wollen ab?«, fragte er zurück. »Ebenso gut könnte man sich vornehmen, ein Genie zu werden. Wie hoch die Kraft sein wird, die man in den Dienst einer Sache stellt, das kann man nicht bestimmen, nur das eine kann man sich vornehmen: treu zu dienen – mit der ganzen Kraft, die man überhaupt hat.«

Da ihm die Tribüne des Abgeordnetenhauses verschlossen blieb, blickte Rudolf nach einer anderen Stelle aus, von wo er die Fülle seiner Gedanken und Pläne verkünden konnte. Das Nächstliegende war: Zeitungsartikel zu schreiben. Er versuchte es. Die Anschauungen und Grundsätze, die vor seinen Wählern keine Gnade gefunden hatten, brachte er nun in Form von Essays zu Papier. Doch fand er damit ebenso wenig Gnade bei den großen politischen Blättern. Da herrschte ja die gleiche Parteienge, die er in den lebendigen politischen Kreisen gefunden hatte, ins Papier übertragen. Was außerhalb der gewohnten Schlagworte, der gewohnten Phrasengleise lag, das wollten die Blätter nicht aufnehmen. Jedoch das »Aktuelle« ist immer zeitungsspaltenfähig, und so geschah es, als im Herbst 1891 die Telegrafenagenturen meldeten, in Rom würden unter Beteiligung offizieller Kreise ein Friedenskongress und eine interparlamentarische Konferenz abgehalten, dass man in den Redaktionen doch auf jene Frage hinhorchte, und ein großes Wiener Blatt veröffentlichte einen von Rudolf Dotzky eingesandten Aufsatz, in welchem er Folgendes ausführte:

»Millionenheere, in zwei Lager geteilt, waffenklirrend, stehen bereit, nur eines Winkes gewärtig – aufeinander loszustürzen. In der gegenseitig zitternden Angst vor der unermesslichen Furchtbarkeit des drohenden Ausbruchs liegt einigermaßen Gewähr für dessen Verzögerung.

Hinausschieben ist jedoch nicht Aufheben.

Die sogenannten ›Segnungen‹ des Friedens (als wäre der bewaffnete Friede nicht selber ein Fluch) werden uns immer nur von Jahr zu Jahr garantiert, immer nur als ›hoffentlich‹ noch einige Zeit anhaltend hingestellt. Von der Abschaffung des Krieges, von gänzlicher Aufhebung des internationalen Gewaltprinzips durch Einsetzung zwischenstaatlicher Justiz, davon wollen die zur ›Aufrechterhaltung des Friedens‹ waffenbrüderlich verbundenen Gewalten nichts wissen. Der Krieg ist ihnen heilig, unausrottbar, und man darf ihn nicht wegdenken wollen; er erscheint ihnen auch – angesichts der Dimensionen, die er unter den gegenwärtigen Bedingungen annehmen müsste – furchtbar, vor dem eigenen Gewissen unverantwortlich, also darf man ihn nicht anfangen.

Was ist das aber für ein unnatürliches Ding, das nicht aufhören kann und nicht anfangen soll, das nicht weggewünscht und nicht herbeigeführt, nicht verneint und nicht bejaht werden darf? Ein ewiges Vorbereiten auf das, was durch die Vorbereitung vermieden werden soll – ein Vermeiden dessen, was durch die Vermeidung vorbereitet wird.

Dieses Widerspruchsmonstrum erklärt sich so:

Jenes Gebilde aus historischer Vergangenheit, das man noch aufrechterhalten will – die Gebiet verschiebende, Macht vergrößernde, nur einen geringen Bruchteil der Bevölkerung in Anspruch nehmende frische und fröhliche Kriegführung –, ist inzwischen im Entwicklungsgang der Kultur zur moralischen und physischen Unmöglichkeit geworden. Moralisch unmöglich, weil die Menschen von ihrer Wildheit und Lebensverachtung verloren haben und daher nicht mehr fröhlich an das Totschlage-Werk gehen können. ›Die Blutarbeit ist mir verhasst‹, schreibt Friedrich III. in seinem Tagebuch. – Physisch unmöglich, weil die während der letzten zwanzig Jahre angewachsene Zerstörungstechnik einen Grad erreicht hat, der den nächsten Feldzug zwischen den großen Militärstaaten zu etwas gestalten würde, das etwas ganz Neues, anderes wäre, etwas, das sich mit dem Wesen und den Zwecken des landläufigen Begriffes Krieg nicht mehr decken würde.

Jeden Augenblick kann die Explosion kommen. Diejenigen, welche die Lunte in Händen haben, wissen, dass bei solchem Pulvervorrat die Folgen schrecklich wären, wenn sie unvorsichtiger- oder gar frevelhafterweise den Funken hineinwürfen. Um diese wohltätige Vorsicht zu steigern, wird der Pulvervorrat immer vergrößert. Wäre es nicht einfacher, die Lunte wegzutun, mit anderen Worten: abzurüsten? Den internationalen Rechtszustand einzusetzen, die getrennten Gruppen – die einander stets schwören, dass sie, wenn sie von der anderen Gruppe angegriffen würden, Schulter an Schulter kämpfen wollen – zu einer Gruppe zu verschmelzen, den Bund der zivilisierten Staaten Europas zu gründen?«

Diese zwei Postulate – Einsetzung internationaler Friedensjustiz und europäischer Staatenbund – bildeten in Rudolfs Sinn das ganze, klare Ziel des von Friedrich Tilling aufgestellten Ideals. Das dritte Postulat – die Abrüstung – müsste sich als die Folge der beiden anderen einstellen. So wie das Rüsten die Geste der Kriegswollenden und Kriegsfürchtenden ist, die einander feindlich und misstrauisch gegenüberstehen, so wäre bei verbündeten Mächten, die für etwaige Streitfälle ein Schiedstribunal bereit hätten, die natürliche Geste das Abrüsten.

Die Folge jenes Artikels war, dass ihm aus den verschiedenen Schichten der Bevölkerung zahlreiche zustimmende Briefe zuflogen. Eine zweite Wirkung aber war, dass man ihn in seinem Kreise als »exaltierten Menschen« klassifizierte. Einigen seiner Freunde flößte es geradezu Abscheu ein, dass ein Aristokrat, ein Offizierssohn Ideen Ausdruck gab, die so bedenklich an die Deklamationen der militärfeindlichen »Sozis« erinnerten und an der bestehenden Ordnung der Dinge rüttelten. Dabei solch unpraktisches, unausführbares Zeug! »Utopie«, sagten die Höflichen. Das Wort eignet sich so hübsch zum Wegfegen unbequemer Pläne. Es gibt zu, dass die Sache ja ganz schön und wünschenswert wäre – etwa die Überwindung des Todes –, aber eben unmöglich. Dass alle Errungenschaften von heute – alle, die technischen und die sozialen, die Eisenbahnen wie die Aufhebung der Sklaverei – als Utopie gegolten haben, dass daher dieses Wort die ganze Kulturgeschichte als eine ununterbrochene Kette beschämter Kleingläubigkeit durchzieht – dessen erinnern sich die neuen Utopie-Rufer niemals.

12

Von Rudolfs Standesgenossen war Graf Kolnos der einzige, bei dem er Verständnis und aufmunternde Sympathie fand. Der alte Herr hatte eine Dichternatur, und Dichter sind immer einigermaßen Seher. Ihr Blick holt aus der entrücktesten Vergangenheit romantische Züge hervor oder reicht furchtlos bis in jene Zukunftsfernen, die ihr Schönheitsideal erfüllen werden; zur opportunistischen Anpassung an den Gegenwartsalltag haben Dichter kein Geschick. An dem Tage, nachdem jener Artikel erschienen war, suchte Rudolf seinen Freund Kolnos auf.

Die Räume, die der kunstsinnige Edelmann in einem Hause am Kolowratring bewohnte, waren selber ein Poem. Eine Flucht von mehreren Zimmern, hoch und geräumig wie Säle, war mit Kunstschätzen angefüllt. Meistergemälde, Statuetten, antike Möbel, kostbare Stoffe, Teppiche und Felle, Prunkgefäße und Waffen, hunderterlei Dinge aus Porzellan und Edelmetall, aus Elfenbein und Bronze; Preziosen und Juwelen in Emaille und funkelnden Steinen; mittelalterliche Manuskripte mit gemalten Initialen – daneben die noch unaufgeschnittenen Bücherneuheiten von heute. Das alles aber nicht etwa museummäßig in Vitrinen oder in Reih und Glied aufgestellt, sondern in zwangloser Verteilung zum Nutzgebrauch in wohnlichem Heim.

Graf Kolnos kam seinem Besucher mit ausgestreckter Hand entgegen.

»Grüß Gott, Rudolf. Schön, dass du wieder einmal zu mir kommst!«

In seiner äußeren Erscheinung gehörte Kolnos demselben Typus an wie Dotzky. Die gleiche hohe schmiegsame Gestalt, das gleiche edel geschnittene Profil und sogar der gleiche spanisch gestutzte Bart, mit dem Unterschied, dass der eine schwarz, der andere schneeweiß war.

»Gut, dass ich dich allein finde«, sagte Rudolf, »ich will dir wieder einmal mein Herz ausschütten und dich um Rat fragen.«

»Komm, setzen wir uns ... Hier in meinem kleinen Arbeitserker, da ist's am gemütlichsten ... Also meinen Rat willst du, um ihn wieder nicht zu befolgen? Oh, protestiere nicht, du wirst dich doch erinnern, dass ich dir vom Kandidieren um das Reichsratsmandat abgeraten hatte – und wer ging dennoch hin, um das zweifelhafte Privileg zu erwerben, im Chor Ja oder Nein sagen zu dürfen, so wie man eben vom Parteischlüssel aufgezogen worden ist? ... Dein guter Genius hat dich davor gerettet.«

»Verzeih, ich hätte mich nicht als Spieldose aufziehen lassen – mein eigenes Lied hätte ich vorgebracht. Daraus ist vorläufig nichts geworden. Und so habe ich ein anderes Mittel versucht, gehört zu werden ...«

»Ja, ich habe deinen Artikel gelesen. Was du sagst, ist ja alles wahr, aber ...«

»Wenn etwas wahr ist, dann soll's gesagt werden; dann gilt kein ›aber‹.«

»Das gebe ich zu. Mein ›aber‹ war nicht gegen dich gerichtet, sondern gegen die Mitwelt: Die will keine Wahrheit hören, die sie aus ihrer Bequemlichkeit reißt.«

»Die immer schwerer werdenden Rüstungslasten, die ewige Unsicherheit, der allgemeine Dienstzwang, der als Damoklesschwert drohende Weltkrieg – das nennst du bequem?«

»Bequem ist alles Altgewohnte, denn man ist danach eingerichtet, man hat seine Interessen daran geknüpft ... In unserer auf die Kriegsidee aufgebauten Ordnung ist der Friedensprediger der schlimmste Störenfried. Aber – schon wieder sag ich aber – du hast recht getan, dein Artikel freute mich. Und je mehr die anderen darüber räsonnierten, desto mehr freute er mich. Wenn du meinen Rat hören willst: Verharre auf diesem Pfad. Das Verharren ist wohl immer das Schwierigste ... Doch ich mute dir diese Kraft zu.«

»Danke. Die Standhaftigkeit wird mir allerdings nicht leicht gemacht. Darüber wollte ich klagen.«

»Wer oder was entmutigt dich ... die Zweifler?«

»Die fremden Zweifel nicht – ein eigener.«

»Wie – du glaubst nicht fest an das, was du sagst?«

»Doch. Meine Überzeugung ist ebenso tief wie klar. Ich zweifle nur an der Möglichkeit, die Massen aus ihrer Apathie zu wecken. Diese Massen sehe ich vor mir liegen wie ein Felsgebirge. In der Hand halte ich eine Lanzette – und damit sollten nun die Felsen von der Stelle gerückt werden? Und selbst wenn ich statt einer Lanzette die Lunte zu einer Mine in Händen hätte – an welcher Stelle des Felsens sollte man ihn sprengen? Wo soll man anfangen, um Vorurteile wegzuwälzen – sie sind ja alle so eng miteinander verwachsen. Und wo soll man anfangen, das Unglück der Welt zu verscheuchen? Dieses Unglück heißt ja nicht nur Krieg – es heißt Elend, es heißt Geistesnacht, Herzensrohheit, Lasterhaftigkeit, und diese drei verteilt in allen Klassen, sodass auch vom Klassenkampf keine Erlösung zu hoffen ist. Ich meine, dass ...«

Rudolf wurde unterbrochen. Der Diener meldete neuen Besuch.

»Herr Hofrat Doktor Bland.«

»Ich lasse bitten.«

Kolnos stand auf, um den Eintretenden – ein behäbiger, sehr ernst blickender Fünfziger – mit freundlichem Händedruck zu empfangen. Dann stellte er vor:

»Reichsratsabgeordneter Doktor Bland – Graf Dotzky. Die Herren sind ja Kollegen ... das heißt, nicht Kollegen, sondern etwas mehr noch: Gesinnungsgenossen.«

Kolnos erläuterte diese Bezeichnung, indem er darauf hinwies, dass Doktor Bland – eine der »Säulen« der liberalen Partei – sich der im österreichischen Parlament neu gebildeten »Gruppe für Frieden und Schiedsgericht« angeschlossen habe und als einer ihrer Delegierten zur bevorstehenden Konferenz nach Rom reisen werde.

»Und in Graf Dotzky«, fügte er hinzu, »sehen Sie den Verfasser des antimilitaristischen Artikels, der ...«

»Ah«, unterbrach der Hofrat, »sind Sie derselbe Graf Dotzky, der bei den Wahlen ...«

»... durchgefallen ist? Ja, der bin ich, Herr Doktor; habe daher leider keinen Anspruch auf den Titel Kollege. Desto mehr interessiert mich die Gesinnungsgenossenschaft ... Sie beabsichtigen also, bei der Konferenz den Militarismus zu bekämpfen?«

Die drei saßen nun wieder im Erker und Kolnos deutete einladend auf ein nebenstehendes Rauchtischchen. Bland nahm mit dankender Verbeugung eine Zigarette und steckte sie an. Dabei schaute er durch die Gläser seiner goldumrandeten Brille mit intensiver Aufmerksamkeit auf Rudolf, und seine ohnehin ernste Miene nahm einen noch strengeren und wichtigeren Ausdruck an.

»Hm ... also jenen Artikel haben Sie geschrieben? Ich habe ihn nicht mehr recht im Gedächtnis ... Doch Ihre Fragestellung von vorhin zeigt mir, dass Sie meine bevorstehende Reise nach Rom etwas irrig auffassen. Gegen den Militarismus, sagten Sie? Nein, das nicht …«

»Warum in aller Welt wollen Sie dann an der Konferenz teilnehmen?«

»Mein Gott – wenn ich ganz aufrichtig sein soll: Ich hatte schon lange den Wunsch, Rom zu sehen, meine Frau auch ... Die Konferenz wird ja auch ganz interessant sein ... Und für den Frieden kann man immer eintreten – freilich unter dem Vorbehalt, dass man an der Wehrhaftigkeit des Vaterlandes festhält.«

»Was in aller Welt, möchte nun auch ich fragen«, fiel Kolnos ein, »tun Sie dann auf einer Friedenskonferenz?«

»Oh, man kann da sehr nützlich sein – besonders muss man darauf achten, dass, wenn etwa gefährliche Fragen wie die elsasslothringische oder irredentistische aufgeworfen werden, man den etwaigen Ausfällen der politischen Heißsporne rechtzeitig einen Dämpfer aufsetzt. An dem *Status quo* des Territorialbesitzes der Staaten darf nichts geändert werden. Wer für die Erhaltung des Friedens ist – und das ist ja schließlich fast jeder vernünftige Mensch im Allgemeinen und unsere Partei im Besonderen –, der muss drauf achten, dass an dem Besitzstand der Staaten nicht gerüttelt wird, der muss darauf hinwirken, dass sich die Nationen jeder Eroberungspolitik enthalten und nur darauf sich beschränken, so stark zu sein, um die Aggression der anderen siegreich abwehren zu können. Wäre der Dreibund …«

»Welche anderen?«, unterbrach Kolnos. »Wenn sich die Nationen der Eroberungspolitik enthalten, welcher Angriff ist dann abzuwehren?«

»Wäre der Dreibund nicht so stark, so würden die Franzosen gleich Krieg anfangen, und gegen kosakische Einfallsgelüste muss man auch sein Pulver trocken halten.«

»Und mit diesen Ansichten«, rief Rudolf, »sind Sie Mitglied der interparlamentarischen Union für Frieden und Abrüstung?«

»Für Frieden und *Schiedsgericht* – nicht Abrüstung. Das Wort Abrüstung dürfen wir gar nicht in den Mund nehmen. Es ist unpatriotisch, unloyal und unvernünftig.«

»Erlauben Sie«, mischte sich Kolnos ein, »wenn Schiedsgerichtsverträge abgeschlossen werden, wozu braucht man dann die übertriebenen Rüstungen? Sind diese nicht eher unvernünftig und vertragen die sich mit den sogenannten liberalen Ideen?«

Bland war um Antwort nicht verlegen.

»Einmal liegen die Schiedsgerichte noch in weiter Ferne und würden dann auch nur für Fälle in Anwendung kommen, bei welchen die Ehre und die Lebensinteressen der Staaten nicht tangiert werden – und was die *übertriebenen* Rüstungen betrifft, ja, da haben Sie vollkommen recht, meine Herren, die ruinieren die Nationen – gegen die muss man sich verwahren. Da sind wir Liberalen immer auf dem Posten, die bekämpfen wir standhaft. Wir verlangen Rechenschaft für jede Verwendung und streichen so viel wie möglich, um die Finanzkräfte zu schonen. Und alljährlich bei der Budgetdebatte erhebt einer von uns die Stimme, um das ungesunde Wachstum des Militarismus zu verdammen. Das Wort Militarismus ist ja eben – im Gegensatz zu Militär – die Bezeichnung eines Auswuchses, eines ungebührlichen Übergewichts ... geradeso wie Klerikalismus im Verhältnis zu Kirche oder Religion. So bekämpft unsere Partei auch den Klerikalismus – nicht aber die Kirche und die Religion. Diese muss dem Volk erhalten werden, ebenso wie das Militär dem Staat erhalten bleiben muss.«

Rudolf stand auf.

»Lieber Freund«, sagte er zum Hausherrn, »ich muss mich jetzt leider empfehlen.«

Aber Kolnos ließ den jungen Mann nicht fort. Und nachdem man noch eine weitere Viertelstunde über verschiedene Dinge gesprochen hatte, wobei Rudolf äußerst zurückhaltend und wortkarg blieb, war es der Hofrat, der sich zum Gehen erhob, und Kolnos versuchte nicht, ihn zurückzuhalten.

»Ich habe dir angesehen, mein lieber Rudolf, dass du dich geärgert hast. Warum widersprachst du nicht?«

»Ebendeshalb. Nichts schnürt mir so die Kehle zu wie Ärger. Außerdem: Hätte ich etwas sagen können, das den Mann von seinen eingefleischten Ansichten abgebracht hätte? Vor einem großen Auditorium oder im Abgeordnetenhaus würde ich ihm vielleicht etwas entgegnet haben, dem Auditorium zuliebe oder zum Fenster hinaus. Aber hier – wozu? Er würde es mir dennoch nicht glauben, dass er ein ganz gewöhnliches Muster der fortschrittslähmenden Sorte des Philisters darstellt – den Typus des freiheitsverleugnenden Liberal-Kompromisslers. Mir graut davor ... Da lobe ich mir die konsequent Konservativen – die marschieren doch wenigstens in die Richtung, wo ihr verkündetes Ziel liegt. Aber diese Sorte, die trompetet hinaus, dass sie links stürmen, dabei schielen sie nach rechts und rühren sich nicht vom Fleck, halten noch die wirklich Linkswollenden am Rockschößel zurück ... Und wie weise sie sich dabei vorkommen, diese Freiheitshelden, die sich so schön unter alle vorhandenen Fesseln und Joche zu ducken wissen ... Sie nehmen die Feile wohl zur Hand, sie gebrauchen sie aber nicht: Der sägende Lärm könnte allerhöchste Gehörnerven verletzen, und einstweilen sind die Fesseln und Joche ganz nützliche Instrumente ... Sie könnten vielleicht ein ganz klein wenig gelockert werden – aber vorläufig müssen sie dem Volk noch erhalten bleiben.«

13

AUS MARTHAS TAGEBUCH

Im Januar 1892

»Wenn die Sonne untergegangen ist, so ist die Geschichte des Tages vorbei.«

Mit diesen Worten begründete ich Rudolf gegenüber meinen Entschluss, nicht weiter an meiner Lebensgeschichte zu schreiben.

Dennoch habe ich mir neuerdings ein Heft hergenommen, um Eintragungen zu machen. Nicht mein Schicksal soll ja den Mittelpunkt dafür abgeben, sondern das Schicksal und – soweit ich Einblick darin habe – das Seelenleben meiner Kinder. Meine Kinder sind nicht glücklich, fürchte ich. Als ich mein Buch abschloss, da war so eine Lebenswende eingetreten, die in Romanen und auf der Bühne wie der Ausgangspunkt einer ungetrübten gesegneten Existenz erscheint: glänzende Verhältnisse, Geburt eines Erben, Verlobung. Ich ließ mich selber davon täuschen und nannte das gesicherte Glück meiner Kinder das Licht, das meinen Lebensabend verklären sollte.

Ach, um meinen Abend handelt es sich ja nicht. Ich beklage nur, dass ihr Mittag nicht so wolkenlos schön ist, wie ich ihn damals kommen sah.

Meine arme Sylvia ... Ihr Mann betrügt sie – das weiß die ganze Stadt. Er hat seiner Geliebten ein kleines Gut gekauft. Er versucht gar nicht, seine Abwesenheiten zu maskieren. Und Sylvia zeigt nicht die geringste Eifersucht – ein Zeichen, dass ihr Delnitzky ganz gleichgültig, vielleicht sogar verhasst ist. Also einsam, einsam! Sie hat sich mir nicht anvertraut, weil sie mir nicht wehtun will. Glaubt sie denn, dass ich nicht sehe, wie freudlos sie ist?

Und nun Rudolf ... Der trägt noch größere Sorgenlast. Er hat die Sorgen der Welt auf sich genommen. Alles, was in unserer Gegenwart an Traurigem enthalten ist, das schmerzt, an Schlechtem, das empört, an Dummem, das erzürnt ihn, an Gemeinem, das flößt ihm Ekel ein. »So gib doch in die andere Waagschale«, sagte ich erst gestern zu ihm, »all das Helle, Schöne, Gute, das auch vorhanden ist und das in immer steigendem Maße sich entfaltet. ›Die Zukunft gehört der Güte‹, pflegte Tilling zu sagen – und du hilfst mit, diese Zukunft herbeizuführen. Ist dir das nicht erhebende Genugtuung?« Er schüttelte den Kopf: »Bis jetzt habe ich gar nichts geleistet – ich komme aus der Phase des Vorbereitens zum Handeln ja gar nicht heraus – ein Zeichner, der nicht aufhört, Bleistifte zu spitzen ...«

Er übertreibt, er hat schon gehandelt. Nur sind seine Handlungen an äußerlichen Hindernissen, am passiven und aktiven Widerstand der anderen abgeprallt. Da war seine Kandidatur – sie wählten ihn nicht. Da war seine Reise nach Berlin, seine Unterredung mit Bismarck – der eiserne Kanzler hat ihn abgewiesen, wie er den Abgeordneten Bühler und den Prinzen von Oldenburg abgewiesen hatte: »An Abrüstung dürfe man nicht denken, am allerwenigsten in Deutschland, das gegen zwei Fronten en vedette zu bleiben habe.«

Ich habe indessen meinem »Protokoll« doch wieder hoffnungsvolle Absätze hinzugefügt. Ach, dass Friedrich das alles nicht erleben konnte! Sicher hätte er sich den Friedensvereinen und -kongressen angeschlossen. Das will nun Rudolf nicht tun. Ich bleibe aber durch meine Korrespondenz mit den Gleichgesinnten aller Länder stets in Berührung mit den militanten Trägern der Friedensidee, und mein

Protokoll spiegelt die Phasen der fortschreitenden, von der Mitwelt so sehr verlachten oder ignorierten Bewegung wider.

Und da sehe ich, wie der Gedanke, dass das Gewaltsystem dem Rechtssystem weichen müsse, wächst und wächst und in immer höhere Kreise dringt. »Die Wogen müssen so hoch gehen«, sagte neulich Bjørnstjerne Bjørnson in einer Versammlung im Freien, vor einer Zuhörerschaft von zehntausend Menschen. »Die Wogen des Friedensgedankens müssen so hoch gehen, dass sie bis in die ersten Stockwerke spritzen.«

Ob sie bis zu einem Thronsaal dringen? Die Leute behaupten, das sei unmöglich, denn die Throne ruhen auf der bewaffneten Macht. Aber was behaupten die Leute nicht alles?

Zu den neuesten Eintragungen meines Protokolls gehören die Versammlungen in Rom, die interparlamentarische Konferenz und der dritte Weltfriedenskongress. Offizieller Empfang auf dem Kapitol. Die beiden Körperschaften haben beschlossen, je ein Zentralbüro in Bern zu errichten. Der Gedanke nimmt immer mehr Gestalt an; seine Vertreter organisieren sich. Das Umherflatternde ballt sich zusammen und verdichtet sich. So entstehen Planeten und ebenso – Institutionen.

Seit jeher haben Bücher in meinem Leben die Rolle von Ereignissen gespielt. Wie haben in meiner Jugend Darwin und Buckle auf mich gewirkt, und vor kurzem noch Tolstoi. Solche Bücher offenbaren sich mir als etwas noch ganz anderes denn als wissenschaftliche und literarische Erscheinungen: Fackeln sind sie mir, ganze dunkle Gebiete plötzlich erhellende Fackeln. Und die sie schwingen: ganze Menschen mit ganz lichterfüllten Seelen …

Vor einiger Zeit fiel mir eine Schrift in die Hand, die mir ein frohes Ereignis ward. Nicht so sehr, was der Verfasser darin schrieb, hat mich erschüttert, als dass einer den edlen Mut hatte, möge es ihm auch seine Stellung kosten, das hinauszurufen, was seinen nach Wahrheit dürstenden Geist erfüllt. Nur ein dünnes Heftchen: Ernste Gedanken *von Moritz von Egidy* [4]*. Das Aufsehen war groß. Egidy, Oberstleutnant bei den Husaren im preußischen Dienst, hat seinen Abschied erhalten. Und nun will er sich ganz der Aufgabe widmen, das auszubauen – in sich selber und für die Mitwelt –, was er als Lehre in die Worte zusammenfasst: »Religion nicht mehr neben dem Leben – unser Leben selbst Religion.« In rascher Folge kam nun eine Schrift nach der anderen. Er zieht immer mehr die Konsequenzen seiner ersten Ideen; der Horizont der Gedanken weitet sich, das ›ernste Wollen‹ ward immer inbrünstiger. Es ist eine Lust, dass solche Menschen leben. Jubeln wollte ich …*

Lust, Jubel? Habe ich, die Beraubte, diese Worte niedergeschrieben? Gibt es denn noch für mich die Möglichkeit, zu frohlocken? Drängt sich nicht gleich zu jeder freudigen Regung der trübe, dämpfende Gedanke: Er ist nicht mehr da, die Freude zu teilen … Möge die Welt auch noch so herrlich sich gestalten, mögen Schätze und Wonnen wie aus Füllhörnern sich über sie ergießen: Die schwarze Leere, in die mein Liebstes versunken, für mich bleibt sie leer und schwarz … ein Abgrund ohne Boden.

---

4) Christoph Moritz von Egidy (1847 – 1898) war ein sächsischer Offizier und späterer Pazifist sowie Begründer und Herausgeber der Zeitschrift Versöhnung. Seine 1890 erschienene Schrift Ernste Gedanken, in der er den undogmatischen Charakter des Christentums als Religion der Liebe betonte und zu einer religiösen Neubelebung und einem reformierten einigen Christentum aufforderte, erregte großes Aufsehen. Das Werk wurde in fünf Monaten in 50.000 Exemplaren verbreitet. Wenige Wochen nach Veröffentlichung des Werkes wurde er als Stabsoffizier im Husarenregiment in Großenhain aus dem Dienst entlassen und stand bis zu seinem Tode unter der Beobachtung der Geheimpolizei.

»Liebe Martha«, sagte mir neulich eine alte Cousine, »ich begreife dich nicht ... immer finde ich dich in Zeitschriften und Bücher vertieft und alles Neue, was in der Welt auftaucht: Dichtungen, Erfindungen, ›Bewegungen‹ – das greifst du auf und erwärmst dich dafür, auch wenn es noch so illusorisch ist. Dabei behauptest du doch, du hättest mit dem Leben abgeschlossen. Woher dieser Widerspruch? In unserem Alter hat man ja auch mit dem Leben abgeschlossen, selbst wenn man keinen solchen Trauerfall erlebt hat wie du. Da hat man doch nur mehr ein Interesse: das Schicksal seiner Kinder und Enkel.«

Meine gute Cousine ist siebzig Jahre alt und ich höre es gar nicht gern, wenn sie mir, der um ungefähr zwanzig Jahre Jüngeren, sagt: »in unserem Alter«. Zudem kümmert sie sich – nebst ihren Kindern und Enkeln – noch lebhaft um gar mancherlei Dinge, als da sind: die Wunder von Lourdes; die Wiederherstellung der weltlichen Macht des Papstes und dergleichen mehr. Darauf wies ich in meiner Entgegnung hin.

»Ja«, sagte sie, »die Relichion (unsere besonders Frommen sprechen das Wort so aus), das ist etwas anderes.«

»Meinst du? Ich meine, es ist dasselbe ... Es ist nämlich der Drang, für etwas Größeres, Höheres zu fühlen und zu wirken als für die nächstliegenden eigenen oder der eigenen Kinder Interessen.«

Die Post brachte mir heute diesen Brief:

»Berlin, 12.1.92

Ihr Name wird unter den Vertretern einer Bewegung genannt, die die Menschheit ›nach oben‹, das Christentum seiner Erfüllung entgegenführen soll.

Ich halte es für meine Pflicht, mich Ihnen respektvoll zu nahen und Sie zu bitten, mich als einen derer anzusehen, die mit ganzer

Kraft für die höchsten Bestrebungen eintreten. Jede Faser meines Daseins gehört dem Aufbau eines Reiches Gottes auf Erden, gehört dem ›Werden des Christentums‹. Dies betrifft alle Bestrebungen guter Menschen.

Ich bin durchglüht von Idealismus, bin aber kein Fantast – Sie haben es mit einem Menschen zu tun. Unerschrocken, aber auch unbeirrt werde ich die Wege weitergehen, die mir vorgezeichnet sind. Je umfassender unser Vorgehen ist, desto wirksamer; je entschlossener, desto heilbringender; je gleichzeitiger auf der ganzen Linie, desto durchgreifender der Erfolg.

Jetzt also muss ›etwas werden‹. Ich lebe in der festen Überzeugung (das Wort Glaube wäre mir nicht genug hierfür), dass wir vor dem Tore stehen, das uns ebenso davon trennt wie es uns einführt in das Zeitalter der Vervollkommnung. Die Klinke mit kraftvoller Hand zu ergreifen, scheint mir die Berufung aller derer, denen Gott die Fähigkeit dazu gab.

M. v. Egidy, Oberstleutnant a. D.«

Diese unerwartete Botschaft erschütterte mich freudig. Ja, es will und es wird etwas werden. Nur kräftig an jener Klinke gerüttelt – und das Tor geht auf.

14

Zwei Tage nach dem Dinner traf Sylvia wieder mit Hugo Bresser zusammen. Diesmal in Marthas kleinem Empfangssalon.

Als sie eintrat in der Absicht, wie sie es oft tat, ein Vormittagsstündchen mit ihrer Mutter zu verplaudern, fand sie diese in Gesellschaft Rudolfs und Hugos. Letzterer sprang auf, um sich vor der Eingetretenen zu verneigen. Es lag Verwirrung in seiner allzu raschen Gebärde, in seinem blass und rot werdenden Gesicht. Oder schien es Sylvia nur so – vielleicht nur darum, weil sie selber etwas wie Verwirrung empfand? Keine unangenehme – im Gegenteil ...

Sie umarmte ihre Mutter, schüttelte den beiden jungen Männern die Hand und setzte sich. Bresser wollte sich nun empfehlen.

»Nein, nein, mein Lieber«, widersetzte sich Baronin Tilling. »Bleiben Sie doch! Wir drei sind oft genug miteinander allein – und Sylvia wird gewiss auch gern in unser Gespräch eingreifen, gerade da, wo wir es unterbrochen haben.«

»So? Wovon spracht ihr denn?«

Hugo, indem er sich wieder auf seinem früheren Platz niederließ, antwortete:

»Wir sprachen vom Dichterhandwerk. Die Herrschaften haben leutselig die Unterhaltung auf mein Fach hinübergelenkt.«

»Das ist eine falsche Darstellung, Bresser!«, rief Martha. »Rudolf sprach über die Weltlage, über den Drang, den er empfindet, da handelnd einzugreifen, und Sie waren es, der dagegen die Behauptung aufstellte, dass man die Welt nicht umformen könne, solang sie nicht umgedichtet sei, und damit war das Gespräch bei der Dichtkunst angelangt.«

»Das ist ja im Grunde dasselbe Thema«, bemerkte Sylvia, »das von denselben Streitern an jenem Gewittertage …«

Sie stockte errötend. Hätte sie von dem Tag reden sollen und damit zeigen, dass sie sich so genau erinnerte an alles, was damals getan und gesagt wurde? Hätte sie sich dem Dankesblick aussetzen sollen, der sie jetzt aus Hugos Augen traf? Sie zog ihre Hand aus dem Muff und atmete an dem halb welken Veilchensträußchen, das darin verborgen gewesen war.

Jetzt nahm Rudolf das Wort:

»Ich erwiderte, dass die Kunst keine Kulturumwälzungen hervorbringen kann. Eine Gegend wird verwandelt durch vulkanische Erschütterungen, durch hereinbrechende Fluten – aber nicht durch Blumenzucht.«

»Blumenzucht!«, rief Bresser. »Als ob die Kunst ein so harmlos-heiteres Spiel wäre, als ob nicht auch sie mitunter so glühend wie Lava aus den Tiefen der Menschenseele strömte ...«

Lachend fiel Baronin Tilling ein:

»Sie sind doch nicht exaltiert? Wenn ich denke, was für ein natürlicher, nüchterner, beinahe trockener Mann mein alter Freund, Ihr Vater, ist!«

Absichtlich goss sie diesen kleinen Wasserstrahl auf Hugos feurige Art. Sie hatte beobachtet, wie bewegt ihre Tochter ihn angeblickt hatte.

»Sie finden mich überspannt, gnädigste Baronin? Darf man denn bei meinem Beruf ganz nüchtern sein? Mein Vater ist Arzt und ich bin … dass es doch für unseren Kunstzweig keinen bescheidenen

Namen gibt! Es kann einer ohne Anmaßung von sich sagen: Ich bin Bildhauer, bin Musiker ... Aber ›ich bin Dichter‹ klingt so eingebildet – denn das Wort bedeutet nicht allein die Ausübung, es drückt schon die sieghafte Bewältigung dieser Kunstgattung aus. Und weil ich davon so weit, ach so weit entfernt bin, darf ich mich wohl nicht Dichter nennen – sagen wir also: Wortziselierer, Traumbändiger ...«

»Bändiger ist auch ein siegreicher Begriff«, sagte Sylvia.

»So nehme ich auch diese Bezeichnung zurück. Es ist ja richtig: Die Träume unterwerfen eher mich als ich sie. Bilder, Gestalten drängen sich mir auf ... rufen nach Ausdruck ... lassen mich nicht, ehe ich sie aufs Papier gebannt ...«

»Und so sind Sie denn daran, die Welt ›umzudichten‹?«

»Absichtlich? Planmäßig? Nein. Der Genius der Kultur baut die Welt von selber um – er zwingt nur die Künstler, ein paar Bausteine hinzuzufügen, ohne dass sie es wissen.«

»Von selber geschieht gar nichts«, warf Rudolf ein.

»Als ich noch Publizist war und plante, eine große Zeitung zu redigieren, da hatte ich auch so etwas im Sinn wie Sie, Graf Dotzky: auf die Welt reformierend einzuwirken. Das ist mir, seit ich mich der Dichtkunst hingegeben habe, ganz verloren gegangen. Vielleicht auch deshalb, weil ich das leidige Zeitungslesen aufgegeben habe, mich um die Tagesereignisse gar nicht kümmere und mich in die Dichterwerke der alten und neuen Zeit vertiefe. Da hat sich eine ganze Fantasiewelt um mich aufgebaut, bevölkert von tausend Gestalten: Götter, Helden, Könige, Feen, Heilige. Gestalten, die den Köpfen von Homer, Dante, Shakespeare, Corneille, Goethe entstiegen sind. Von den neueren und neuesten gar nicht zu reden – und ich habe alle Modernen gelesen, auch die Russen und Skandinavier. Und da sind es nicht allein die erdichteten Geschöpfe, die mich gefangen nehmen, da ist es auch die technische Seite der Dichtung – der Stil, die Musik der Sprache, das Virtuosentum auf dem Instrument des Wortes ... Das ist es, was mir anzueignen mich als leidenschaftlicher Kunstehrgeiz erfüllt. Schönheit erscheint mir als die höchste Offenbarung unseres Genius ... Und was man der Schönheit abzuringen vermag, das bereichert, das veredelt uns selber und unser ganzes Geschlecht. Auf diese Art kann auch der einzelne Künstler, wenn er nur seine liebende Kraft anstrengt, wirklich den Schatz der Kultur vermehren, wirklich das eigene Gehirn und die Gehirne der Mitwelt feiner modellieren und so an dem Entwicklungswerk des Menschengeistes helfend mitschaffen – besser als durch alle politischen, ökonomischen und sozialen Maßnahmen. Es ist nicht zu sagen, welche Gleichgültigkeit – um nicht zu sagen: Verachtung – mich über all das kleinliche Getriebe erfasst hat. Man sieht doch in dem sogenannten öffentlichen Leben die Enge der Interessen, die Flachheit ihrer Vertretung, die Hässlichkeit und Gemeinheit der Kampfweise. Ästhetisch wirken in der Politik höchstens die Gewaltmenschen, daher der Kult um einen Napoleon oder einen Bismarck ...«

Rudolf schlug sich auf die Stirn.

»Sie haben mir da einen neuen Horizont eröffnet, Bresser. Politiker und Künstler geringschätzen sich gegenseitig. Sie verstehen einander nicht. Ihre Gebiete sind zu getrennt. Ich sehe aber, dass sie sich verschmelzen sollten: Als oberstes Prinzip hat nicht nur in den Künsten, sondern auch in der Lebenskunst, in der Regierungskunst die Schönheit anerkannt zu werden. Und was die Lenker der Völkergeschicke leiten sollte, das müsste auch Begeisterung und nicht Berechnung sein.«

Martha warf ihrem Sohn einen dankbaren Blick zu.

Da wurde neuer Besuch gemeldet.

Es war Graf Kolnus.

»Ich bin gekommen, um – nein, noch nicht um Abschied zu nehmen, aber um mein baldiges Verschwinden anzukündigen. Mich packt wieder einmal meine Reisewut.«

»O weh«, rief Martha. »Da bleiben Sie uns wieder auf ein, zwei Jahre verschollen. Sie sind ein so unmäßiger Reisender – und ich entbehre Sie schwer so lange ... Wohin diesmal?«

»Nach Indien – dort war ich noch nicht. Vielleicht auch einen Abstecher nach Japan.«

Sylvia lachte.

»Abstecher ist gut.«

»Willst du mitkommen?«, wandte er sich an Rudolf.

Dieser schüttelte den Kopf.

»Doch warum frage ich? Wenn man Weib und Kind hat und Mutter und Schwester, so hat man nicht diese erotischen Gelüste, nicht das Fernweh, das mich Einsamen alle paar Jahre packt, sogar noch jetzt in meinen alten Tagen. Wenn ich so recht müde geworden bin von dem hiesigen Einerlei, von dem Tratsch der Gesellschaft und dem Quatsch der Politik, da muss ich mich erfrischen in ganz fremder Landschaft, unter Menschen, die nichts von uns wissen, wie ich nichts von ihnen weiß. Da lese ich keine europäische Zeitung, da gebe ich niemandem meine Adresse, damit man mir von zu Hause ja nicht schreiben könne, ›was es Neues gibt‹.«

Kolnos blieb nur kurz. Er versprach, am selben Abend zu Martha zu Tisch zu kommen.

»Ich muss Sie vor Ihrer Europaflucht noch tüchtig genießen«, hatte sie ihm gesagt. »Sie gehören zu den wenigen Menschen, deren Existenz mir eine Wohltat ist – Ihnen kann ich immer alles sagen, was ich auf der Seele habe.«

Kaum war Kolnos gegangen, als wieder neuer Besuch eintrat – ein Besuch, der gleich fünf Mann hoch war: Exzellenz, Gräfin Ranegg, mit vier Töchtern.

Diese Gelegenheit benutzte Bresser, um sich erneut zu empfehlen, und Martha hielt ihn nicht mehr zurück.

Die Raneggs gehörten zu den nächsten Gutsnachbarn von Brunnhof und die Familien verkehrten sehr lebhaft miteinander. Zur Zeit, als Sylvia ihre Hochzeit feierte, war Gräfin Ranegg mit ihren Töchtern auf einer Italienreise gewesen, sonst hätten die vier schönen Schwestern sicherlich als Brautjungfern fungiert. Diese Mädchen nebeneinander zu sehen war wirklich ein ästhetischer Genuss. Alle vier von hohem, schlankem Wuchs, von vornehmer und dabei natürlichster Anmut im ganzen Wesen. Die Älteste, Cajetane, dreiundzwanzigjährig, hatte fein geschnittene regelmäßige Züge, dunkles Haar und schwarze Augen; die Zweite, Christine, um drei Jahre jünger, war kastanienbraun mit lebhaft-schalkhaft kapriziöser Physiognomie, und die beiden Jüngsten, die achtzehnjährigen Zwillinge Ella und Bella, einander zum Verwechseln ähnlich, waren hellblond mit sanften Blauaugen und Madonnengesichtchen. Die Zwillinge waren immer gleich gekleidet, die zwei älteren verschiedenartig, alle vier mit höchster Einfachheit.

Das in hohem gesellschaftlichem Ansehen stehende Paar Ranegg – er bekleidete eine der ersten Hofchargen, sie war eine geborene

Fürstin – besaß außer diesen reizenden Töchtern noch zwei wohlgeratene Söhne, beide im Militärdienst. Der ältere noch nicht ganz dreißig und schon Ulanenrittmeister, der andere, im vergangenen Sommer ausgemustert, Leutnant bei den Dragonern.

In Wien sahen sich Martha und Gräfin Ranegg eigentlich nur selten, denn während die eine sehr zurückgezogen lebte, machte die andere ihren Töchtern zuliebe alle Unterhaltungen der großen Welt mit: Hof- und Kammerbälle, adelige Picknicks, erzherzogliche und aristokratische Tanzsoireen, Amateurtheater und Wohltätigkeitsbasare ... Desto öfter sah man sich auf dem Lande. Für Martha war es immer eine Herzensfreude, mit dieser Familie zusammenzukommen, besonders in deren eigenem Heim.

Das Leben dort bot nach jeder Richtung das Muster glücklichen und harmonischen Daseins. Genügender Reichtum, glänzende soziale Stellung, gegenseitige Anhänglichkeit, ein heiteres Dahinfließen der Tage in regelmäßigen Beschäftigungen: Musizieren, Lesen, Sticken, Malen, Reiten, gemeinsame Spaziergänge und Spiele. Die Mädchen, so jung sie waren, zogen dieses Landleben dem Wiener Aufenthalt vor. Die Wintervergnügungen waren für die Schwestern Ranegg mehr die Erfüllung einer Standespflicht als wirkliches Vergnügen. Im Mai, wenn die weltliche Nachsaison ihre höchsten Wogen schlug, waren sie schon immer voll Ungeduld, Wien zu verlassen, um in ihr geliebtes Raneggsburg zurückzukehren. Und wenn es Winter wurde, schoben sie die Übersiedlung nach Wien so weit als möglich hinaus. Sie liebten es, auf dem zugefrorenen Schlossteich Schlittschuh zu laufen und die langen Abende um den Familientisch zu verplaudern, jede mit einer Handarbeit beschäftigt. Vor Weihnachten wollten sie um keinen Preis fort, das Fest musste in Raneggsburg gefeiert werden, mit dem großen Christbaum im Billardsaal, mit Bescherung für die Dorfkinder und Beschenkung aller Dorfarmen mit selbstgestrickten warmen Unterkleidern und Tüchern.

Martha unterhielt sich sehr gern mit Gräfin Ranegg, deren Altersgenossin sie war. Zwar hatten sich die beiden in ihrer Jugend nur sehr flüchtig gekannt – erst durch die Nachbarschaft zwischen Brunnhof und Raneggsburg waren sie einander seit einigen Jahren so nahegekommen –, dennoch sprachen sie mit Vorliebe von alten Zeiten miteinander, von den Begebnissen, Sitten und Anschauungen, die in der Welt herrschten, als sie jung waren. Gräfin Ranegg war in ihren Gesinnungen viel konservativer als Martha, wenngleich sie viel liberaler dachte als die Mehrzahl ihrer beiderseitigen Standesgenossinnen. Auf halbem Weg kamen sie sich entgegen; die etwas kühnen Ideen Marthas berührten die andere sympathisch, und die völlige Ausgeglichenheit des toleranten, vornehmen Wesens der Gräfin Ranegg übte trotz der Grundverschiedenheit der Ansichten auf Martha einen eigenen Reiz aus; es lag etwas so Beruhigendes und Harmonisches darin – wie in allem, was aus einem Guss und dabei aus edlem Stoff ist.

Mit aufrichtiger Freude ging Martha den Eintretenden entgegen:

»Ah, sieht man euch endlich wieder, ihr mondänen Geschöpfe!«

Die Mädchen gingen nach der Begrüßung mit Sylvia und Rudolf in eine andere Ecke des Zimmers, wo sie sich laut und eifrig unterhielten, sodass die beiden älteren Damen miteinander sprechen konnten, ohne von den anderen gehört zu werden.

»Nicht nur für Mütter, auch für die Töchter ist jetzt in unserer Welt nicht viel Vergnügen zu finden ...«, begann Gräfin Ranegg das Gespräch.

»Ja«, bestätigte Martha, »das habe ich an Sylvia auch erfahren ... Die moderne junge Herrenwelt ist gar so … ich weiß nicht, wie ich sagen soll ...«

»Fad. Erinnerst du dich, zu unserer Zeit, welch ein Unterschied! Wie wurde da den jungen Mädchen der Hof gemacht, was doch – seien wir aufrichtig – die Würze der weltlichen Vergnügungen ist. Geflirtet muss werden oder, wie man früher sagte, ›Passionen‹ müssen entbrennen ... Das hat alles aufgehört. Unsere jungen Männer verlieben sich nicht mehr – wenigstens nicht in unsere Mädchen.«

»Nein, in Bühnenprinzessinnen«, entgegnete Martha.

»Und zum Tanzen – da muss man die jungen Leute ordentlich zwingen. Dabei sind die meisten, deren man dennoch habhaft wird, so uninteressant, so langweilig, so gar nicht bei der Sache ... Sie tanzen ein paar Touren, weil es sein muss. Und zu den Soireen sind sie einfach gar nicht zu haben. Wie viele solche haben wir schon mitgemacht, wo wir fast nur Frauen waren – ein paar alte Diplomaten und Generäle ausgenommen. Auf den Bällen gibt es zwar männliche Jugend, aber die wird hinkommandiert – die Mehrzahl der Tänzer besteht aus den ganz Jungen: Gymnasiasten. Väter, Mütter, Töchter und Flaumbärte: Das ist das Kontingent unserer Ballsäle. Auch junge Frauen sieht man da wenig – die haben ihre Dinner und Spielpartien – dort verkehren auch unsere Herren lieber …«

»Vielleicht wird die Sitte des Tanzens ganz aussterben«, sagte Martha. »Es ist schon einmal so – die Welt verändert sich.«

»Leider!«

»Ich sage nicht leider. Platz dem Neuen ... Und so langweiligen sich deine Töchter?«

»Langweilen? O nein! Hörst du, wie sie dort mit deinen Kindern lachen – sie sind, Gott sei Dank, stets so guter Laune. Jetzt aber« – Gräfin Ranegg stand auf – »müssen wir schon wieder fort. Kinder, kommt!«

»Das war ein kurzer Besuch!«

»Wir haben noch ungefähr siebzehn Visiten zu machen. Nächstens will ich aber auf einen ganzen Nachmittag zu dir kommen – auf einen ordentlichen ›Plausch‹.«

»Tu das! Wir hätten uns so viel zu erzählen.«

»Diese Familie ist mein Kreuz«, rief Rudolf, nachdem sich die Tür hinter den Besucherinnen geschlossen hatte. »Ein wahrer Jammer!«

»Aber!«, machte Martha vorwurfsvoll. »Wie kannst du so etwas sagen? Ich kenne keine lieberen und achtungswerteren Menschen.«

»Das ist ja eben der Jammer. Soll ich dir das erklären?«

»Ja, da wäre ich neugierig.«

»Nun denn: Ich erinnere mich, einmal dem Gärtner den Befehl erteilt zu haben, einen gewissen Baum umzuschlagen, dessen Stamm hohl war. Beim nächsten Sturm konnte er umfallen und dabei vielleicht Schaden anrichten; also war es besser, ihn gleich zu fällen. Und während ich das Todesurteil sprach, blickte ich in die Krone hinauf und sah da ein Vogelnest, aus dem die Jungen die Hälse streckten und das die Alten umkreisten. ›Lassen wir's‹, sagte ich zum Gärtner. ›Vielleicht hält der Baum noch den ganzen Sommer aus.‹ – Verstehst du, was ich meine? So stehen wir auch vor morschen Gesellschaftsordnungen und meinen, es müsste da die Axt angelegt werden; in dem Laubwerk aber, das den hohlen Stamm krönt, haben sich die lieben, glücklichen Vöglein ihre Nester gebaut.

Ihre ganze Existenz ist an die Existenz des Baumes gebunden – was liegt ihnen an der inneren Fäulnis des Holzes, solange die Blätterfülle ihres Astes grünt? Hier wohnen sie und singen sie und ziehen ihre Kleinen groß. Und siehst du – denselben Eindruck macht mir das Bild einer Familie wie die Raneggs: Ihr ganzes Glück, ihre ganze Würde ruht auf den Einrichtungen.«

»Ich verstehe«, ergänzte Martha. »Auf den Einrichtungen, die innen morsch sind und gegen die du ankämpfen willst.«

»Ja – und so ist mir dieses Ankämpfen erschwert. Wären schon alle Äste dürr, wäre statt der lieblichen Singvögel nur mehr ekliges Gewürm auf dem Baum, da brauchte man nicht zu zögern mit dem Fällen. Wäre die Aristokratie durchweg verderbt und wären die Soldaten wilde Räuberseelen, wie viel leichter wäre es da, die Adelsprivilegien und den Militarismus abschaffen zu wollen ... Aber wenn man solche Familien sieht wie diese, deren ganzer Sinn auf den alten Traditionen ruht, deren Söhne mit Stolz und Freuden dienen, deren Töchter auch wieder bestimmt sind, auf dem Nebenast zu nisten – und dabei so holde, so makellose Geschöpfe sind wie z. B. diese Ranegg-Mädchen, da vergeht einem die Lust, zerstörend oder auch nur störend dreinzufahren und ...«

»Und«, fiel Sylvia ein, »man sagt dann dem Gärtner: ›Lassen wir's noch.‹ Besonders wenn man, wie wir eigentlich, zur selben Vogelgattung gehört.«

15

An diesem Abend ging Sylvia in die Oper. Auf dem Zettel stand »Der Prophet« von Giacomo Meyerbeer, und darin war Antons Flamme nicht beschäftigt. Sylvia pflegte nur die Opern zu besuchen, in denen jene nicht sang.

Sie war allein in ihrer Loge; ihr Mann hatte sie nur hergeleitet, dann aber, eine wichtige Sitzung vorschiebend, das Theater wieder verlassen. Für ihn gab es nichts Langweiligeres als musikalische Aufführungen, die nicht durch die Gegenwart seiner Schönen belebt waren.

Sylvia gab sich dem Genuss des von Bühne und Orchester strömenden Wohllauts hin. Ein schwermütiger Genuss, denn sie fühlte sich zugleich unglücklich. »Nur wer die Sehnsucht kennt, weiß, was ich leide«[5], das war der Grundton ihrer Stimmung.

Sehnsucht – wonach? Nach einem großen Erlebnis, nach … sie wusste es selber nicht, aber ihre Existenz war so furchtbar öde ... Für immer gebunden an einen nicht mehr geliebten Mann, der sie noch dazu in stadtbekannter Weise betrog. Warum war es ihr nicht beschieden gewesen, einen Gatten zu finden mit so weitem geistigen Horizont, mit so tiefem Gemüt wie z. B. ihr Bruder? Oder begabt mit einer schöpferischen Feuerseele wie … – Ach nein, es ist besser, an Hugo nicht zu denken. Der Mann könnte ihr gefährlich werden. Das fehlte noch, dass sie sich verliebte ...

Der Vorhang war über dem ersten Akt gefallen. Der Saal erhellte sich. Nach einer Weile ging die Logentür auf: Es war Bresser.

---

5) Johann Wolfgang von Goethe, in: Wilhelm Meisters Lehrjahre (1795).

An der heißen Beklemmung, die ihr Atem und Stimme raubte, sodass sie die Begrüßung ihres Besuchers nur mit einer stummen Gebärde erwidern konnte, wurde Sylvia gewahr, dass die vorhin in Gedanken aufgetauchte Gefahr schon näher war, als sie geglaubt hatte.

Mit der Fächerspitze deutete sie auf einen Sessel. Dankend machte Hugo von der so erteilten Erlaubnis Gebrauch.

Dass er seinen Blick mit Bewunderung auf sie heftete, bemerkte sie wohl, und sie hatte das für jedes junge Weib angenehm anregende Bewusstsein, gerade besonders vorteilhaft auszusehen – *en beauté* zu sein, wie die bezeichnende Redensart lautet. Sie fühlte ihre Wangen glühen und wusste, dass sie hier im Rahmen der Loge, in ihrem halb ausgeschnittenen schwarzen Samtkleid und mit den blitzenden Diamantsternen im gewellten Haar, ein hübsches Bild abgeben musste.

»Es wundert mich«, sagte sie, »dass Sie nicht vorgezogen haben, ins Burgtheater zu gehen.«

»Weil ich selber Dramen schreibe, meinen Sie? Um zu lernen?«

»Um sich Begeisterung, Eingebung für Ihre Kunst zu holen.«

»Wenn ich das tun will, so gehe ich in die Oper – Musik zaubert mir zehnmal mehr dichterische Stimmung herbei als ein Schauspiel. Übrigens bin ich heute hierhergekommen, weil ich wusste, dass ich Sie sehen würde. Von weitem sehen, denn ich glaubte, Ihre Loge würde so gefüllt sein, dass ich mich nicht hätte eindrängen wollen. Sie waren aber allein …«

»Ja – sehr«, antwortete Sylvia mit einem unwillkürlichen Seufzer.

»Sehr allein?«, wiederholte Hugo. »Die beiden Worte führt der Sprachgebrauch sonst nicht zusammen; doch es ist so richtig – im Alleinsein gibt es Steigerungen. Und das Gegenteil von Alleinsein ist – Zweisein ...«

»Vorausgesetzt, dass die zwei – eins sind.«

»Das habe ich sagen wollen.«

»Ich möchte Sie eines fragen, lieber Bresser. Sind Sie glücklich? Freuen Sie Ihre Erfolge? Und haben Sie in Berlin solche – Zweisamkeit gefunden?«

»Das war nicht *eine* Frage, das sind drei Fragen, Frau Gräfin. Glücklich? Nein, ich fühle mich nicht glücklich. Erfolge? Mein Gott, es gibt in meinem Beruf keine Erfolge, auf denen man sich ausruhen könnte. Es ist, wie wenn man auf einer steilen Leiter hinaufklimmt: Man freut sich nicht der erreichten Sprosse, sondern strebt ängstlich nach der nächsten, von der man ja wieder ganz herabkollern kann. Und die dritte Frage ...«

»Die nehme ich zurück – sie war indiskret.«

»Das nicht, aber für Sie ohne Interesse. Ich beantworte sie dennoch: Mein Herz ist nicht in Berlin.«

Wieder öffnet sich die Logentür – Minister von Wegemann.

Nachdem er ein paar Worte mit Sylvia getauscht hat, begrüßt er sehr herablassend den jungen Bresser:

»Sieht man Sie wieder einmal zu Hause? Das ist schön ... Bleiben Sie doch da – ein guter Österreicher kann sich doch nicht immer in Preußen herumtreiben.«

»Ich bin nur auf kurze Zeit hierhergekommen, Exzellenz.«

»Deutschland und Österreich sind doch alliiert«, fiel Sylvia ein. »Warum sprechen Sie das Wort Preußen so gehässig aus?«

»Allerdings – verbündet sind wir; andererseits habe ich sechsundsechzig[6] niemals ganz verwunden, und abgesehen von allen

6) Die Rivalität von Preußen und Österreich gipfelte im sog. Deutschen Krieg. Die preußische Armee siegte am 3. Juli 1866 in der Schlacht von Königgrätz gegen Österreich und rückte fast bis Wien vor.

politischen Erwägungen, denen ich ja jetzt fernstehe, ist es mein Privatgefühl, dass man sich nirgends so wohlfühlen kann wie in unserem alten Wien und dass ein Mensch, der nicht im Ausland leben muss, zu Hause bleiben sollte ... Wie geht's dem Toni, ist er nicht da?«

»Danke, es geht ihm gut. Er ist in einer Sitzung ...«

»Und was macht Rudolf? Sagen Sie mir, Sylvia«, fügte er leiser hinzu, »könnten Sie nicht ein bisschen ihren schwesterlichen Einfluss geltend machen und ihm seine Schrullen ausreden? Ich meine es ja gut ... Er fängt an, bei vielen Anstoß zu erregen ...«

»Womit – was meinen Sie?«

»Neulich im Kasino, wir waren da lauter Staatsmänner und Militärs, machte er einen Ausfall gegen die ganze Gesellschaftsordnung, als ob er ein roter Sozi wär ... Das verstehen Sie nicht, aber geben Sie ihm einen Wink.«

Als der Vorhang wieder aufgezogen wurde, entfernte sich Herr von Wegemann. Hugo, durch ein Zeichen Sylvias aufgemuntert, blieb zurück.

Sie wandten nun schweigsam ihre Blicke der Bühne zu. In schwellenden Wogen flutete die Musik durch den Saal. Was der abwechselnd süße und heroische Gesang, die Harfenklänge und die rauschenden Akkorde des Orchesters ausdrückten, das empfanden die beiden jungen Menschenkinder als die Offenbarung dessen, was sie einander zu sagen hätten – wie eine Art melodische Gedankenkommunion.

Beim folgenden Zwischenakt kamen wieder einige Besucher in die Loge, und diesmal räumte ihnen Hugo den Platz. Als er sich von Sylvia empfahl, fragte er, ob sie gestatte, dass er morgen seinen Abschiedsbesuch mache, da er am übernächsten Tag nach Berlin zurückreisen werde.

Diese Nachricht versetzte ihr einen leisen Schlag – die Anwesenheit des jungen Dichters in Wien hatte ihr eine Erhöhung des Lebensinteresses bedeutet.

»Wie? So bald schon?«, rief sie, ihm die Hand schüttelnd. »Also morgen! Um halb fünf«, fügte sie leiser hinzu – die anderen brauchten es nicht zu hören.

Am folgenden Tag zur bezeichneten Stunde fand Hugo die junge Frau allein.

Als er ihren kleinen Salon betrat, erhob sie sich vom Klavier, auf dessen Pult die Partitur des »Propheten« aufgeschlagen war.

Sie begrüßte ihn mit erzwungen ruhiger Freundlichkeit.

»Also wirklich – Sie wollen sich verabschieden? Der Entschluss zu dieser Rückreise scheint Ihnen plötzlich erst gestern Abend gekommen zu sein?«

»Ja, Gräfin, gestern Abend.«

»Ihrem Vater wird es leidtun.«

»Meinem Vater tut es sehr leid.«

»Mir auch ... Ich gestehe, ich habe mich sehr gefreut, Sie wiederzusehen und so ... gewachsen zu sehen. Was Sie alles von Ihren dichterischen Versuchen und Erfolgen erzählen, interessiert mich. Der Einblick in einen Künstlergeist ... Kurz, es tut mir sehr leid, dass Sie abreisen.«

»Wenn Sie es befehlen, so bleibe ich.«

»Ich habe nichts über Sie zu befehlen«, antwortete sie rasch.

Sie war über diese Wendung erschrocken. Vielleicht wäre es besser, wenn er abreiste ... Sie erriet, dass sein Motiv dazu dieselbe Gefahr sei, die auch ihr vorschwebte.

»Sie haben alles über mich zu befehlen! Sie verstehen, was ich sagen will ...«

Sylvia schüttelte unwillig den Kopf.

»Reden wir vernünftig, Herr Bresser. Dass Sie einmal in mich verliebt gewesen sind, das weiß ich ja aus einem närrischen Brief, den ich an meinem Hochzeitsmorgen erhielt. Darüber sind nun bald drei Jahre vergangen ... Sie sind in ein ganz neues Leben getreten. Ihre Arbeit und – was weiß ich, ich frage nicht danach – vielleicht auch neue Herzensbande füllen Ihre jetzige Existenz aus, also tun wir bitte, als wäre niemals jener Brief geschrieben, niemals Ihre Andeutung von vorhin gemacht worden … Und um mit dem Thema ein für alle Mal fertig zu werden, erkläre ich nun mit aller Entschiedenheit, dass Sie nichts von mir zu hoffen haben außer dem freundschaftlichen Verkehr einstiger Jugendgenossenschaft, *den* in alter Herzlichkeit. Also reisen Sie nach Berlin, wenn Ihre Geschäfte oder Ihre Neigung Sie dahin rufen. Aber nur keine Flucht, das würde mich beleidigen. So, das war das letzte Wort über diesen Zwischenfall – ich werde ihn nie wieder erwähnen. Auch Ihnen verbiete ich, jemals darauf zurückzukommen. Und jetzt erzählen Sie mir von Ihrer neuesten Arbeit.«

Sie hatte sehr schnell gesprochen, über und über rot dabei.

Hugo hatte nicht versucht, sie zu unterbrechen. Ihre Worte – sie sprach ja von seiner Liebe – bewegten ihn wonnig, betäubten ihn fast wie eine Liebkosung.

Die Dämmerung war hereingebrochen. Ein Diener brachte die Lampen und schürte das Kaminfeuer. Dann entfernte er sich wieder. Das Lampenlicht war von großen, roten Schirmen gedämpft und auch aus dem Kamin flackerte roter Schein über den Teppich;

eine unsäglich vertraute Stimmung war in dem prunkvollen kleinen Gemach verbreitet.

Bresser stand auf und lehnte sich an den Kaminsims; dadurch war er der jungen Frau etwas näher gekommen.

»Ich werde Ihnen gehorchen, Gräfin Sylvia, in allen Stücken«, sagte er in sanftem, zärtlichem Ton.

»Das ist recht.«

»Einstweilen bleibe ich noch in Wien. Ich kann hier die Arbeit, die ich begonnen habe und nach der Sie mich fragen, mit mehr Muße vollenden als in Berlin, wo meine vielen Kollegen mir keine Ruhe lassen.«

»Was ist diese Arbeit?«

»Ein Märchendrama in Versen. Der erste Akt ist fertig. Ich werde ihn Ihnen vorlesen – und Sie sagen mir, ob ich den richtigen Ton getroffen habe.«

»Haben Sie das Manuskript bei sich?«

»Nein, ich bringe es das nächste Mal mit, wenn Sie erlauben.«

»Gut – morgen.«

»Morgen: Wie mir das freundlich klingt – nachdem ich mich schon dazu verurteilt hatte, morgen über alle Berge zu sein. Als ein Begnadigter fühle ich mich.«

Und am folgenden Tage kam er. Um dieselbe Dämmerstunde wie gestern.

Doch diesmal waren die Lampen schon angezündet und Sylvia war nicht allein. Baronin Tilling saß bei ihr.

Als Sylvia den jungen Mann eintreten sah, stockte ihr der Atem und sie fühlte, wie ihr das Blut in die Wangen schoss. Sie war froh, nicht allein zu sein; nur war ihr der forschende Blick etwas peinlich, den ihre Mutter, welche das plötzliche Farbwechseln vielleicht bemerkt hatte, nun auf sie heftete.

»Guten Abend, Herr Bresser«, sagte sie, etwas unsicher. »Haben Sie Ihr Manuskript mitgebracht?«

Sie deutete auf eine Rolle, die er in der Hand hielt.

»Ja, das ist es.«

Er legte die Rolle auf einen Tisch.

»Ich lasse es hier – zur gelegentlichen Durchsicht.«

Dann näherte er sich der Baronin Tilling und küsste ihr ehrerbietig die Hand.

»Ihr neuestes Werk?«, fragte diese.

Sylvia aber nahm das Manuskript und wollte es ihm zurückgeben.

»So haben wir nicht gewettet. Sie versprachen mir, vorzulesen.«

»Ich weiß nicht, ob die Baronin ...«

»Oh, ich würde unendlich gern etwas von Ihnen hören. Wenn Sie meiner Tochter versprochen haben, eine Ihrer Dichtungen vorzulesen, dann lassen Sie mich an dem Genuss teilnehmen.«

So aber hatte er nicht gewettet. *Allein* mit der angebeteten Frau, ihr mit seinen Versen seine Seele ausschütten ... – das hatte er von der verheißenen Stunde erhofft. Sich jetzt hinsetzen und den beiden Damen seinen neuesten dramatischen Versuch vortragen, wie um die eigene Eitelkeit zu befriedigen oder als ob er sich Kritik und Rat holen wollte – nein, das verhielte sich zu der geträumten innigen Geisteskommunion wie ein Drehorgelstück zu Sphärenmusik.

»Ich bin ein schlechter Vorleser«, sagte er. »Die Gräfin wird, wenn sie einmal Zeit hat, in dem Fragment blättern.«

»Nur ein Fragment?«, fragte Martha.

»Ja, der erste Akt eines Dramas. Mehr habe ich nicht fertig.«

»Aber doch den Plan der nächsten Akte?«

»Der ist noch schwankend.«

Sylvia nahm die Papierrolle:

»Wenn Sie nicht vorlesen wollen, so werde ich es tun!«

Sie setzte sich zurecht und schlug das Manuskript auf.

Wieder durchzuckte der Anblick von Hugos Schrift sie mit der Erinnerung an den heißen Liebesbrief, den er ihr damals geschrieben hatte ... Und tot war ja diese Liebe nicht, das wusste sie – nur zu ewiger Stummheit verdammt. Und doch wieder nicht: Einem Dichter kann der Mund nimmer verschlossen werden. Was er in direkter Anrede nicht sagen durfte, das konnte er ja – allen vernehmlich und nur einer verständlich – in seiner Dichtkunst aussprechen. Ihr war, als müsste sie nun in dem aufgeschlagenen Heft gar manche Stelle finden, die an sie gerichtet war, die ihr Leidenschaftliches und Süßes ins Ohr flüstern würde ...

»Gut«, sagte Hugo, »lesen *Sie*, Gräfin. Meine Verse von Ihnen zu hören, wird mich ganz eigentümlich berühren und belehren; ich werde besser beurteilen können, als wenn ich selber lese, wie die Verse klingen ... Wenn es Sie also nicht langweilt, Frau Baronin ...«

»Mich?«, rief Martha lebhaft. »Ganz im Gegenteil, ich bin sehr gespannt – lies, mein Kind.«

Sylvia rückte näher zur Lampe und begann zu lesen. Hugo lehnte sich in seinem Fauteuil so zurück, dass sein Kopf im Schatten des Lampenschirmes verborgen war; sein Blick hing an Sylvias Zügen, deren Mienenspiel bewegt und ausdrucksvoll den ebenso bewegten und ausdrucksvollen Klang der Stimme begleitete. Das melodische

Organ war bei manchen Stellen weich und zitternd und erhob sich bei anderen zu feuriger Kraft, aber beides geschah nicht in deklamatorischer Absicht, sondern in unwillkürlicher Ergriffenheit.

Mit großem Interesse lauschte Martha dem Inhalt des Stückes, mit noch größerem beobachtete sie ihre Tochter.

An sie gerichtete Worte, die sie erwartet hatte, konnte Sylvia in den vorliegenden Versen nicht finden, denn von Liebe war nicht die Rede; aber eine Sprache von solchem Schwung und solcher Schönheit fand sie darin, wie sie es nicht erwartet hatte.

Kräftig und klirrend wie Trompetenschall, dann wieder sanft und einlullend wie das Plätschern einer mondbeschienenen Fontäne, von wilder Fröhlichkeit wie Mänadentanz und banger Schwermut wie Grabesläuten, so wechselten die Rhythmen, so reihten sich die Strophen in überraschend neuen Wortverschlingungen aneinander – im Schmuck ebenso neuer Bilder von tief glühenden Farben oder matt schimmerndem Glanz. Und diese ganze Ausdruckspracht als Gewandung erhabener und lieblicher Gedanken, kühnsten Fantasiefluges und leidenschaftlich pulsierender Gefühlskraft. Die Leserin überkam eine genussvolle Bewunderung, wie nur vollendete Kunstwerke sie einzuflößen pflegen; von der Begeisterung, die in diesen Versen vibrierte, strömte Mitbegeisterung in ihre Seele über – sie war gehoben und beglückt. Als sie das letzte Wort gelesen hatte und die Hand, die das Heft hielt, sinken ließ, holte sie einen tiefen, zitternden Atemzug: Sie liebte einen Dichter – einen großen Dichter.

Auch Martha war hingerissen.

»Wundervoll!«, rief sie. »Sie haben eine große Zukunft vor sich, Bresser. Und Sylvia, ich muss sagen – du trägst sehr schön vor.«

Die beiden anderen blieben stumm. Nach einer Weile ergriff Martha von Neuem das Wort, um von der Handlung des eben gelesenen Dramenfragments zu sprechen und zu fragen, wie dieselbe sich weiterentwickeln werde.

»Einen ursprünglichen Plan habe ich verworfen, während dieser Akt entstand – also kann ich nicht mit Bestimmtheit sagen, wie ich die Handlung weiterführe. Eine ganz neue Wendung hat sich mir – durch die zufällige Eingebung einer einzigen Reimzeile – aufgedrängt, und das muss nun erst reifen, ehe ich überhaupt an dem Stück weiterarbeiten kann.«

»Das also sind die geheimen Vorgänge des Schaffens?«, sagte Martha nachdenklich.

»Ich denke«, erwiderte Bresser, »dass diese Vorgänge bei jedem Künstler andere sind.«

Sylvia schwieg noch immer. Sie war wie in einen Traumzustand versetzt, aus dem sie sich nicht durch den Klang der eigenen Stimme reißen wollte. Warm und beseligend, wenn auch zugleich beängstigend, strömte ihr vom Herzen das Bewusstsein auf, dass da ein Mensch vor ihr saß, dessen Scheitel mit der höchsten irdischen Krone – mit der des Genius – geschmückt war, und von diesem Menschen wurde sie geliebt ... Ihn wiederzulieben schien ihr jetzt wie süßester Zwang.

Da trat unerwartet Delnitzky herein. Damit war der Bann gelöst. Wie aus einem Traum erwachend fuhr Sylvia empor; es war, als hätte ein kalter Luftstrom ihre Schläfe berührt und den Rausch verscheucht.

»Grüß euch Gott alle miteinander. Küss die Hand, Mama. Ah, Herr Bresser ... freut mich – noch immer in Wien? Ich hab geglaubt,

Sie sind schon nach Ihrem geliebten Preußen abgedampft ... Du, Sylvia, ich wollte dir sagen, ich hab heute zwei Freunde zum Essen eingeladen, den Felsegg und den Milovetz.«

»Gut«, sagte sie.

Er warf sich in einen Fauteuil:

»Bei was habe ich die Herrschaften gestört?«

»Sylvia las uns aus einem Drama vor – von Herrn Bresser.«

»So. Da hab ich was versäumt ... Na, wir werden ja Ihre Stücke vielleicht einmal in der Burg sehen, was? Das ist mir lieber als vorlesen hören ... Dazu hab ich gar kein Talent oder keine Geduld.«

Hugo empfahl sich bald. Als er, sich verabschiedend, Sylvias Hand küsste, sagte er:

»Sie haben nicht ein Wort des Urteils geäußert, Gräfin – soll ich das als stummen Tadel auffassen?«

Mit festem Händedruck und einem geraden Blick in seine Augen antwortete sie:

»Sie wissen das Gegenteil.«

Ja, er wusste es. Ein magnetischer Rapport hatte sich während des Lesens zwischen Autor und Leserin hergestellt. Deutlich hatte er empfunden, dass sie auf den Flügeln seines Gesanges in die gleiche Begeisterungshöhe gehoben worden war, die er in den Stunden der Arbeit erklommen hatte. Eine Kommunion auf dem Gipfel des Parnass – ein gleichzeitiges Eintauchen der brennenden Lippen in das kühle Geriesel des kastalischen Quells ...

Solche, etwas überspannte Ideen erfüllten und begleiteten ihn, als er nun in raschen Schritten seiner Wohnung zueilte. Er hatte die Absicht, den Drang, das Bedürfnis, heute noch, den ganzen Abend, zu schreiben. Den zweiten Akt zu beginnen unter dem

Eindruck, den die Lektüre des ersten – aus solchem Mund! – auf ihn gemacht hatte. Anderes noch wollte er schreiben: ein Gedicht an – sie. Seine Liebe war zu höchster Glut angefacht, und da dies unter dem Bann der Dichtung so gekommen war, so wollte, so musste er nun in glühenden Versen seinem Gefühl Luft machen. Sie besingen – er lechzte danach, als wäre es eine Art, sie zu liebkosen, sie zu schmücken – statt mit Küssen und Perlen mit Rhythmen und Reimen.

Baronin Tilling war bei Delnitzkys zu Tisch geblieben. Bald nach dem Essen entfernten sich Toni und dessen Freunde, um in den Klub zu gehen, und Mutter und Tochter blieben allein.

Sylvia war die ganze Zeit zerstreut und schweigsam gewesen. Auch jetzt, wenn Martha etwas fragte oder bemerkte, antwortete sie erst, wenn die Frage oder Bemerkung wiederholt worden war, und da nur ganz kurz und nicht recht zur Sache.

»Komm, mein Kind – mach es wie in deinen Mädchenjahren: Nimm dir einen Schemel und setz dich her zu meinen Füßen ...«

»Ach, Mutter, die Mädchenjahre sind entflohen ...«

»Und ebenso dein Vertrauen zu mir?

»Wie meinst du?«

»Ich meine, dass du mir verschweigst, was dich drückt und was dich bewegt. Das war einmal anders ... Du pflegtest mir alles zu sagen wie deiner besten Freundin. Jetzt freilich könnte dein Mann mich verdrängt haben, er könnte nun dein Vertrauter und Berater sein ... Dann würde ich mich gern zurückziehen. Aber das ist leider Gottes nicht der Fall.«

»Nein, es ist nicht der Fall«, murmelte Sylvia bitter.

»Sylvia, komm, tu mir den Gefallen, setz dich da und lege deinen Kopf auf meinen Schoß und sei aufrichtig, ganz aufrichtig – ich bitte dich!«

Etwas widerwillig, aber doch unwiderstehlich angezogen, gehorchte die junge Frau.

»Erinnerst du dich – zum letzten Male saß ich so am Tag, da ich mich heimlich verlobt hatte ...«

»Ja, ich erinnere mich. Du legtest mir damals eine Art Beichte ab.«

»Ja, Beichte. Meine Liebe war nicht sündenfrei.«

»Das ist sie auch heute nicht, Sylvia.«

»Ich liebe ihn ja nicht mehr, dem Himmel sei's geklagt. Nun weißt du es. Ich dachte, du müsstest es schon längst wissen, doch dir und mir habe ich das Peinliche ersparen wollen, das in solcher Aussprache liegt.«

»Ich hatte dich damals gewarnt – du wolltest nicht auf mich hören, warst leidenschaftsbetört, ›eine verliebte Natur‹ nennt man das. Aber ich wiederhole es: Deine Liebe ist nicht sündenfrei.«

»Und ich wiederhole: Sie ist ja erloschen.«

»Für Toni ja – und das verstehe ich. Doch …«

Sylvia zuckte lebhaft zusammen unter der Hand, die auf ihrem Scheitel lag.

»Also auch das hast du erraten?«, sagte sie bebend.

»Auch das ... Ich beschwöre dich, mein Kind, empfange diesen jungen Mann nicht mehr. Du bist Friedrichs Tochter. Nicht anders als in Reinheit darfst du durchs Leben gehen.«

Eine leise Revolte stieg im Innern des jungen Weibes auf: War sie nicht vor allem sie selbst – und erst in zweiter Linie die Tochter von diesem oder jenem? Aber Bresser zum Geliebten? Der Gedanke stieg ihr zum ersten Mal auf, als etwas heiß Verwirrendes, Beschämendes – etwas, das zu verjagen war, das man nicht ausdenken durfte …

Martha sprach weiter:

»Dein Vater ist tot – aber sein Werk lebt fort: Wir drei – Rudolf, du und ich – sind dessen Erben und Hüter. Kein Schatten darf auf die Ehre unseres Namens fallen, denn solcher Schatten würde auch unsere Sache verdunkeln. Aber nicht um der Sache – auch um deiner selbst willen, Sylvia, beschwöre ich dich: Geh in Reinheit durchs Leben!«

»Das will ich ja«, antwortete Sylvia mit erhobenem Haupt.

18

Martha schreibt an Graf Kolnos:

Brunnhof, Mitte Juni 1891

Lieber Freund!

Zufällig habe ich Ihren jetzigen Aufenthalt und Ihre Adresse erfahren. Sie sind schon auf dem Rückweg und kommen wohl bald hier an. Nach anderthalbjähriger Abwesenheit!

Sie wissen nicht, was inzwischen geschehen ist. In meinem Hause hat sich Trauriges – furchtbar Trauriges zugetragen. Und Sie sollen es zuerst durch mich erfahren – daher schreibe ich Ihnen. Sie sind mein Freund und Rudolfs Freund – Ihrer Anteilnahme bin ich sicher.

Der Tod ist bei uns eingebrochen. Zweimal. Zuerst mein Enkelkind – Friedrich. Zwei Tage nur war der arme Kleine krank. Ein harter Schlag für uns alle. Was mit solchen Kindern stirbt, ist nicht nur das gegenwärtige liebe herzige Wesen selber – es sind die ganzen Träume, die man für die Zukunft geträumt hat ... Der Erbe des Dotzky'schen Majorats, der Nachfolger meines Sohnes, wäre er nicht auch geistig sein Nachfolger geworden und hätte das Werk weitergeführt, das Rudolfs Lebensaufgabe ist? Und alles das durch ein paar Konvulsionen des kleinen Körperchens aus der Zukunft weggewischt!

Rudolf war sehr unglücklich. Beatrix, die gerade einer zweiten Niederkunft entgegensah, war ganz verzweifelt. Und jetzt kam der zweite Schlag. Eine Fehlgeburt und – auch Beatrix ist tot.

Sie können sich meines Sohnes Schmerz wohl vorstellen. Er hatte sein Weibchen unendlich lieb – sie war auch ein gutes, liebes, hübsches

Geschöpf … Er beweint sie innig. Diese beiden, so kurz aufeinanderfolgenden Verluste haben ihn ganz schwermütig gemacht.

Er wird sich wieder aufraffen. Er ist jung, ich sehe die Zeit kommen, da er sich eine neue Häuslichkeit gründen wird. Aber als ich ihm neulich so etwas sagte, wehrte er heftig ab.

So, nun wissen Sie, mein alter Freund, dass Sie in uns ein paar recht gedrückte, traurige Leute vorfinden. Mein holdes Enkelkind, dass den so teuren Namen Friedrich trug, war mir gar fest ans Herz gewachsen … Der Tod … wie wandelt der doch so grausam unter uns herum und knickt die Blüten unseres Glücks …

Sie werden bei Ihrer Rückkunft Rudolf nicht antreffen. Er ist auf einer vom Arzt verordneten Reise – zur Zerstreuung, zur Ablenkung, sagte Doktor Bresser, aber ich fürchte, er hat seinen Kummer als Reisegefährten mitgenommen. Sylvia finden Sie noch in Wien. Auch Sylvia macht mir Sorge – das erzähle ich Ihnen mündlich. Ich bin allein in Brunnhof. Vielleicht besuchen Sie mich.

Auf der in einen Garten umgewandelten Terrasse eines Berner Hotels saß Rudolf Dotzky und blickte nachdenklich auf das von der Abendsonne überstrahlte Alpenpanorama.

Um ihn herum war reges Leben. Zahlreiche Hotelgäste saßen um kleine Tische, andere gingen plaudernd auf und nieder oder lehnten an der Balustrade – eine bunte Gesellschaft aus aller Herren Länder. Rudolf, der seit einer Woche hier weilte, hatte keine Bekanntschaften angeknüpft. Er war auf Reisen gegangen, um eine Zeit lang einsam zu sein, und einsam war er auch geblieben. Er hatte nun fast alle Städte der Schweiz besucht, Bern sollte die letzte Etappe vor seiner Heimfahrt sein.

Angeblich war der Zweck seiner Reise Zerstreuung gewesen, aber was er gefunden hatte, war vielmehr das Gegenteil – Sammlung. Ein Gedanke, der ihm den Kopf durchkreuzte an dem Tage, da er die Gruft verließ, in die man die Särge seiner Frau und seines Sohnes versenkt hatte – dieser Gedanke hatte ihn während seiner Reise nicht mehr losgelassen und war allmählich zum Entschluss gereift: dem Erbe entsagen.

Frei sein, ganz frei sein, nicht mehr zwei Herren dienen müssen, oder gar dreien: Familie, Ranggenossen und Menschheit. Nein, fortan nur mehr den einen Dienst: den Menschheitsdienst. Frei für die Zukunft und frei von den Fesseln der Vergangenheit.

Frei? Als ob bei der bestehenden Ordnung irgendein Mann sich frei nennen dürfte! Mit dem Worte wird lächerlich großgetan. Rudolf wusste ganz gut, welche Fesseln ihn noch banden, die abzustreifen es überhaupt keine Möglichkeit gab. Er war ja – wie jeder gesunde Bürger im Militärstaat – Soldat. Zwar nur achtundzwanzig Tage im Jahr, aber immerhin – Soldat. Und im Kriegsfall jederzeit verpflichtet, einzurücken. »Verpflichtet« ist da auch nicht der ganz passende Ausdruck – »gezwungen« wäre das richtige Wort. Man hat ja keine Wahl – man muss. Auf Verweigerung stehen Gefängnis und Tod. Leibeigenschaft und Sklaverei, das war einst das Los eines Teils der Bevölkerungen; heute, in den Ländern der allgemeinen Wehrpflicht, ist es das Los aller.

Aber was von Fesseln abzustreifen möglich war, das wollte er tun. Dem Erbe entsagen. Mit einem Ruck wäre da die ganze Last der Verwaltungs- und Repräsentations- und sonstiger Pflichten abgewälzt, die ihm seine bisherige Stellung auferlegt und die ihn gehindert hatten, sich ganz seiner großen Lebensaufgabe hinzugeben – der

Aufgabe nämlich, ein Lehrer, ein Kämpfer, ein Apostel zu sein. Mit Schrift und Wort wollte er seinen Mitmenschen das neue Gesellschaftsideal vor die Seele führen. Das, was er schon verstand, wollte er den anderen verständlich machen, und zu dem, was ihm und den anderen noch zu erforschen blieb, wenigstens den Weg weisen.

Dem Erbe entsagen ... es war kein kleiner Entschluss. Aber er empfand ihn nicht als etwas Schweres – eher als etwas Erleichterndes. Als abgeworfenen Ballast zum Höherfliegen. »Unser ganzes Kunststück besteht darin«, sagte Goethe, »dass wir unsere Existenz aufgeben, um zu existieren.«

Es bliebe ihm übrigens genug Vermögen, um sorgenlos leben und bequem reisen zu können. Die großen Einkünfte, die das Dotzky'sche Landgut abwarf, gingen ohnehin für die mit dem Besitz verbundenen Verwaltungs- und Repräsentationskosten drauf: der Dienertross, die gefüllten Pferdeställe, die zur Institution gewordenen gastlichen Veranstaltungen usw. Der Reichtum, dem er entsagte, hätte doch niemals zur Förderung seiner Zwecke dienen können, im Gegenteil: ihn nur physisch und moralisch an deren Erreichung gehindert. Physisch, indem er seine Zeit und Kraft in Anspruch nahm; moralisch, indem es unmöglich ist, sich für soziale Umwälzungen, für Abschaffung mittelalterlicher Zustände einzusetzen, wenn man seine eigene Existenz auf eine so feudale Einrichtung aufbaut wie einen Fideikommissbesitz[7].

Hätte Rudolf das gleiche Vermögen als frei verfügbares Privateigentum besessen, dann würde er nicht darauf verzichtet haben,

---

7) Das Familienfideikommiss ist eine Einrichtung des Erbrechts, wonach durch Stiftung das Vermögen einer Familie (meist Grundbesitz) auf ewig geschlossen erhalten werden sollte und immer nur ein Familienmitglied allein das Nutzrecht innehatte.

denn dann hätte er es in einer zu seinen Plänen und Anschauungen passenden Art verwenden können, z. B. zur Gründung von Volksbibliotheken, von einer großen Zeitung und ähnlichen Dingen. Aber ein Vermögen, das unversehrt für den nächsten Anwärter erhalten bleiben musste, konnte ihn in seinem Wirken nicht fördern – nur hemmen.

Dass der geplante Schritt in seinen Kreisen Ärgernis sein und bei allen Standesgenossen – mit Ausnahme des begünstigten Vetters – Tadel erfahren würde, darauf war er gefasst. Die Bemerkungen konnte er schon hören, die darüber fallen würden: »Immer ein überspannter Kopf gewesen, dieser Dotzky ... Mir war er immer unheimlich ... Im Grunde ist es nicht nur dumm – es ist ein Verrat an seinen Standespflichten. – Statt den Platz auszufüllen, auf den ihn sein Geschick gestellt hat, in die Welt hinauslaufen und revolutionäre Doktrinen predigen wie der erstbeste Demagogenführer – eine wahre Schande!«

Die einzige Person, bei welcher er überzeugt war, volles Verständnis und Beifall zu finden, war seine Mutter. Nächster Tage wollte er ihr schreiben. Seinen Aufenthalt in der Schweiz beabsichtigte er noch zwei oder drei Monate auszudehnen. Hier konnte er in aller Ruhe und Abgeschiedenheit die Arbeit vollenden, die er – wie es Egidy mit seinen *Ernsten Gedanken* getan hatte – in die Welt schicken wollte, ehe er mit dem gesprochenen Wort in eigener Person hinausginge, um das Geschriebene zu vertreten und zu verbreiten.

In tiefes Nachdenken versunken saß er da. Doch war es kein Denken in klaren Worten oder deutlichen Bildern, sondern mehr in Empfindungen. Nicht verkettete Ideen, sondern verkettete Gefühle, aneinandergereihte, ineinander verschlungene Bewusstseinsphasen.

Soeben war die Table d'Hôte, an der er niemals teilnahm, zu Ende, und ein Trupp von Hotelgästen kam aus dem auf die Terrasse mündenden Speisesaal herausgeflutet. Die meisten ließen sich in einer – dem Platz, wo Rudolf saß, gegenüberliegenden – glasbedeckten Veranda nieder und dort schwarzen Kaffee und Liköre servieren. Eine große amerikanische Gesellschaft war darunter, meist junge Leute beiderlei Geschlechts, und unter diesen ging es ziemlich lustig und lärmend zu. Aus der offenen Tür des Salons drang glänzendes Klavierspiel herüber – offenbar war es ein Künstler, der sich ans Instrument gesetzt hatte. All das unterbrach Rudolfs Meditationen, riss ihn aus seiner Vorstellungswelt heraus. Hier war ein Stückchen wirkliche Welt, ein Stückchen lebendige Gegenwart, im Gegensatz zu seinen Zukunftsträumen, zu seinen Kampfplänen um eine bessere Zukunft. Die Leute da schienen die gegenwärtige Stunde gut zu finden und kein besseres Morgen zu ersehnen. – Waren sie nicht vielleicht die Klügeren? Ihnen gehörte die Wirklichkeit, in dieser fanden sie sich zurecht, in ihr hatten sie sich's wohlig und bequem gemacht ...

Rudolf stand auf. Der Platz war ihm zu lärmend und zu belebt geworden; er wollte seine Gedanken in der Einsamkeit weiterdenken. Wenn sein Sinn nach dem großen Ziel »für die Menschheit wirken« gerichtet war, so störte ihn nichts so sehr darin wie der Anblick vieler Menschen. Nur in wenigen Exemplaren oder in der Abstraktion vermochte er die Menschheit zu lieben; wo er eine Menge versammelt sah, fühlte er sich durch vieles angewidert und abgestoßen: durch die Mehrzahl der hässlichen Gesichter, der unebenmäßigen Gestalten, die kreischenden Stimmen, die kleinliche Geschäftigkeit, die blöde Unbekümmertheit, die schale Geschwätzigkeit. Verdiente es diese Menge, dass man ihretwegen sich sorgte und sich opferte? Aber es genügte ihm, von den Leuten wegzuschauen, um wieder in der Vorstellung den Gesamtbegriff Menschheit und die Bilder einzelner herrlicher Menschenkinder wachzurufen, und damit zugleich den Wunsch, die Massen von Unglück und Elend befreit zu sehen und den Einzelnen – auch sich selber – ein immer höher und schöner entfaltetes Leben zu erobern.

»Graf Dotzky!«, rief plötzlich eine bekannte Frauenstimme.

Rudolf blickte auf. Gräfin Ranegg und ihre Tochter Cajetane standen vor ihm.

»Oh – meine Damen, welche Überraschung!«, rief er.

Alle abstrakten Gedanken und Bilder waren verflogen; die wirkliche Welt, seine Welt, war mit einem Mal wieder vor ihm aufgetaucht.

»Ich bin nicht überrascht, Sie hier zu treffen«, sagte die Gräfin. »Durch Ihre Mutter wusste ich, dass Sie in Bern sind.«

»Und Sie?«

»Wir machen eine kleine Tournee durch die Schweiz ... Heute früh sind wir hier angekommen und wollen heute wieder weiterfahren. Sie bleiben wohl noch längere Zeit fort von zu Hause? Sie haben ja recht – ach, es war so schrecklich ...«

Gräfin Ranegg hatte Dotzky seit seinem Verlust nicht gesehen, und sie legte jetzt in ihren Ton das ganze scheue Beileidsgefühl, das einen überkommt, wenn man Menschen begegnet, die man zuletzt glücklich gesehen hat und die unterdessen von einem schweren Schlag betroffen worden sind.

Cajetane, die stumm blieb, drückte das gleiche Gefühl in Blick und Miene aus. Ihre schönen schwarzen Augen waren voll und traurig auf Dotzky gerichtet. Der junge Mann empfand diesen Blick, als wäre er ein mildes Streicheln. Er hatte Cajetane immer nur heiter gesehen, voll des harmlosesten jugendlichen Frohsinns – und dieser völlig neue Hauch des Schmerzes auf ihren Zügen ließ sie ihm noch schöner erscheinen als sonst.

Ihre letzten Worte hatte Gräfin Ranegg mit einem Händedruck begleitet, und darauf reichte auch Cajetane die Hand hin, um mit dieser Gebärde und innigem Druck zu bekräftigen, was ihre Augen sprachen.

Rudolf war sich bewusst, dass die beiden Frauen sein Unglück für größer hielten, als er es empfand; sie glaubten wohl, dass er verloren hatte, was sein Höchstes und Einziges war, dass jetzt kein anderer Gedanke ihn erfüllte als der an seinen Verlust.

Die drei ließen sich nun an dem Tischchen nieder, an dem Rudolf vorhin gesessen hatte. Gräfin Ranegg sprach in teilnahmsvollem Ton weiter über das Ereignis, über den Schrecken, den ihr die Nachricht verursacht hatte, und fragte nach Einzelheiten. Da sie aber bemerkte, dass Rudolf nur einsilbig und widerstrebend Antwort gab, so lenkte sie das Gespräch auf andere Dinge und erzählte von sich und den ihren: Schloss Ranegg war augenblicklich verwaist. Christine, die inzwischen geheiratet hatte, war mit ihrem Mann, einem Gesandtschaftsattaché, gegenwärtig in Konstantinopel; die Zwillinge Ella und Bella waren auf Besuch bei einer Tante in Böhmen; Ranegg begleitete den Kaiser auf einem Jagdausflug nach Tirol; die beiden Söhne waren in Wien. Der Jüngere besuchte da die Kriegsschule – auch ihm stand eine rasche, glänzende Karriere bevor. Der Ältere hatte sich mit der Tochter eines ungarischen Magnaten verlobt – »ein wunderschönes Mädel und eine Herrschaft von fünftausend Joch als Mitgift ... Aber er wird weiter dienen, der Erzherzog ... Sie wissen ja, er ist der Adjutant des Erzherzogs Wilhelm und sein großer Liebling; der würde es ihm sehr übel nehmen, wenn er quittierte; das wollte er auch gar nicht, er ist ja mit Leib und Seele Soldat.«

»Eine glückliche Familie«, sagte Dotzky.

»Eigentlich ja, das sind wir«, gab Gräfin Ranegg zu. »Und umso mehr tut es mir leid, lieber Dotzky, dass Sie das Schicksal so grausam heimgesucht hat. Aber es hat doch jeder seine Sorgen«, fügte sie in weinerlichem Tone hinzu. »So macht mir das Leiden meiner armen Mutter viel Kummer – und mein Schwager Hallstein muss jetzt operiert werden ...«

Es war, als wollte sie seinen Neid dämpfen. Rudolf war aber nicht neidig. Er konnte sich gar nicht mehr in die Lage jener hineindenken, deren Freuden und Leiden ganz auf die eigenen und nächstliegenden Schicksale und Verhältnisse beschränkt waren, die nichts wussten von der großen Unruhe, der großen Sehnsucht, den großen Kämpfen, die eine mit den Lebensrätseln und sozialen Rätseln ringende Seele bewegen ...

Noch am selben Abend reisten die beiden Damen weiter. Dotzky brachte sie zur Bahn. Cajetane war die ganze Zeit sehr schweigsam gewesen. Aber wenn sie ein paar Worte gesagt hatte, so hatte in ihrer Stimme stets verhaltenes Mitgefühl gebebt. Als Mutter und Tochter vom Waggon aus dem Grafen Dotzky, der grüßend vor dessen Fenstern stand, zum Abschied gewinkt hatten und der Zug sich in Bewegung setzte, sank Cajetane in die Kissen zurück und brach in Tränen aus.

Die Gräfin sah sie überrascht an:

»Was hast du, Caji? Ich glaube gar, der junge Witwer hat es dir angetan ...«

17

Drei Monate später kehrte Rudolf von seiner Reise heim.

Diese drei Monate hatte er in einem einsamen Häuschen zugebracht, das, von grünen Weidetriften umgeben, mitten in den Bergen verborgen lag. Dorthin war er dem Anblick von Menschen und dem Umgang mit ihnen entflohen. Und dort hatte er jene Schrift beendet, die sein Glaubensbekenntnis und sein Tatenprogramm enthielt. Das wollte er in die Welt vorausschicken und dann mit dem gesprochenen Wort weiter ausführen und verbreiten.

Er fühlte sich im Besitz einer Heilslehre und daher verpflichtet, sie zu verkünden. Die ganze Lehre fasste er in ein Motto:

»Miteinander statt gegeneinander.«

Die Geschichte der Zivilisation, wie er sie auffasste, war die Geschichte der wachsenden Gemeinsamkeit – zugleich die Geschichte der überwundenen Brutalität.

Wie viel nicht überwundene Brutalität heute noch vorherrscht, das gab den Stoff zum längsten Kapitel des Schriftchens ab. Und in welcher Weise sie überwunden werden kann, das suchte ein anderes Kapitel zu verkünden: durch den Tatenmut der Guten, den Wahrheitsmut der Wissenden. Ganz gut ist zwar noch keiner – alles weiß noch keiner; aber das, was die Vorgeschrittenen an Edelsinn und Vernunft besitzen, das müssen sie hervorkehren – im Kampf gegen alles Unedle, das ihnen begegnet, und sei es in den mächtigsten Sphären vertreten; gegen alles Dumme, und sei es hinter den gelehrtesten und heiligsten Masken verborgen.

Dass der Gang der Zivilisation nur von elementaren, nur von wirtschaftlichen und technischen Faktoren bestimmt werde; unabhängig von dem Wollen und Wirken einzelner Menschen – das bestritt er. Ideen und Taten sind ebenso Elemente der Kultur – nicht die einzigen, aber die treibenden Kräfte. Gewiss, Entdeckungen und Erfindungen verwandeln das Getriebe der Welt; aber das Auftreten mächtiger Charaktere – im Guten und im Bösen – bestimmt es nicht minder. Und vor allem: Die Summe der Einsicht, die aus der Summe der Kenntnisse resultiert, regelt die Einrichtungen und Sitten der menschlichen Gesellschaft; wer also irgendeine klare Einsicht gewonnen hat, der soll es hinaustragen, damit jene Summe sich mehre. Rudolfs klare Einsicht war die: Das Elend kann aus der Welt geschafft werden und muss daher aus der Welt geschafft werden. Aber wie?

Rudolf hatte während seiner Abwesenheit fast täglich an seine Mutter geschrieben und ihr von allen seinen Arbeiten und Plänen Mitteilung gemacht. Die Nachricht, dass er auf das Erbe verzichten wollte, versetzte ihr einen gelinden Schlag. Welche Mutter wird leichten Herzens erfahren, dass ihr einziger Sohn sich des Glanzes und des Reichtums entledigen will, der sein Besitz ist? Martha hatte der stillen Hoffnung Raum gegeben, dass Rudolf nach Verlauf einiger Zeit den Verlust verwinden werde, den er durch den Tod der Seinen erlitten hatte, und sich wieder verheiraten würde – und vielleicht mit einer Frau, die ihm geistig ebenbürtiger wäre, als es die arme Beatrix gewesen war ... Sein Entschluss aber deutete darauf hin, dass er nicht daran dachte, sich jemals wieder einen Herd zu gründen, sondern dass er sich von allen Fesseln – also auch von Familienfesseln – frei machen wollte, um sich ganz seinem Apostolat hinzugeben.

Die Größe dieser Opfertat erfüllte sie auch mit stolzer Bewunderung: *Ihr* Rudolf war es, der so hingebungs- und entsagungsvoll handeln wollte, im Dienste dessen, was ihr Friedrich erstrebt und was sein Beispiel und sein Andenken in des Knaben Seele gepflanzt hatte ...

Noch vor Rudolfs Rückkehr verließ sie Brunnhof, um ihren ständigen Wohnsitz auf ihrer ererbten Besitzung, Grumitz in Mähren, zu nehmen. Dorthin überführte sie alle die teuren Andenken an ihren Toten – Bilder, Bücher, Möbel –, mit denen sie sich stets umgab.

In einer Richtung war es ihr sogar lieb, von Brunnhof wegzugehen. Der Ort erinnerte zu sehr an den zuletzt durchlebten Kummer, an das Sterben der armen jungen Frau und ihres lieben kleinen Enkelsohnes. Sie hatte den Knaben so zärtlich in ihr Herz geschlossen, so schöne Zukunftshoffnungen auf sein Haupt gesetzt. Er, der im 20. Jahrhundert jung sein und in voller Kraft in neueren, besseren Zeiten leben würde – der Erbe von Friedrichs und Rudolfs Ideen –, er würde deren Sieg wohl sehen, er würde vollenden, was sein Vater begonnen hatte. Diese Träume waren zerstoben ... Jeder Platz im Garten, wo der Kleine gespielt hatte, jedes Zimmer im Haus, wo sein helles Stimmchen schallte, das ganze Brunnhof, dessen einstiger Herr er geworden wäre, war der schmerzlichen Erinnerungen voll und sie verließ es nicht ungern.

Graf Max Dotzky, Rudolfs Vetter und nächster Anwärter auf das Fideikommiss, diente beim Handelsministerium. Ganz vermögenslos, war er darauf angewiesen, von seinem Gehalt zu leben, und nur durch peinlichste Sparsamkeit gelang es ihm, sich von Schulden freizuhalten. Seinen Amtspflichten kam er mit größtem Eifer nach, denn es war sein Ehrgeiz, in der Laufbahn rasch vorzurücken, um nach einigen Jahren einen Rang zu erreichen, dessen Bezüge es ihm ermöglichen würden, das Mädchen heimzuführen, das er schon seit Jahren liebte. Elsbeth von Rels, Tochter des verwitweten Feldzeugmeisters Baron Rels, war ihrerseits fest entschlossen, und wenn es auch zehn Jahre dauern sollte, darauf zu warten, dass Max zum Sektionschef oder zum Hofrat avanciere, um dann seine Frau zu werden. Unter den jetzigen Umständen war auf die väterliche Einwilligung nicht zu hoffen, und die jungen Leute sahen selbst ein, dass es unmöglich war, sich Haus und Herd zu gründen.

Diesem Vetter galt Rudolfs erster Besuch nach seiner Rückkehr in die Heimat. Er suchte ihn in seinem Büro im Handelsministerium auf. Die beiden jungen Männer kannten sich nur wenig, sie waren höchstens ein halbes Dutzend Mal flüchtig zusammengekommen, daher war Max sehr erstaunt, als ihm der Amtsdiener den Besuch des Majoratsherrn meldete.

Max war allein im Büro. Er hatte sich gerade müde gearbeitet an der Durchsicht eines besonders langweiligen Aktenstapels. Aus besonderem Pflichteifer hatte er dies Jahr auf seinen Sommerurlaub verzichtet und die Hitze der Stadtluft drückte ihn nieder. Die Arbeit ging nur mühselig vom Fleck. Er war in trüber, physisch und moralisch unbehaglicher Stimmung.

Beim Eintritt seines Vetters ging er diesem einige Schritte entgegen.

»Was verschafft mir die Ehre deines Besuchs?«, fragte er, Rudolf die Hand reichend.

Im gleichen Alter wie Rudolf, sah er jedoch viel älter aus; einige weiße Haare zeigten sich schon im blonden Spitzbart und an den Schläfen. Die Gesichtszüge spiegelten trotz der augenblicklichen

Misslaune große Gutmütigkeit – im Ganzen eine sympathische Erscheinung.

»Eine wichtige Angelegenheit, mein Lieber«, antwortete Rudolf.

»Bitte, bitte – stehe zu Diensten ... Willst du dich setzen?«

Er selber ließ sich wieder vor seinem Schreibtisch nieder und schob den Aktenstoß beiseite.

»Ich bin ganz Ohr.«

Dadurch, dass Rudolf seinen Sohn verloren hatte, war nun wieder Max der nächste Anwärter auf das Erbe. Doch diese Tatsache hatte keinen besonderen Wert; denn einmal war ja Rudolf nicht älter, zweitens war es nur allzu wahrscheinlich, dass er wieder heiraten und noch Söhne bekommen würde. Eine missliche Einrichtung, diese Majorate, denn nicht immer kann ein Anwärter beim Anblick des Besitzers den Gedanken abwehren: Wenn du stirbst, bin ich ein reicher Mann ...

Nein, Max hatte nicht an das gedacht! Aber doch – nicht ohne ein leises Neidgefühl – an Brunnhof und die sonstigen Reichtümer, die der andere sein Eigen nannte, während er …

Rudolf hatte sich in einen seitlich vom Schreibtisch stehenden Lehnstuhl bequem zurückgelehnt, und ein eigentümliches Lächeln zitterte um seinen Mund.

»Ich will vom Majorat mit dir reden«, begann er, als hätte er des Vetters Gedanken erraten.

»So? Und was denn?«

Max dachte, es handle sich um irgendeine Geschäftstransaktion, bei der die Einwilligung des Anwärters erforderlich wäre.

»Du weißt doch, woraus es besteht? Die Herrschaft Brunnhof in Niederösterreich, die Herrschaft Nagykyral in Ungarn, das Palais in der Wallnerstraße, die Sammlungen, der Familienschmuck – kurz: Das Ganze hat einen Wert von ... Nun, du wirst es wohl wissen ...«

»Ja, und daneben besitzt du bedeutendes Privatvermögen und wirst noch ein reichliches Erbe von deiner Mutter erhalten ... Du stehst pekuniär nicht schlecht.«

»Nein. Und du?«

»Ich? Ich besitze mein Gehalt und als Erbschaft von meinem Vater ein paar Tausend Gulden Schulden, die ich mich verpflichtet habe, nach und nach abzuzahlen.«

»Das ist schön von dir. Wie steht es mit deiner Heiratsabsicht?«

»Die kann noch zehn Jahre auf Erfüllung warten.«

»Das ist lang ... Fräulein v. Rels, die jetzt schon achtundzwanzig Jahre alt sein mag, wird dann etwas verblüht sein ...«

»Mein lieber Rudolf, du hast mich noch niemals aufgesucht ... und wenn du es nur tust, um mir so unangenehme Dinge zu sagen ... um zu protzen, wie reich du bist, und mich zu verhöhnen, wie arm ich bin, so ist das doch …«

»Verzeih: Protzerei und Hohn sind nicht meine Motive. Aber den Kontrast rücke ich absichtlich ins Licht – es macht mir Freude ...«

»Danke schön«, murmelte Max.

»Und wird dir noch eine größere machen. Hör mich an – ich werde dir etwas Merkwürdiges sagen ... Ich will …«

Er hielt inne. Auf den Augenblick, der jetzt kommen sollte, hatte er sich schon lange gefreut.

»Also? Was willst du?«

»Ich will auf das Majorat verzichten, und du trittst an meine Stelle.«

Max Dotzky sprang auf und griff mit beiden Händen an seinen Kopf.

»Bin ich verrückt – oder bist du's?«

»Setz dich nur wieder nieder. Ich bin bei Vernunft und spreche im Ernst. Und ich genieße die Situation ... Ich weiß, dass ich dich unbändig glücklich mache. Das ist zwar auch nicht das Motiv meiner Tat – ich tu's nicht dir, sondern mir selber, meinem Lebenszweck zuliebe –, aber an deinem Glück werde ich mich doch ergötzen. Zu deiner Hochzeit lade ich mich als Trauzeuge ein – natürlich heiratest du noch in diesem Jahr und ziehst gleich in Brunnhof ein ...«

Max, der sich wieder auf seinen Sessel geworfen hatte, saß bewegungslos da.

»Und was mich auch befriedigt«, fuhr Rudolf fort, »ist das Bewusstsein, dass du ein braver, ehrenwerter Mensch bist und dem Hause Dotzky als dessen Oberhaupt Ehre machen wirst. Wenn du und Elsbeth Rels in Brunnhof regiert, so werde ich wissen, dass mein einstiger Besitz in gute Hände gelangt ist.«

Max war es zumute, als hätte er einen Schlag vor die Stirn bekommen. Die Gedanken wirbelten ihm im Kopf herum, und sosehr er sich mühte, fassen konnte er das Gehörte – Unerhörte – nicht. Es musste ja, wenn es wahr war, ihn ganz unsäglich glücklich machen, das wusste er, aber das Glücksgefühl konnte nicht das Gefühl des unbändigen, mit Zweifeln gemischten Staunens verdrängen, das ihn erfüllte. Endlich fand er Worte:

»Rudi ... Wundermensch ... reiß mich aus diesem Traum – schwöre, dass es Wirklichkeit ist – oder gestehe, dass es ein Spaß war, ein verzweifelt schlechter Spaß ...«

»Du hast recht, der Witz wäre matt. Es ist keiner – es ist die volle Wahrheit. Noch einige Formalitäten, und der Herr des Dotzky'schen Fideikommiss bist du.«

»Mein Gott, mein Gott, mein Gott!«, rief der andere.

Dann vergrub er sein Gesicht in beide Hände und atmete heftig.

18

Die gerichtlichen und geschäftlichen Transaktionen der Besitzübertragung waren erledigt. Zur feierlichen Übergabe veranstaltete Rudolf ein kleines Fest in Brunnhof, welches zugleich ein Abschiedsfest sein sollte, bei dem er seine Familie und Freunde zum letzten Mal auf dem alten Herrensitz um sich versammelte.

Die Tafel war im großen Speisesaal gedeckt. Der Spätherbsttag hatte empfindliche Kälte gebracht und im Monumentalkamin brannten ganze Stämme knisternden Fichtenholzes. Vom Kronleuchter flutete das Licht von achtundvierzig Wachskerzen herab, und noch sechs silberne Kandelaber, die zwischen den Aufsätzen auf der Tafel standen, und zahlreiche Lampen auf den Pfeilertischen vervollständigten die Beleuchtung. Kostbare alte Gobelins an den Wänden; kunstvoll geschnitzte Eichenholzmöbel in gotischer Form; der Tafeldienst besorgt von einem Haushofmeister in Frack und mit weißer Krawatte, zwei Büchsenspannern mit silbernen Epauletten und Bandelieren und vier Lakaien in Galalivreen in Schuhen und Strümpfen. Auf die Menükarten gemalt, auf die Porzellanteller eingebrannt, in die Bestecke und Gläser graviert, in den Damast des Tischzeugs gewebt – überall das Dotzky'sche Wappen: in gespaltenem Felde drei blaue Sterne links und hinten ein zugekehrter silberner Schlüssel; auf dem gekrönten Helm mit rechts rotsilberner und links blaugoldener Decke zwei nach außen weisende silberne Schlüssel vor einem rot mit Pfauenfedern besteckten Spiegel zwischen offenen, vorn silbernen und hinten roten Flügeln. – Kurz: der ganze Aufwand von Pracht und Prunk und Eitelkeit, der in den Schlössern reicher und alter Adelsfamilien zu herrschen pflegt.

Mehr als vierzig Personen im Abendanzug saßen um den Tisch. Martha hatte den Sitz der Hausfrau, Rudolf den des Hausherrn inne. Rechts von Baronin Tilling saß Max Dotzky und zur Rechten Rudolfs Fräulein Elsbeth von Rels. Den Feldzeugmeister von Rels hatte Martha an ihre linke Seite gesetzt, seine andere Nachbarin war Sylvia Delnitzky. Die Familie Ranegg war, mit Ausnahme der in Konstantinopel weilenden Tochter Christine, vollzählig erschienen. Von alten Freunden des Hauses waren außerdem anwesend: Minister Wegemann, Graf Kolnos, Oberst von Schrauffen, der alte Bresser und Pater Protus.

Das Dinner – in acht Gängen – war zu Ende; man knabberte nur noch an den Süßigkeiten des Nachtischs. Auf ein Zeichen des Herrn füllten die Diener noch einmal die Champagnerkelche und verließen dann alle den Saal. Rudolf klopfte mit dem Messer an sein Glas, und die lebhaften, laut durcheinandersummenden Tischgespräche verstummten mit einem Schlag.

Ohne aufzustehen, aber mit erhobener, deutlich vernehmbarer Stimme begann Rudolf zu reden:

»Meine lieben Freunde und verehrten Gäste. Sie alle wissen, dass unser heutiges Beisammensein einem ganz besonderen Anlass gilt ... einem ungewöhnlichen Anlass. Manche hier sind genau unterrichtet, um was es sich handelt – den anderen wird es eine Überraschung sein.

Ehe ich die Sache verkünde, möchte ich einen kurzen Rückblick in die Vergangenheit werfen – vielleicht findet sich da teilweise eine Erklärung für das, was Sie nun hören sollen. Ich erinnere mich – und mehrere unter Ihnen werden sich auch erinnern – an ein Festmahl, das uns um diese selbe Tafel versammelt hat – zur Taufe meines armen kleinen Fritz ...«

Rudolf hielt einen Augenblick bewegt inne, und auch durch den Kreis seiner Hörer ging eine Bewegung, ein leises Beileidsgemurmel.

Er holte tief Atem und fuhr fort:

»›Es lebe die Zukunft!‹ toasteten wir damals. Die Zukunft aber, die mein Sohn verkörpern sollte, die ist ins Grab gesunken ... Es war ein großer Schmerz, so groß, dass ihn meine Beatrix nicht überleben konnte. Mein ganzer häuslicher Herd ist eingestürzt.«

Das teilnahmsvolle Gemurmel wiederholte sich – einige unter den Frauen führten ihr Taschentuch an die Augen.

»Doch als ich damals auf die Zukunft trank, hatte ich nicht die Zukunft meines Hauses, ich hatte die Zukunft unseres ganzen Geschlechts – des Menschengeschlechts – im Sinn, an der wir alle, bewusst oder unbewusst, mitarbeiten – an der ich bewusst und in bestimmter Absicht mitarbeiten will. Und dazu will ich ganz ungebunden sein. Ohne weitere Umschweife: Ich habe auf das Dotzky'sche Majorat verzichtet und dessen nächsten Anwärter, meinen Vetter Maximilian, in meine Rechte eingesetzt.«

Ein noch lauteres Murmeln – diesmal Staunen ausdrückendes – erhob sich, verstummte aber sogleich wieder, als Rudolf aufstand und sein Glas erhebend weiter sprach:

»Ich bitte Sie also, in Graf Maximilian Oskar Dotzky von Donaschits, Herrn auf Brunnhof und Nagykyral, meinen Nachfolger zu sehen und auf sein Wohl sowie« – er verneigte sich zu seiner Nachbarin zur Rechten – »auf das Wohl seiner Braut, Fräulein Elsbeth von Rels, mit mir anzustoßen.«

Laute Ausrufe folgten. Alle waren aufgestanden, man stieß mit den Brautleuten an und wünschte ihnen Glück. Auch mit Rudolf wurde angestoßen. Dabei veränderten sich aber die gratulierenden Mienen in halbwegs kondolierende.

Rudolf war der Erste, der sich wieder auf seinem Sessel niederließ, und abermals gab er das Zeichen, dass er sprechen wollte. Da setzten sich auch die anderen, und allgemeines Schweigen war bald hergestellt.

»Ich will keinen neuen Toast ausbringen, meine Freunde, keine Tischrede halten; aber sagen will ich Ihnen, was meine Abdankung bedeutet und bezweckt. Haben Sie etwas Geduld mit mir. Vorträge zu halten gehört zu meinem Zukunftsprogramm, und dies soll mein Jungfernvortrag sein. Versteht sich, wenn ich einmal auf ein Podium trete und vor versammeltem Volke spreche, dann werde ich nicht dasselbe Thema wählen, das ich nun vor Ihnen erörtern will – das Thema meiner Abtrünnigkeit. Gerade diesem Kreise hier – Verwandte, Jugendfreunde, Standesgenossen – glaube ich solche Erörterungen schuldig zu sein ...

›Der Mensch ist verrückt!‹ – so wird wohl das erste zusammenfassende Urteil sein, welches von einem Teil der hier Anwesenden und von den meisten der nicht anwesenden Angehörigen unserer Gesellschaftskreise über meinen Entschluss gefällt werden wird – das weiß ich. Nun, so will ich Ihnen wenigstens gesagt haben, worin die Methode besteht, die in meinem Wahnsinn steckt.«

Nach kurzer Sammlung fuhr er fort:

»Zwei Kräfte sind es, die den Gang der menschlichen Kultur bewegen und regeln: die vorwärtstreibende und die hemmende Kraft – der Fortschrittsdrang und der Erhaltungstrieb. In der Politik haben diese beiden die Namen Liberalismus und Konservatismus angenommen; aber damit ist nur eine ganz enge Sphäre bezeichnet, in der diese Kräfte sich betätigen, deren Spiel die ganze Welt – Natur und Geist – von allem Anfang an geformt hat und in aller Zukunft weiter formen wird.

So stark und so bewusst wie in unserer Gegenwart sind – so scheint es mir – diese Gegensätze noch nie hervorgetreten, und da heißt es: Farbe bekennen. Man kann auch ganz abseits stehen bleiben, sich nicht kümmern um das, was vorgeht, und nur für seine eigenen, engsten Interessen leben – das tun auch gar viele. Aber diese vielen helfen – ohne es zu wissen – doch der einen der streitenden Kräfte: Eines der wirksamsten Elemente des Beharrungsvermögens ist ja die Trägheit.«

Mit dem niemals täuschenden Instinkt, der dem Redner zum Bewusstsein bringt, was die Zuhörerschaft empfindet, wurde Rudolf gewahr, dass ein leiser Hauch von Gelangweiltsein, von missmutigem Unverständnis über die Tischgesellschaft wehte. Dass aber einige da waren, darunter seine Mutter, die ihn ganz verstanden und mit Spannung an seinen Lippen hingen, das wusste er auch, und für diese sprach er unbeirrt weiter:

»Ich stand nicht abseits. Ich habe hineingelauscht in den Kampflärm und wurde von dem Drang erfasst, mich mitkämpfend zu beteiligen. Mein Stand, meine Stellung, meine persönlichen Vorteile und Interessen würden erfordern, dass ich mich auf die Seite derjenigen stelle, die das Bestehende verteidigen. Doch das kann ich nicht: Mein Gefühl, meine Einsicht und meine als Erbe übernommene Mission treiben mich in das andere Lager. Um also ehrlich und frei zu sein, bleibt mir nichts übrig, als meine Stellung und mein Interesse aufzugeben – und das habe ich getan.«

»Bravo!«, rief Max. Und Feldzeugmeister von Rels sekundierte. Dieser Zug von Rudolfs Verrücktheit war seinem Besitznachfolger und dem Vater der künftigen Herrin von Brunnhof jedenfalls sympathisch. Auch Elsbeth hätte gern in den Beifall eingestimmt, doch war sie zu schüchtern dazu. Sie schwamm in traumhafter Glücksstimmung – war es doch wie ein Traum, dass ihr nun plötzlich alles zugefallen war: der Geliebte, die wunderbare Herrschaft, der sie umgebende Luxus ... Sie hätte vor Rudolf niederknien mögen, um ihm zu danken. Ein Narr? Das ist zu viel gesagt – ein Schwärmer, ein edler Schwärmer. Und Gott sei Dank, dass er nicht vernünftiger war!

»Ihr Bravo, Exzellenz«, wandte sich Rudolf an Herrn von Rels, »werden Sie vielleicht zurückziehen, wenn ich sage, dass zu den von mir abgelehnten Dingen auch – nein, nicht auch: *zuallererst* – der Militarismus gehört. Und nicht nur, wie das unsere matten Liberalen hervorkehren, die Auswüchse und Übertreibungen des militaristischen Systems, sondern das organisierte Totschlagen als Rechtsmittel *überhaupt*. Das will ich fortan in aller Offenheit hinaussagen, ohne Umschweife – auch einem Feldzeugmeister ins Gesicht. Nur der ist frei, der das sagt, was er denkt. Mit der Abdankungsurkunde habe ich mir ein Stück Freiheit erkauft. Ich benutze sie.«

»Bravo!«, riefen Kolnos und Bresser.

Herr von Rels sprang auf:

»Verzeihen Sie«, begann er mit erregter Stimme.

Aber die anderen riefen:

»Nicht unterbrechen!«

Und der General ließ sich wieder auf seinen Sessel nieder.

»Verzeihen Sie mir, Exzellenz«, sagte Rudolf, »ich habe Sie nicht verletzen wollen. Was man gegen eine Institution spricht, ist nicht persönlich gegen ihre Vertreter gemünzt. Vergessen Sie nicht, dass alles, was ich gegen den Krieg vorbringen oder wirken kann, im

Geist eines Vermächtnisses geschieht, das mir von einem tapferen Soldaten – von Friedrich Tilling – zugefallen ist. Was ich getan habe, beweist genügend, wie ernst ich meine Aufgabe, meine bevorstehenden Kämpfe auffasse. Im Kampfe darf man vor der Notwendigkeit nicht zurückschrecken, auf den Gegner loszuschlagen. Meine Waffe ist ja nur das gesprochene und geschriebene Wort – die will ich gradaus und ehrlich gebrauchen, das heißt, immer nur das sagen, was ich für wahr halte, das aber ohne Rücksicht, ohne Schonung. Dass man, wenn man mit seiner Meinung zurückhält, die anderen schonen wolle, das ist gewöhnlich nur Vorwand; sich selber will man vor Unannehmlichkeiten hüten, sich schont man dabei. Man mag den anderen nicht erzürnen, nicht um ihm den Zorn zu ersparen, sondern um sich diesem Zorn nicht auszusetzen. Feigheit ist's mit einem Wort. Eine Feigheit, die ich an mir selber erfahren habe, als ich ein Fortschrittsanwalt, zugleich aber kluger Gutsbesitzer, taktvoller Hausherr und liebenswürdiger Vetter sein wollte. Jetzt will ich nichts anderes sein als ein am Entwicklungsgang der Menschheit bewusst und furchtlos mitarbeitender Mensch.

In solcher Mitarbeit, glauben Sie mir, liegt erhebender Genuss. Vor allem das Bewusstsein einer erfüllten Pflicht. Nicht allen offenbart sich diese Pflicht. Aber die, welche Einsicht genommen haben in den Kampf der Zeiten und die die drohenden Gefahren und winkenden Rettungen sehen, die können nicht anders – die müssen mittun. Rettenwollen ist ein natürlicher, ein dem Gesellschaftstrieb des Menschen anhaftender Instinkt.

Was ich sehe, ist dies: Es sind Zaubermächte am Werk, um die menschliche Gesellschaft so zu verändern, dass die Kultur von morgen sich zu der Kultur von gestern verhalten wird wie der

Schmetterling zur Raupe. Die Raupe hat sich schon eingepuppt – die Kultur von heute ist die Chrysalide.«

»Bravo!«, sagte jemand aus der Gesellschaft, der das Wort Chrysalide poetisch fand und daher ein Beifallszeichen für angebracht hielt.

»Die Zaubermächte, die ich meine«, sprach Rudolf weiter, »heißen Technik und Wissenschaft. So viele könnende und so viele wissende Wesen, wie die Menschen zu werden jetzt im Begriff stehen, müssen auch vernünftige Wesen mit vernünftigen Einrichtungen werden. Das ist der Zwang des Anpassungsgesetzes. Dass aber unsere Lebensführung und unsere aus unwissenden Zeiten überkommenen Einrichtungen vernünftig seien, wird man doch nicht behaupten wollen? Um nur das eine hervorzuheben, das Unvernünftigste von allem: neun Zehntel aller Hilfsquellen darauf zu verwenden, einander besser totschlagen zu können, sich die Heimat Erde in Beutestücke einzuteilen, um die man sich gegenseitig zerfleischt, statt sie in gegenseitiger Hilfeleistung in ein Eden umzuwandeln ... Wie murmelten Sie in den Bart, Freund Wegemann – ›Sozialistenphrasen?‹ Mein Gott, oft gesagte Wahrheiten werden immer zu ›Phrasen‹ ... Und dass die soziale Frage in gewaltiger Bedeutung unsere Gegenwart erfüllt und nach Lösung drängt – das kann doch niemand leugnen? Das Arbeitervolk ist es müde zu leiden, und unter uns gibt es solche, die müde sind, es leiden zu sehen. Ich für meinen Teil kann nicht länger müßig zusehen bei all den unnützen Schmerzen, Lasten und Gefahren, unter denen meine Mitgeschöpfe stöhnen.

Ein großes Erlösungswerk bereitet sich vor – davon wissen gar viele Zeitgenossen, und wohl auch viele meiner lieben Tischgenossen, nichts. Was sie allenfalls davon vernehmen, klingt ihnen wie das ferne Rauschen einer drohenden Sturmflut, und sie rufen nach Deichen und Dämmen. Wir aber, die wenigen, die hingehorcht haben, wir hören das Rauschen einer neuen Zeit, der gewaltlosen Zeit, der vom Elend befreiten Zeit. Wenn wir sie auch nicht erleben – ihr Kommen beschleunigt zu haben, das soll unsere höchste Genugtuung sein. Das habe ich mir zur Aufgabe erkoren. Nennen Sie solches Beginnen nicht vermessen und nennen Sie es nicht unnütz. Beugen Sie sich nicht jener bequemen Ansicht, dass sich die Kulturwandlungen von selber vollziehen. Das ist falsch – nichts geschieht von selbst. Es fällt doch niemandem ein, zu behaupten, dass sich alle technischen Fortschritte und Erfindungen von selber eingestellt hätten – unabhängig vom Studium und der Arbeit der Techniker und Erfinder. Die Fortschritte in der Kultur entstehen durch den Willen der Kulturarbeiter. Diese Willenskraft wird zum Motor der Entwicklung. Auch unter den Entwicklungsfeinden gibt es energisch Wollende, und es gelingt ihnen gar wohl, den Gang der Kultur zu hemmen, sogar für einen Moment zurückzuschleudern – ihn aber gänzlich aufzuhalten, das gelingt ihnen nicht, denn dass dieser, wenn auch in der Spirallinie, unaufhörlich vorwärts- und aufwärtsführt, das ist Naturgesetz. Dies ist mein zuversichtlicher Glaube.

Das ist es, was ich Ihnen sagen wollte – mein Tun ist durch eine in tiefster Seele lodernde Leidenschaft bestimmt. Ob ich Kräftiges vollbringen werde, das ist dahingestellt, aber was ich an Kraft besitze, das ist nun in meinem Willen konzentriert.«

Er hielt einen Augenblick inne. Wieder empfand er es deutlich, dass die Zuhörerschaft – mit Ausnahme der wenigen – ihm nicht gefolgt war.

Und er gewahrte auch, dass ihm die Worte nicht zu Gebote standen, mit denen er gern die Fülle der ihn bewegenden leidenschaftlichen Gefühle und Gedanken ausgedrückt hätte. Das wäre ihm wohl nur möglich gewesen, wenn von seinem Feuer etwas auf die Widerstrebenden sich übertragen hätte und aus ihrer Mitte dann ein Funke der Begeisterung herübergesprungen wäre. Er hatte die Vision eines großen Saales, gefüllt mit Männern und Frauen aus dem Volke; Leute, die in ihren gramgedrückten Verhältnissen mit Sehnsucht nach Verheißungen besserer Zeiten aufhorchten. Wie würden der Dank und die Hoffnung solcher Lauscher ihn gleichsam tragen, emporheben ... Aber diese hier, auf der Höhe der Gesellschaft Geborenen, alle Vorteile des Bestehenden Genießenden, die mussten wohl jeden Gedanken an eine Änderung als ruhegefährdend und glücksbedrohend empfinden – wenn sie überhaupt zuhörten, wenn das Gesagte nicht vollkommen abprallte an ihrem Unverständnis und ihrer Kälte.

Er war sich bewusst, dass er nicht weiterreden sollte noch konnte, und suchte nach einem Schluss:

»Meine Freunde, Ihnen das Ziel meines Wollens ganz klarzulegen oder gar meine Überzeugung auf Sie übertragen zu wollen – das konnte nicht der Zweck meiner Rede sein, die ohnehin schon zu lang geworden ist. Ihr kurzer Sinn ist der: Hier stehe ich, weil ich nicht anders kann. Und damit ist die Tafel aufgehoben – in Brunnhof die letzte Tafel, deren Wirt ich gewesen bin.«

Er stand auf und erhob sein Glas:

»Doch damit wir mit einem ›Hoch!‹ abschließen können, trinke ich dir noch einmal zu, lieber Max – Dotzky est mort, vive Dotzky!«

Die anderen waren froh, die etwas gelangweilte und mitunter peinliche Stimmung mit neuem Gläseranstoßen und Hochrufen verscheuchen zu können.

Dann begab man sich nach nebenan in den Empfangssaal. In den Gruppen, die sich bildeten, wurde natürlich von dem Ereignis des Tages gesprochen. Das Urteil über Rudolf lautete zwar nicht, wie er selber vorausgesagt hatte, »Verrücktheit« – aber die ganze Skala von Worten, die denselben Sinn umkleiden, hielt dabei her: überspannt – Träumer – irregeleitet – Fantast – hm, ein Original …

19

Rudolf stahl sich hinaus. Er war nicht aufgelegt, in Privatgesprächen den Gegenstand weiter auszuführen, über den er soeben eine Rede gehalten hatte. Und ein eigentümliches Trauergefühl hatte sich seiner bemächtigt – etwas wie Abschiedsweh, das ihn drängte, sich von der heiteren Gesellschaft zu entfernen und in einem einsamen Winkel seinen Gedanken nachzuhängen.

Er suchte sein einstiges Arbeitszimmer – das Harlekinzimmer – auf. Es war schon halb ausgeräumt, die ihm persönlich gehörenden Bücher und Bilder in herumstehenden Kisten verpackt. Der Raum war durch eine kleine Lampe von mattem Glas nur schwach beleuchtet. Dagegen sah man durch das unverhüllte breite Fenster hellen Mondschein. Rudolf trat hin und lehnte die Stirn an die Scheibe. Wie zauberhaft lag da der Park seines schönen Brunnhof ... Nein, nicht mehr sein Brunnhof. Das war ja der Gedanke, den er hegte, das war das wehmütige Bewusstsein, das ihn beschlichen hatte: Vorbei!

Zwischen seinem alten Leben und dem, dem er jetzt entgegenging, war nunmehr ein eiserner Vorhang herabgerollt. Und ein Abgrund war gegraben zwischen ihm und den meisten Menschen, mit denen er durch verwandtschaftliche oder gesellschaftliche Bande verbunden war. Vorbei die kameradschaftliche Gemeinschaft mit seinen Standesgenossen; vorbei die huldreiche Freundschaftlichkeit der Spitzen des Landes, vorbei die ehrerbietige Hingebung seiner zahlreichen Beamten- und Dienerschaft; vorbei diese ganze Machtstellung, die aus dem Chef eines adeligen Majorats einen kleinen Potentaten macht ...

Aber auch intimeres Abschiedsleid erfasste ihn. In diesen Mauern, die er nun verließ, hatte sein häuslicher Herd gestanden. Auf dem Plätzchen da unten im Park unter der großen Linde, wie oft hatte er da die Wiege seines Söhnchens gesehen und darübergebeugt die holdselige Gestalt der jungen Mutter. Diesen Besitz freilich, dem hatte er nicht selber entsagt, den hatte ihn der Räuber Tod entrissen. Aber es wäre ihm ja leicht möglich gewesen, sich auf demselben Grund einen neuen Herd zu bauen, dem Hause eine neue Herrin zu geben, dem Stammsitz einen neuen Erben. Diese Möglichkeit war durch seinen Verzicht nun abgeschnitten.

Ein schwerer Seufzer hob seine Brust. So deutlich, so fest umrissen, so *wirklich* waren die Dinge, denen er entsagte, und so unsicher, so nebelhaft die Ziele, denen er entgegenstrebte. Nein, nicht die Ziele – die leuchteten ihm klar in Leitsternlicht, aber die dahin führenden Wege, die waren das Unsichere.

Eine Hand legte sich sanft auf seine Schulter. Er wandte sich um.

»Du, Mutter?«

»Ich dachte schon, dass ich dich hier finden würde, mein Rudolf. Aber ich störe dich vielleicht?«

»Ach nein ... Gerade dich jetzt hier zu haben, tut mir wohl. Denn du bist die Einzige, die mich ganz verstehen kann ... auch in Anwandlungen der Verzagtheit ... verstehen und aufrichten.«

»Bist du verzagt, weil die da unten dich nicht verstanden haben? *Wenn* sie dich verständen, wäre es da überhaupt nötig, als Lehrer und Kämpfer hinauszuziehen?«

Der Mond verfinsterte sich. Schwarze Wolken zogen über seine Scheibe und es erhob sich ein klagender Wind, der durch die Rauchfänge pfiff.

Martha schüttelte sich fröstelnd.

»Komm«, sagte sie, »lass uns zu den anderen zurückgehen. Harre bei deinen Gästen aus – das letzte Mal.«

Rudolf erfüllte den Wunsch seiner Mutter und begab sich in den Salon zurück. Man saß und stand in lebhaft sprechenden Gruppen umher. Als er sich näherte, verstummten die meisten Unterhaltungen; er hatte den Eindruck, als wäre soeben von ihm die Rede gewesen.

In einer Ecke sah er Minister »Allerdings«, Pater Protus und Oberst von Schrauffen beieinanderstehen. Auf diese Gruppe ging er zu.

»Hier sind ja drei meiner engsten Freunde versammelt – gern wollte ich hören, was ihr gesagt habt.«

»Ich sagte«, antwortete der Minister, »dass ich den Eisstoß schon lange habe kommen sehen ... Dein Benehmen und deine Äußerungen in der letzten Zeit ließen alles Extravagante vorausahnen. So verrückt habe ich es allerdings nicht erwartet – seinen Besitz herschenken!«

»Und Sie, Herr Oberst?«

»Na, nachdem Sie mich so gradheraus fragen und Exzellenz Wegemann sich auch kein Blatt vorm Mund genommen hat, so rede ich auch gradheraus. Mir kommt die G'schicht nicht nur stark verrückt, sondern sogar ein biss'l straffällig vor. Wollen'S unter die roten Sozialisten gehen? Haben'S ganz vergessen, dass Sie ein Kavalier – und dass Sie Reserveoffizier sind?«

»In der Tat, *mon Colonel*, in diesem Falle habe ich mich nur meines Menschtums erinnert. Und Sie, mein lieber Pater Protus – werden Sie mich auch exkommunizieren? Wie ich Sie kenne, fürchte ich das nicht von Ihnen.«

Der junge Pater blickte Rudolf ernst und mild ins Gesicht:

»Sie haben recht, Herr Graf – mir liegt jedes Verdammen fern … Nicht einmal richten und urteilen möchte ich da, wo ich nicht ganz verstehe. Ihre Absichten, Ihre Gedankenkreise sind mir nicht ganz klar; aber so, wie ich Sie kenne, weiß ich, dass Sie Gutes wollen … Mir tut es nur in der Seele weh, einen solchen Patron zu verlieren. Ach, hätte die arme Frau Gräfin und hätte das arme Bubi gelebt – Sie würden uns dann nicht verlassen haben.«

Rudolf schob seinen Arm unter den des Paters und zog diesen ein paar Schritte weiter.

»Kommen Sie, mein lieber Herr Pfarrer, ich möchte ein paar Worte mit Ihnen allein reden. Setzen wir uns hier in diesen Winkel, da hört und stört uns niemand. Mit den beiden anderen habe ich nicht weiter reden wollen. Ich habe mich von ihnen getrennt – abgrundweit, da gibt's kein Verständigen mehr, und was jene von mir denken, *muss* mir gleichgültig sein. Ihnen gegenüber, Pater Protus, habe ich das Bedürfnis, mir noch ein bisschen das Herz auszuschütten.«

»Das klingt ja wie die Einleitung zu einer Beichte.«

»Ich habe bei Ihnen nie gebeichtet … und überhaupt, wie Sie wissen, mich den kirchlichen Zeremonien ferngehalten.«

»Sie, Herr Graf, glauben wie gar viele, ohne auszuüben.«

»Nein. Ich glaube nicht – und meinte, dass Sie das wussten.«

»Ich vermutete es wohl, aber …«

»Ach, seien wir in dieser letzten Stunde ganz aufrichtig. Wir haben uns gegenseitig immer geachtet, nicht wahr? Ich weiß, was Sie Ihrem Beruf schuldig sind, und schätze den Takt sehr, mit dem Sie es verstanden haben, ein so pflichttreuer Landpfarrer und ein Mensch von modernem Geist und Wissen zu sein.«

»Und Sie, Herr Graf, vereinten taktvoll den kritischen Skeptiker mit dem adeligen Kirchenpatron.«

»Ich aber, Pater Protus, habe dem Dualismus entsagt – und so kann ich mich ganz frei geben. Takt – das ist so ein Ding, das diejenigen brauchen, die einen Widerspruch verbergen, den sie in sich tragen, oder durch den sie sich lavierend hindurcharbeiten wollen. Ich habe diese Notwendigkeit abgeschüttelt – und darum sage ich Ihnen jetzt ganz offen: Der Kampf, zu dem ich mich rüste, der Befreiungskampf gegen alles, was die Menschheit in Fesseln, auch in geistige Fesseln schlägt, der wendet sich natürlich auch gegen …«

»Also ist es doch richtig«, unterbrach der Pfarrer, »dass die sogenannten ›Friedensfreunde‹ – denn dazu gehören Sie ja – Feinde der Religion sind?«

»Es ist nicht richtig. Gewiss gibt es unter den Kriegsfeinden viele Freidenker, aber auch viele Gläubige. Und in dem Kampf gegen den Krieg betätigen die Freidenker doch ihre Gesinnung nicht – sie trachten vielmehr, in der Kirche eine Verbündete zu finden, denn sie wissen, welche Macht ihr innewohnt und wie sehr die Religionsgebote mit den Friedensgeboten übereinstimmen. Eben weil die organisierten Verfechter der Friedensidee sich der Bekämpfung einzelner Richtungen und Einrichtungen – die ich bekämpfen will – enthalten, unterlasse ich es, mich ihren Vereinen und Kongressen anzuschließen. Ich will nach jeder Richtung hin die neue Weltanschauung vertreten – eine Weltanschauung, die meiner Überzeugung nach bestimmt ist, wie eine neue Religion die kommenden Geschlechter zu verbinden.«

»Freilich«, unterbrach Pater Protus mit leiser Bitterkeit im Tone, »mit solchem neuen Glauben muss man dem alten gegenüber als Feind auftreten – nicht als Patron.«

»Feind? Im Sinne von Hass und gewalttätigem Verfolgungs- und Vernichtungseifer? Nein. Loyaler Gegner? Ja. Ach, Pater Protus, was sind das doch noch für unklare, traurige Zustände in der Welt ... Wie schmerzlich stoßen die Gedanken, die Pflichten, die Leidenschaften aneinander! Dabei sehe ich so deutlich, wo das Heil liegt ... einfach darin: gut sein und wahr sein – in jeder Lage, unter allen Umständen, niemandem Böses zufügen, niemals behaupten, was falsch ist. Welche von den bestehenden Institutionen im Staate verstößt nicht gegen diese zwei Dinge – Güte und Wahrheit?«

»Was ist Wahrheit? Das hat schon Pontius Pilatus gefragt, Herr Graf.«

»Was Lüge ist, musste er jedenfalls wissen, denn als er sagte: ›Ich wasche meine Hände in Unschuld‹, da hat er gelogen – er wusch sie in Blut. Was Güte ist, braucht keiner zu fragen, das fühlt jeder – auch der Harte, indem er sie verlacht ... Aber, lieber Herr Pfarrer, ich habe ja nicht mit Ihnen philosophieren wollen – nur Lebewohl wollte ich Ihnen sagen, dabei herzhaft Ihre Hand drücken und Aug in Aug Ihnen versichern, dass ich Sie verstehe und Sie schätze und mich von Ihnen verstanden weiß. Auch meinen weiteren Kurs werden Sie nicht verdammen, selbst wenn ich das nicht mehr bin, was wir vorhin ›taktvoll‹ nannten.«

Pater Protus drückte fest die dargereichte Hand und blickte dem anderen ins Auge:

»Ja, wir verstehen uns.«

Rudolf sah nun, dass Gräfin Ranegg und ihre Tochter Cajetane im Begriff waren, sich von seiner Mutter zu verabschieden. Er eilte auf die Gruppe zu, denn es drängte ihn, mit diesen lieben Nachbarinnen noch ein paar Worte zu tauschen.

»Wie, Sie wollen schon fort? Nein, so lasse ich Sie nicht – ich muss Ihnen noch sagen, dass zu den Dingen, die ich durch den Verlust von Brunnhof am schmerzlichsten vermissen werde, die Nachbarschaft der Raneggsburg gehört.«

»Sie gehen ja nicht aus der Welt, lieber Graf Rudi«, sagte die Gräfin freundlich. »Den Weg nach unserem Hause – hier und in Wien – werden Sie hoffentlich immer noch finden. Und recht oft.«

»Danke, Gräfin. Dieser liebenswürdigen Aufforderung entnehme ich, dass Sie in mir nicht – wie so viele hier – einen gefährlichen Narren sehen.«

Cajetane fiel lebhaft ein:

»Sprechen Sie nicht so! Sie sind ein …«

Hier blieb sie stecken. Rudolf schaute sie überrascht an. Ihre Wangen glühten und ihre großen schwarzen Augen blickten ihn eigentümlich an.

Gräfin Ranegg ließ sich nicht mehr zurückhalten. Sie verließ den Saal, an ihrer Seite Martha, die ihr das Geleit gab. Rudolf bot Cajetane den Arm und die beiden folgten in einiger Entfernung den vorangehenden Müttern. Der Weg zum Schlosshof, wo der Wagen stand, führte über mehrere lange Korridore, die Treppe hinab, durch eine lange Halle; man hatte Zeit zu einem Gespräch.

»Was wollten Sie vorhin sagen, Gräfin Cajetane?«, fragte Rudolf. »›Sie sind ein‹ … begannen Sie und brachen ab. Was bin ich?«

»Ein ungewöhnlicher Mensch.«

»Das ist sehr milde ausgedrückt.«

»Sie glauben doch nicht, dass ich mir eine Verurteilung erlaube?«

»Doch wäre eine solche – von Ihrem Standpunkt – nur zu natürlich. Ich bin ein aus der Art Geschlagener, während Sie ein Prachtexemplar der Art sind, aus der ich geschlagen bin. Sie müssen mich daher verurteilen.«

»Ich tue es nicht. Zwar verstehe ich Sie nicht ganz, aber ich weiß, ich fühle, dass Sie Großes und Edles bezwecken.«

»Und glauben Sie, dass ich es erreiche?«

»Auch das kann ich nicht wissen. Ich habe ja in das alles keinen Einblick – bin ganz unwissend. Was Sie getan haben, hat großen Eindruck auf mich gemacht – dennoch, wenn ich mir Ihre Worte zurückrufen will, so geht es nicht. Ich weiß nicht mehr, *was* Sie gesprochen haben – ich gäbe was drum, wenn ich's noch einmal hören oder lesen könnte. Ich glaube, ich könnte da etwas lernen, etwas ganz Neues …«

»Flößt Ihnen das Neue keine Furcht ein, Gräfin Cajetane? Ihre ganze Erziehung fußt auf dem Alten; Ihr ganzes schönes, harmonisches Leben ruht darauf.«

Sie schüttelte den Kopf, blieb aber die Antwort schuldig. Sie war zu zurückhaltend, um über sich zu sprechen, um sich gegen die Meinung zu verteidigen, dass sie nur am Alten hing, während doch ihr junger, offener Sinn sich den Ahnungen und Verheißungen nicht verschlossen hatte, mit denen die nach Neugestaltung auf allen Gebieten ringende Gegenwart erfüllt ist. Und der Mann an ihrer Seite hatte den Mut, dieser Neugestaltung Prophet und Mitschöpfer zu sein, opferte dafür Stellung und Reichtum – wahrlich, ein ungewöhnlicher Mensch.

Nun gingen sie schweigend bis hinunter. Aber Rudolf fühlte, dass dieses Mädchen – eines jener Vögelchen, die auf den zum Falle bestimmten Bäumen nisteten – für ihn und für sein Tun voll Sympathie war. Unwillkürlich drückte er leise ihren Arm an sich.

20

Der zwischen Hugo Bresser und Sylvia schwebende Liebesroman, der an jenem Abend, da sie sein Drama vorgelesen hatte, für beide in ein die Herzen tief bewegendes Stadium getreten war, war seither zu keinem Abschluss gelangt – weder Bruch noch Vereinigung, nicht einmal zum Geständnis.

Über ihn war mit der gesteigerten Anbetung Schüchternheit und Scheu gekommen – er fürchtete, sie zu erzürnen und zu verlieren, wenn er spräche. Und dadurch, dass er sie zum Gegenstand seiner dichterischen Huldigung machte, war sie ihm in eine Art Wolkenferne gerückt – in Wolken, die zwar seinem eigenen Weihrauchkessel entstiegen, die sie aber in Unnahbarkeit hüllten.

Die ihr gewidmeten und sie besingenden Gedichte gab er ihr nicht zu lesen. Die sollten zu einem ganzen Band anwachsen, und erst wenn er unbestrittenen Ruhm erreicht hätte, sollten sie so überreicht werden. Nur Großes durfte er ihr schenken, nichts Geringeres als für ihren Namen die Unsterblichkeit.

Und sie? Sie kam ihm nicht entgegen. »Geh in Reinheit durchs Leben.« Dieses Wort ihrer Mutter hatte sich ihr im Gedächtnis festgesetzt, wie dies manchmal bei Melodien geschieht, die man nicht loswird, die im Ohr nachklingen, man mag wollen oder nicht. Auch die Antwort, die sie darauf gegeben hatte, blieb so haften: »Das will ich ja.« Es war ein nicht allein der Mutter, sondern auch sich selber gegebenes Versprechen.

Das Bewusstsein, den jungen Dichter zu lieben, erfüllte sie mit einem so intensiv beseligenden Gefühl, dass sie es wunschlos genoss. Es war die zweite Liebe in ihrem Leben. Welcher Unterschied zu der ersten! Errötend dachte sie jetzt an den leidenschaftlichen Taumel zurück, der sie zur Zeit ihrer Verlobung erfasst hatte. Wie sie damals erglüht war für einen Menschen, von dem sie nicht eine einzige wahrhaft liebenswerte seelische Eigenschaft kannte – während jetzt die Seele allein, die große, lichte Seele eines Künstlers, eines gottbegnadeten Genius es ihr angetan hatte. Die Ernüchterung, welche durch Tonis brutale Art zu lieben so jäh und schmerzlich auf ihren Rausch gefolgt war, hatte ihr die sinnliche Seite der Liebe verekelt, und der völlige Mangel an Idealität, den ihr Gatte im ehelichen Verkehr gezeigt hatte, ließ ihr nun die bloß platonische Ekstase ihrer neuen Liebe doppelt wertvoll erscheinen.

Dass echte Liebe schließlich nach Vollendung und Erfüllung drängt, wusste sie nicht. Sie war in Liebesdingen nicht erfahren. So ließ sie sorglos und still beglückt es sich genügen, dass eine reine, von keinem Leidenschaftssturm gepeitschte ruhige Flamme ihr Herz wärmte. Nicht nur im bildlichen Sinne fühlte sie diese Wärme, sondern fast wie etwas Greifbares, physisch Vorhandenes. Es stieg in ihrer Brust auf – beim Erwachen, beim Einschlafen, oft tagsüber, wenn sie an etwas ganz anderes dachte. Wie ein plötzlicher heißer Strom, der vom Herzen zur Kehle flutete, den Atem beklemmend – in unnennbarer Süße ... Und wenn sie so an ihn dachte, da erschien vor ihrem Innern weder sein Gesicht noch seine Gestalt, sondern nur das abstrakte Bild seines hochfliegenden Geistes, seiner schönheitsgewaltigen Kunst. Gegen eine solche Liebe, durch die sie sich nur gehoben und geadelt fühlte, brauchte sie doch nicht anzukämpfen?

Sie hatte sich alle seine Werke kommen lassen und genoss jede gelungene Stelle darin, wie ein Durstender eine saftige Frucht genießt. Der Wohllaut der Verse, die sie sich laut vorsagte und die sie bald auswendig kannte, wiegte sie wie Musik, jeder neue, schöne Gedanke war ein Rechtstitel mehr auf ihre stolze Liebe.

Äußere Umstände traten hinzu, um die Gefahr zu mindern, dass die so himmelhoch gespannte Leidenschaft der Liebenden in eine irdische umschlug. Fast nie trafen sie sich allein. Notwendige Reisen – Sylvia zu ihrer erkrankten Schwiegermutter, Hugo zur Probe seiner Schauspiele in deutsche Städte – und andere Zufälle brachten lange Trennungen, und so kam es, dass jetzt, nach so langer Zeit, der Roman noch schwebte – ohne Bruch und ohne Vereinigung.

Das Verhältnis Delnitzkys mit der schönen Sängerin dauerte fort. Es war ihm zur Lebensgewohnheit geworden. Da er weder vor der Welt und seinen Verwandten noch vor seiner Frau – von der er wusste, dass sie davon unterrichtet war – diese Liaison zu verbergen suchte und da die anderen die Sache schweigend, wie etwas Selbstverständliches, hinnahmen, so war ihm allmählich zu Mute geworden, als lebte er da in einer Art zweiter konzessionierter Ehe; und dass er wenigstens darin als treu und standhaft sich erwies, das rechnete er sich selber zum Verdienst an.

Zudem hatte ihm die Geliebte einen Sohn geschenkt, und er liebte das kleine Bürschchen – mit ihm zu spielen war ihm eine wahre Lust. Der Gedanke an eine Scheidung von Sylvia war ihm wohl manchmal gekommen – dann konnte er die andere heiraten und dem kleinen Toni seinen Namen geben –, aber die Vorstellung der für einen österreichischen Aristokraten recht unerquicklichen und umständlichen, zu einer Scheidung erforderlichen Formalitäten ließ ihn davor zurückschrecken: Religionswechsel, Naturalisierung in Ungarn und vor allem der »Eklat«. Dieser Begriff hatte für ihn etwas besonders Abschreckendes. So flößte ihm das, was sein Schwager Dotzky getan hatte, das Aufgeben seiner Stellung, um unter die Sozis zu gehen, wie er Rudolfs Handlung bezeichnete, einen an Verachtung grenzenden Widerwillen ein. Natürlich wurde er im Klub und wo er sonst hinkam, mit allerlei Fragen oder Kritiken zu Rudolfs Vorgehen behelligt. Er sollte den Leuten erklären, warum sein Schwager so Unerhörtes angestellt und was er noch Unerhörteres vorhatte. Aber er war des Auskunftgebens bald müde und sagte nur mehr mit ärgerlichem Achselzucken:

»Ach, bitt' euch, lasst mich mit dem Querkopf in Ruhe ... Mich gehen seine Extravaganzen nichts an.«

Er versuchte auch, seiner Frau den Umgang mit Rudolf zu verbieten. Diesen Versuch wies Sylvia jedoch mit aller Entschiedenheit zurück. Die Zuneigung und Hochschätzung, die sie seit frühester Kindheit für ihren Stiefbruder hegte, waren durch seine so ungewöhnliche Tat noch um vieles gestiegen. Sie blickte zu ihm auf, voll Stolz auf das, was er getan, und voll Vertrauen in das, was er sich zu tun vorgenommen hatte.

Von der Gesellschaft hatte sich Sylvia allmählich zurückgezogen. Das Bewusstsein war ihr peinlich, dass sie von ihren Bekannten als die verlassene und betrogene Frau bedauert wurde. Solche, die wussten, dass sie eigentlich nicht betrogen war, da sie die Untreue ihres Mannes kannte, verurteilten sie mit Strenge:

»Das ist unmoralisch von einer Frau, sich solches gefallen zu lassen, herzlose Gleichgültigkeit, verächtliche Schwäche!«

Wie oft hatten vermeintliche gute Freundinnen mit allerlei vorsichtigen Redewendungen ihr zu hinterbringen gesucht, dass es heiße ... dass man munkle ... sie möge doch auf ihrer Hut sein ... Und wenn sie auf solche Insinuationen achselzuckend mit einem »Ich weiß ja alles« antwortete, dann brach die Entrüstung los:

»Wie, du weißt ... und duldest es? Vergisst du, was du deiner Würde schuldig bist? Deine Rechte als Gattin musst du wahren.«

Manche sagten auch, sie solle sich einfach rächen ... Gleiches mit Gleichem vergelten. Doch das wollte sie am allerwenigsten. In Reinheit wollte sie durchs Leben gehen.

Länger als ein Jahr war es nun, dass sie Hugo Bresser nicht gesehen hatte. Häufig jedoch erhielt sie von ihm Briefe und, wenn auch seltener, sie schrieb auch ihm. Es waren keine Liebesbriefe, aber zwischen den Zeilen pochte, hörbar für den Empfangenden, das Herz des Schreibenden. Einziges Thema der Korrespondenz war die Literatur. Er schrieb von seinen Entwürfen und Erfolgen, er übersandte ihr Proben der Sachen, an denen er gerade arbeitete; er schickte ihr aber auch Bücher anderer Verfasser, die Eindruck auf ihn gemacht hatten, und dissertierte über deren Inhalt. Sylvia gab ihr Urteil ab, nicht im Ton der Kritik, sondern indem sie sagte, was sie bei dieser oder jener Stelle empfand.

Seitdem sie einem Dichter ihr Herz geschenkt hatte, war ihr die Beschäftigung mit Dichterwerken zu einem genussreichen, ihr Leben ausfüllenden Studium geworden. In einem schönen Gedicht – ob es nun von Hugo war oder nur von ihm angepriesen – konnte sie schwelgen, wie ein Musik liebender Mensch in Melodien schwelgt. Zu eigenem Schaffen brachte sie es nicht, hätte es auch gar nicht gewollt. Das Vertiefen in die Werke der anderen gab ihr volle Befriedigung.

Erst durch die Liebe war diese Passion in ihr geweckt worden. Das gehobene und geradezu wonnige Entzücken, mit welchem sie an jenem Abend Hugos Dichtung vorlas, hatte in ihr die Leidenschaft für Poesie angefacht, und von da an versenkte sie sich mit Inbrunst in die Werke aller toten und lebenden Meister des gebundenen Wortes. Und *ihr* Dichter hielt – in ihren Augen – neben den berühmtesten Literaturhelden stand. Dass auch er die höchste Stufe seiner Kunst erreichen würde, war für sie nicht zweifelhaft. Und sie blickte mit einer Art Ehrerbietung zu ihm auf. Dass sie die große Dame, er ein eigentlich noch unbekannter Literat und gesellschaftlich unbedeutender Mensch war, kam ihr gar nicht zum Bewusstsein – er war der Gottbegnadete, der Anwärter auf die Strahlenkrone des Ruhms – sie eine einfache, unbedeutende Frau.

Einige Zeit nach dem Abschiedsdinner in Brunnhof erhielt Sylvia von Hugo einen Brief, worin er seine Ankunft in Wien für den nächsten Tag ansagte.

Es versetzte ihr einen freudigen und zugleich bangen Schreck. Die lange briefliche Gemeinschaft war ihr zu teurer Gewohnheit geworden, dass sie beinahe fürchtete, die persönliche Berührung könnte irgendeine Störung, einen Misston hineinbringen. Dennoch gewann die Empfindung die Oberhand, dass der morgige Tag mit diesem Wiedersehen ihr ein hohes Fest verhieß.

Es war Nachmittag vier Uhr. Draußen schien eine helle und warme Herbstsonne. Dennoch brannte im Kamin ein lustig prasselndes kleines Feuer. Und auf einem Seitentisch, über blauen Spiritusflämmchen, brodelte in silbernem Kessel das Teewasser. Von der Straße her schallte gedämpfter Wagenlärm herauf. Magnolienduft vom Blumentisch füllte den Raum. Vor diesem steht Sylvia und pflückt eine Blüte ab, die sie an ihre Taille steckt. Sie trägt ein

Straßenkleid aus schwarzem Samt – eben war sie von einer Ausfahrt heimgekommen –, auf ihren Wangen lag frisches Rot und die Augen funkelten.

In einer halben Stunde sollte er kommen, doch schon jetzt ertönte die Klingel.

Ein anderer Besuch? Nun, sie hatte die Anweisung gegeben, niemand solle vorgelassen werden außer Bresser – und Anton war von Wien abwesend.

Die Tür ging auf und der Diener überreichte auf silberner Platte ein Telegramm.Gewiss eine Absage von Bresser ... An der bitteren, schmerzlichen Enttäuschung, die ihr dieser Gedanke verursachte, erkannte sie erst, wie sehr sie sich auf den bevorstehenden Besuch gefreut hatte.

Die Depesche war aber nicht von Bresser und betraf etwas ganz Gleichgültiges. Jetzt freute sie sich doppelt und mit vollem Bewusstsein. Die Furcht, dass das Wiedersehen irgendeinen Misston bringen könne, war nun verflogen – vielmehr eine Erfüllung sollte es werden, ein Löschen des brennenden Durstes ihrer Seele.

Sie ging ans Klavier und spielte leise die Sonnenaufgangshymne aus dem »Propheten«. Diese Melodie war ihr seit jenem Theaterabend die Zauberformel geblieben, mit der sie sich jederzeit die Gegenwart ihres Dichters herbeibeschwören konnte, als atmete sie seine Nähe.

Vom Klavier ging sie in ihre gewohnte Ecke, wo neben der Chaiselongue ein drehbares Lesetischchen stand. Sie setzte sich und nahm ein Buch zur Hand. Der Band »Gedichte von Hugo Bresser« öffnete sich von selbst auf der Seite, die sie gewollt hatte. Auch da fand sie eine Beschwörungsformel – eine Strophe voll Wohllaut und voll Schwung.

Aber sie legte das Buch wieder weg. Sie durfte doch nicht bei dieser Lektüre sich antreffen lassen – das hätte wie eine plumpe Absichtlichkeit geschienen. Sie ließ die Hände herabfallen und schloss die Augen. Nicht spielen, nicht lesen wollte sie – nur so dasitzen, das holde Bangen der Erwartung genießend, dem eigenen Herzen lauschend, wenn manchmal ein beschleunigter Schlag ihr bis in die Kehle drang – wie süß das war …

Noch war die halbe Stunde nicht verflossen – und wieder ertönte die Klingel.

Sylvia sprang auf; sie fühlte, dass sie erbleichte.

Bresser trat über die Schwelle und verneigte sich ehrerbietig; sie blieb – eine Weile regungslos – auf ihrem Platz stehen.

Durch den zeremoniellen Gruß »Gnädigste Gräfin« und den Ton seiner Stimme kam sie zur Besinnung, und ganz Weltdame, die einen willkommenen fremden Gast empfängt, ging sie ihm ein paar Schritte entgegen und reichte ihm die Hand zum Kuss.

»Wie ich mich freue, Sie wiederzusehen, Herr Bresser – werden Sie nun eine Zeit lang in Wien bleiben? Bitte, setzen Sie sich …«

Und sie selber ließ sich auf ihrem gewohnten Platz neben dem Lesetischchen nieder …

»Sehen Sie« – lächelnd – »ich habe hier Ihren Gedichtband – aber Sie dürfen nicht glauben, dass ich ihn nur im Hinblick auf Ihr Kommen hierhergelegt habe, ich …«

Sie stockte. Denn Bresser ging weder auf ihren förmlichen noch auf den scherzenden Ton ein; er blieb stumm und auch den angebotenen Platz hatte er nicht angenommen; sein Gesicht zeigte tiefe Bewegung, die Augen hielt er mit zärtlichem Vorwurf auf sie geheftet – sie fühlte, dass er von ihrem Empfang enttäuscht war.

Das war er im Anfang auch gewesen; aber als sie jetzt so stockte, wie unter seinem Blick auch in ihren Augen es zärtlich zu schimmern begann, da verstand er, dass diese angenommene Gleichgültigkeit nur ein Schleier, ein für ihn jetzt durchsichtiger Schleier war, den sie über den sonst zu grellen Glanz ihrer gegenseitigen Wiedersehensfreude geworfen hatte. Eigentlich hätten sie sich nach all den getauschten Gedanken und getauschten Empfindungen, nach der Sehnsucht, die sich in dem verflossenen Jahr von einem zum anderen gesponnen hatte, ja einfach in die Arme sinken müssen: ›O du, seh ich dich endlich!‹ – Da dies aber nicht sein konnte, so war diese Art wohl die beste gewesen; sie wussten ja doch beide, was unter dem Schleier verborgen war.

So wollte er denn ihrem unausgesprochenen Befehl gehorchen, und indem er sich setzte, sagte er, einen unbefangenen Ton erzwingend:

»Ob ich längere Zeit in Wien bleibe, Gräfin? Das hängt von Umständen ab. Der Direktor des Burgtheaters, dem ich mein Drama eingereicht habe, hat mich zu einer Unterredung bestellt. Vielleicht handelt es sich um Änderungen – angenommen ist das Stück –, vielleicht auch schon um den Beginn der Proben; da müsste ich allerdings hierbleiben.«

»Was – ein Stück an der Burg –, und davon hatten Sie mir nichts geschrieben!«

»Ich wollte es nicht früher sagen, als bis die Annahme sicher war.«

»Und welches Ihrer Stücke?«

»Mein letztes, noch nirgends aufgeführtes – von dem Sie den ersten Akt uns vorgelesen haben.«

»Ah – ›Der tote Stern‹? Den haben Sie zu Ende geführt – und mir in Ihren Briefen kein Wort?«

»Meine Ambition war, dass Sie die folgenden Akte nicht im Manuskript, sondern von der Bühne aus beurteilen sollen.«

»Ich werde furchtbar zittern bei der Premiere.«

»Zittern? Für mich?«

»Für Sie, für das Stück, für mich – ich könnte es nicht vertragen, wenn das Publikum keinen Beifall zeigt.«

»Wer weiß, ob es vor *Ihnen* Gnade findet? Vielleicht müsste Ihnen dessen Fiasko gerechtfertigt erscheinen.«

»Werde ich denn überhaupt urteilen können, wenn ich zittere? Nur wenn Sie mir das Ganze zu lesen gäben, könnte ich mir klar werden, ob ich's schön finde oder nicht. Erzählen Sie mir doch wenigstens, wie Sie die Handlung weitergeführt haben.«

»Nichts erzähle ich, Gräfin Sylvia. Ich habe mich zu lange darauf gefreut, Ihnen meine Dichtung in fertiger Gestalt und lebendig und neu vor die Augen zu führen. Ihnen ganz allein wird es vorgespielt werden – das übrige Publikum wird für mich gar nicht anwesend sein.«

Sie sprachen dann von dem großen Ereignis in Sylvias Familie, Rudolfs Verzicht auf das Erbe. Es tat Sylvia gut, zu hören, wie groß Hugo die Sache auffasste, mit welchem weiten Blick er die von ihrem Bruder gewählten Wege und Ziele umspann.

»Mich nennen Sie Dichter, Gräfin?«, sagte er. »Nun ja, mit geschriebenen Bildern und Worten dichte ich, aber Rudolf tut es mit Handlungen, mit kühnen begeisterungsglühenden Taten. Was er unternommen hat, kann zum hinreißendsten Poem werden.«

So sprachen sie lange über allerlei Dinge. Aber etwas Unausgesprochenes lag zwischen ihnen; etwas, woran beide dachten und wovon jeder wusste, dass es in den Gedanken des anderen obenauf war. Es zitterte in ihren Stimmen, es blitzte in ihren Augen auf, es tönte in ihrem Schweigen nach, wenn manchmal die Unterhaltung stockte.

In einer solchen Pause geschah es, dass ihre Blicke sich begegneten und wie liebkosend aneinander hängen blieben. Er war glücklich, sie so schön zu sehen – und auch sie empfand eine Freude, dass seine Erscheinung so harmonisch zu seiner Künstlerseele passte: edle Züge, leuchtendes Auge und dabei in Art und Ton, in Kleidung und Bewegung tadelloser Weltmann. Diesen Menschen zu lieben war wahrlich entschuldbar. Sie war stolz auf ihn – und fast so stolz auf sich, dass ihr Herz sich einem so Würdigen geschenkt hatte.

Nach einer kleinen Stunde, die ihnen verflogen war wie fünf Minuten, musste er gehen – der Direktor erwartete ihn.

»Wann darf ich wiederkommen?«

»Morgen um dieselbe Stunde.«

Der Abschiedsgruß war ein langer, fester. Stumm sagten sie einander durch ihre warmen, bebenden Hände:

Herrliche, auf Wiedersehen! – Auf Wiedersehen, *Lieber*!

21

Rudolfs Schrift war erschienen – eine Anklageschrift. Der Titel lautete: *Das Verbrechen der Kulturmenschheit*. Zugleich gab er eine zweite, eine Verheißungsschrift heraus: *Das Glücksfüllhorn der menschlichen Kultur*.

In der ersten war die ganze Schale seines Zorns auf die Heuchelei, den Blödsinn und die Grausamkeiten ausgegossen, die den herrschenden, sogenannten Kulturzuständen zugrunde lagen. In der zweiten ließ er seiner Begeisterung und seiner Einbildungskraft freien Lauf, um zu schildern, wie das Erdenleben sich gestalten müsste, wenn neben den märchenhaften Errungenschaften der technischen Kultur auch die ethische zur Geltung käme, das heißt: wenn Wahrhaftigkeit, Vernunft und Güte alle gesellschaftlichen Verhältnisse regelten. Absichtlich hatte er diese beiden Aspekte, wie er die Welt sah und wie er sie sehen wollte, nicht in eine Arbeit verschmolzen, sondern getrennt, um Zorn und Verheißung mit gleichem Feuer vortragen zu können – nicht das eine durch das andere gedämpft.

Das Ergebnis dieser Veröffentlichungen war, dass sie so gut wie gar nicht gelesen wurden. Sowohl die Anklage blieb ungehört als auch die frohe Botschaft. Zwar brachten einige Blätter Notizen, aus Bekanntenkreisen erhielt er einige anerkennende – auch zwei oder drei tadelnde, von anonymen Schreibern sogar einige grobe – Briefe, aber eine Revolution machten die Schriften nicht, nicht einmal Lärm. Es war da wieder einmal ein Fingerhut voll Pulver zum Sprengen einer Gebirgskette angewendet worden.

Aber wie auch immer. Eine kleine Schrift von unberühmter Feder kann die Welt nicht aufstören. Ihr Zweck war auch ein anderer. Rudolf hatte sich das Programm vom Herzen geschrieben, das er seinem Apostolat zugrunde legen wollte. Er wusste ja, dass das, was er unternahm, eine langjährige Kampagne werden musste, um irgendwie durchzudringen – und vorläufig war in den beiden Schriften zu dieser Kampagne der Plan abgesteckt. Er hatte hineingelegt, was ihn in manchen Nachtstunden überkam, wenn er zwischen Wachen und Träumen lag und an sein Lebenswerk dachte – nämlich tief angeekelte Entrüstung über obwaltende Schildbürgereien, Bosheiten und Gemeinheiten und dann wieder frohlockendes Erfassen der Glücksmöglichkeiten einer schöneren Zukunft und der schon vorhandenen Ansätze dazu. Er musste sich aber selber sagen, dass seine Ausführungen, wie sie da auf dem Papier standen, nur ein ganz matter Abklatsch jener heftigen nächtlichen Gefühlsanwandlungen und grellen Gedankenblitze waren. Zum Schreiben hat man nur Worte, fest geprägte, an alte Erkenntnisse geknüpfte Worte; die Gedanken hingegen, vom Gefühl sekundiert, operieren mit Ahnungen und Sehnsüchten, mit inbrünstiger Neuerkenntnis von Dingen, für die im bestehenden Wortschatz der Ausdruck noch nicht geprägt ist. »Wenn ich denke«, so erklärte er einmal im Gespräch mit Kolnos diesen Kontrast, »so bewegt sich mein Geist mit Schwingen, und wenn ich schreibe, in Galoschen.«

Unter den Briefen, die ihm infolge seiner Publikation zugekommen waren, fiel ihm einer auf ohne Unterschrift. Es waren nur wenige Zeilen:

»Die Lektüre Ihrer beiden Schriften – die Titel sind mir zu lang, ich nenne sie ›Die Hölle‹ und ›Das Paradies‹ – hat mich tief ergriffen, und

ich muss es Ihnen sagen. Wenn Sie auch nicht wissen, wer es sagt – ich glaube, es wird Ihnen immerhin lieb sein, zu erfahren, dass Ihre Worte eine Schwesterseele – die empfängliche Seele eines jungen Weibes – in gehobenste Mitschwingung versetzt haben.

Übrigens nicht um Ihnen angenehm zu sein, schreibe ich dieses, sondern um meine eigene Sehnsucht zu befriedigen, die Sehnsucht, Ihnen zu sagen, dass mein Herz in hingebender Bewunderung für Sie schlägt. Das niedergeschrieben zu haben und mir vorzustellen, dass Sie es lesen werden, das tut diesem Herzen wohl.«

Rudolf war nicht unempfänglich für den warmen Ton, der aus dem anonymen Briefchen sprach. Aber nachdem er es beiseitegeschoben hatte und als er die anderen gleichzeitig eingetroffenen Zuschriften las, dachte er nicht mehr daran.

Was ihm mehr zu denken gab, war ein amtliches Schreiben aus dem Kriegsministerium, das ihn für den nächsten Vormittag, zehn Uhr, in die Kanzlei des Ministers rief. Er ahnte wohl, was da kommen würde. Der Gang war ihm ein unangenehmer, aber er musste getan werden. Am folgenden Tag fand er sich pünktlich zur bestimmten Stunde am bestimmten Ort ein.

Der Kriegsminister war ein Vetter vierten Grades seines verstorbenen Vaters, und oft war er mit ihm in befreundeten Häusern zusammengekommen, hatte ihn auch einmal als Jagdgast in Brunnhof empfangen. Aber diesmal sollte er dem Gestrengen weder in verwandtschaftlichem noch in gesellschaftlichem, sondern in dienstlichem Verhältnis gegenübertreten, in seiner Eigenschaft als Oberleutnant der Reserve.

Der Minister war allein in seinem Kabinett, als Rudolf, von einem Ordonnanzoffizier gemeldet, dasselbe betrat.

Der alte Herr, dessen Physiognomie immer eine martialische war, nahm einen ganz besonders strengen Ausdruck an, und mit schnarrender Stimme sagte er:

»Ah, Herr Oberleutnant Dotzky, kommen Sie nur her.«

Rudolf, der in einiger Entfernung salutierend stehen geblieben war, trat näher. Die Ansprache bedeutete nichts Gutes. Außerdienstlich waren die beiden Männer vertraulicher. Das unfreundliche »Sie« kehrte den Vorgesetzten heraus.

»Sagen Sie« – er nahm von seinem Arbeitstisch zwei gelbe, Rudolf gar wohlbekannte Hefte und hielt sie, eins in jeder zitternden Hand, in die Höhe – »haben Sie diese beiden Wische geschrieben?«

»Ja, Exzellenz. Ich habe die Schriften ja auch gezeichnet.«

»Aber, Sie Unglücksmensch – wissen Sie, was nun geschehen muss?«

»Ich kann es mir ungefähr vorstellen. Ich werde aus dem Armeeverband scheiden müssen.«

»Und eine solche Schande wollen Sie so gleichmütig hinnehmen?«

»Ich habe das Recht, zu sagen, was ich will, schon sehr hoch bezahlt, in dem ich auf das Majorat verzichtete – da kommt es auf einen Verzicht mehr oder weniger nicht an. Als Schande empfinde ich die Freiheit nicht. Ich werde eines Ranges für verlustig erklärt, der mich zwingen soll, Dinge mitanzusehen, die ich verurteile. Diese Verlusterklärung ist berechtigt, aber sie beschämt mich nicht. Wäre es möglich, einfach seinen Austritt aus der Reserve anzumelden, so hätte ich es getan; da das aber nicht angeht, so …«

»Aber Dotzky – bist du denn ganz verrückt«, unterbrach der Minister, in das verwandtschaftliche Du zurückfallend, »ist die

Geschichte mit dem Majorat wirklich wahr? Ich hab's nicht glauben wollen.«

»Ja, ich will ungebunden sein.«

»Das ist ja niemand auf der Welt. Jeden binden Pflichten – von unserem allerhöchsten Kriegsherrn angefangen, an dessen Pflichttreue jeder sich ein Beispiel nehmen kann.«

»Gewiss. Aber auch ich habe nur aus Pflichtbewusstsein gehandelt.«

»Und was in aller Welt willst du denn mit solchen revolutionären Schriften erreichen? Ich habe meinen Augen nicht getraut, als ich's durchgeblättert habe.«

»Ich bin nicht revolutionär. Ich sage, was schlecht ist in unserer Gegenwart und was gut werden könnte in der Zukunft. Ich sage aber nicht, dass der Weg vom schlechten Alten zum guten Neuen über die Revolution führt. Von Gewalt will ich nichts wissen, weder von oben noch von unten. Nicht eine Zeile wird in diesen Schriften zu finden sein, die zu irgendeiner Gewalttätigkeit aufreizen will.«

»Und ich sage dir, es ist nicht eine Zeile darin, vom Titel angefangen, die nicht Auflehnung bedeutet. Verbrechen der Kulturmenschheit. Mein Amt ist auch ein Stück unserer Kultureinrichtungen. Bin ich ein Verbrecher? Kurz, Sie haben sich unmöglich gemacht. Ich hätte Sie für gescheiter gehalten. Wissen Sie denn nicht, dass ein Soldat nicht offene Kritik üben darf an Dingen wie der Gesellschaftsordnung oder gar dem Militär selber?«

»*Wer* darf also Kritik üben, da bei der allgemeinen Wehrpflicht jeder Mann Soldat sein muss – nur Frauen, Kinder, Greise und Krüppel? Und da faselt man von Freiheit …«

»Du hast furchtbar vertrackte Ideen. Aber schließlich – ich will die Sache zu planieren trachten. Es hängt ja in letzter Instanz doch von mir ab. Wenn du wirklich nachweisen kannst, dass du nichts direkt Beleidigendes und nichts zur Auflehnung Ermunterndes gesagt und gemeint hast, und auch in Zukunft ...«

»Auch in Zukunft werde ich nie zur Gewalt aufmuntern oder zum Hass aufhetzen. Diese beiden Dinge sind ja eben das, was ich bekämpfe.«

»Halte dich in Zukunft lieber ganz still.«

»Wenn das die Bedingung Ihrer Nachsicht sein soll, Exzellenz, dann möchte ich schon bitten, es bei der Strenge bewenden zu lassen – denn zum Schweigen kann ich mich nicht verpflichten.«

»Na, wir werden ja sehen, wie du dich weiter aufführst. Einstweilen betrachten Sie sich als gewarnt, Herr Oberleutnant Graf Dotzky.«

Und damit war Rudolf entlassen.

Er verließ das Kabinett des Ministers in trüber Stimmung. Es war ihm, als fühlte er Kugeln an den Füßen und Handschellen an den Händen. Das ganze Kriegsgebäude, das er nun durchschritt, mit seinen schmucklosen Sälen, seinen weiten Gängen, seinen Treppen, über die uniformierte Menschen auf und nieder eilten, machte ihm den Eindruck eines Gefängnisses. Und vor dem Tor die schwarzgelbe Barriere, die Schilderhäuschen, der Trupp von Soldaten, die neben dem Tor auf der Bank saßen – das alles, was er doch so oft gesehen hatte, erschien ihm heute in ganz neuem Licht ... wie eine Mahnung, dass das Bestehende feststeht, dass es voll organischen Lebens ist und dass die Versuche, es umzustoßen, daran zerstieben müssen wie der Schaum einer kleinen Welle an Meeresfelsen.

Und als er nun ganz hinausgegangen war und den Platz »am Hof« vor sich sah, erschien ihm auch diese altbekannte Szenerie in einem ganz besonderen Licht. Es hatte die ganze Nacht geregnet, das Pflaster glänzte im schwarzen Nass, und es regnete noch immer; zugleich brach aber ein Sonnenstrahl aus den Wolken und spielte um das Haupt des Radetzky-Denkmals. Der alte Feldmarschall sitzt zu Pferde, dem Kriegsgebäude kehrt er den Rücken und mit der ausgestreckten Hand scheint er die zahlreichen Hökerinnen zu segnen, die auf diesem Platz allmorgendlich Gemüse verkaufen. Auf der anderen Seite des Platzes, dem Kriegsgebäude gegenüber, steht das Palais der Nuntiatur – auch so ein ragender Fels, an dem so manche Wellchen zerschellen ...

Es war ein lärmendes Gewimmel, vor allen Ständen die feilschenden Köchinnen mit ihren Einkaufskörben, auf dem Straßenpflaster das Gerassel der Fiaker, Einspänner, Omnibusse, Frachtwagen und auch – von allen Gefährten das jammervollste – ein Kälberwagen; hin und her eilende geschäftige Leute, die mit ihren Regenschirmen aneinanderstießen – das Ganze ging Rudolf furchtbar an die ohnehin gespannten Nerven. Es überkam ihn jenes müde und traurige Gefühl, das sich in dem Stoßseufzer Luft machte: Ach, tot sein! Und da fielen ihm seine Toten ein. Die liebliche Beatrix, mitten aus der Jugendfülle und von des Lebens Höhen in die finstere Gruft geschleudert – und sein armer kleiner Fritz! Was gäbe er darum, wenn er die beiden noch besäße ... Unvergossene Tränen schnürten ihm die Kehle zu.

Als er aber wieder in seine Wohnung gekommen war und an den Schreibtisch trat, auf dem die unterdessen eingetroffenen Briefe und Blätter und seine angefangenen Arbeiten lagen, da ward diese Anwandlung mutlosen Trübsinns bald verscheucht. Die Sorgen, die sein eigenes Los betrafen, mussten verschwinden angesichts der großen Sache, der sein Leben nun ganz geweiht war. Die Briefe, die mit der letzten Post gekommen waren, trugen viel dazu bei, die niedergeschlagenen Gefühle zu bannen, die ihn beim Verlassen des Kriegsministeriums übermannt hatten. Dort war er in der so starr und unumstößlich scheinenden alten Welt gewesen, wo alles wie in enge Eisenreifen eingeklemmt ist; und die Briefe hier brachten Kunde der verheißungsreichen, sich dehnenden, werdenden Welt. Signale von Mitkämpfenden, Mithoffenden, Mitwissenden. Es war ihm, als riefen alle diese ihm zu: Nur Mut, nur Ausdauer – wir sehen schon die gelobte Stadt, wir rütteln an ihren Toren – hilf mit!

22

Am nächsten Tag – wie es ihm gestattet worden war – und an den folgenden kam Bresser wieder.

Fast niemals traf er Sylvia allein; aber auch wenn ein Dutzend Menschen trennend zwischen ihnen war, die beiden Liebenden wussten sich zu finden – durch beziehungsvolle Worte, durch stumme Blicke oder auch durch den Kontakt gleichgestimmter Gedanken und gleichschwingender Wünsche. Im Tête-à-Tête waren sie einander eher ferner, denn da überkam sie beide eine eigentümliche Schüchternheit und Angst. Um diese Angst zu vertreiben, sprachen sie mit erzwungener Kälte von gleichgültigen Dingen – so wie Gespenster fürchtende Kinder im Finstern laut zu singen beginnen.

Hugo wusste sich geliebt. Dieses Bewusstsein erfüllte ihn mit so überwältigendem Glück, dass er nicht wagen wollte, die angebetete Frau durch ungestümes Werben zu erschrecken. Die Leidenschaft für Sylvia füllte ihm auch nicht die ganze Seele aus. Die Proben seines Stückes nahmen ihren Fortgang; dadurch war er in fieberhafte Aufregung versetzt. Vom Schicksal gerade dieser Dichtung, in die er sein Bestes hineingelegt hatte, hing so furchtbar viel für ihn ab. Neben der Frage des Erfolges oder Misserfolges an einer so entscheidenden Stätte wie dem Wiener Burgtheater stand noch mehr auf dem Spiel: sein ganzes Selbstvertrauen. Denn würde diese Arbeit durchfallen, so musste er an seinem Talent zweifeln; und umgekehrt, gefiel sie, so wäre ihm in seiner Kunst der weitere Siegesaufstieg sicher. Und die aufregendste Alternative von allen: vor *ihr* als gefeierter Dichter oder als durchgefallener Autor dazustehen, sie zu glühender Bewunderung hinzureißen oder zu mitleidiger Enttäuschung zu stimmen ...

Er wohnte sämtlichen Proben bei und übte strengste Selbstkritik. Vieles erschien ihm matt und farblos, und im Lauf der Proben nahm er verschiedene Striche und Änderungen vor. Bei Tag und Nacht feilte er noch in Gedanken an dem Werk.

Sylvia indessen, die keine solche Ablenkung hatte, war mit ihrer Seele im Bann ihrer täglich wachsenden Leidenschaft. Sie wehrte sich umso weniger gegen deren berauschende Macht, als Hugos ehrfurchtsvolle Zurückhaltung sie in Sicherheit wiegte. »In Reinheit durchs Leben gehen« – diesem Vorsatz durfte sie nicht untreu werden, aber da war keine Gefahr; ihr Dichter selber, das war ja ersichtlich, mischte kein profanes Begehren in seine Herzenshuldigung – auch er liebte »in Reinheit«.

»Sylvia, ich möchte ein ernstes Wort mit dir reden« – damit trat eines schönen Tages Delnitzky in das Zimmer seiner Frau, die gerade damit beschäftigt war, in einem Bande Bresser'scher Gedichte zu lesen.

Sie blickte überrascht auf. Der Umgang der beiden Gatten war seit letzter Zeit ein ganz förmlicher geworden, nur in Anwesenheit anderer sprachen sie miteinander, unter vier Augen hatten sie sich nichts zu sagen, am allerwenigsten »ernste Worte«.

Sie legte das Buch aus der Hand.

»Was gibt es?«

Anton setzte sich neben den Tisch an der Seite ihrer Chaiselongue und schaute das weggelegte Buch an.

»Aha, das stimmt«, brummte er.

»Was stimmt?«

»Diese Lektüre – mit den Dummheiten, die du machst.«

»Ich verstehe nicht.«

»Du lässt dir von diesem Skribifax die Cour machen – die ganze Stadt spricht schon davon, und wie steh ich da?«

»Wie *du* dastehst? Verzeih, das weiß längst die ganze Stadt, vor der ist es kein Geheimnis, dass du …«

Er ließ sie nicht ausreden:

»Das ist etwas anderes. Wenn über mich getratscht wird, so hat das weiter keine Bedeutung – ich bin ein Mann. Aber ich kann nicht dulden, dass meine Frau Anlass zu übler Nachrede gibt, und ich verbiete einfach …«

Jetzt sprang Sylvia auf.

»Du mir? Dazu hast du das Recht verwirkt. Ich habe mir nichts vorzuwerfen und ich lasse mir nichts verbieten.«

»Na, na, echauffier dich nicht so. Dass du dir nichts vorzuwerfen hast, glaube ich ja – ich kenne dich als viel zu wohlerzogen, als dass du – und besonders mit so jemandem – dir was vergeben würdest. Aber du kompromittierst dich – und damit auch mich. Ein guter Freund hat mir's gesteckt – und ich denke, es genügt, wenn ich dich drauf aufmerksam mache, dass die Leute reden. Da wirst du von selbst der Sach' ein End' machen und mir dankbar sein, dass ich dich rechtzeitig gewarnt hab ... Denn was kann einer Frau teurer sein als ihr guter Name? Schon Skandal genug in der Familie, dass der Rudi solche Narrheiten macht und ganz vergisst, was er seinem Rang schuldig ist.«

»Kein Wort mehr über meinen Bruder!«, rief Sylvia zornig.

»Wenn ich auch nichts reden würde, die übrige Welt nimmt sich kein Blatt vor den Mund. Man bedauert die arme Baronin Tilling, dass ihr Sohn ihr so wenig Ehre macht. So sollte doch wenigstens die Tochter ... Kurz:« – er stand nun auch auf und schritt bereits der Tür zu – »Du verstehst mich schon – das Ganze ist ohnehin peinlich, reden wir nicht mehr davon ... Verbiete dem preußischen Zigeuner das Haus – das ist ja ganz einfach.«

Bleich und zitternd stand Sylvia da. Sie rang nach Worten, fand aber keine.

Sie blickte ihm nach, noch immer stumm. Die Klinke in der Hand, drehte er den Kopf zurück:

»Also ausgemacht? Keine Antwort? Mir auch recht. – Ah, da kommt ohnehin die Mama. Küss die Hand, Mama, kommst gerade recht ... Die Sylvia ist ein bissel aufgeregt, weil ich ihr einen guten Rat gegeben hab ... Sie soll's dir erzählen. Wie ich dich kenne, wirst du mir recht geben – ich lass euch allein. Adieu.«

Martha erschrak über den Gesichtsausdruck ihrer Tochter. Es lag etwas darin, das sie vorher niemals an ihr gesehen hatte; die Augen sprühten unheimlich und die Lippen bebten wie in verhaltenem Zorn.

Sie blieb regungslos. Martha ging auf sie zu und legte ihr die Hand auf die Schulter.

»Was ist denn geschehen? Habt ihr einen Streit gehabt? Wegen Fräulein Irma?«

»Nein, wegen Hugo Bresser.«

»Ach so«, sagte Martha gedehnt.

Sie ging hin und setzte sich.

»Und Toni sagte, ich würde ihm recht geben ... Ich gestehe, Sylvia, dass ich heute auch die Absicht hatte, mit dir über denselben Gegenstand zu reden.«

Sylvias Atem ging noch immer kurz. Das Zittern ihrer Lippen hatte nicht aufgehört. Jetzt ließ auch sie sich in einen Fauteuil sinken, der Mutter gegenüber.

»Lass hören«, sagte sie.

»Ich möchte vorher wissen, was zwischen dir und deinem Mann vorgefallen ist – und aus welchem Anlass. Du hast dir doch nichts zu Schulden kommen lassen? Warum bist du so verstört?«

»Weil ich empört bin, empört! Dieser Mensch, der mich seit Jahr und Tag betrügt – nein, nicht einmal betrügt, sondern mir ins Gesicht die Treue bricht –, der wagt es, mir Befehle zu erteilen, auf dass ich mich und ihn nicht kompromittiere – seine Ehre hängt also nicht von ihm ab, sondern von dem, was ich tue oder lasse ...«

»Das ist nun einmal so, liebes Kind – die Untugend eines Gatten gibt der Frau kein Recht, ihren eigenen Ruf aufs Spiel zu setzen. Wenn es in der Welt hieße, dass dieser junge Bresser ...«

»In der Welt, in der Welt! Das ist doch nicht das Höchste, diese ›Welt, in der es heißt‹ – diese blöde, widerspruchsvolle, ungerechte Welt, in deren Vorurteilsnetzen auch meine sonst so gedankenkühne Mutter gefangen ist ...«

»Aber Sylvia!«

»Jaja – den Militarismus, also das, worauf unsere ganzen Staaten ruhen, das, was unserer Fürsten Lieblingsbesitz und unserer Adelsfamilien Existenzgrundlage ist, das möchtest du nur so wegblasen. Die himmelschreiende Ungerechtigkeit aber in der Gesellschaft mit Bezug auf die Pflichten von Mann und Frau, die siehst du nicht – da soll man sich fügen, da sagst du, ›es ist schon einmal so‹ ... Der Mann mag Liebschaften haben, so viele er will – ohne auch nur den Schein zu wahren, die Frau aber soll alles dulden, muss ihr

Herz und ihre Sinne ersticken, ihrem Glück entsagen, nur damit die famose ›Welt‹ nicht tuschelt ... Eine Welt noch dazu, die ihre Gesetze nicht einmal einhält, sondern täglich im Geheimen übertritt – nur geheim muss es sein ... Nein, Mutter, siehst du nicht ein, dass da ein Unrecht, eine Knechtschaft herrscht, die mit den anderen Formen von Sklaverei und Unglück sich messen kann, gegen die du dich auflehnst, wie es mein Vater getan hat und wie Rudolf es tut?!«

Martha war betroffen. In dieser Richtung hatte sie in der Tat niemals einem auflehnenden Gedanken Raum gegeben. Sie antwortete nichts.

Da sie ihrer Entrüstung Luft gemacht hatte, fühlte sich Sylvia wieder ruhiger. Sie stand auf und ging zu ihrer Mutter hin:

»Im Übrigen, Mama«, sagte sie, indem sie den Arm um Marthas Schulter legte, »sei mir nicht böse und sei nicht besorgt. Ich habe mir wirklich nichts vorzuwerfen – aber von Anton lasse ich mir nichts befehlen.«

»Und von mir nichts predigen?«

»Auch das nicht, liebste Mutter. Ich kann und will allein fertigwerden mit meinem Herzen und meinen Pflichten.«

»So gibst du zu, dass du Pflichten hast?«

»Die hat jeder – es kommt nur darauf an, wem gegenüber ...«

»Du meinst, sich selbst?«

»Reden wir jetzt von anderen Dingen, bitte. Was hörst du von Rudolf?«

Martha blieb nicht lange. Die Erregung und die Worte ihrer Tochter hatten sie erschüttert. Über die Sache weiterzureden, nachdem Sylvia erklärt hatte, sie wolle allein mit sich fertigwerden, ging nicht gut an, und von anderen Dingen zu sprechen war sie nicht aufgelegt. Also brach sie ihren Besuch vorzeitig ab.

Kaum war sie einige Minuten fort, als der Diener meldete:

»Herr Bresser.«

Sylvia musste einen Aufschrei unterdrücken. Nach dem soeben Vorgefallenen hätte ihr keine Nähe zugleich verwirrender und teurer sein können als die Nähe des jungen Dichters. – Hätte er seine Arme geöffnet, sie wäre hineingesunken und hätte dabei nicht den geringsten Skrupel gehegt, dass dies etwa nicht »in Reinheit« geschehen war.

Er aber, förmlich wie immer, verbeugte sich und führte ihre kleine zitternde Hand respektvoll an seine Lippen. Er bemerkte ihre Blässe und ihren ungewohnten Ausdruck.

»Sind Sie nicht ganz wohl, Gräfin?«

»O ja, ganz wohl. Setzen Sie sich bitte.«

Er gehorchte.

»Ich täusche mich nicht, Gräfin Sylvia, Sie sind in einer außergewöhnlichen Gemütsverfassung.«

Sie antwortete nichts.

Nach einer Weile sagte er leise:

»Sie sind nicht glücklich ...«

Und sie noch leiser:

»Nein, nein, nein – glücklich bin ich nicht.«

»Sylvia!«

Zum ersten Male nannte er sie so. Sie schauerte, doch sie rügte es nicht. Sie hob nur die Augen und schaute ihn tief und rätselhaft an. Unter diesem Blick erschauerte nun er, und das lang zurückgehaltene Geständnis drängte sich hervor:

»Sie wissen doch, dass …«

Sylvia erriet an seinem Gesichtsausdruck, an dem Ton seiner Stimme, was jetzt kommen sollte, und sie unterbrach ihn mit einer heftig abwehrenden Handbewegung:

»Ich weiß, ich weiß – ich will's aber nicht hören ... nicht heute.«

»Wenn Sie es nur wissen, das genügt mir – heute.«

Die junge Frau stand auf und ging ans andere Ende des Zimmers bis ans Fenster und lehnte die Stirn an die Scheibe. Eine schwüle Unruhe war über sie gekommen. Dazu eine Mischung von zwei ganz heterogenen Gefühlen, die nebeneinander ihr Sein durchdrangen, obschon sie sich gegenseitig aufheben sollten: *so unglücklich* und *so selig*.

Aber der gefährliche Auftritt sollte nicht verlängert werden; wieder trat der Diener ein, Besuch anzumelden – die Schwestern Ranegg. Hugo nahm seinen Hut und ging – heute war nicht sein Tag.

23

Aus Marthas Tagebuch

Ich habe mir jetzt wieder angewöhnt, wie ich es in meiner Jugendzeit getan habe, ein Tagebuch zu führen. Nicht regelmäßig, nur wenn etwas mir die Seele bedrückt, halte ich so Zwiegespräch mit mir selbst.

Ach, wo sind die Zeiten, da ich Einen *hatte, dem ich alles, alles sagen konnte, dem alles zu sagen mir Lust und Bedürfnis war. Was ich erlebte, wurde mir erst zum Erlebnis, wenn ich es mit ihm geteilt hatte. Jede Freude, jede Sorge, jeder Zweifel, jede Hoffnung, jedes Urteil kam mir erst ganz zum Bewusstsein, wenn ich darüber mit ihm gesprochen und seine Meinung darüber erfahren hatte. Mein erster Gedanke war stets: Was wird Friedrich dazu sagen? Ich kannte ihn so gut, dass ich in den meisten Fällen wohl wusste, was er sagen würde – aber ich sehnte mich danach, es zu hören. Jetzt hab ich niemanden, dem ich mich so ganz anvertrauen kann. So beschwöre ich mir seinen Geist herbei, wenn ich diese Blätter fülle …*

Unsere Sylvia macht mir Kummer. Ich sehe sie auf einem in einen Abgrund gleitenden Pfad. Liebesleidenschaft hat sie erfasst. Mein Gott, ich kenne das nicht … Ich habe wohl auch geliebt, aber so ruhig, so innig, so – gesetzlich, nur den eigenen Gatten, niemals einen anderen, was weiß ich also von den tollen, betäubenden Gluten verbotener Liebe. Ich kann nicht urteilen, darf also auch nicht richten … Und das Predigen, das ich neulich versuchen wollte, das misslang gar kläglich. Sie lehnte sich auf. Dabei warf sie mir vor, dass ich ja auch eine Auflehnerin sei und ihr Vater ein Revolutionär gewesen ist. Ich frage mich: Sind nicht alle Stufen der Befreiung von Jammer, Qual und Fesselung durch Auflehnung erreicht worden? Die ersten Empörer sind freilich oft die Märtyrer ihrer Kühnheit, aber sie sind es, die den Nachkommenden ein Stück, ein dann unbestrittenes Stück Freiheit errungen haben. Mir ist, als hätte Sylvia vor mir einen Vorhang aufgehoben, hinter dem bislang ein ganzes Stück Welt für mich verborgen lag, eine Kette von Dingen, über die ich eigentlich nie recht nachgedacht habe …

Neulich hatte ich eine kleine Diskussion mit meiner Freundin Ranegg.

»Na ja, du«, sagte sie, »du denkst da ganz anders, du bist eben eine moderne Frau.«

Großer Gott – wie wenig trifft diese Bezeichnung zu! Das fühle ich jetzt ganz deutlich. Rokoko bin ich zwar nicht, auch der Metternich-Ära bin ich entwachsen, und unter unseren reaktionären kirchen- und militärfrommen Kreisen gebe ich die neuerungskühnste Aufwieglerin ab – aber der wirklichen Modernität gegenüber stehe ich da, kopfschüttelnd, auffassungslos. The new Woman. *Ich sehe wohl, dass eine ganz neue Geschmacksflora um mich her aufsprießt – eine neue Kunst, neuer Stil, neue Sensationen –, aber verstehen, mich damit identifizieren, das will nicht gehen. Wenigstens nicht so schnell. Ich versuche es ja, denn mein Entwicklungsglaube schützt mich vor dem bei alten Leuten gebräuchlichen Widerstand gegen das Neue; dass aber alles Neue auch das Bessere sein müsse, wie so viele junge Leute meinen, vor diesem Glauben schützt mich die Erkenntnis, dass so manches, was da auftaucht, nur vergängliche Mode ist. Oder auch eine Übergangsform, aus der …*

So weit hatte Martha geschrieben, als sie mit der Meldung unterbrochen wurde, Graf Delnitzky frage, ob die Frau Baronin ihn empfangen könne.

Martha bejahte, unangenehm überrascht. Toni hatte nicht die Gewohnheit, seiner Schwiegermutter ohne Anlass Besuche zu machen, und unter den gegebenen Umständen war der Anlass vermutlich ein unerfreulicher.

Und richtig.

»Ich bin gekommen«, sagte er nach der ersten Begrüßung und nachdem er sich gesetzt hatte, »um in einer recht peinlichen Angelegenheit …«

Er stockte. Martha kam ihm nicht zu Hilfe. Sie blickte nur fragend auf.

»Sylvia wird dir ja neulich gesagt haben«, fing er wieder an, »was es zwischen uns für eine Auseinandersetzung gegeben hat ... Ich möchte wissen, was sie dir erzählt hat und was du ausgerichtet hast. Du bist doch gewiss auch dafür, dass dieser Sache mit dem Herrn Theaterdichter ein Ende gemacht werden soll …«

»Welcher Sache?«

»Ach, tu doch nicht so ... Weißt du denn nicht, dass die Leute schon reden?«

»Die Leute reden mancherlei. Auch über dich.«

»Das hat mir Sylvia auch geantwortet – als ob es dasselbe wäre, was man von einem Mann erzählt oder von einer Frau. Das ist doch ein gewaltiger Unterschied ...«

»Die Ungerechtigkeit dieses Unterschieds fängt mir zu dämmern an.«

»Es ist schon so.«

»Ja, mit diesem Satz glaubt man allen Widerspruch abzuschneiden ... Ich hab ihn auch angewendet. Aber man sollte eher sagen: Es ist *noch* so. Doch es wird nicht so bleiben. Der Anspruch der Frau auf die Treue ihres Gatten wird ...«

»Was?«, unterbrach Delnitzky. »Auch du? Du kümmerst dich um die ›Ansprüche‹ der Frauen? Bist du unter die Frauenrechtlerinnen gegangen? Von der Seite kenne ich dich gar nicht ... Hast dich, Gott sei Dank, dieser sogenannten Bewegung immer ferngehalten.«

»Weil man nicht überall mittun und mitsprechen kann. Du weißt, dass eine andere ›sogenannte Bewegung‹ mir Herz und Sinn ausfüllt.«

»Na ja, die ist aber – weil ganz aussichtslos – harmlos, während die verflixte Frauenfrage schon ganz bedenkliche Dimensionen annimmt. Neulich haben sie sogar schon einen weiblichen Doktor promoviert. Aber das hat ja im Grunde nichts damit zu tun, was ich mit dir besprechen wollte, Mama.«

»Und was war das?«

»Einfach dies: Du musst mir helfen, den Bresser aus Sylvias Nähe zu verbannen.«

Martha machte eine Bewegung.

»Du brauchst nicht zu erschrecken«, fuhr er fort. »Ich glaube ja gar nicht, dass sie in den Menschen verliebt ist, aber er schwärmt für sie und, wie gesagt, die Leute munkeln – und das kann ich nicht zulassen.«

»Und was, *wenn* sie ihn liebt?«

»Aber Mama – um Gottes willen!«

»Hast du ihr denn geboten, was eines jungen Weibes Anspruch an das Leben ist? Hast du ihr Liebe gegeben? Und Treue bewahrt?

Toni, ich habe nie über diese Dinge mit dir gesprochen, weil ich finde, dass eine Schwiegermutter sich solcher Einmischung enthalten soll, aber heute warst du es, der den Gegenstand – euer eheliches Verhältnis – zur Sprache gebracht hat, und da kann ich mich nicht enthalten, dir zu sagen: Wenn dieses Verhältnis zerstört und bedroht ist, so liegt die Schuld bei dir.«

Delnitzky sprang auf.

»Ich sehe schon, an dir habe ich keine Stütze ... Ich werd' mit dem sauberen Herrn allein fertigwerden müssen. Es wird mir doch nicht schwerfallen, ihn beim Mantelkragen zur Tür hinauszuexpedieren.«

»Mäßige dich! Gerade auf diese Weise würdest du den Eklat herbeiführen, den du zu fürchten scheinst.«

»Was soll ich also tun? Zuschauen, wie meine Frau einen Liebhaber …«

»Schweig! So zu sprechen hast du kein Recht. Für Sylvias Reinheit stehe ich ein. Aber *sie* sollte nicht länger zuschauen, dass du deine Geliebte, diese …«

»Willst du etwas Beleidigendes sagen?«, unterbrach Delnitzky. »Vielleicht weil sie beim Theater ist?«

»O nein, aber weil sie das Eigentum einer anderen entwendet hat.«

»Damit meinst du mich? Glaub mir, auf dieses Eigentum hat deine Tochter nie viel Wert gelegt. Du weißt gar nicht, wie kalt und abstoßend sie zu mir war – gleich nach unserer Hochzeitsreise. Wir passen nicht zusammen.«

»So geht denn auseinander ...«

»Scheidung? Wir leben in einem katholischen Land. Freilich, man könnte ungarischer Staatsbürger werden ...«

»Die Idee scheint dir nicht zu missfallen.«

»Ach Gott, es sind da tausend Schwierigkeiten, und ich hasse Schwierigkeiten ... Du willst also nichts tun, um Sylvia auf den Pfad der Pflicht zu lenken?«

»Auf den von dir verlassenen? Ich will überhaupt nichts tun, Anton – weder für noch gegen dich. Wenn Sylvia meinen Rat erbittet, so werde ich ihn erteilen, und sicher in der Richtung, in der ich ihre Ruhe und ihre Ehre gesichert sähe. Aber ungebeten werde ich mich nicht als Sittenpredigerin aufdrängen. Sie ist der mütterlichen Autorität entwachsen. Ich bin ihre Freundin – mehr nicht.«

»Meine Freundin bist du nicht …«

»In aller Aufrichtigkeit: nein. Du hast mein Kind nicht glücklich gemacht. Du betrügst sie vor aller Welt – wie soll sie dir da liebevoll zugetan sein?«

»Es ist ja auch nicht nötig, dass du meinetwegen einschreitest, sondern *ihr* zuliebe. Wenn sie sich kompromittiert, so wird es ihr Schaden, und wenn sie sich vergisst, ihr Unglück sein. Denn ich lasse mir nichts gefallen. Mein Name darf nicht in den Schlamm gezerrt werden.«

Er war dunkelrot im Gesicht und die Stirnadern waren angeschwollen. Martha empfand etwas wie Furcht: Dieser Mann wäre imstande, ihrer Sylvia ein Leid zuzufügen. Die vorhin angeregte Idee einer Scheidung nahm die Form eines Wunsches an. Freilich kein schönes Los, eine geschiedene Frau zu sein. Aber wenn es gilt, einer Gefahr zu entrinnen, so kann man nicht erst fragen, ob der Fluchtpfad in eine liebliche Gegend mündet.

»Ich hätte mir den Besuch bei dir ersparen können«, fuhr Delnitzky im selben zornigen Tone fort. »Auf den Einfluss, den du auf deine Kinder übst, brauchst du dir wirklich nicht viel einzubilden. Über den Rudi und sein Gebaren wird ja genug gespottet und geschimpft. Dass es geheißen hat, er werde aus der Reserve fortgejagt, hast du wohl erfahren?«

Martha warf den Kopf zurück.

»Du versuchst, mir wehzutun. Was zwischen Rudolf und dem Kriegsminister vorgefallen ist, weiß ich – ich besitze meines Sohnes volles Vertrauen und ich vertraue auch ihm. Was er tun wird, wird recht getan sein. Das Gebiet seiner Pflichten liegt höher, als du weißt.«

»Verrückt ist er einfach – und ihr alle miteinander.«

Sie stand auf.

»Anton, ich ersuche dich, mich zu verlassen. Du hast kein Recht, in meinem Haus mich und meine Kinder zu beleidigen.«

Sie sagte es mit ruhiger und gar nicht erhobener Stimme, doch war sie kreidebleich geworden.

»Oh, ich gehe ja ohnehin«, antwortete der Schwiegersohn.

Und ohne zu grüßen eilte er zur Tür hinaus und schlug diese heftig hinter sich zu.

24

Sylvia saß in einer Parkettloge des Burgtheaters – allein. Sie hielt den Zettel in der Hand.

Zum ersten Mal:

Der tote Stern

Märchenspiel in 4 Aufzügen von Hugo Bresser.

Am selben Morgen hatte sie eine Sendung des Dichters aus Dresden erhalten, wohin er sich begeben hatte, um der Generalprobe seines Stückes beizuwohnen, das dort gleichzeitig mit Wien aufgeführt werden sollte. Doch war ihm die Burgtheater-Premiere die wichtigere, und mit dem Sechs-Uhr-Zug wollte er heute hier eintreffen.

In jener Sendung war die Sammlung der Gedichte »An sie« enthalten.

»Ich wollte Ihnen diese Lieder erst schicken«, schrieb er dazu, »wenn ich zu Weltruhm gelangt wäre, damit die Huldigung Ihrer würdiger sei. Doch nein – so lange will ich nicht warten –, wer weiß, ob ich je zu Weltruhm gelange ... Und nicht die Außenwelt – Sie habe ich mir zum Richter eingesetzt. Was ich in den Augen jener bin, die ich besinge – das entscheidet. Und diese könnte mich nicht ganz beurteilen, wenn sie von meinen Dichtungen nicht kennt, was meiner innersten Seele entrungen, was mit meinem Herzblut geschrieben ist – was ich schreiben musste.«

Mehrere Stunden des Tages hatte Sylvia mit Lesen und wieder Lesen der zwanzig Gedichte zugebracht, und sie stand von dieser Lektüre auf, so leidenschaftlich aufgewühlt und süß erschöpft, als hätte all diese Stunden der Dichter selber zu ihren Füßen gelegen. So geliebt zu sein, so anbetungsvoll, so schmerzlich, so zärtlich und heiß – das hätte sie sich niemals träumen lassen.

Das Theater war noch leer – es fehlten beinahe zwanzig Minuten bis zur angesetzten Anfangszeit. Sylvia hätte um alles in der Welt nicht das erste Aufziehen des Vorhangs, das erste Stimmen der Orchesterinstrumente versäumen wollen. Dass dieser Theaterabend zu den wichtigsten, angst- und doch zugleich genussreichsten ihres Lebens gehören würde, fühlte sie, und so wollte sie ihn ganz und gar ausnutzen, auch die Vorstimmung kosten – auf dem Kampfplatz selber. Noch nie im Leben – selbst an ihrem Hochzeitstag nicht – war sie so erregt gewesen wie an diesem Abend. So muss einst den Rittersfrauen zumute gewesen sein, die von ihrer Galerie auf den Turnierplatz herabsahen, wo der von ihnen still und heiß Geliebte entweder siegen oder in den Staub fallen sollte ... Viertel vor sieben. Das Publikum fängt an, die letzten Parkettreihen und die höchste Galerie zu füllen. Noch ein paar Minuten, und die Musikanten kommen zum Orchestertürchen herein und setzen sich an ihre Pulte. Die Logen sind noch leer. Sylvia späht zur Direktionsloge ... Wo mag Hugo sein? Man sieht ihn nicht ... vermutlich hinter dem Vorhang. Wenn es ihm nur einfiele, jetzt für einen Augenblick zu ihr zu kommen – mit einem Händedruck hätte sie ihm Mut machen und selber ermutigt werden wollen – sie hatte vielleicht größere Angst als er ...

Fünf Minuten vor sieben. Jetzt füllt sich das Parkett, auch in den ersten Reihen und in den Logen beginnt es, sich zu regen. Die Galerien sind bis auf den letzten Platz gefüllt, und auch im Stehparterre sind die Zuschauer dicht gedrängt.

Punkt sieben. Der Kapellmeister gibt das Zeichen und das Orchester setzt ein. Zwei Erzherzöge nehmen am Rand der Inkognitologe Platz, und in der Kammerherrenloge zeigen sich ein halbes Dutzend uniformierter Herren und Hofdamen.

Erwartungsvolle Spannung scheint über dem ganzen Haus zu schweben – Premierenstimmung.

Der Vorhang rollt auf. Sylvias Herz pocht und sie atmet schwer. Den ersten Akt kennt sie ja, hat sie ihn doch selbst vorgelesen; sie weiß noch, wie entzückt sie von der Schönheit der Sprache gewesen ist – aber würde das, hier auf der Bühne, so zur Geltung kommen?

Von der ersten Szene, drei oder vier Minuten, verstand sie kein Wort. War es, weil ihr das Blut im Kopf tobte oder weil man immer erst eine Zeit lang an die Stimmen, die von der Bühne dringen, sich gewöhnen muss, bis man die Worte auffasst und sich überhaupt den Vorgängen dort gefangen gibt? Und die Leute da herum, die gleichgültigen Leute, die nörgelnden Rezensenten, diese ganze einem Neuling gegenüber instinktiv widerstrebende Menge – wann wird es dem Dichter gelingen, die mitzureißen, wenn sogar sie, seine glühendste Bewunderin, noch dasaß, verständnislos, unaufgetaut?

Aber es währte nicht lange und die Reden und Gegenreden der Schauspieler drangen deutlich und lebendig ins Haus. Sylvia erkannte einige der Verse, die ihr bei jener ersten Lektüre aufgefallen waren, und sie hatte die Genugtuung, dass Stellen, deren Schönheit sie frappierte, auch vom Publikum so aufgefasst zu werden schienen. Nicht etwa durch laute Bravos bekundete sich das, denn damit halten sich die kritischen Zuschauer in den Eingangsszenen einer Erstaufführung zurück; es ist nur wie ein kaum hörbares Aufseufzen – vielleicht ist es nicht einmal ein Laut, sondern nur ein

Zucken jener Wechselbeziehung, die eine Menge den gleichzeitig erweckten Beifall empfinden lässt.

Mit beruhigtem, immer sicherer werdenden Genuss gibt sich Sylvia jetzt dem Bühnenspiel gefangen. Zu der Süßigkeit der Versmelodien, zu der Pracht der dahinwogenden Rede, die sie schon beim Lesen so entzückt hatte, war nun auch der Zauber dargestellten Lebens hinzugekommen. Die Träger der Hauptrollen, Fritz Krastel und Stella Hohenfels, waren die verkörperte Poesie. Das eigentümliche Silbergeriesel des Hohenfels'schen unvergleichlichen Organs verlieh den Versen neben ihrer Gedankentiefe noch den sinnlichen Reiz des Klangs. Und dazu: Was es zu sehen gab! Das Stück war ein Märchenspiel, also waren der Fantasie des Dichters keine Grenzen gesetzt. In verschwenderischer Üppigkeit boten die vorgeführten Bilder an Farbenglut und Formenpracht, was ein Maler nur erträumen kann. Nach der ersten Verwandlung war der Schauplatz ein Zaubergarten. Eine Fee, eine *wirkliche* Fee, hatte der Regie geholfen, ein Bild zu schaffen, das für das Auge ein Rausch war – die Fee Elektrizität. Mit ihren unwahrscheinlichen Leuchteffekten, ihren violetten, blauen und rosa Feuern, mit ihren Silberlichtern und Goldgluten und Lavaflammen tauchte sie die Gestalten und Dekorationen in immer neue und magische Glanzwogen; eine Flora, wie sie noch kein irdisches Auge gesehen hatte, wucherte in diesem »Garten des Glücks«, in dessen Hintergrund ein diamantener Tempel ragte.

Die Lust des Schauens beeinträchtigte aber nicht die Lust des Hörens, denn die Dichtung erlahmte keinen Augenblick. Auch da glitzerte es von Witz und strahlte in Pathos. Als der Vorhang fiel, brach das Haus in lauten Beifall aus.

»Bresser! Bresser!«, rief man von mehreren Seiten.

Aber Bresser erschien nicht. In seinem Namen dankte der Regisseur.

Sollte er den Zug versäumt haben oder verschmähte er es, sich zu zeigen? Sylvia empfand es als eine Erleichterung, dass er den Rufen nicht gefolgt war. Die Schöpfung war dem Publikum preisgegeben, zu Beifall oder Tadel – nicht der Schöpfer. Nur sein Geist schwebt über dem Werk, nicht seine Person hat sich davorzustellen. Wie kommt er dazu, sich vor jenen zu verbeugen, die er beschenkt hat; warum soll er dafür danken, dass sie ihm dankbar sind?

Aus diesen Gedanken wurde Sylvia durch Hugos Vater gerissen, der in die Loge trat. Sie reichte ihm die Hand:

»Ich wünsche Ihnen Glück«, sagte sie. »Es ist ein Erfolg.«

»Das kann man noch nicht wissen«, antwortete der alte Herr. »Der erste Akt ist gut ... aber ein Erfolg entscheidet sich erst am Schluss. Warum ist die Baronin Tilling nicht gekommen?«

»Mama ist unwohl – sonst wäre sie schon hier. Sie hatte sich schon lebhaft auf diese Vorstellung gefreut.«

»Und Ihr Gatte?«

»Ist heute in der Oper.«

»Ah – ja.«

Ein Ausdruck des Ärgers huschte über Doktor Bressers Gesicht.

»Ihr Sohn sollte heute aus Dresden zurückkommen und nun …«

»Er ist zurückgekommen und er ist im Theater – ganz im Hintergrund der Direktionsloge verborgen. Er will sich nicht zeigen.«

Die Direktionsloge lag der ihrigen schräg gegenüber, also konnte er sie sehen – der Gedanke berührte sie angenehm. Und dass er, wie sie es vorausgesetzt hatte, es vorzog, sich dem Applaus zu entziehen

– in Bescheidenheit und zugleich in Stolz –, das war ihr auch eine Genugtuung.

»Sie müssen doch große Freude an Ihrem Sohn haben, Doktor Bresser.«

»Mein Gott, wenn ich ihn glücklich wüsste ... Aber das Dichterhandwerk scheint ihn stark herzunehmen – er ist oft von einer Schwermut ... als ob die Liebe zu den Musen eine unglückliche Liebe wäre.«

Sylvia wusste wohl, wer seinen Liebesgram verschuldete. Jene Schwermut war in einige der zwanzig Sonette gelegt, die sie heute zum ersten Mal gelesen hatte, von denen sie aber schon manche Strophe auswendig wusste.

Zum zweiten Mal hebt sich der Vorhang. Jetzt war Sylvia gespannter als zuvor, denn was nun folgen sollte, war ihr neu. Immer hatte Bresser sich geweigert, ihr mitzuteilen, was die übrigen Akte enthielten; und zwar damit sie einst ganz unbefangen beurteilen könne, wie die Dichtung von der Bühne herab wirke. Sie hatte das Gefühl, als sollte nun das Stück ihr allein vorgespielt werden; die anderen waren nur so nebenher zugelassen – als Richterin war nur sie berufen. Ob ihr »der tote Stern« gefallen werde, ob sie gespannt, gerührt, erhoben, befriedigt sein würde, das war die Frage, die den in der Loge drüben verborgenen Verfasser ganz erfüllte – das wusste sie.

Der zweite Akt spielte im »Garten des Schmerzes«. So hell und lieblich die Bilder des ersten Aufzugs gewesen waren, so düster und erschütternd waren die Vorgänge, die sich jetzt abspielten. Die Sprache hielt sich auf gleicher Höhe, und in dramatischer Steigerung bewegte sich die Handlung weiter. Als der Vorhang zum zweiten Mal fiel, erhob sich wieder lauter, langanhaltender Beifall. Hätte sich aber auch keine Hand im Saal gerührt, Sylvia hätte doch gewusst, dass dieser zweite Akt vollendet schön war. Dass aber die Bewunderung der Menge dem geliebten Mann zuflog, erfüllte sie mit stolzem Hochgefühl. Ja, sie war stolz auf ihn und – wenn sie an die Widmung seiner zwanzig Lieder dachte – stolz auf sich. Ein bisher ganz unbekanntes Glücksgefühl durchströmte sie. Der Theatersaal war wie in einen Festsaal verwandelt, und sie fühlte sich als des Festes heimliche Königin.

Sie blickte im Haus umher. Nur wenige ihrer Bekannten waren da. Noch waren viele Mitglieder des Hochadels auf ihren Besitzungen – man schrieb Dezember – und das Interesse für literarische Ereignisse ist in diesen Kreisen überhaupt kein so reges, dass man vom Land herfahren würde, um der Aufführung eines neuen Stückes, von einem neuen Autor noch dazu, beizuwohnen. Ja, wenn es *théâtre paré* gewesen wäre zu Ehren irgendeiner Fürstlichkeit – das wäre etwas anderes. Dazu kommt man schon hergereist; es ist auch gar zu schön: die vielen Uniformen im Parkett, die Kleider und der Schmuck in den Logen und dann am folgenden Tag in allen Blättern die Liste der Anwesenden, bei der kein glänzender Name, keine offizielle Persönlichkeit fehlt. Aber so ein modernes Theaterstück, da muss man erst abwarten, was die Bekannten dazu sagen und ob man überhaupt die Komtess hineinführen kann ...

Sylvia richtete ihr Glas von Loge zu Loge. Endlich traf sie auf ein paar bekannte Gesichter: Gräfin Ranegg mit ihren Töchtern Cajetane und Christine ... und bei ihnen – Kolnos. Dieser schaute soeben herüber und erkannte sie. Er stand auf und verabschiedete sich – offenbar wollte er zu ihr kommen. Eine Minute später trat er auch schon in ihre Loge ein.

»Ganz allein, Gräfin Sylvia? Und Ihre Mutter?«

»Sie ist nicht ganz wohl.«

»Doch nichts Bedeutendes?«

»Nein, eine leichte Erkältung. Was sagen Sie, Graf Kolnos, ist's nicht wunderschön?«

»Ja – es lässt sich sehr gut an. Wer hätte das hinter dem kleinen Bresser vermutet? Ich sehe ihn nämlich immer noch als kleinen Buben vor mir.«

»Was sagen die anderen? Wie urteilt die Ranegg?«

»Sie hat nicht über das Stück gesprochen.«

»Aber Sie haben doch schon Urteile aufgefangen? Der Beifall ist ja groß – sind die Leute nicht entzückt?«

»›Entzückt‹ über eine Dichtung – das kommt bei uns nicht vor. Man schwärmt für einzelne Künstler in gewissen Rollen – das Stück ist Nebensache. Bewunderung kehrt man höchstens für die Klassiker hervor, da ist man auf sicherem Boden ... Den neuen, noch lebenden Autoren gegenüber ist man voller Misstrauen.«

»Gehören Sie auch zu diesen ›man‹?«

»Einigermaßen. Ich begeistere mich auch nicht so leicht; ich müsste das Werk erst lesen – es sind so viele äußere Effekte darin, welche blenden ... beinahe wie in einem Ballett.«

»Und ist es nicht auch dichterische Kunst, wenn man mit Bildern, mit aus höchstem Fantasiereichtum geschöpften Bildern die Zuschauer in bezauberte Stimmung versetzt?«

»Eigentlich ja – aber warten wir erst das Ende ab.«

»Das Ende wird ebenso schön wie der Anfang – das fühle ich zuversichtlich. Hugo Bresser ist ein großer Dichter.«

»Sylvia, wissen Sie, dass die Leute sagen, dass Hugo Bresser Ihnen nicht gleichgültig ist? Oh, erröten Sie nicht und entrüsten Sie sich nicht – ich bin der Letzte, der daran Anstoß nähme, wenn es wahr wäre. Nur finde ich, dass es die Leute nichts angeht ...«

»Noch nie war mir dieser Sammelbegriff gleichgültiger als heute.«

»Welcher Sammelbegriff?«

»Das, was Sie ›Leute‹ nannten – Leute, die so freundlich sind, mir ins Herz schauen zu wollen.«

»Mein Gott – man muss doch etwas zu reden haben. Besonders solang etwas nur vermutet, nur gewittert wird, ist's interessant; *weiß* man es einmal, so schweigt man einverständlich dazu. Dass die Gräfin X ein Verhältnis mit dem Opernkapellmeister hat, dass Fürst Y schon seit Jahren der begünstigte Hausfreund der Baronin Z ist – das sind alles so landläufige Kenntnisse, über die man kein Wort mehr verliert; höchstens konstatiert man es, nur um zu zeigen, dass man auf dem Laufenden ist ... Jetzt verlasse ich Sie, liebe Sylvia, der dritte Akt beginnt.«

Mit dem Aufrollen des Vorhangs war Sylvia wieder in die Zauberwelt versetzt – ein befreiender Gegensatz zu dem Stückchen wirklicher Welt, das sich in Kolnos' satirischem Bericht gespiegelt hatte.

Der dritte und letzte Akt überflügelte noch die zwei ersten an dramatischen Effekten und an poetischer Kunst. Zum Schluss erhob sich ein wahrer Beifallssturm. Es war ein ganzer, ein großer Erfolg.

Sylvia ließ sich im Logensalon auf das kleine Sofa fallen, und mit geschlossenen Augen und zurückgelehntem Kopf saß sie da. Sie fühlte sich so erschüttert, so berauscht, dass sie um alles in der

Welt jetzt nicht da hinausgehen wollte, in das Gedränge der Korridore und Treppen, wo sie riskierte, von Bekannten angesprochen zu werden, die, als wäre nichts geschehen, sie mit einem nüchternen »Guten Abend« angesprochen hätten und dazu: »Wie hat es Ihnen gefallen – es war ja ganz hübsch.«

Sie wollte abwarten, bis sich das Publikum ganz verzogen hatte. Während sie so dalag, rief sie sich die Bilder zurück, die an ihren geblendeten Augen vorübergezogen waren, und schwelgte in den neuen Gefühlswallungen, unter denen sie erbebte und erglühte.

Ihr Bedienter wartete, wie ihm befohlen worden war, geduldig vor der Tür; aber jetzt trat die Logenschließerin herein.

»Ich bitt' euer Gnaden – es werden schon die Lampen gelöscht.«

Sylvia erhob sich und trat vor den Spiegel, um sich das Spitzentuch um den Kopf zu schlingen. Ihr eigener Anblick in dem zurückgestrahlten Bild war ihr fremd; es lag etwas Verklärtes darin, ein süß-zärtlicher Zug um den Mund, der dunkler glühte als je, und es durchzuckte sie eine zwar schon öfter, aber nie so intensiv empfundene Freude – die Freude, schön zu sein.

Sie trat hinaus. Der Bediente legte ihr den mit Hermelin gefütterten Theatermantel um die Schultern. Langsamen Schrittes – sie fühlte sich so seltsam müde – ging sie durch die Gänge und die Treppe hinab, in der Tat als Letzte – es war schon alles leer.

Nur an dem Pfeiler neben der untersten Stufe lehnte noch ein Mann. Als sie herankam, riss er den Hut vom Kopf und trat ihr entgegen: Hugo Bresser.

»Also endlich, also doch!«, rief er.

Sie hakte sich schweigend bei ihm ein und ließ sich zum Ausgang führen. Hier standen sie nun Arm in Arm, während der Diener den Wagen holte.

»Nun«, fragte er. »Ihr Urteil? Ich will Ihr Urteil hören!«

Ihre Hand drückte schwerer auf seinem Arm.

»Herrlich!«

»Das beglückt mich. Aber noch einen anderen Urteilsspruch erbitte ich mir ... nicht über das Stück, sondern über mich – über Tod und Leben für mich: die zwanzig Lieder?«

Wieder ein Druck der weiß behandschuhten Hand auf dem schwarzen Ärmel und in innigstem Tone:

»Mein Dichter!«

Der Diener kam zurück.

»So, gräfliche Gnaden, der Wagen.«

Hugo half der geliebten Frau beim Einsteigen.

»Darf ich eine Strecke mitfahren?«

Eine Sekunde zögerte Sylvia, dann aber mit Entschiedenheit:

»Nein.«

»Und wann erlauben Sie, dass ich morgen …?«

»Warten Sie eine Zeile von mir ab. Gute Nacht!«

25

In derselben Woche hatte es noch eine Sensationspremiere in Wien gegeben: Rudolfs erster öffentlicher Vortrag.

Es war im großen Musikvereinssaal und an einem Sonntagnachmittag, damit – bei freiem Eintritt – recht viele Leute aus den arbeitenden Klassen kommen könnten. Für vorherige Bekanntmachung durch die Zeitungen und durch Anschlagzettel war gesorgt worden, und so geschah es, dass der weite Raum sich noch als zu klein erwies. Einige vordere Reihen waren für die persönlichen Bekannten Dotzkys, die ihn hören wollten, reserviert; das übrige Publikum war aus allen Schichten der Gesellschaft zusammengesetzt.

Als die Türen geöffnet wurden, gab es ein Drängen und Hasten, und bald war der Saal bis auf den letzten Platz gefüllt. Viele mussten umkehren, ohne Einlass zu finden.

Rudolf stand vor der ersten Sitzreihe, mit seiner Mutter und Graf Kolnos im Gespräch. Das Schwirren und Sausen, welches das Drängen und Niedersetzen all dieser Leute verursachte, machte ihm keinen anderen Eindruck, als ob er, von einer Strandterrasse aus, das Branden des Meeres gehört hätte. Ein fremdes, fernes Element, diese Menschenmenge, weiter nichts.

Was er sagen wollte, das galt ja nicht diesem zufällig hier versammelten Publikum, das galt der Mitwelt, der Öffentlichkeit überhaupt. Eine Handvoll Samenkörner wollte er ausstreuen, hier und anderswo, heute und morgen wieder; allmählich würde doch, an einer Stelle oder der anderen, die Ideensaat aufsprießen; in einzelne Seelen würde wohl dringen, was die seinige erfüllte, und Nachfolger und Mitarbeiter würden entstehen, vielleicht auch solche, die ihn weit überflügelten – umso besser! Von persönlicher Beifallssucht war in dem heiligen Feuer, das ihn durchglühte, nicht ein Funke enthalten.

Eine Zuhörerschaft, die einen Redner beklatscht und ihm zujubelt, hatte er in diesem selben Saale vor einigen Wochen gesehen, als anlässlich eines Katholikentages ein antisemitischer Volksmann eine mit ordinären Witzen gewürzte Hassrede gegen »Judenliberale und Freimaurer«, gegen »Aufklärricht und Wissenschaftsdünkel« losgelassen hatte. Und es war ein gar vornehmes Publikum gewesen: Bischöfe und Minister, Generäle und Aristokraten, Damen aus hohen und höchsten Kreisen, und daneben, in vielen Exemplaren, auch »der kleine Mann«, dem stets geholfen werden soll. Noch größeren Jubel aber hatte er diesen Saal durchbrausen gehört, wenn auf dem Podium ein geschickter Geiger stand oder eine hübsche Diva schalkhafte Lieder zum Besten gab: Nein, um Applaus buhlte Rudolf wahrlich nicht. Weder als Volksgunstsänger noch als Redekünstler trat er auf, kein rhetorisches Virtuosenstücklein hatte er zu bieten – nur etwas zu sagen hatte er.

Alle Plätze waren besetzt, die anberaumte Stunde war überschritten – es war Zeit zum Anfangen.

Rudolf stieg auf das Podium; das Summen der im Saal geführten Gespräche verstummte, erwartungsvolles Schweigen stellte sich ein.

»Ich habe Herzklopfen«, flüsterte Martha dem neben ihr sitzenden Kolnos zu.

Sie war nicht die Einzige. In einer der letzten Reihen – sie war von zu Hause entschlüpft und mit einer Freundin hierhergekommen – saß Cajetane Ranegg, und ihr Herz und alle ihre Pulse pochten so heftig, dass ihr beinahe die Besinnung verging.

Dotzky selbst zitterte nicht. Es war ja nicht das erste Mal, dass er zu einer versammelten Menge sprechen sollte. Während seiner gescheiterten Wahlkampagne hatte er es häufig getan und dabei seine Fähigkeit erprobt, Stimme und Rede zu beherrschen. Hier war es freilich etwas anderes, aber etwas, das ihm ein erhöhtes Gefühl überlegener Sicherheit gab; nicht um etwas von den Versammelten zu erreichen, stand er da, sondern um ihnen etwas zu geben.

Er trat an das Pult, das vorn am Podium stand, und stellte sich seitwärts dazu, sein Ellbogen ruhte darauf. Es lag keinerlei Manuskript auf dem Pult und er hielt auch keines in der Hand – er wollte frei sprechen.

Mit lauter, fester Stimme hob er an:

»Ihr Unzufriedenen! Vorerst nur an diese, an die Unzufriedenen hier im Saal, wende ich mich – Ihnen hab ich eine Botschaft zu verkünden: *Es wird besser werden!* Vielleicht bald, vielleicht noch lange nicht – das hängt von der Zahl und der Arbeit der Unzufriedenen ab. Aber unter denjenigen hier, die diese Ansprache auf sich beziehen können, muss ich – sollen meine Worte nicht an eine falsche Adresse gehen – genauer sichten, welche Gattung Unzufriedener ich meine. Jene sicher nicht, die damit unzufrieden sind, dass man allenthalben beginnt, an alten Zuständen zu rütteln; auch jene nicht, die ihrer Unzufriedenheit durch Schimpf und Gehässigkeit Luft machen wollen – eine Methode, die von der Hetzrede bis zur geschleuderten Bombe reicht –, und ebenso wenig jene, die mit ihrer eigenen zufälligen Privatlage unzufrieden sind und nun wünschen, dass bloß diese – im Rahmen der bestehenden Verhältnisse, sosehr auch andere davon bedrückt werden – sich zum Besseren gestalte. Nein, weder zu den Quietisten noch zu den Anarchisten der Tat noch zu den einfachen Egoisten rede ich, sondern zu denen, die ein heiliger Unmut erfüllt gegen das Unglück aller Bedrängten und Bedrückten – und ein heiliger Wagemut dazu, das Unglück wegschaffen zu wollen – für sich und für andere.

Nun will ich die Dinge herzählen, mit denen wir unzufrieden sind und sein müssen, wenn es wirklich besser werden soll.«

Er machte eine kleine Pause und veränderte seine Stellung. Dann begann er mit gleichfalls verändertem Ton.

Eins nach dem anderen ließ er die Zustände und Einrichtungen Revue passieren, die das Ungemach und die Qualen des gegenwärtigen Gesellschaftslebens verschulden. An jede einzelne seiner Anklagen – denn indem er die Zustände nannte, klagte er sie an – knüpfte er eine Schilderung, beinahe eine Erzählung. Es war wie eine Reihe vorgeführter Bilder, fertig und lebensvoll: Arbeiterelend, Frauenerniedrigung, Soldatenmisshandlung, Konfessions- und Rassenhader, das Schicksal der Arbeitslosen und was es sonst an beklagenswerten Erscheinungen in der herrschenden Gesellschaftsordnung gibt.

»Eine Gesellschaftsordnung, die auf Privilegien aufgebaut, auf Gewalt gestützt und von Ungerechtigkeit und Unwissenheit durchseucht ist. Eine Gesellschaftsordnung, die zwar alle Tugenden und Gebote kennt und verkündet, deren Herrschaft und Befolgung allgemeines Glück verbreiten würden – nämlich die Tugenden: Milde, Großmut, Nächstenliebe, *Feindes*liebe, sogar die Gebote: Töte nicht, lüge nicht, neide nicht –, die aber all diese schönen Dinge in die Moralhandbücher, in die Religionsstunden, eigentlich ins Jenseits verbannt, im öffentlichen Leben aber ohne Geltung lässt und in ihren staatlichen Institutionen geradezu ins Gegenteil verkehrt.«

Etwas wie ein eisiger Hauch wehte den Redner an. Hatte er leises Murren oder das Räuspern des Polizeiorgans gehört oder war es nur jene geheimnisvolle Wechselbeziehung, die zwischen einem Vortragenden und der ihm lauschenden Menge sich einstellt? Kurz, er wurde plötzlich gewahr, dass ein Teil der Zuhörerschaft tadelnden Widerspruch wenn auch nicht äußerte, so doch empfand.

Wenn er jetzt zurückwich, war er verloren. Ein feindseliges Publikum, das kann nicht besänftigt, das muss gebändigt werden. Er trat einen Schritt vor, mit verschränkten Armen, mit zurückgeworfenem Kopf.

»Und jetzt ein Wort an die Zufriedenen hier im Saal. Ihnen habe ich nicht zu Dank gesprochen. Die Anklage gegen Bestehendes klingen in Ihren Ohren wie Aufreizung zum Umsturz – und dabei könnte stürzen, was Ihre Zufriedenheit bedingt: Stellung, Reichtum, Karriere ... Darum Handschellen und Knebel her für den aufwiegelnden Störenfried!

Meine zufriedenen Brüder – wir sind ja alle Brüder –, Sie vergessen, dass Sie den Störenfrieden vergangener Tage alles verdanken, worauf Ihr heutiges Behagen, Ihre gegenwärtige Sicherheit und Freiheit, mit einem Wort: Ihre ganze Kultur ruht. Hätten alte Zustände niemals ihre Ankläger, neue niemals ihre Verteidiger gefunden, so wäre dieses ganze Publikum heute vielleicht bei einem Autodafé[8] versammelt oder, wenn man noch weiter zurückgreift, würde Knochen nagend in dunklen Höhlen hausen ... Nur scheinbar ist der Verlust, wenn eine gewohnte, liebgewordene alte Ordnung einer moderneren Platz macht; so haben die Ritter ihre Burgen aufgeben, auf Knappen und Wassergräben verzichten müssen – doch welcher

8) Verkündung eines Urteils der Inquisition

von ihren Nachkommen lebt jetzt nicht sicherer und besser in den unverteidigten Landhäusern? Welcher kann nicht bequemer die gebrauchten Waren sich verschaffen, wenn er sie in den Stadtläden einkauft, als wenn er sie durch Überfall fahrender Kaufleute sich erbeuten müsste?

Darum: Nur niemals erlahmen in der Bekämpfung einer als Übel erkannten Einrichtung! Niemals zurückweichen aus Rücksicht für ihre Träger und Diener; nicht die Sklaverei bestehen lassen wegen des Profits der Sklavenhändler oder die Folter beibehalten wegen des Erwerbs der Folterknechte. Rücksichtslosigkeit? Die gehört zu jeder Rettungsarbeit. Ertrinkende darf man bei den Haaren aus dem Wasser ziehen, aus brennenden Häusern mag man die Leute unsanft in die Rettungsschläuche stoßen und aus sozialen Übelständen soll man die verblendet Zufriedenen durch raue Wahrworte zu befreien trachten. Befreien, erlösen: Das sind nicht Aufgaben, die man erfüllt, indem man aus Füllhörnern Blumen schüttet, sondern« – der Sprecher trat einen Schritt vor und sprach mit lauterer Stimme – »indem man mit wuchtigen Hieben Ketten sprengt, mit kühn geschwungenem Speer Drachen fällt oder mit zornig geschwungener Peitsche einen Tempel rein fegt!«

Lautes Händeklatschen. Da erschrak Rudolf und fühlte sich erröten. Dieser Beifall erschien ihm als Quittung für einen plumpen Theatereffekt. Von Hieben, Drachen und Peitschen hatte er gesprochen, dabei hatte seine Stimme gedröhnt, und das Publikum dankte ihm dafür, wie einem debütierenden Tenor für ein gut geschmettertes hohes C.

Es hätte nur noch gefehlt, dass er sich höflichst verbeugte. Das tat er nicht. Er blieb mit verfinsterter Miene eine Weile regungslos;

dann hob er wieder an, indem er wie Ruhe heischend die Hand vorstreckte:

»Es scheint mir, dass ich missverstanden wurde. Axt und Speer und Peitsche, die mir einen Applaus eingetragen haben, als hätte ich diese Kraftwerkzeuge virtuosenhaft durch die Luft sausen lassen, die waren nur bildlich gemeint. Ich stehe hier, um gegen die rohe Gewalt zu sprechen; aber für das Wort selber, diese Waffe des Gefühls und der Idee, will ich das Recht verteidigen, scharf und wuchtig zu sein – und kräftig und unerschrocken gebraucht zu werden, wie einst Axt und Speer und Peitsche gebraucht worden sind. Die Ketten, die ich bewältigt sehen will, sind nicht aus Eisen, die Drachen haben keine Schuppen, und nicht auf steinernen Säulen ruhen die Tempel, die ich meine. Ich muss deutlicher werden …«

Und nun ging er daran, in ruhigem Ton zu erläutern, was in seinen Augen die Ketten und Fesseln seien, mit welchen wir alle gebunden sind, und wie sie abzuschütteln wären; was er sich unter dem hehren Tempel denkt, den die Händler entweihen, und wie man diese zu verjagen hätte; und schließlich wie der Drache heißt, der in der Mitwelt so verheerend haust, und woraus die Sankt-Georgs-Tat bestehen soll, durch die das Ungetüm zu erlegen sei.

»Jeder Mann wird als Sklave geboren. Er muss dienen, ob er will oder nicht, er muss ein vorgeschriebenes Lernpensum durchmachen, soll er nicht drei, sondern nur ein Jahr dem Militärzwang unterliegen – und während er dieses Mussjahr dient, heißt er euphemistisch ›Freiwilliger‹. Von Freiwilligkeit und Selbstbestimmung sieht man im ganzen Gesellschaftsgetriebe nur wenig. Die Leibeigenschaft ist zwar aufgehoben – aber ist man nicht an die Scholle gefesselt, wenn man nicht nach beliebigem Ziel und auf beliebige Zeit verreisen kann, ohne Deserteur zu heißen? Und ist man etwa bewegungsfrei, wenn man die Galeerenkugel der Armut schleppt? Wie all diese Ketten zu sprengen seien? Durch die Lösung der sozialen Frage.«

Dass er diese Lösung mitgebracht habe, in eine fertige Formel gedrängt – so viel törichte Vermessenheit würde man ihm hoffentlich nicht zumuten; er habe nur diese Mahnung zu geben: Die soziale Frage muss unablässig, ehrlich, wissenschaftlich studiert, Experimente müssen gewagt werden, so lange, bis man die Lösung gefunden hat. Ärmste brauchte es nicht mehr zu geben, die Erde ist fruchtbar genug, damit keiner darbe – und niedrig darf niemand heißen, der nicht niedrig denkt ...

»Und nun der Drache ...«

Rudolf machte eine kurze Pause, um sich zu sammeln. Jetzt wollte er das vorbringen, was ihm am tiefsten im Herzen brannte und von dem er wusste, dass es einer Auffassung entstammt, die für neun Zehntel aller Gegenwartsmenschen ganz fern lag. Ihm erschien als der feindliche Drache, was jene als Götzen verehrten.

Martha befiel eine leise Angst. Sie sah kommen, was ihr Sohn sagen wollte, und sie zitterte, dass dies für manchen Anwesenden verletzend ausfallen könnte. In den Parkettreihen sah man zahlreiche Uniformen – und doch war das Ungeheuer, gegen das der Vortragende jetzt den Georgs-Speer zücken wollte, der Krieg ...

»Ach Kolnos«, flüsterte sie ihrem Nachbar zu, »mir ist bange.«

»Ich verstehe Sie«, gab er zurück. »Aber nur unverzagt, Martha Tilling – dort oben steht ein Kämpfer. Er tut und sagt, was er muss.«

»Freunde, Gegner und Gleichgültige hier im Saal, Glückliche und Bedrängte, Männer und Frauen, Reiche und Arme, Soldaten und

Bürger, Aristokraten und Arbeiter – der Drache, den ich meine, das ist nicht nur mein, das ist unser aller heimtückischer Feind. Und sein Name ist – Gewalt. Aber nicht als ein zu Bekämpfendes, Verheerendes, Ungeheuerliches – mit einem Worte nicht als Drache wird von unserer Gesellschaft die Gewalt anerkannt, sondern sie gilt und schaltet als deren legitime, hochangesehene Herrscherin. Sie betrachtet man als Grundlage der Ordnung, als Schutz vor Gefahren; sie ist die Spenderin der höchsten Ehren, die Vollzieherin des Rechts. Glanz und Stolz der Nationen beruhen auf der gewaltgesicherten Macht; Gewalttaten werden Großtaten genannt; zur Erlangung von Orden und Würden, zur Betätigung von Pflichttreue und Mut, zur Verteidigung und Eroberung der ›höchsten Güter‹ dient als Mittel der Totschlag.

Und dieses System ist so tief verwurzelt in allen unseren Einrichtungen, in der Erziehung, im Unbewussten, dass die meisten unter uns im Dienst des Drachen Gewalt leben und sterben, ohne ihm nur einmal in die bluttriefenden Augen geschaut zu haben.

Die wenigen, die das Ungetüm in seiner Entsetzlichkeit erkennen, die werden von tiefem Schauer durchbebt – Schauer und Schmerz. Töten, töten, töten ... Wenn man sich in den Sinn dieses Wortes versenkt und dabei die Einbildungskraft spielen lässt, und sich vorstellt, wie man das Eisen in die Brust des Bruders bohren oder unter seinem Hieb verbluten soll, und wenn man als letzten Schluss der Zivilisation das Schlachtmesser – wenn man es auch hochtrabend Schwert nennt – walten sieht, da wird man von dem St.-Georgs-Feuer erfasst: Das Scheusal muss überwunden werden.«

Wieder eine Applaussalve.

Kopfschüttelnd fuhr Rudolf fort:

»Wenn ich im Eifer meines Gefühls mich zu etwas heftiger Sprache mit gewalttätigen Bildern hinreißen lasse, so belohnt mich Ihr Beifall. Aber dass ich's nur gleich sage: Zur Überwindung der Gewalt denke ich mir keinerlei Gewalttaten. Solange man glaubt, das Böse mit Bösem vertreiben zu können, wird der Gewaltring nicht gebrochen, der uns umklammert hält.

Der Gang der Kultur ist das Zurückweichen der Gewalt vor dem Recht. Noch sind wir auf diesem Wege nicht weit vorgeschritten; aber die menschliche Gemeinschaft wird sich in derselben Richtung weiterbewegen bis zum Eintritt in die gewaltlose Ära, in die ›kriegslose Zeit‹, wie das vom Versöhnungsapostel Egidy – der selber ein tapferer Soldat war – geprägte Wort lautet. Was wir tun können, ist die Beschleunigung dieser Entwicklung; aber jedes brutale Mittel – Aufruhr, Attentat, Verfolgung – verfehlt den Zweck und verzögert den Gang der Kultur.

Revolution predige ich nicht. Ich rufe auch nicht dem Publikum zu: ›Geht hin und schafft dieses oder jenes ab‹, denn ich weiß, dass wir nicht direkt aus diesem Musiksaal herausgehen können, ein kleines Häuflein Leute, selbst wenn wir eines Sinnes wären, was wir gewiss nicht sind, um heute Abend noch oder morgen früh die gleichgültige Masse draußen mitzureißen, die Gegner zu bekehren und jahrtausendealte Institutionen umzustoßen. Ich sage nur dieses, den Unzufriedenen zum Trost, den Zufriedenen zur Warnung: Die Wandlung vollzieht sich schon.«

Und so, wie er vorhin die Zustände aufgezählt hatte, die mit ihren Qualen und Lasten die Gegenwart bedrücken, so nannte er jetzt die verschiedenen Bewegungen und Organisationen, welche eine glücklichere und gerechtere Zukunft vorbereiten; und neben den sichtbaren Organisationen auch die unsichtbaren Stimmungen im Zeitgeist, durch die ein höheres Menschentum und damit auch eine höhere soziale Ordnung sich ankündigte.

»Noch etwas zum Schluss: Ich habe von Eintracht, Wohlstand, Friede, Freiheit gesprochen und gezeigt, wie viele Keime schon sprießen, aus denen der Garten des kommenden Paradieses hervorblühen wird. Und da bin ich mir des Spottes wohl bewusst, der aus gar weisen Hirnen auf mich niederträufeln wird. – Oh, der naive Tor, wird es heißen, er sieht nicht, wie die praktische Welt auf das Gegeneinander und nicht auf sein empfohlenes Neben- und Füreinander eingerichtet ist; er sieht nicht, wie die Interessen überall im Kampfe liegen; er hört nichts vom Lärm der Parteizwiste, des Klassenloses, der Rassenverfolgungen – oh, der blinde, taube Träumer!

Darauf will ich antworten: Alles das sehen und hören wir nur zu deutlich, wir, die wir eine schönere Zukunft vorhersagen; wir sehen und hören sogar schärfer als die anderen, denn unter der wuchernden alten Riesenvegetation sehen wir auch die blassgrünen Hälmchen der künftigen Flora; durch den wüsten Lärm des Heute vernehmen wir doch schon den noch fernen Heroldsruf des Morgen. Als letztes Wort wiederhole ich also mit tiefster Zuversicht mein erstes:

Es wird besser.

Aber mithelfen müssen wir dabei!«

Der Vortrag war zu Ende. Im Saale wurde geklatscht, nicht übermäßig, und das Publikum strömte den Ausgängen zu.

Rudolf stand im Künstlerzimmer, wo ihn einige Freunde beglückwünschten. Mit Kopfschütteln wehrte er die Komplimente ab. Er fühlte sich unbefriedigt und abgespannt.

26

Rudolf war vom Musikvereinssaal direkt nach Hause gefahren, ohne auch nur mit seiner Mutter gesprochen zu haben. Er sehnte sich danach, allein zu sein und auszuruhen.

Die Sache hatte ihn heftiger aufgeregt, als er sich's vorgestellt hatte. Beim Auftreten war er zunächst ganz ruhig gewesen; als aber während des Sprechens ihm zweierlei klar wurde, nämlich dass ihm die Macht fehlte, alles so zu sagen, wie er wollte, und dass, was er sagte, teils nicht verstanden, teils mit zwar schweigendem, aber feindseligem Widerspruch aufgenommen wurde, da hatte sich seiner eine Aufregung bemächtigt, die peinlich und bitter war – so bitter, dass ihm davon ein bitterer Geschmack im Gaumen blieb.

Im Bett warf er sich hin und her und konnte keinen Schlaf finden. Er versuchte, sich zu erinnern, was er gesprochen hatte, und korrigierte daran herum: Dies und jenes hätte er sagen sollen. Dabei verlor er aber immer wieder den Faden und musste von vorn anfangen.

Erst gegen Morgen fiel er in einen fieberhaften Schlummer, und als er um halb neun Uhr erwachte, fühlte er heftigen Kopfschmerz. Das gewohnte kalte Bad erfrischte ihn.

Auf dem Frühstückstisch fand er die Zeitungen. Natürlich galt sein erster Blick den Berichten über den gestrigen Abend. Nicht ob Lob oder Tadel darin enthalten war, interessierte ihn, sondern ob der Inhalt seiner Rede in einem guten Auszug wiedergegeben, ob sein Gedankengang, wenn schon nicht vom Publikum, so doch von den anwesenden Journalisten richtig aufgefasst worden war.

Das war nicht der Fall. Einzelne, aus dem Zusammenhang gerissene Phrasen, mitunter auch ganz entstellte Zitate und als eigenen Kommentar dazu die unter herablassendem Lob versteckte Andeutung, dass man es mit einem wohlmeinenden, aber die rauen Wirklichkeiten des Lebens ignorierenden Idealisten zu tun habe. In solchen Wendungen hat das Wort Idealismus den Klang von Unvernunft. Die ernsten Praktiker haben nur ein gerührtes Lächeln dafür.

Ein einziges Blatt brachte einen richtigen, die wichtigsten Punkte hervorhebenden Auszug und fügte ein begeistertes »habemus prophetam« – Wir haben einen Propheten – hinzu.

Neben den Zeitungen lag auch erneut ein Briefchen der Unbekannten. Es war vom vorigen Abend datiert:

»Ich bin überwältigt. Als Sie das Podium betraten, war mir, als drehte sich der Saal um mich herum; alle Lichter tanzten – ich war in eine andere Welt entrückt. Da stand ein Mann, der entsagungs- und begeisterungsvoll für eine edle Sache – die Sache des Menschheitsglücks – seine Person einsetzt ... So gibt es also doch noch Größe in der Welt, gibt es Menschen, die über die Massen der Alltagsleute hinausragen – und dabei so viel Kraft und Zauber haben. Rudolf Dotzky, ich danke Ihnen, dass Sie mir offenbart haben, was dem Leben Wert und Adel gibt, ich danke Ihnen, dass Sie sind, Rudolf Dotzky!«

Das Briefchen war, wie sein Vorgänger, ohne Unterschrift.

Rudolf war noch kaum mit der eingegangenen Post fertig, als seine Mutter bei ihm eintrat.

Er sprang auf und eilte ihr entgegen.

»Störe ich dich? Du bist mir gestern entkommen – und ich muss doch über deinen Vortrag mit dir reden.«

»Es ist wahr – ich habe gestern die Flucht ergriffen. Ich war so unzufrieden mit mir und den anderen ... Bitte setz dich. Hier die Blätter – die sind auch nicht zufrieden ...«

»Hab ich schon gelesen und mich geärgert. Die haben dich nicht verstanden.«

»Und du – welchen Eindruck hattest du?«

»Ich war so sehr ›Mutter des Debütanten‹, so von Lampenfieber geschüttelt, dass ich zu gar keinem ruhigen Urteil kam.«

»Also sogar für dich war der arme Teufel auf dem Podium, der doch nur im Dienste einer Sache – *deiner* Sache – dort oben stand, einfach ein – wie soll ich sagen? – Konzertredner ... Als solcher habe ich allerdings nicht reüssiert, das fühlte ich gleich.«

»Nein, kein Konzertredner – ein Kämpfer stand dort oben. So drückte sich Kolnos aus. Der hat dich verstanden.«

»Ja, man wird nur immer von solchen richtig aufgefasst, die ohnehin gleicher Meinung sind. Aber die anderen hinzureißen – und darauf kommt es doch an ...«

»Hinreißen? Ich meine: überzeugen, darauf käme es an. Auch das ist eine schwere Sache, die nicht mit einem Mal gelingen kann. Es ist schon viel getan, wenn es gelingt, Gleichgesinnte in ihrer Gesinnung zu bestärken. Darum – ich hätte lieber gesehen, wenn du deine Kraft in den Dienst einer begrenzten Bewegung gestellt hättest, dieselbe, die in meinen roten Heften ...«

»Du meinst, wenn ich als Mitarbeiter und Redner mich an den Friedenskongressen beteiligt hätte?«

»Allerdings – da hättest du Gleichgesinnte bestärken und auch nach außen hin besser wirken können, auf einem bestimmten Gebiet. Das Allumfassende verliert sich ins Weite. Du willst doch als Lehrer auftreten? Also trage den schwachen Schülerköpfen nur ein einziges Thema vor; versuche nicht – besonders wenn Analphabeten darunter sind –, sie in einer Unterrichtsstunde zu Enzyklopädisten zu machen.«

Rudolf wiegte lächelnd den Kopf:

»Deine Kritik, liebste Mutter, ist noch strenger als die der Herren Berichterstatter.«

In den nächsten Tagen erhielt Rudolf wieder Briefe von der anonymen Anbeterin; dazu noch andere Epistel verschiedener entzückter Zuhörerinnen, die ihn – ganz wie dies gefeierten Schauspielern und Sängern zu geschehen pflegt – um Autogramme baten oder gar zum Stelldichein bestellten. Ferner Anfragen von auswärtigen Vereinen, ob nicht im Laufe der Wintersaison ein Vortrag zu erlangen wäre.

Diesen antwortete er bejahend; er wollte so oft wie möglich sprechen. Obwohl die erste Probe bei ihm einen so bitteren Nachgeschmack hinterlassen hatte, sehnte er sich danach, wieder und immer wieder dem lauschenden Volk mitzuteilen, was er als Wahrheit empfand, und durch unermüdlich wiederholte Predigt dahin zu wirken, dass die Zahl der Einsichtigen sich mehre, welche helfen sollten, den Eintritt einer lichteren Ära zu beschleunigen. Und wenn es eine *Kunst* war, durch das gesprochene Wort die Menge zu überzeugen, zu trösten, aufzurütteln, mitzuziehen, nun, so würde er, durch die beiden unentbehrlichen Gehilfen jeder Kunst – Fleiß und Übung – vielleicht auch zur Meisterschaft gelangen.

Auch eine Art Kampfgier war in ihm erwacht – ein zorniger Drang, aller gleißnerischen Niedertracht die Maske abzureißen; ein Drang, der Gesellschaft ins Gesicht zu sagen, wie viel bodenlos Dummes und bodenlos Böses er hinter ihren hochmütigsten und umschmeicheltsten Leuten und Dingen sah. Freilich ist durch Gesetze dafür gesorgt, dass niemand alles sagen kann, was er denkt. Gegen Verächtlichmachung sind manche Dinge und Leute geschützt, denen es nicht verwehrt ist, verächtlich zu sein und Verächtliches zu tun.

Rudolfs Auftreten als öffentlicher Redner hatte in Wien nicht das Aufsehen erregt, das seine Freunde und er selbst davon erwartet hatten. Denn abgesehen von dem, *was* er gesagt hatte, wäre es doch jedenfalls als ein Sensationsereignis zu betrachten gewesen, dass ein Mann in seiner Stellung so auftrat – und man hätte doch auf einen Staunenserfolg rechnen können. Neunzig Hundertstel der Einwohnerschaft hatten das Ereignis einfach nicht bemerkt, und jener Bruchteil, der den Vortrag gehört oder darüber gelesen hatte, war davon nicht erschüttert. Die Anwesenden erzählten wohl ihren Bekannten, dass sie dabei gewesen waren, was aber der Inhalt des Vortrags war, hätten die wenigsten erzählen können, und die begnügten sich, ein summarisches Urteil abzugeben – meist sehr von oben herab.

Zufällig hatte Rudolf Gelegenheit, ein Gespräch über seinen Vortrag zu belauschen. Es war in dem von Künstlern und Literaten viel besuchten Kaffeehaus an der Ecke der Kärntner Straße und Walfischgasse. Er war hineingegangen, um ein paar ausländische Blätter zu lesen, und setzte sich an ein Fenster. Um einen Nebentisch, dem er den Rücken kehrte, saßen ein paar junge Schriftsteller, die sich über ihre neuesten Arbeiten unterhielten.

Nach einer Weile aber stockte das Gespräch. Da ließ einer, ein ungefähr neunzehnjähriger Jüngling mit einer Froschphysiognomie, die Bemerkung fallen:

»Ich war am vorigen Sonntag im Musikvereinssaal …«

»Ach ja – der Dotzky«, fiel ein anderer ein. »Nun, wie war's?«

»Furchtbar altmodisch, Leitartikelstil, Kanzelgeist im Journalistendeutsch. Hervorkehrung überwundener Standpunkte. Wichtigtuende Naivität. Segensgesten mit der Don-Quijote-Lanze, die bekannte Idealmeierei. Fortschritt, Freiheit, Menschenliebe, allgemeiner Wohlstand – mit einem Wort: Quatsch. Der gute Mann hat keine Ahnung von der Umwertung der Werte, er weiß nichts vom Adel des Herrenmenschen, der vor allem dem Gebot folgen muss: ›Werde hart‹. Der wird kein Überwinder sein. Was er eigentlich will, weiß ich nicht, weiß er vermutlich selbst nicht. So viel ist sicher: Davon weiß er nichts, dass des modernen Menschen einziges Ziel sein soll: eine Individualität sein und sich ausleben.«

Rudolf zögerte. Sollte er sich umwenden und sich der Tischgesellschaft vorstellen? Dem überlegenen Individuum, das sich auslebte, eine kleine Verlegenheit bereiten und dann seinen Standpunkt behaupten?

Er widerstand der Versuchung und lauschte weiter. Man sprach nicht länger von ihm, sondern knüpfte an das Gesagte an, um über Nietzsche zu dissertieren, und langte bald wieder bei den eigenen Angelegenheiten an, der geplanten Herausgabe einer »ultravioletten Revue«. Das interessierte Rudolf weniger.

Er zahlte und ging. Er schlenderte über die Ringstraße, in Nachdenken versunken. Was er da gehört hatte, summte ihm im Kopf nach. Besonders das Wort ›Überwinder‹.

Wodurch wird das Überwinden gar so sehr erschwert? Dadurch, dass die Arbeit derer, die etwas überwinden wollen, lange vor ihrer Vollendung von jenen unterbrochen wird, die ihrerseits die

Überwinder zum Gegenstand der Überwindung machen wollen. Da bemühte sich z. B. eine junge naturalistische Schule, den verlogen gewordenen Idealismus zu verdrängen; und noch war sie in voller Gärung, noch hatte sie ihre Meisterwerke nicht hervorgebracht, so war schon eine neue romantische Schule daran, den Naturalismus für überwunden zu erklären. Das Erste, was manche Leute von einer neuen wissenschaftlichen Theorie erfahren, ist, dass man sie schon längst widerlegt und abgetan hat. Verbreitet wird sie viel später als abgeurteilt. Und nun gar der große Kampf, dem Rudolf sich angeschlossen hatte: die Überwindung der Institutionen menschlicher Unfreiheit, ein Kampf, der kaum erst begonnen hat und zu seiner Austragung der rastlosen und kraftvollen Anstrengung mehrerer Generationen bedürfen wird – der soll auch schon als veraltete Philisterei belächelt werden? Wahrlich, Schlagworte wechseln heutzutage schneller als Hutmoden. Man darf sich ja – in der geistigen *jeunesse dorée* – gar nicht mehr sehen lassen mit einem vorjährigen Ideal! Erst dann lässt sich wieder damit hervortreten, wenn es eine Zeit lang »überwunden« gewesen ist und die Reihe an die Überwinder kommt, ihrerseits *vieux jeu* zu werden. In immer rascherem Tempo spielt sich dieses Hin und Her ab, dieses Altwerden des Neuen und Wiederneuwerden des Alten. Man müsste dabei ganz haltlos, schwindlig und rasend werden, wenn es nicht ein paar feste, ruhige Punkte gäbe, einiges, das unter all diesem Wirbelnden, Flüchtigen, Aufblitzenden und Untertauchenden als das Ewigragende erscheint ... Zum Beispiel: Liebe, Güte. Er musste unwillkürlich lächeln: Da bin ich ja wieder mittendrin in der – wie sagte doch der hartgesottene Auslebe-Jüngling – alten Idealsmeierei.

Ein Vorübereilender stieß ihn an. Da hob er den Kopf und bemerkte, dass er sich vor dem Tor des von der Familie Ranegg bewohnten Hauses befand. Dem Impuls, hier einen Besuch abzustatten, folgte er rasch.

»Die Frau Gräfin zu Hause?«, fragte er den Portier.

»Zu dienen, gräfliche Gnaden«, antwortete der Mann und gab das Glockenzeichen.

Oben ließ ihn der Diener ohne vorherige Meldung in den Salon ein. Gräfin Ranegg und ihre Töchter Cajetane und Christine saßen um einen in einer Salonecke stehenden runden Tisch, auf dessen Mitte eine schirmbedeckte Lampe brannte und der mit Büchern, Arbeitskörben und Schreibmaterial bedeckt war.

Als Rudolf eintrat, erhoben sich alle drei Stimmen, um ihn zu begrüßen. Die Gräfin reichte ihm mit sichtlicher Freude die Hand.

»Setzen Sie sich her zu uns, Graf Rudi ... Es ist wirklich schön von Ihnen, dass Sie bei Ihren neuen, großartigen Sachen die alten Freunde nicht vergessen.«

»Ach, meine großartigen Sachen«, antwortete Rudolf lächelnd, indem er sich setzte, »werden wohl viele alte Freunde mir entfremden, nicht mich ihnen.«

»Ich war am Sonntag verhindert, Sie anzuhören, aber die Caji war dort mit den Blaskowitz – sie war ganz entzückt.«

Das Gesicht des jungen Mädchens übergoss sich mit Purpur.

»Entzückt? Das Wort scheint kaum zu passen. Die Frage ist: Waren Sie einverstanden?«

Cajetane nickte.

»Ja«, sagte sie leise und fügte hinzu: »Neue Horizonte haben sich mir eröffnet ... Es war schön.«

Rudolf ergriff ihre Hand:

»Danke, Gräfin ... Das ist das erste Beifallswort, das mich erfreut. Ja, darum handelt es sich: Neue Horizonte – die sollen der Gemeinde aufgehen, wenn der Prediger von einem gelobten Land spricht.«

»Prediger?«, fiel Christine ein. »So heilig fassen Sie nicht alle Ihre Zuhörer auf, Graf Rudi. Ich kenne mehrere, die nennen Sie Agitator.«

»Beweger? Auch kein schlechter Name. Ich wollte, ich könnte die Menschen aufrütteln.«

»Nehmen Sie mir's nicht übel«, sagte die alte Gräfin, »aber vom Rütteln bin ich keine Freundin.«

»Das weiß ich, Exzellenzfrau.«

»Sie wollen sagen, dass ich so konservativ bin, weil ich die Frau eines Geheimrats bin? O nein, sondern überhaupt ... Es ist doch nicht gemütlich, wenn der Boden, auf dem man steht, zum Zittern, die Säulen, an die man sich lehnt, zum Wanken gebracht werden, nicht wahr?«

»Wo jetzt der Ring steht, da stand noch vor vierzig Jahren die Bastei. Hätte niemand an den Basteimauern rütteln dürfen, so wäre hier nicht Ihr schönes Haus erbaut worden.«

»Ist das aber ein Grund, mir mein Haus gutwillig zerstören zu lassen? Das können Sie doch nicht von mir verlangen?«

»Nein, das kann ich nicht verlangen. Sehe ich aber wirklich danach aus, als ob das meine Absicht wäre? Wie man doch immer die stillen Aufbauer, die an die Stelle des Verfallenden neues Material herschaffen wollen, mit gewalttätigen Zerstörern verwechselt! Was ich bringen will, ist Licht und Liebe.«

»Verzeihen Sie, lieber Dotzky, das sind doch keine neuen Sachen. Haben wir nicht Licht genug in der Offenbarung und Liebe genug in unserer schönen Religion? Wenn die Leute nur wirklich fromm wären, aber leider sind sie's zu wenig von Natur und werden dann auch noch irregemacht von all den sogenannten Aufklärern.«

»Womit Sie mich meinen?«

»Nur nicht streiten!«, rief Christine.

Cajetane seufzte. Ihr war die Wendung, die das Gespräch genommen hatte, offenbar peinlich, und so beeilte sich Rudolf abzulenken, indem er sich nach dem Befinden der Söhne Ranegg erkundigte.

»Oh, es geht ihnen prächtig ... die Kriegsschule glänzend absolviert ...«

Auf dieses Thema gebracht, sprudelte die Rede der Gräfin in vergnügtester Weise weiter. Von den frohen Nachrichten über die militärischen Erfolge ihrer Söhne ging sie zum Schicksal ihrer verheirateten Tochter über, und auch da gab's nur Erfreuliches zu berichten: Familienzuwachs, eine Erbschaft, interessante Reisen – kurz: ein rosa in rosa gemaltes Bild des Lebens.

Und in dieser Art Leben – so flog der Gedanke durch Rudolfs Sinn – hätte ich meinen Platz bewahren können: Sorgenlosigkeit, Familienfreuden, genussreiche Erlebnisse ... Und stattdessen …

»Und hören Sie«, fuhr die Gräfin fort, »ich will Ihnen noch etwas anvertrauen ... In wenigen Tagen soll's ja doch offiziell …«

»Aber Mama!«, unterbrach Christine.

»Schadet nichts – eine Woche lang wird der Rudi schon schweigen. Also: Meine Christine hier ist auch glückliche Braut – Otto Weissenberg.«

»Der älteste Sohn des Fürsten Franz Weissenberg? Oh, ich gratuliere, das ist ja eine der glänzendsten Partien des Landes … und dabei ein lieber, hübscher Mensch. Ich freue mich herzlich.«

Und er schüttelte Christines Hand.

»Jetzt aber ist die Reihe an Ihnen, Gräfin Cajetane.«

»Oh, sie wäre eigentlich zuerst an der Reihe gewesen, da sie unsere Älteste ist. Aber sie ist ein eigensinniges Mädel.«

Cajetane machte eine unwillige Bewegung und stand auf.

Da betraten weitere Besucher den Salon. Es waren zumeist Leute, die Rudolf kannte. In den allgemeinen Gesprächen, die geführt wurden, vermieden sie jede Anspielung auf den Vortrag im Musikvereinssaal. Allmählich landete die Unterhaltung wieder bei Jagdangelegenheiten und Gesellschaftstratsch; man versuchte gnädig, Rudolf hineinzuziehen, als ob man bei ihm das lebhafteste Interesse für diese salonfähigen Gesprächsstoffe voraussetzte. Wirklich, sie bauten ihm goldene Brücken. Wenn er nur seinen »Schritt vom Wege« bereuen und wieder vernünftig werden wollte – sie würden ihn wieder als ganz normal behandeln.

Cajetane hatte sich an das andere Ende des Salons begeben, wo das Klavier stand. Sie machte sich dort mit Ordnen der Notenhefte zu schaffen.

Rudolf ging zu ihr. Er hielt es in der Mitte der anderen nicht länger aus. Ein plötzlicher Entschluss war ihm gekommen: In diesem Kreis würde er sich nicht mehr als Besucher, als kameradschaftlicher Standeskollege bewegen. Streit und Kampf aufnehmen? Das ja – aber höfliche Gemeinplätze austauschen, harmlos Konversation zu machen, als ob er sich nicht feierlich von den hier geltenden Anschauungen losgerissen hätte? Nein.

Dies sollte seine letzte Visite im Ranegg'schen und ähnlichen Salons sein.

Doch zu Cajetane zog es ihn. Der musste er noch einmal die Hand drücken.

»Was suchen Sie in diesen Noten?«

Sie hatte ihn nicht kommen sehen. Jetzt wandte sie sich rasch um; wie ein Schauer oder wie ein elektrischer Schlag durchschüttelte es ihre Gestalt.

»Habe ich Sie erschreckt?«

»Nein, ich ... oh, Graf Rudolf ...«

»Was denn, Cajetane – was haben Sie? Ich wollte Ihnen nur Adieu sagen – ich gehe.«

»Das begreife ich.«

»Wie meinen Sie?«

»Ich meine, dass Sie sich dort unmöglich wohlfühlen können.«

Und sie deutete mit dem Kopf nach der Richtung, wo die Gesellschaft saß.

»Sie haben recht – ich fühle mich dort nicht wohl. Obwohl es ja eigentlich mein von Geburt auf gewöhntes Milieu ist.«

»Sie aber sind neugeboren – Sie haben sich ein neues Reich erwählt und das ist nicht von *dieser* Welt.«

»Sie sind ein merkwürdiges Mädchen, Cajetane. Sollten Sie auch zu einer anderen Welt gehören?«

»Gehören noch nicht, aber mich dahin sehnen – ja.«

»Seit wann?«

»Seit Ihrem Abschiedsfest in Brunnhof – und seit Ihren Vorträgen und Broschüren.«

»Meine Broschüren haben Sie gelesen?«

Das Gespräch wurde durch die Dazwischenkunft Christines unterbrochen. Da empfahl sich Rudolf von der Hausfrau und den anderen und ging.

27

Nach dem Burgtheaterabend verbrachte Sylvia eine ruhelose, aber süß ruhelose Nacht. Ihre Liebe hatte sich zu einer mächtigen Leidenschaft entfaltet, zu etwas, gegen das es kein Ankämpfen mehr gab.

Dem Geliebten hätte sie vielleicht noch entsagen können, aber ihrer Liebe nicht – ebenso wie man ja einen Trunk von sich weisen kann, nicht aber den Durst. Der brennt, ob man will oder nicht.

Schon lange hatte das Delnitzky'sche Paar kein gemeinschaftliches Schlafzimmer mehr, Sylvia war also allein. Gegen zwei Uhr, da sie durchaus keinen Schlaf finden konnte, machte sie Licht. Sie warf die Decke von sich und sprang vom Bett herab. Ein langes, spitzenbesetztes Nachtgewand fiel ihr bis zu den Knöcheln und die nackten Füßchen verschwanden in dem flockigen Fell, das vor dem Bett auf dem Teppich lag. Sie hüllte sich in einen warmen Schlafrock, nahm das Licht und ging in das Nebengemach – ihren kleinen Salon.

Was sie dort suchte, waren Hugos Fotografie, die unter anderen Bildern in einer Schatulle auf dem Tisch lag, und das in ihrem Schreibtisch verschlossene Heft der ihr gewidmeten Gedichte.

Sie nahm beides und ging damit ins Schlafzimmer zurück. Hier zündete sie die Kerzen am Frisiertisch und am Ankleidespiegel an. Auf dem Frisiertisch erblickte sie die Blumen, die sie am Abend an ihrem Kleiderausschnitt stecken hatte – nunmehr verwelkte, aber desto stärker duftende Tuberosen. Sie nahm das Sträußchen auf und sog dessen betäubenden Atem ein – das brachte ihr die ganze Stimmung des herrlichen Theaterabends zurück.

Dann setzte sie sich auf dem Frisierstuhl nieder, ihrem eigenen zurückgestrahlten Bild gegenüber. Abwechselnd sah sie auf dieses und auf Hugos Fotografie, blätterte in dem teuren Heftchen und küsste die sterbenden Tuberosen.

Nachdem sie eine Stunde so gesessen hatte, wurden ihre Lider schwer. Süße Schlaflust befiel sie. Sie musste sich aufraffen, um nicht auf dem Stuhl einzuschlafen. Sie stand auf, löschte die Lichter, ließ den Schlafrock fallen und schlüpfte wieder unter die seidenen Decken.

Hugos Bild und Gedichte sowie das Blumensträußchen hatte sie unter das Kopfkissen geschoben, und es währte kaum fünf Minuten, so lag sie in tiefem, aber nicht traumlosem Schlaf.

Vom Arm des Geliebten weich umschlungen, schaukelte sie in einer Barke auf saphirblauem See. Längs der Ufer, Gärten und Terrassen Haine voll rieselnder Blütendolden, Säulen und Statuen, weiße Pfauen und funkelnde Paradiesvögel, sprühende Fontänen – das Ganze in magische Farben getaucht, bald im Purpur eines Sonnenunterganges erglühend, bald in violettem Glanz, als wäre über See und Land elektrisches Veilchenlicht gegossen; über der Barke ein goldenes Dach und auf ihrem Boden ein mit sterbenden Tuberosen überstreuter Teppich aus Hermelin. Kühl fächelnde Lüfte und von weitem süße Musikklänge – ein Festrausch für alle Sinne; aber jedes andere Entzücken überragend: das leidenschaftliche Glück ihrer Liebe …

Vielleicht hatte dieser Traum nur eine Sekunde ausgefüllt, aber im Gedächtnis der Erwachenden war es, als hätte er stundenlang gedauert. Als sie die Augen öffnete, war es schon Tag. Da machte sie sie schnell wieder zu, um sich den Traum zurückzurufen und ihn womöglich weiterzuträumen. Das Weiterträumen gelang nicht; aber das Zurückversetzen in seine Stimmung brachte ihr – als wär's ein Erlebnis, eine Offenbarung gewesen – ein neues Bewusstsein, einen neuen Seligkeitsgrad, von dem sie bisher nicht geahnt hatte, dass ihr Lebensthermometer ihn erreichen könnte.

An diesem Morgen wollte sie nicht mit Anton zusammenkommen. Sie ließ sich die Frühstücksschokolade auf ihr Zimmer bringen, ebenso die Zeitungen. Sie verschlang die Berichte über die gestrige Erstaufführung. Es waren nur kurze Notizen in der Theater- und Kunstrubrik – die eigentlichen Besprechungen pflegen erst in den folgenden Tagen die Feuilletons zu füllen –, aber schon heute war in sämtlichen Blättern der volle Erfolg konstatiert und der Verfasser des »toten Sterns« als ein lebendiger, am Dichterhimmel glanzvoll aufgehender Stern begrüßt.

Sylvia labte sich an diesen Kritiken. Sie genoss das Lob, als wäre es eine ihrer Liebe erteilte Sanktion.

Und was nun? Lange blieb sie in Gedanken vertieft. Das Ergebnis ihres Nachsinnens war, dass sie an Hugo schrieb:

»Ich wünsche, ich befehle, dass Sie mir acht Tage fernbleiben. Bald erhalten Sie Aufschluss.«

Dann klingelte sie ihrer Jungfer, um sich in Straßenkleidung zu werfen, ließ anspannen und fuhr zu ihrer Mutter.

Baronin Tilling, welche wegen starker Erkältung das Zimmer hüten musste und daher gestern verhindert gewesen war, der Burgtheateraufführung beizuwohnen, war auch gerade damit beschäftigt, in den Blättern die Kritiken zu lesen; es interessierte sie lebhaft, zu erfahren, ob der Sohn ihres treuen alten Hausfreundes Erfolg geerntet hatte. Sie saß in einem zum knisternden Ofenfeuer geschobenen Fauteuil, ein Tischchen mit den Zeitungen neben sich. Ihre Tochter erblickend, rief sie erfreut:

»Ah, du bist's, Sylvia, das ist schön von dir ... Du kommst nachsehen, wie's mir geht? Nun, wie du siehst: viel besser. Ich habe gerade über Bressers Stück gelesen ... Du warst ja drin – erzähl, wie war's? Aber was hast du? Du siehst so eigentümlich aus, so feierlich?«

Sylvia hatte hastig Hut und Mantel abgelegt, sie war blass und sichtbar erregt.

»Was ich habe? Das wirst du gleich erfahren ... Und wie das Stück war? Wundervoll. Hugo ist ein Genius. Ich bete ihn an.«

»Kind, was redest du?«

»Soll man das nicht sagen dürfen? Seiner Mutter nicht? Seiner besten Freundin soll man's verschweigen, wenn ein großes Gefühl ...«

»Ein verbotenes Gefühl, Sylvia.«

»Mutter, Mutter, ein solches ... Polizeiwort von dir! Verbotene Gefühle kann es doch ebenso wenig – noch weniger – geben wie verbotene Meinungen! Nur das Verkünden kann einem untersagt werden von irgendeinem Büttel der offiziellen Ordnung und Moral – aber doch nicht von Martha Tilling!«

»Also sag, was du mir zu sagen hast, mein Kind.«

Sylvia schob einen Schemel herbei und ließ sich zu Marthas Füßen nieder. Mit dem Rücken an Marthas Knie gelehnt, das Gesicht dem Zimmer zugekehrt, begann die junge Frau zu reden, leise, langsam, in längeren und kürzeren Absätzen.

»Ich bete ihn an – und will die Seine werden.«

Martha unterdrückte einen Ausruf.

»Anton hat mir die Treue gebrochen, ich bin frei ... ›In Reinheit durchs Leben gehen‹ – das habe ich dir geschworen – und auch mir selbst – und ich will es halten. Mit keiner Lüge, keiner Falschheit werde ich mein Tun beschmutzen. Eine Larve vors Gesicht halten? Nein. Wessen hätte ich mich zu schämen? Im Gegenteil: Stolz bin ich auf meine Liebe und stolz auf die seinige ... Sich verstecken, verschleiern? Nein. Im Gegenteil: Ein Diadem setze ich mir auf. Oh, meine hiesige Welt, mit der werde ich brechen müssen, das weiß ich wohl. Die würde mir mein stolzes Lieben nicht verzeihen. Ja, wenn ich mich versteckte, wenn ich meinen Mann und sie alle zu betrügen trachtete, und sie durchschauten mich – dann wären sie voll Nachsicht ... etwas Geflüster, listiges Augenzwinkern, eine Nummer mehr auf der amüsanten Liste der *chronique scandaleuse* – doch von der Besuchs- und Einladungsliste würden sie mich nicht streichen ... So aber, wenn ich es verschmähen werde zu lügen, werde ich verpönt sein: ›Sie wissen schon? Die Sylvia Dotzky, mit dem jungen Dichter durchgegangen (sie werden es durchgegangen nennen), sollen in Italien leben – abscheulich!‹ Warum gerade in Italien? Das erzähle ich dir später ... Ich habe einen Traum geträumt – da war unserer Liebe solch ein Schauplatz gegeben voll südlicher Renaissancepracht ... Vielleicht finde ich ihn an irgendeinem italienischen See oder Meeresstrand.

Ich danke dir, dass du mich nicht unterbrichst – aber ich kann mir denken, was du nun einwenden wolltest: Wie lange soll das währen, dieses Glücksfieber? Was dann, wenn der Rausch verflogen, die Jugend verschwunden ist ...? Nun, nach diesem ›dann‹, das hinter dem Ziel meiner und seiner Sehnsucht liegt, fragen wir wahrlich nicht. Sollte das Glück, wie ich es mir denke, nur die Dauer eines einzigen Maimondes haben, das würde hundert solche Existenzen aufwiegen wie die, denen ich sonst entgegenvegetiere ...

Und dann, wer weiß? Für das Alter kann uns auch noch ein schöner Frieden blühen. Selbst den Regeln der Welt können wir ihren Tribut entrichten. Ich kann Bressers Gattin werden – wie Cosima Bülow die Gattin Wagners geworden ist. Ich will mich von Toni scheiden lassen. Es wird hoffentlich nicht schwer sein; dann kann er seine Geliebte heiraten und seinen Knaben – du siehst, ich weiß alles – legitimieren. Gibt er mir meine Freiheit nicht – nun, dann nehme ich sie mir. Ich lehne mich auf!

Dass eine Frau einem Mann, der sie für eine andere verlassen hat, für den sie selber auch keinen Funken Liebe mehr empfindet, ihre ganze Zukunft opfere, dabei ihr Herz ersticken muss – dieses abscheuliche Unrecht werde ich nicht erdulden. Ich lehne mich auf!

Damit werde ich nicht nur mir, damit werde ich – wie mit jedem Kampf ums Recht – auch der abstrakten Gerechtigkeit und meinen Leidensschwestern gedient haben.

Mein Gott, Mama, ich rede etwas überspannt ... die Worte kommen mir so ... Seit Monaten und Monaten lese ich Gedichte und gebundene Sprache – und jetzt, in der Erregung, verfalle ich in diesen Ton ... Und doch, was ich vorhabe, ist nichts Überspanntes, Übereiltes – ist ein überlegter, ruhiger Schritt. Ich will mit Toni in Ordnung kommen – ihm alles sagen, meine Freiheit zurückverlangen, Scheidung anbieten und dann, sollte er sich auch weigern, mir mein Leben einteilen, wie ich muss – ohne Heuchelei. Solange ich nicht alles geordnet und geklärt habe, will ich Bresser nicht wiedersehen. Es wäre mir nach dem gestrigen Abend, nach dem heute Nacht geträumten Traum unmöglich, ihm nicht ans Herz zu sinken.

Und das will ich nicht, solang ich's nicht ›in Reinheit‹ tue, das heißt ohne Hehl wie ohne Reue.«

Sie stand auf und blickte ihrer Mutter ins Gesicht.

»Nun möchte ich deine Antwort hören.«

Martha legte den Kopf an die Fauteuillehne zurück und schloss die Augen.

»Bist du böse?«

Ein tiefer Seufzer hob Marthas Brust.

»Meine armen Kinder«, sagte sie leise.

»Warum arm, Mutter? Und warum denkst du jetzt auch an Rudolf? Was hat sein Schicksal mit dem meinigen gemein?«

»Beide fühlt ihr das, was in eurer Welt euch umgibt, als unerträglich. Schranken – ihr wollt sie einrennen und stoßt euch blutig daran.«

»Mag sein, aber wir bringen sie ins Wanken – desto besser für die, die nach uns kommen. Ich frag dich nochmals: Bist du böse?«

Martha verneinte mit stummem Kopfschütteln.

Sylvia küsste sie.

»Jetzt will ich gehen, Mama. Morgen komme ich wieder. Da wirst du über alles nachgedacht haben und mir Antwort geben können. Jetzt bist du zu erschüttert. Leb wohl.«

28

Ich werde meinem Kind behilflich sein – nämlich die Ehescheidungssache über die Bühne zu bringen versuchen. Vielleicht blüht ihr doch noch ein Lebensglück an der Seite des geliebten Dichters.

Glück ... Für mich habe ich ja schon lange abgeschlossen – aber in dem Glück meiner Kinder hatte ich mich noch sonnen wollen, und wie ist das nun anders gekommen! Beide in Kampf und Sorgen, beide aus den gesellschaftlich gesicherten Lebenslagen gerissen, die ja der solide Untergrund sind, auf den glückliche Existenzen sich aufzubauen pflegen.

Bin ich nicht mit schuld daran? Ich habe sie zum Kampf erzogen. Zu der Aufgabe, Friedrichs Mission fortzuführen, habe ich meinen Sohn aufgezogen. Er hat aber den Kampf auf ein so großes und fernes Feld hinausgetragen, wohin ich ihm nicht mehr folgen kann. Und ebenso Sylvia. Ihr trotziges Auflehnen gegen die Urteile der Welt, wodurch sie zur künftigen Befreiung der Frauen mithelfen will – auch dahin vermag ich ihr nicht zu folgen. Von Rudolf hätte ich gewünscht, dass er, unter Beibehaltung seiner Stellung und Gründung eines neuen häuslichen Herdes, sich auf *einen* Zweig der Kulturarbeit beschränkt hätte: auf die Bekämpfung des Krieges. Zu den Kongressen die Kraft seiner Persönlichkeit mitbringen, das Propagandawerk durch seine pekuniären Mittel unterstützen, in hohen politischen und höchsten Machtkreisen, bei denen er doch kraft seiner – nunmehr aufgegebenen! – Stellung Zutritt hatte: Das war's, was ich von ihm erhoffte. Aber er ist weit darüber hinweggeflogen

– zu weit, beinah ins Uferlose. Freilich: Alle Übel sind miteinander verschlungen, und ein Geist vermag auch die ganze Verkettung zu sehen; aber positiv helfen, wirken, vorwärtsbringen, das kann jeder Einzelne nur auf einzelnem Gebiet. So scheint es mir wenigstens.

Verloren sind darum seine Arbeit und sein Streben nicht; zur allgemeinen Einsicht, wie der künftige Tempel gebaut sein soll, kann er beitragen und dadurch zur Inangriffnahme seiner Errichtung anfeuern, aber des Erfolges wird er sich nicht freuen können, der sich an das tatsächliche Einfügen eines kleinen Bausteins knüpft ...

Doch zurück zu meiner armen Sylvia. Was soll ich nur tun, um da helfend einzugreifen? Mit Delnitzky reden? Mein letzter Auftritt mit ihm hat zwar eine Schranke zwischen uns aufgerichtet ... aber wenn ich doch ihn zu bewegen trachtete, Sylvia freizugeben? Ich wünschte beinah ebenso heftig wie sie selber, die Fesseln dieser unseligen Ehe gelöst zu sehen.

Und mein anderer Wunsch wäre, dass Rudolf nicht so herzenseinsam bliebe ... Ach, meine armen Kinder!

29

Als Rudolf an jenem Nachmittag das Ranegg'sche Haus verließ, verfolgten ihn Cajetanes Bild und Stimme. Ihre Worte klangen ihm nach, und was er heraushörte, erweckte einen Verdacht in ihm: Sollte sie etwa die anonyme Briefschreiberin sein?

Nun, ein Grund mehr, dieses Haus fortan zu meiden ... Noch einmal an diese Kreise durch neue Bande sich fesseln zu lassen, sich abermals mit Leuten von so verschiedenen Lebensinteressen und Lebensauffassungen verschwägern? – Nein, das wollte er nicht. Cajetane war ein liebes Ding und, wie es schien, etwas entflammt für ihn, daher auch das momentane Bewundern seiner Taten und Schriften; wie bald aber würde, wenn die erste Schwärmerei abgekühlt war, wieder das alte Naturell zum Vorschein kommen, und wie würde sie dann versuchen, ebenso wie es Beatrix getan hatte, ihn von seinen »Extravaganzen« abzubringen und in den Schutz des allein seligmachenden Aristokratismus zurückzuführen.

Und er selber: Der Kampf, den er aufgenommen hatte, füllte seine Seele vollständig aus. Füllte sie mit Sorgen, Ärger, Sehnsucht, Hoffen – kurz: mit einer großen Leidenschaft. Daneben war nicht Platz für Herzens- oder gar Heiratsangelegenheiten. Höchstens – er war ja doch ein junger Mann – später einmal für kleine galante Zerstreuungen; aber auch daran dachte er gegenwärtig nicht.

Er schlenderte über den Ring dahin. Der Abend war schon hereingebrochen. In den Auslagefenstern funkelten die Gas- und elektrischen Flammen. Kunsthandlung, Blumenhandlung, Fahrradhandlung, Schmuckhandlung – eine neben der anderen zeigte ihre Reichtümer und ihre Lebensgenusslockungen. Vor einem erzherzoglichen Palais, dessen erste Etage in Licht strahlte, hielt eine Reihe von Equipagen – offenbar war großes Dinner ... Aus dem Grand Hotel, an dem er jetzt vorüberging, drang eine Musikwoge – nun ja, zur Table d'Hôte spielte ein Orchester; ein junges Paar in Reisekostüm kam eben unter dem Tor hervor und schritt, von Portier und Hoteldirektor begleitet, zu einem mit eleganten Koffern und Taschen bepackten Wagen.

»Zum Orientexpress, Kutscher – schnell!«

Hier freilich sah die Welt aus wie die beste aller Welten, hier hatte man nach Reformen kein Verlangen ...

Mit plötzlichem Entschluss winkte Rudolf einem Fiaker. Er wollte ein ganz verschiedenes Stück des hauptstädtischen Lebens anschauen – lernen, beobachten, Erfahrung und Anfeuerung suchen zu seiner Aufgabe.

»Wohin, euer Gnaden?«, fragte der Kutscher.

»Weit in die Vorstadt hinaus – irgendeine Vorstadt, nahe bei der Linie, zu irgendeinem Gasthaus ...«

»Was für ein Gasthaus?«

»Wo es gerade Volkssänger oder lieber noch eine Versammlung gibt oder Ähnliches ...«

»Ich versteh, euer Gnaden, zufällig is in Margareten draußen, beim Goldenen Apfel, heut Siegesfeier oder so was Politisches. Is das recht?«

»Ganz recht – fahren wir zum Goldenen Apfel.«

Nach einer Viertelstunde hielt der Wagen vor dem Wirtshaus, ein unansehnliches, nur einstöckiges Gebäude.

Der Kutscher öffnete den Schlag:

»Hier sein mer, euer Gnaden – da ist der Eingang.«

Er zeigte auf eine Tür im beleuchteten Erdgeschoss.

»Gut. Warten Sie da.«

Es war ein mit Bierdunst und Zigarrenrauch gefüllter Raum, den Rudolf jetzt betrat, ein länglicher, niedriger Saal. Ungefähr zwanzig besetzte kleine Tische und im Hintergrund eine lange Tafel, um die dichtgedrängt etwa dreißig Männer saßen. Nur einer davon stand mit hochgehobenem Glase.

»In diesem Sinne!«

Also der Schluss eines Toastes, und die Tafelrunde brachte ein donnerndes »Hoch!« aus.

In der Nähe dieses Ehrentisches war an einem kleinen Tischchen noch ein Platz frei. Hier ließ sich Rudolf nieder und bestellte ein Krügel Bier. Erstaunte Blicke von Gästen und Kellnern streiften ihn, denn seine Erscheinung passte wenig zu der gewohnten Kundschaft des Lokals. Diese bestand nicht aus Arbeitern, sondern aus allerlei Gewerbetreibenden und »Hausherren« vom Grund: Pfaidler[9], Selcher, Fleischer – behäbige Kleinbürger, sich selbst ungeheuer wichtig dünkende Wähler.

Es war richtig so, wie der Fiaker es gesagt hatte: eine politische Siegesfeier. Der Kandidat der anwesenden Stimmenabgeber war gegen einen »liberalen« Gegenkandidaten mit großer Majorität durchgedrungen. Jetzt war der kleine Mann gerettet und die Korruption überwunden und der Glaube der Väter befestigt und was die Konsequenzen eines solchen Wahlsieges so sind.

Alles dies hörte Rudolf aus den einzelnen Sätzen heraus, die aus der allgemeinen Unterhaltung zu ihm herüberdrangen. Das Ganze untermengt mit boshaft gemeinen Brocken und Schmährufen wie:

9) Hemdenmacher

»Na, wir wollen's ihnen zeigen – Blutsaugerpack! Mir sein mir und lassen uns nix g'fallen.«

An Rudolfs Tischchen saßen zwei junge Männer von widerlichem Aussehen: der eine fahl und mager, der andere feist und blaurot im Gesicht; gekleidet schienen sie in »von Herrschaften abgelegten« Anzügen, mit verknitterten Hemden und lose gebundenen schmutzigen Krawatten. Die beiden unterhielten sich miteinander, aber nicht über Politik, sondern über verschiedene Malis und Resis und Mizzis, deren Feschheit und »Reize« sie einander rühmten. Sie gehörten aber auch zu der Gesellschaft der Ehrentafel, denn als der vorige Toast beendet war, hatten sie mit ihren Krügen hinübergewunken:

»Prosit, Spezi.«

Ein großer Ekel schnürte Rudolfs Kehle zu. Das also sind die Stoffe, aus denen die Landesgesetzgebung gebraut wird – Leute von solchem Bildungsgrad tief unter Null, von solcher Gesinnungsrohheit ... die gehören zum Räderwerk der Maschine, die eines großen Reiches Geschicke webt!

Aus solchen Gedanken wurde Rudolf durch ein lautes »Meine Herren« gerissen, das der Mann auf dem Ehrenplatz der Tafel, offenbar der Gefeierte des Abends, ausstieß, indem er mit dem Messer an sein Glas klopfte und sich erhob zum Zeichen, dass er reden wolle.

»Bravo, bravo!«, riefen die andern und verstummten dann mit erwartungsvollen Mienen.

»Meine Herren, oder vielmehr meine Freunde (Bravo!), meine verehrten Kampfgenossen! Ich bin mir bewusst, voll und ganz bewusst, welche Pflichten mir mein Sieg, den ich Ihnen, den ich

Ihrer Gesinnungstreue danke, auferlegt, und diese Pflichten, das gelobe ich, will ich ausführen – unentwegt, voll und ganz (Bravo!). Ohne Furcht und ohne Scheu werde ich die Mängel aufdecken und die Halunken entlarven, die abscheulichen Halunken, welche …«

»Nieder mit die Juden!«, kam einer dem Redner zu Hilfe.

»Ja, ich werde das Mandat unserer christlichen Bevölkerung hochhalten und zeigen, dass die verfolgten, zurückgesetzten Christen wieder ihre Rechte geltend machen ... und dass das urgemütliche, urehrliche und urlustige Wienertum ... das goldene Wienerherz, kurz: unsere alten kaisertreuen, gottesfürchtigen und doch so kreuzfidelen Gesinnungen sich vor den Einflüssen oder vielmehr den Aufdringlichkeiten einer spekulativen Rasse von Parasiten mit voller Kraft … mit kraftvoller Entschiedenheit stets und immer und überall schützen, sich davon befreien, kurz …«

»Kurz: davonjagen die Juden«, resümierte wieder die Aushilfsstimme.

»Davonjagen, davonjagen«, riefen nun alle im Takt und applaudierten frenetisch.

Da hielt es Rudolf nicht länger aus. Er sprang auf und trat an den Tisch.

»Meine Herren« – seine Stimme klang fest – »auch ich bin ein Wiener Wähler und bin auch schon selber Kandidat gewesen – mein Name ist … Doch der Name tut nichts zur Sache. Wollen Sie mir gestatten, ein Wort zu sagen?«

»Wer san mer denn?«

»A schöner Herr.«

»Hoffentlich a Spezi.«

»No, so reden S'«, tönte es von verschiedenen Seiten.

»Ich bin *kein* Spezi, wenn Sie darunter einen Gesinnungsgenossen verstehen. Aber da Sie« – er wandte sich an den Gefeierten – »im Abgeordnetenhaus auch Gegner finden werden, so werden Sie es wohl vertragen, dass einer Ihnen hier entgegentrete.«

»Also a Liberaler, oje!«, rief der Angeredete. »Aber nur heraus mit der Sprach.«

Und er nahm eine parlamentarische Haltung an, indem er die Hand in den Westenausschnitt schob.

»Ein Liberaler?«, wiederholte Rudolf. »Ich weiß nicht recht, was Sie unter dieser Bezeichnung verstehen. Einfach als Mensch möchte ich sagen, dass es im tiefsten Grade traurig ist, wenn eine Parole des Hasses und der Verfolgung den Ausgangs- und Zielpunkt einer politischen Aktion darstellt.«

»Oho«, rief jemand. »Se san wohl selber a Jud.«

»Zufällig nicht.«

»Nachher a Judenknecht, a bezahlter. Da haben S' hier nix zu schaffen, in einer G'sellschaft von redliche Antisemiten. – Schauen S', dass S' weiterkommen.«

Rudolf verschränkte die Arme. Er war totenbleich, aber nicht vor Angst, sondern vor innerer Empörung.

»Gut«, sagte er, »ich versetze mich einen Augenblick an Ihre Stelle. Sie sind Antisemiten. Der Titel ist ja sehr verbreitet. Nicht nur unter einfachen Bürgersleuten wie Ihnen, auch in hohen und höchsten Kreisen ist die Sorte vertreten, und auch Gelehrte und Professoren verteidigen diese Anschauung von allerlei ethnografischen und nationalökonomischen Standpunkten. Aber Sie, Sie bringen, wie ich sehe, nur Ihr Temperament mit – nur so ein Stückchen gesunden Hass und Verachtung. Bitte sagen Sie mir also, wie wollen Sie Ihr Programm ausführen? Was soll denn mit den Juden geschehen?«

»Was mit ihnen g'schehen soll? Nach Palästina jagen oder umbringen kann man s' leider nit. Aber verhindern kann man's, dass s' Richter oder Lehrer wird'n – nix kaufen soll man in die jüdischen G'schäft – und wenn möglich, die Güter von die Reichen – von die Rothschilds und dergleichen – einzieh'n. Und kan' Umgang mit ihnen haben – auch mit die Getauften nit.«

Ein anderer fiel jetzt ein, der Grimmigsten einer:

»Ich möcht schon mittun, wenn sich a Jud taufen lässt – so wie der heilige Johannes es tan hat, ihn ganz eintauchen, dann aber sein Kopf so lang unter'm Wasser tauchen, bis er dersauft.«

Das hübsche Scherzwort erregte beifälliges Gelächter.

Rudolf hatte sich dem Festtisch mit der Absicht genähert, mit ein paar aus seiner inneren Bewegung quellenden Worten etwas Aufklärendes über die Pflichten und Ziele von Volksvertretern zu sagen, zu demonstrieren, dass durch Hass und Verfolgung nichts Ersprießliches geleistet werden könne; an Herz und Vernunft hatte er appellieren wollen und zeigen, wie diese beiden, wenn in den Dienst der Mitbürger gestellt, diesen zu moralischer und materieller Erhebung verhelfen können. Aber nach dem, was er jetzt gehört hatte, sah er ein, dass eine solche Sprache hier ebenso wenig verständlich wäre wie etwa eine griechische Ode vor einem Trupp von Irokesen, und er verzichtete auf jeden weiteren Versuch, mit den Anwesenden zu diskutieren. Nur nach einem Wort suchte er, das seiner ganzen Entrüstung über den wahrgenommenen barbarischen Tiefstand Luft machte – aber er fand es nicht.

»No, is der Herr jetzt baff? Sieht er ein, dass man gegen so stramme Parteileut' wie wir nit aufkommen kann – dass wir für unser christliches Volk einstehen werden, gegen alle Juden und Judenliberalen sowie gegen alle Freimaurer und Sozi? Unser altes Wien, mit sein' goldenen Herz, mit sein' frommen Sinn, darf uns von die Eindringlinge und ihre Knecht' nit verschandelt wird'n. No, sagt der Herr noch immer nix?«

»Ich sage, dass ich Sie ebenso tief bedaure wie verachte.«

Und er wollte sich zum Gehen wenden. Aber da brach ein Sturm los. Alle sprangen von ihren Sitzen auf, Schimpfworte flogen durcheinander, worunter der Ruf »Jud, Jud« am häufigsten erscholl, weil er in solcher Mitte als die gehässigste Beschuldigung gemeint ist. Einer warf seinen Bierkrug nach Rudolfs Kopf, doch ohne ihn zu treffen. Zwei Leute – die Burschen, an deren Tisch er vorhin gesessen hatte – packten ihn an den Schultern, und während nunmehr der ganze Saal in den Schrei »Außi, außi, werft's ihn außi« ausbrach, wurde der Überwältigte zum Ausgang gedrängt und so unsanft hinausbefördert, dass er auf das Pflaster fiel. Hinter ihm schlug die Tür wieder zu.

Die Straße war leer; nur der Fiaker stand da. Erschrocken sprang der Kutscher herbei und half seinem Fahrgast vom Boden auf.

»Jessas, Maria und Josef, euer Gnaden, haben s' Ihnen weh tan?«

»Nichts, nichts …«, wehrte Rudolf ab. »Fahren wir wieder auf den Ring zurück.«

Und er stieg ein. Im Wagen bemerkte er, dass er an einer Stirnwunde blutete.

Es war aber nur ein Ritzer. Am folgenden Tage spürte er nichts mehr davon. Aber eine andere Wunde hatte ihm der Vorfall geschlagen. Eine tiefe Verletzung seines Glaubens an die Menschheit.

30

Hugo Bresser erwartete mit Ungeduld das versprochene Wort. Nach zwei Tagen traf es ein:

»Ich will Dein sein. Aber ohne Falsch und Hehl. Erst muss ich mich befreien. Also noch Geduld. Ich schreibe wieder. Bis dahin ist Dir mein Haus verschlossen. Aber nicht wahr? Das Wort genügt – ich wiederhole es: So wahr ich weiterleben will und kann – Dein will ich sein.«

Von diesen Zeilen aufs Tiefste erregt, setzte sich Hugo sogleich an seinen Schreibtisch, um zu antworten. Sein Puls flog, ein seliger Rausch erfasste ihn und mit fliegender Feder schrieb er auf die erste Seite vier glühende Strophen – ein Triumphlied über das Thema »Du willst mein sein« –, dann fuhr er in Prosa fort:

»Sylvia, sag nicht zum Glück ›später‹! Später kann ja einer von uns zweien gestorben sein – was wäre das für ein Raub! Du willst dich frei machen? Bist du es denn nicht? Spürst du nicht, dass in beglückter Liebe eine solche Kraft liegt, dass sie alle Ketten, Skrupel, Rücksichten spielend über alle Dächer schleudert?

Das ist ja wieder ein sklavisches und ängstliches Sichbeugen unter das Joch des fremden Willens, ein Abhängigsein von fremdem Urteil, dass du erst Scheidungsurkunden und dergleichen brauchst, dass du erst dem ganzen Kreis von Tanten und Sippen höfliche Anzeigen machen willst: Meine Verehrtesten, ich liebe Hugo Bresser und will die Seine werden.

Wen geht das etwas an? Das ist unsere Welt, und eine so große, so freudenhelle, dass sie für uns das ganze Übrige ins Nichts und ins

Dunkel verdrängt. Du bist zu stolz, um zu lügen? Vor allem sollten wir zwei zu stolz sein, unser Glück der kalten Menge bloßzulegen ... Ein Glück, das umso süßer wäre, je verschwiegener es bleibt. Nicht ängstlich verschwiegen, nur sorglos, als wäre die Mitwelt nicht da. Die Liebe hat solche Isolierungsgewalt. Sie umgibt das selige Paar mit einem undurchsichtigen Netz – aus Flammen gewoben. Das ist der echte Feuerzauber.

Ich bin von einem Hochmut! Mir ist, als trüge die Erde niemanden, der mir ebenbürtig ist. Der König aller Könige bin ich, denn du willst mein sein ... Niemand ist würdig, mir die Schuhriemen zu lösen, aber vor dir lieg ich im Staub – Herrin.

Doch wieder nein: Nicht dein Knecht will ich sein, sondern dein Schützer! Ruhen sollst du an meinem Herzen, dich in meine Arme schmiegen, im Bewusstsein voller Sicherheit und Geborgenseins. Du hast viel Trübes durchgemacht – Stunden der Bitterkeit, des Ekels, des Aufruhrs –, Trost brauchst du und Rast und Stille. Fürchte nicht, dass dein Geliebter dich in einen ewigen Wirbelsturm der Leidenschaft mit sich reißen will – ich will dir Frieden geben.

Ich breche ab – Ungeduld erfasst mich. Diesen Brief trage ich selbst in dein Haus, um ihn deinem Mädchen in die Hand zu geben, damit er dir schnell und sicher zukomme. Und du: Hab Erbarmen und hab Mut.«

Zur selben Zeit war Sylvia gleichfalls mit Schreiben beschäftigt. Es war ein Brief an ihren Mann.

»Lieber Anton!

Es gibt Dinge, die sich leichter schriftlich als mündlich sagen lassen. Ich wünsche – und wahrscheinlich komme ich dabei Deinem eigenen Wunsch entgegen – eine Trennung unserer Ehe.

Du liebst seit mehreren Jahren eine schöne Künstlerin, die Dir einen Sohn geschenkt hat; Du verbringst mehr als die Hälfte Deiner Zeit in ihrem Hause – das Du ihr geschenkt hast; Du versuchst nicht einmal den Schein der Treue zu wahren – kurz: Du hast tatsächlich unsere Ehe schon gelöst.

Ich war allein und dadurch – frei. Ich blieb allein und hielt meinen Part in dem von Dir gebrochenen Vertrag aufrecht. Jetzt aber muss es anders werden. Ich habe mein Herz verschenkt und will meine Freiheit erringen. Betrügen will ich nicht. Weder Dich noch die Welt. Ich bitte Dich also, übereinstimmend mit mir Schritte zu einer regelgerechten Scheidung anzubahnen. Von meiner Liebe lasse ich unter keinen Umständen. Solltest Du in eine Scheidung nicht einwilligen, so würde ich einfach abreisen – und nicht allein. Ich besitze selbstständiges Vermögen, das weißt Du, und kann, wo auch immer, unabhängig leben.

Die Hauptsache ist jetzt gesagt. Das Übrige kann, wenn Du einverstanden bist, mündlich verhandelt oder zwei Rechtsbeiständen zur Durchführung übergeben werden.

Nicht ganz ohne Wehmut scheide ich von Dir; denn ich erinnere mich der Zeit, da ich glaubte, wir beide würden mit- und durcheinander glücklich werden. Es ist anders gekommen. Du warst der Erste, der sein Glück fern von unserem Herd gesucht und gefunden hat – die Reihe ist an mir. Nur möchte ich …«

Bis hierher hatte sie geschrieben, als die Jungfer eintrat und ihr Hugos Brief übergab.

Sylvia erkannte die teure Schrift, aber sie zerriss nicht sofort den Umschlag. Erst wollte sie ihr eigenes Schreiben vollenden und an seine Bestimmung kommen lassen.

»Warte einen Augenblick«, sagte sie, und mit vor Erregung zitternder Hand warf sie noch ein paar Schlusszeilen auf den begonnenen Briefbogen und schob ihn in ein Kuvert.

»So, das trage hinüber zum Herrn Grafen und übergib es ihm selber.«

»Wissen Frau Gräfin nicht, dass der Herr Graf heute früh abgefahren ist? Der Kammerdiener hat ihm seinen Koffer gebracht, dann einen Fiaker geholt ... Der Herr Graf ist auf die Südbahn, und dem Portier hat er gesagt, dass er erst morgen oder übermorgen zurückkommt.«

»Einerlei ... leg den Brief auf seinen Schreibtisch.«

Jetzt war sie allein und vertiefte sich in Hugos Zeilen. Sie las sie einmal durch, dann ein zweites Mal, Satz für Satz, jeden ein paarmal hintereinander; einzelne Worte wiederholte sie laut und lauschte ihrem Klang, als wären sie Musik. Alle Töne, die der Briefschreiber angeschlagen hatte – Leidenschaft, Wagemut, Ruhesehnsucht –, all das vibrierte in ihrer Seele nach und weckte solches Verlangen nach seiner Nähe, dass sie, »aus Erbarmen« mit sich selber mehr noch als mit ihm, ihn am liebsten gleich gerufen hätte ...

Aber sie widerstand der Lockung. Rufen würde sie ihn nicht, aber wenn er käme ... Bei dem Gedanken fühlte sie eine Beklemmung, von der sie nicht hätte sagen können, ob sie Schmerz oder Seligkeit war.

Gewaltsam raffte sie sich aus dieser Träumerei empor und klingelte ihrer Jungfer.

»Schnell, einen Fiaker«, befahl sie.

Sie hatte den raschen Entschluss gefasst, ihre Mutter aufzusuchen und bei ihr den Tag zu verbringen. Sie wollte nicht allein bleiben – allein mit ihrer gefährlichen Sehnsucht.

Aber Baronin Tilling war nicht zu Hause. Auch sie war – so sagte der Diener – diesen Morgen von Wien weggefahren, nach Grumitz, in geschäftlicher Angelegenheit.

Den Wagen hatte Sylvia fortgeschickt, also ging sie zu Fuß wieder in die Richtung des Rings zurück. Bei einer Kreuzung musste sie stehen bleiben, um ein paar Wagen vorüberfahren zu lassen, und plötzlich hörte sie eine Stimme hinter sich:

»Sylvia!«

Sie wandte sich um.

»Ach!«, rief sie.

Hugo Bresser stand neben ihr. Er war ebenso bewegt wie sie, ebenso blass wie sie. Mit weit aufgerissenen Augen, einen fast schmerzlichen Zug um die zitternden Lippen, blickten sie einander eine Weile starr an.

Ein eilig Vorübergehender, der ein Paket trug, stieß sie unsanft an; da kamen sie zur Besinnung und erinnerten sich, dass sie auf belebter Straße waren. Sylvia wandte sich zum Gehen, und als wäre es selbstverständlich, schritt Hugo neben ihr.

»Sie haben meinen Brief …«, begann er.

Das »Du«, welches er niedergeschrieben hatte, wollte ihm auf diesem öffentlichen Ort nicht über die Lippen, und auch von dem Brief zu reden schien ihm gar nicht am Platz, und so vollendete er nicht den begonnenen Satz und fragte etwas anderes:

»Woher kommen Sie?«

Diese Wendung war ihr eine Erleichterung.

»Ich komme von der Wohnung meiner Mutter – sie ist aber heute nach Grumitz gefahren, ich habe sie nicht getroffen. Wie sind die weiteren Aufführungen Ihres Stückes ausgefallen?«

»Ich habe Ihnen nicht beigewohnt. Es ist merkwürdig, wie gleichgültig mir das Stück geworden ist – vielleicht weil ich jetzt mein eigenes Drama erlebe ...«

Sie ging schweigend weiter und er blieb an ihrer Seite.

Nach einer Weile sprach er wieder:

»Ich habe heute Morgen den Grafen Delnitzky fahren sehen – mit einem Koffer auf dem Bock. Ist er abgereist?«

»Ja, auf einen oder zwei Tage.«

»So sind Sie allein?«

Sie verstand den Sinn dieser Frage und antwortete:

»Ich empfange niemanden.«

Sie kamen an einem Fiakerstand vorbei.

»Fahr m'r, Eu'r Gnaden?«, fragte einer von den Kutschern.

Hugo blieb stehen und blickte Sylvia ins Gesicht.

»Wie wär's, wenn wir einen Wagen nähmen und ...«

»Wohin?«

»Einerlei ... Nach Schönbrunn, auf den Kahlenberg – es wäre ja doch nach Eden.«

Sie schüttelte den Kopf und ging weiter. Eden war ja auch ihr Ziel. Aber in Italien sollte es sein – und wenn sie sich ganz frei gemacht hatte. Seine Worte hatten eine Vision in ihr erweckt, die in Freudenglanz getaucht war. Und überhaupt: Glücklich – einfach glücklich machte sie seine Nähe.

Nach ein paar Schritten brach Hugo das Schweigen:

»Es hat mir jemand geschrieben: Ich will dein sein.«

Sie machte eine heftige Bewegung mit der Hand, die er als Bitte auffasste, er möge nicht hier, auf offener Straße, an diesem heiligen Geheimnis rühren – und er begann von anderen Dingen zu reden:

von einer hämischen Kritik, die eine Wochenschrift über sein Stück gebracht hatte; von Rudolf, dessen Vortrag er leider nicht gehört hatte – doch in seiner Stimme lag so innige Wärme, als hätte er stets nur wiederholt: Ich liebe dich – ich liebe dich in Zeit und Ewigkeit. In ihr steigerte sich das Verlangen, dieses Wort von seinen Lippen zu hören und es ihm selber zu sagen, und so waren die einsilbigen, bedeutungslosen Antworten, die sie ihm gab, gleichfalls von verhaltener Zärtlichkeit durchzittert.

Manchmal verstummten sie auch ganz und gingen nur so nebeneinander her; nicht Arm in Arm, doch so nah, dass ihre Arme sich streiften ... Sylvia kam sich vor wie in eine nie gekannte Lage versetzt. Alles, was sie umgab, war ihr fremd und eigentümlich, als hätte sie Ähnliches niemals erlebt; das Geklingel der Trambahn, die Spiegelscheiben der Auslagen, die geschäftigen und die flanierenden Leute – alles war so unwirklich, es gehörte nicht zu ihr und sie gehörte nicht hinein. Auch ihr ganzes früheres Leben war wie ausgelöscht, die Gegenwart galt nicht, aber das Kommende ...

So waren sie vor dem Dotzky'schen Hause angelangt. Sie wollte ihm nun die Hand reichen und Adieu sagen – aber sie war wie gelähmt und tat es nicht. Sie konnte nicht einmal stehen bleiben, sondern bewegte sich mechanisch weiter und trat unters Tor. Er desgleichen. Da fing ihr Herz wild zu pochen an. Sie wollte gar nicht mehr, dass er sie verließ.

Auf der Treppe bot er ihr den Arm und an der Flurtür zog er die Klingel. Jetzt konnte sie ihn noch immer wegschicken – sie tat es nicht.

Der Diener öffnete. Sylvia trat über die Vorzimmerschwelle, Hugo hinterdrein. Der Diener nahm seiner Herrin die Jacke und dem Besucher den Überrock ab und öffnete dann eine Tür. Sylvia ging voran;

ohne sich umzusehen, durchschritt sie die ganze Flucht der Zimmer, bis sie in ihrem kleinen Salon anlangte. Sie warf ihren Hut auf ein Möbel und wandte sich um. Hugo, der ihr in dieses Heiligtum gefolgt war, stand mit dem Rücken an die geschlossene Tür gelehnt und öffnete die Arme. Mit einem halb erstickten Schrei sank sie hinein.

»O mein Geliebter, Geliebter, Geliebter ...«

Ihr gesenkter Kopf war an seiner Brust geborgen. *Geborgen*: Das war das rechte Wort für das, was sie empfand.

Er hob ihren Kopf empor und bog ihn zurück, um ihr tief in die Augen zu schauen. Dann drückte er seinen Mund auf ihre wie durstend geöffneten Lippen.

So blieben sie zwei selige Minuten umschlungen. Dann riss Sylvia sich los und entfernte sich ein paar Schritte.

Sie ließ sich in eine Sofaecke fallen mit einem tiefen zitternden Seufzer.

Er näherte sich.

»Dort«, sagte sie und wies nach einem seitlich stehenden, etwas entfernten Fauteuil.

Er gehorchte. In dieses Zimmer, das wusste er von früher, konnte jeden Augenblick jemand hereinkommen. Nur vorhin, als er an den Türflügel gelehnt dagestanden hatte, war man vor Überraschung sicher gewesen.

»Ich habe nicht geglaubt«, sagte Sylvia, »dass ich so lieben kann.«

»Wie ich dich liebe, weiß ich längst ... Schon damals, erinnerst du dich, in Brunnhof, bei dem plötzlichen Gewitter, wie du mir entgegenliefst und ausglittest – als ich dich in meinen Armen auffing, schon damals wusste ich: Für mich kann es nur einen Himmel auf Erden geben – dich besitzen.«

»Ja, wir werden glücklich sein, über alle Begriffe glücklich ... Und du wirst dabei ein noch größerer Dichter werden, als du schon bist.«

»In dieser Stunde ist mir jeder Ehrgeiz erstorben – Höheres kann ich nicht erreichen als dich.«

Sie streckte die Hand aus. Er rückte mit seinem Fauteuil näher, um diese Hand ergreifen zu können. Nun sagten sie sich in geflüsterten Worten – Hand in Hand und Aug' in Aug' – die hundert innigen, törichten Dinge, die wie gesprochene Liebkosungen sind. Und schließlich, trotz der gefährlichen offenen Tür, fanden sich ihre Lippen wieder in einem langen, weltentrückenden Kuss.

So entrückend, dass sie nicht hörten, wie jene Tür tatsächlich aufging und jemand bis in die Mitte des Zimmers kam.

Erst ein zornig ausgestoßener Fluch schreckte sie auseinander. Hugo sprang auf – ihm gegenüber stand Anton Delnitzky.

Mit dem Ausruf »Elender, frecher Schuft!« stürzte dieser nun auf Hugo los und versetzte ihm einen Schlag ins Gesicht.

Sylvia stieß einen Schrei aus und sank zu Boden – besinnungslos.

31

Während im Delnitzky'schen Haus dieses Drama sich abspielte, war Rudolf im Begriff, Wien zu verlassen, um einige seiner im Ausland zu haltenden Vorträge zu absolvieren. Zwar hätte es nicht gedrängt – bis zum ersten versprochenen Vortrag dauerte es noch vierzehn Tage –, aber der Vorfall im Vorstadtwirtshaus hatte ihm einen solchen Ekel eingeflößt, dass er das sehnsüchtige Verlangen empfand, so schnell wie möglich eine andere Luft zu atmen und mit ganz neuen Eindrücken den so peinlichen Eindruck zu verwischen.

Er hatte solche Eile, dass er sich nicht einmal von Mutter und Schwester verabschieden wollte. Nur über eins wollte er sich vor seiner Abreise noch aussprechen, nur eine gewisse Warnung vorzubringen fühlte er sich verpflichtet. Zu diesem Zweck suchte er Herrn von Wegemann auf und traf ihn glücklich zu Hause. Es war gerade dessen Frühstücksstunde.

»Minister Allerdings« lud Rudolf ein, mit ihm ein Omelett und ein Beefsteak zu teilen, was dieser bereitwillig annahm, weil er wusste, dass es sich bei Tisch und vor allem nach Tisch bei Kaffee und Zigarre am besten plaudern ließe. Er hatte die Absicht, sich über die Sache, die ihm am Herzen lag, gründlich auszusprechen. Zwar war Herr von Wegemann nicht mehr aktiv an der Politik beteiligt, aber er war in stetem Verkehr mit den leitenden Männern und gehörte mit allen seinen Ansichten und Neigungen der herrschenden Partei an. Dazu war er der intimste Freund desjenigen Staatsmannes, der damals den höchsten Einfluss besaß und der als ein Mann von aufrichtig kirchlicher Gesinnung, dabei von universeller Bildung und lauterstem Charakter bekannt und allgemein – auch von seinen Gegnern – hochgeachtet war.

Ein gar gemütliches Hagestolz[10]-Heim war es, in dem Herr von Wegemann hauste. Alles, was ihn umgab, war gediegen und behaglich. Einige große schöne Frauenporträts an den Wänden ließen annehmen, dass der Minister es verstand, die sorgenlose Gegenwart mit noch angenehmeren Erinnerungen an die Vergangenheit zu würzen.

Rudolf empfand eine leise Anwandlung von Neid, die ihn in letzter Zeit öfters überkam, wenn er einen Menschen beobachtete, der mit sich, mit seiner Existenz, seinem Milieu und seiner Zeit in ruhiger, völliger Übereinstimmung stand, bei dem das ganze Seelenleben – Denken, Wissen, Fühlen – in eine Art System gebracht war; das alles so schön geordnet und friedlich, dass man daneben ganz gut auch seine kleinen materiellen Vergnügungen und Angelegenheiten systematisch betreiben kann, einen geregelten Haushalt haben, sein solides Vermögen verwalten, von der eigenen Klugheit und Wichtigkeit durchdrungen sein, kurz: in der Atmosphäre des eng begrenzten Egoismus sich wohlfühlen kann wie der Fisch im Wasser. Während Leute, die wie er nach allen Richtungen Zustände ersehnen, Leute, die das Heimweh der Zukunft in sich tragen, sich so heimatlos fühlen, so losgelöst von den kleinen Interessen der sie umgebenden Gegenwart.

Als die beiden Männer nach beendetem Frühstück sich im Rauchzimmer, wo Kaffee und Liköre aufgetragen waren, niedergelassen hatten, begann Rudolf:

---

10) Junggesellen

»Dass ich mich verabschiede, weil ich heute Abend auf längere Zeit Wien verlassen will, sagte ich schon; was der Grund ist, der mich forttreibt, das will ich Ihnen jetzt sagen. Ich habe hier vor kurzem etwas so Revoltierendes erlebt, dass ich eine Zeit lang eine andere Luft atmen muss ... Aber Ihnen, der Sie dableiben, möchte ich etwas ans Herz legen. Auf eine Gefahr möchte ich aufmerksam machen, die ich im öffentlichen Leben aufsteigen sehe.«

»Allerdings – Gefahren sehe ich auch. Zum Beispiel die überhandnehmende Glaubenslosigkeit, der wachsende Materialismus, womit natürlich Verrohung Hand in Hand geht, die Begehrlichkeit der Massen und dergleichen mehr. Da gilt es eben, dass die edleren Elemente sich zusammentun und alles aufbieten, um die subversiven Kräfte nicht aufkommen zu lassen.«

»Bitte«, unterbrach Rudolf, »reden wir nicht in vagen Allgemeinheiten. Die Sache, die mir bedrohlich scheint, ist, dass sich hier eine Partei breitmacht, die sich auf eine einzige Idee stützt, nämlich die Idee einer Rassenverfolgung.«

»Sie meinen die Antisemiten.«

»Ja. Ich weiß, dass diese Partei oder vielmehr diese Gesinnung sich verbreitet und bis in die höchsten Kreise heraufdringt, aber sozusagen *inkognito* – während die Wortführer, die offen diese Gesinnung als ein politisches Programm ins Parlament bringen wollen, in ihren Reihen so bildungslose oder sich absichtlich roh gebärdende Individuen haben ... Wenn man das gewähren lässt, so werden diese Leute in das parlamentarische und politische Leben einen so rohen Ton, ein so niedriges Geistesniveau einführen, dass dabei – abgesehen von der Verwerflichkeit des Verhetzungsprinzips überhaupt – sämtliche politische Fragen herabgedrückt werden.

Wenn ich Ihnen sagen würde, was ich neulich aus dem Munde einiger neu gewählter, von der Einwohnerschaft bejubelter Vertreter dieser Partei für Ausdrücke boshaftester, beschränktester Gemeinheit gehört habe – Sie würden schaudern.«

»Ich weiß, ich weiß ... Sind ja einfache Vorstadtbürger … Die reden, wie ihnen der Schnabel gewachsen ist. Im Abgeordnetenhaus werden sie schon den parlamentarischen Ton annehmen müssen ... Und andererseits muss man bedenken, dass diese Wahlen doch einen Sieg über viel gefährlichere Kandidaten bedeuten. Von den Antisemiten weiß man doch, dass sie gläubige Christen sind und dass sie alles bekämpfen werden, was die Ultraliberalen und Sozialisten und dergleichen unternehmen wollen, um an den Säulen von Thron und Altar zu rütteln.«

Rudolf wollte etwas sagen, aber mit beschwichtigender Handbewegung fuhr der Minister fort:

»Mein Gott, ich selbst habe ja nichts gegen die Juden ... bin ja, wie Sie wissen, häufiger Gast bei unserer *haute finance* und kenne einige ganz ausgezeichnete Leute unter jüdischen Doktoren ... Aber wie gesagt, die Antisemiten, deren Verfolgungsideen man ja durchaus nicht aufkommen zu lassen braucht, haben ihr Gutes. Und wenn man sie unterstützt, so geschieht das durchaus nicht, weil man ihre Ziele erreichen oder ihre Mittel anwenden will, sondern weil sie indirekt dazu beitragen, andere Gegner fernzuhalten.«

»Jene Partei wird von oben protegiert? Gehört etwa Graf (er nannte Wegemanns Freund, den leitenden Staatsmann) zu diesen Protektoren?«

»Allerdings.«

»Ich kenne ihn doch als einen vornehm denkenden Edelmann, als einen milden Christen, der unfähig wäre, solche Äußerungen zu dulden oder solche Gehässigkeit zu fühlen, wie die antisemitischen Wahl- und Hetzreden zu schüren trachten – und doch sollte er es opportun finden, diese Partei zu unterstützen?«

»Mein Freund hat ein starkes katholisches Empfinden. Erst gestern sprachen wir über die überhandnehmende religiöse Gleichgültigkeit. Er sagte – ich habe mir seine Worte genau gemerkt: ›Je mehr ich diese Fragen erwäge, desto fester und klarer wird meine Überzeugung, dass sie es ganz eigentlich sind, von deren Wendung die Zukunft der Geschicke Europas abhängt. Die Krisis, in der wir leben, liegt in dem Kampf der Revolution gegen die christlichen Ideen, auf denen seit mehr als tausend Jahren die staatliche Ordnung Europas und seine Zivilisation beruht. Siegen diese Ideen nicht, dann wird Europa zugrunde gehen und mit ihm die ganze Ordnung der Dinge. Dann folgt ein Chaos, das so lange dauern wird, bis die christlichen Ideen wieder, wie in den Zeiten Karls des Großen, allmählich die Geister gewinnen und eine neue christliche Ordnung der Staaten und Völker herstellen – was aber weder wir noch unsere Kinder erleben werden. Wollen wir sie vor allen Gräueln der Anarchie und der Christenverfolgung bewahren, so müssen wir in Österreich dem Sturm wider die Kirche Widerstand leisten.‹«

»Das passt zu meiner Auffassung«, entgegnete Rudolf. »Man sieht, man fühlt, dass all die Dogmen schwanken, von denen man glaubt, dass sie die Grundlagen der Zivilisation sind – aber da möchte ich doch fragen, ob denn die heutigen Staaten wirklich nach christlichen Grundsätzen verfahren. Ich wollte, es wäre so, dann fielen drei Viertel meiner Anklagen weg! Also, um dieses hohe Gut, die Zivilisation, zu schützen, muss man kämpfen; und im Kampf gilt das Axiom, dass jede Waffe gut sei – gerade so, wie der jesuitische

Satz allenthalben Geltung behauptet: *Der Zweck heiligt die Mittel.* An *diesem* Satz krankt unser ganzes politisches System. Zwecke, über deren Nützlichkeit man sich täuschen kann, Zukunftsgefahren, die gar nicht existieren, werden als so groß aufgefasst, dass auch die bösesten Mittel geheiligt erscheinen, und man protegiert Rohheit, Verfolgung und allerlei an sich Abscheuliches und Niedriges in der Gegenwart, welches helfen soll, ein vermeintlich Hohes zu erreichen und vermeintlich entsetzliche Zukunftskalamitäten abzuwenden. Dass aber die geduldete Rohheit böse Folgen nach sich ziehen muss, übersieht man. Sehen Sie, verehrter Freund, das ist das ganze Geheimnis, warum sonst gute, wahrhaft tugendhafte Menschen so viel Böses geschehen lassen – sie glauben dadurch noch Schlimmerem vorzubeugen. So haben sich bisher noch alle historischen Schandtaten durch edle Motive begründen lassen und sind mitunter auch aus edlen Motiven verübt worden ... und die Geschichte wird eine Kette von Gräueln bleiben, solange der Mensch nicht erkennt, dass für keinerlei Zweck ein Mittel angewendet werden darf, das weniger heilig, weniger rein ist als der Zweck. Wenn Sie Einfluss auf Ihren Freund haben, liebster Herr von Wegemann, und den haben Sie ja, ebenso wie auf andere machthaberische Kreise, dann nutzen sie ihn, um zu warnen ... Darum habe ich Sie bitten wollen ...«

»Nein, mein lieber Dotzky, ich enthalte mich jeder Einmischung in öffentliche Angelegenheiten – ich nehme meinen ›Ruhestand‹ ernst. Und außerdem teile ich weder Ihre Befürchtungen noch Ihre Auffassungen. Sie haben von staatsmännischer Politik keinen rechten Begriff. Da muss man sich wehren, so gut man kann, und die Mittel, die man anwendet, nicht nach ihrem idealen, sondern praktischen Gehalt prüfen. Der gute Zweck ist doch die Hauptsache.

Wenn wir den monarchischen und den christlichen Gedanken schützen, schützen wir da nicht den Boden, auf dem wir stehen, und die Luft, die wir atmen? Unsere Gegner haben ein Interesse daran, diese Prinzipien zu unterminieren, und tun es mit allen ihnen zu Gebote stehenden Mitteln – soll man das geschehen lassen? Sie sind ein ganz vortrefflicher Mensch, mein lieber Rudi, ein liebenswürdiger Träumer, aber von dem Ernst und den Pflichten des staatsmännischen Berufs haben Sie keine Ahnung ... Idealismus und Ästhetik und dergleichen sind ganz schöne Dinge, gehören aber auf ein anderes Feld: ins Künstlerhaus, in die Pflegestätten klassischer Studien, aber nicht in die Volksvertretung und Ministerkabinette – in diesen muss ...«

Rudolf hatte mit wachsender Ungeduld zugehört:

»Verzeihen Sie, dass ich widerspreche«, unterbrach er jetzt. »Meine Meinung ist die: Da Volksvertretung und Ministerkabinette die Stätten sind, wo dem Leben der Völker die Richtung gegeben wird, obliegt die Pflege des Ideals gerade diesen; denn dahin strebt doch die Kultur: dass die Schönheitsideale und Sittlichkeitsnormen das Leben durchdringen. Wir werden uns gegenseitig nicht überzeugen, sehe ich – es ist fruchtlos, weiterzudisputieren. Dennoch habe ich bei dieser Unterhaltung gelernt; sie hat mir einen tiefen Eindruck in die Ursachen der gegenwärtigen Kämpfe und Kampfweisen gewährt ...«

»Warum sagen Sie ›gegenwärtig‹? Es ist ja immer derselbe Kampf, mein Lieber, wie er seit Schöpfung der Welt getobt hat und wie er in Ewigkeit weitertoben wird – der Kampf zwischen Gut und Böse.«

»In Ewigkeit? Das ist eine Verkennung des Entwicklungsgesetzes. Dieser lange Kampf ist nur darum bis heute unentschieden geblieben, weil das Gute noch nicht versucht hat, sich durch Gutes durchzusetzen, weil immer noch das Böse als Mittel geheiligt wurde. Ein neues, ganz neues Licht muss die Geister erhellen – und das wird kommen. Gerade so, wie auf physikalischem Gebiet das elektrische Licht entdeckt wurde, wird auf geistigem Gebiet eine neue Erkenntnis erstrahlen, durch die die Macht des Bösen – nicht mit Unrecht Macht der Finsternis genannt – endgültig überwunden wird.«

Wegemann zuckte lächelnd die Achseln.

»Schwärmer!«

»Danke«, sagte Rudolf, indem er aufstand. »Ich nehme diese Bezeichnung als Ehrentitel an. Ich füge nur hinzu, dass, wenn ich einigermaßen schwärmerisch von der Größe einer vorhergesehenen Zukunft spreche, ich dabei die kleinen, tunlichen, praktischen Schrittchen nicht übersehe, die schon heute nach jener Richtung getan werden können und die jeder von uns zu tun sich bemühen soll. Jetzt adieu – und nochmals Dank für die lehrreiche Unterhaltung.«

Am selben Abend reiste Rudolf von Wien ab. Sein Ziel war Venedig. Vom stillen Zauber dieser Stadt, dem er sich vierzehn Tage hingeben wollte, versprach er sich Linderung für sein verwundetes Gemüt.

32

In der Wohnung seines Vaters lag Hugo Bresser. Die Kugel, die ihn verwundet hatte, war zwar glücklich gefunden und entfernt worden, aber noch schwebte der Patient zwischen Leben und Tod.

Im Krankenzimmer herrschte Halbdunkel; die Fenstervorhänge waren zugezogen, denn Hugo vertrug kein Licht, es tat ihm weh. Am Kopfende des Bettes stand der alte Vater, und an der Seite saßen zwei Frauen, Sylvia und Martha.

Nach dem Duell hatte Anton Delnitzky Wien verlassen. Seiner Frau ließ er ein Schreiben zurück, worin er ihr die von ihr verlangte Freiheit gab. Die »*Scheidung soll vollzogen werden*«, schrieb er – »*den Grund hast Du dazu gegeben. Deinen Geliebten habe ich natürlich niederschießen müssen; nach dem, was vorgefallen ist, hatten weder er noch ich eine andere Wahl, als auf den Kampfplatz zu gehen. Und Du und ich können miteinander nichts mehr zu tun haben; wir können uns gegenseitig auch nicht verzeihen, was wir einander angetan haben. Du hast unsere Ehre tödlich verletzt – und ebenso verletzte ich Deinen Liebhaber. Da gibt es keine Verzeihung – weder für Dich noch für mich. Wir sind miteinander fertig.*«

Als Sylvia aus der Ohnmacht erwachte, in die sie bei jenem Auftritt gefallen war, befand sie sich auf ihrem Bett, auf das man sie gebracht hatte. Sie musste nicht, wie lange sie bewusstlos gewesen, noch was weiter geschehen war.

Dass ein Zweikampf folgen würde, wusste sie, und ein fürchterlicher Zorn stieg in ihr auf über die elenden Einrichtungen der menschlichen Gesellschaft, die als Klärungsmittel für schwierige Lagen den Mord eingesetzt haben. Als ob das Töten irgendetwas gut machen könnte! Die beiden Männer würden sich schlagen – das war klar. Ein wildes Verlangen, dieses Duell zu verhindern, erfüllte sie – doch wusste sie zugleich, dass jeder Versuch scheitern würde. Was konnte sie tun? Sich dem Gatten zu Füßen werfen und um das Leben des anderen flehen? Umsonst. Der andere würde ja selber – sie erinnerte sich des Schlages, den er ins Gesicht bekam – nicht ruhen, ehe er diese Schmach mit Blut abgewaschen hatte. Als ob vergossenes Blut überhaupt etwas reinigen, etwas Geschehenes ungeschehen machen könnte – ein Oh über den geheiligten Widersinn, unter dessen Herrschaft die blöde Welt sich gestellt hat! Oder zu Hugo eilen und ihm sagen: Du gehörst mir, du hast kein Recht mehr, dich mir zu entreißen – fliehen wir ...

Aber kaum zum Bewusstsein zurückgekehrt, und diese und ähnliche Gedanken in ihrem gequälten Hirn wälzend, verfiel sie in heftiges Fieber. Was die nächsten Tage brachten, das wusste sie nicht. Sie nahm nur dunkel wahr, dass um sie Frauen bemüht waren, dass ein Mann ihren Puls fühlte und dass die Gestalt ihrer Mutter über sie gebeugt war ...

Erst als das Duell schon vorbei war, hatte sie sich wieder erholt. Jetzt musste sie alles erfahren. Sie forderte es. Sie schrie nach Auskunft – es war ihr Recht ...

Martha antwortete ihr:

»Das Duell hat stattgefunden – mit Pistolen. Anton blieb unverletzt und ist abgereist, und Hugo ...«

»Ist er tot?«

»Nein, Kind, nicht tot – aber schwer verwundet.«

Jetzt fand sie keine Ruhe mehr, sie musste zu ihm.

»Aber Sylvia – du zu dem Mann, mit dem sich dein Gatte geschlagen hat, was würde die Welt …«

»Danach frage ich nicht – Hugo stirbt vielleicht. Die Welt? Ihre Satzungen sind es, die dir, Mutter, deinen Abgott getötet haben und die den Mann, der mich betrogen hat, zum Mörder meines Geliebten machten.«

»Dein Geliebter? So war er …«

»Wie soll ich ihn anders nennen? – Ich liebe ihn ja. Die Welt verachte ich, und verächtlich wäre ich, tät' ich's nicht ... Gehen wir – komm mit, Mutter, und gehen wir gleich.«

Drei Tage waren seit dem ersten Krankenbesuch der beiden Frauen vergangen. Hugo lag mit geschlossenen Augen da und atmete schwer.

»Schläft er?«, fragte Martha im Flüsterton.

Doktor Bresser schüttelte den Kopf.

»Ich glaube, nicht.«

Sylvia war blass und verweint. Noch hoffte sie auf Rettung, aber schon die Möglichkeit, dass er verloren sei, und dazu der Anblick seiner Leiden verursachten ihr so tiefen Schmerz, dass seit drei Tagen und Nächten ihre Tränen fast nie versiegten.

Gestern und vorgestern waren Mutter und Tochter je zwei Vormittags- und zwei Nachmittagsstunden bei dem Kranken geblieben und am Abend wurde noch um Nachricht gebeten. Augenblickliche Gefahr war noch nicht eingetreten.

Martha blickte auf die Uhr und stand auf.

»Komm, Sylvia, jetzt wollen wir gehen.«

Die junge Frau erhob sich auch.

»Sollte es schlechter gehen, so lassen Sie uns rufen«, sagte sie zum Doktor.

Aber als die beiden schon nahe der Tür waren, kam ihnen Bresser nach und sagte bedeutungsvoll:

»Gehen Sie nicht!«

Sylvia erbebte. Sie schaute zu Bresser auf, eine entsetzte Frage im Blick.

Er verstand diese Frage und antwortete:

»Ich fürchte …«

Sylvia flog wieder zum Bett zurück und kniete dort nieder. Jetzt weinte sie nicht – der Schreck war zu heftig gewesen.

Hugo lag regungslos; der Atem, der durch seine halb offenen Lippen drang, hatte einen leise wimmernden Laut.

Baronin Tilling ergriff die Hand ihres alten Freundes.

»Was fürchten Sie? Steht es so schlecht?«

»Es steht schlecht.«

Es gab Martha einen Stich. Dabei dachte sie weniger an Hugo als an den Freund. Der einzige Sohn! Freude und Stolz seines Vaters ... eine so glanzvolle Zukunft vernichtet ...

»Ich habe nicht genügend Vertrauen in meine Kunst, auch nicht in die des Arztes, der ihn jetzt neben mir behandelt; ich habe noch Professor Linden gerufen.«

Er wandte sich an die kniende Sylvia:

»Gräfin Sylvia, Doktor Linden kann jeden Augenblick kommen. Wollen Sie vielleicht unterdessen ins Nebenzimmer?«

Sie hob den Kopf.

»Das hat ja Zeit, bis er da ist – und wenn er mich fortschickt.«

»Dann hat er Sie aber schon gesehen.«

Sylvia blickte verständnislos.

»Ich meine, es könnte dann bekannt werden ... Doktor Linden kommt überall herum. Und nach allem, was man in der Stadt erzählt ...«

»... ist mein Platz nicht hier, meinen Sie?«

Ein Ausdruck tiefster Geringschätzung flog über Sylvias Züge.

»Ich bleibe.«

Und wieder vergrub sie den Kopf in die Decke am Bettrand. Bresser hatte sie verstanden: Angesichts von Liebe und Tod, diesen beiden erhabenen Gewalten, war dem jungen Weib das, was er die Welt genannt hatte, zu einem Nichts geschrumpft.

Der erwartete berühmte Professor kam. Er konnte nur bestätigen, was Doktor Bresser selber befunden hatte: Die Gefahr war groß. Natürlich hatte er die beiden Damen erkannt und wohl darüber gestaunt, dass diejenige, deren Gatte – ihretwegen – den Rivalen verwundet hatte, an diesem Krankenbett weilte, aber er ließ sich davon nichts anmerken.

Er verordnete weiter nichts als eine hohe Dosis Chinin zur Senkung des Fiebers. Gelänge es nicht, die 40-Grad-Temperatur herabzudrücken, stiege sie noch über 41, so wäre das das Ende ... Aber es war ja möglich, dass ... Nun, er wollte am selben Abend noch einmal nachsehen.

Im Vorzimmer ging es lebhaft her. Ein Zeitungsreporter reichte dem anderen die Türklinke. Auch andere Leute kamen in Menge, Nachricht zu holen über den Zustand des Dichters. Bressers Diener gab Auskunft über das Befinden, und den Zeitungsmenschen teilte er die Berichte mit, welche dann regelmäßig in allen Morgen- und Abendblättern erschienen. Die ganze Stadt war voll Teilnahme, und etwas Skandalsucht mischte sich wohl auch dazu; man erzählte sich in allerlei Versionen, was die Ursache des Duells gewesen war, und der abgedroschene Satz *»cherchez la femme«* wiederholte sich in all den geistreich sein wollenden Kommentaren.

Es wurde Abend. Eine schirmüberschattete Lampe in einer vom Bett entfernten Ecke verbreitete gedämpftes Licht in dem durch dunkle Tapeten und Holzverkleidungen ohnehin dunkel erscheinenden Raum. Es war sein Studierzimmer, in das der Doktor den verwundeten Sohn hatte betten lassen – das geräumigste Gemach der Wohnung.

Hugo war eingeschlummert. Sylvia saß neben ihm und hielt seine Hand in der ihren. Auf einem Diwan am anderen Ende des Zimmers saßen Doktor Bresser und Martha nebeneinander, in mehr oder minder langen Zwischenräumen leise Worte tauschend.

»Erinnern Sie sich«, sagte Martha nach einer Pause, »an unsere Fahrt auf dem Karren von Königinhof nach Horowetz am Tag nach der Schlacht?«

»Ich erinnere mich. An dem Leichenhaufen vorbei, von dem die Raben aufflogen. Das war doch noch trauriger.«

»Nur schauriger – und ebenso überflüssig.«

»Ja, es ist dieselbe große Sünde: Zweikampf oder Hunderttausendkampf – derselbe Wahn, dass man mit Töten etwas erreichen, etwas beweisen, etwas gutmachen kann. Es ist alles so traurig, so traurig …«

»Mein armer Freund ...«

Martha seufzte schmerzlich. Es war ihr unendlich weh zumute. Dieser sterbende junge Mann, das verdorbene Schicksal ihrer Sylvia ... Von Rudolf – der hatte auch gar harte Kämpfe aufgenommen

– war sie schon länger ohne Nachricht. Die ganze Zukunft ihrer Kinder schien ihr mit einem Mal so verrammelt, die ganze Welt so verdüstert. Bilder aus der Vergangenheit stiegen vor ihrer Erinnerung auf, alle so grausig wie das, welches sie vorhin wachgerufen hatte: der vom Leichenhaufen an der zerschossenen Kirchhofsmauer zu dem von fahlem Mondlicht erhellten Nachthimmel auffliegende Rabenschwarm ... Sie sah den Novembertag auf dem Gräberfeld von Sadowa, da der junge Kaiser in Tränen ausbrach; die schmucklosen Särge sah sie, in denen man im Lauf einer einzigen Woche – der Grumitzer Cholerawoche – ihre drei blühenden Geschwister hinausgetragen hatte … und das fürchterlichste Bild von allen: zusammenstürzend unter dem Feuer des Exekutionspelotons die geliebte Gestalt ihres Friedrich.

Der Kranke erwachte.

»Wasser!«, bat er leise.

Der alte Doktor stürzte hinzu, aber Sylvia hatte schon ein Glas gefüllt und mit vor Erregung zitternder Hand an Hugos Lippen gesetzt. Er trank mühsam, aber gierig. Dann sank sein Kopf auf das Kissen zurück; er hatte sie nicht erkannt.

Gegen zehn Uhr kam der Professor wieder. Er bestätigte, was auch Doktor Bresser schon konstatiert hatte: Das Fieber hatte bedeutend nachgelassen.

»Das ist günstig«, setzte er hinzu.

Sylvia erbebte. Wie ein seliger Hoffnungsblitz hatte sie dieses Wort durchfahren.

Beim Fortgehen gab der berühmte Arzt die Möglichkeit zu, dass der junge Mann davonkomme. Die folgende Nacht würde er wahrscheinlich ruhig schlafen. Da wäre viel gewonnen. Und beim nächsten Erwachen würde er wohl bei Bewusstsein sein.

Martha schlug vor, dass man nach Hause fahre. Sylvia aber weigerte sich.

»Ich weiche nicht mehr von hinnen, bis er gerettet ist oder …«

»Tot« brachte sie nicht über die Lippen. Um keinen Preis hätte sie den Augenblick versäumen wollen, den der Professor vorhergesagt hatte – den Augenblick des zurückkehrenden Bewusstseins. Wenn er erwachte, musste sein erster Blick auf sie fallen – dann würde es ein glückliches Erwachen sein, das wusste sie.

Als Martha sah, dass ihre Tochter so fest entschlossen war zu bleiben, verzichtete auch sie auf das Nachhausegehen. Doktor Bresser stellte ihr sein Schlafzimmer zur Verfügung – er selber wollte bei seinem Sohn wachen. Auch Sylvia bot er an, ihr in einem Nebenraum ein Bett aufschlagen zu lassen, sie aber erklärte, dass sie sich nicht von dem Lehnstuhl an Hugos Seite rühren werde – sie könne auch da ruhen. Martha nahm des Doktors Angebot an und zog sich zurück.

Zwei Stunden später. Hugos Atemzüge gingen regelmäßig und ruhig. Bresser lag angekleidet auf dem Diwan und war eingeschlummert, ebenso die Wärterin, die in einem Lehnstuhl neben dem Ofen ruhte. Die einzige Wache im Zimmer war Sylvia, die beim Kopfende des Krankenbettes saß und unverwandten Blickes auf den Daliegenden schaute, obwohl die geliebten Züge kaum zu erkennen waren, denn die Lampe am anderen Ende des Zimmers war noch mehr herabgedreht worden und nur ein ganz schwacher Schein ging davon aus. Die Wanduhr tickte hörbar – vor kurzem hatte sie ein Uhr geschlagen. Im Ofen knisterten die brennenden Scheite. Von der Straße her drang von Zeit zu Zeit das dumpfe Rollen eines vorüberfahrenden Wagens. – Vermutlich Leute, die von lustigen Festen heimfuhren und keine Ahnung hatten von dem Bangen hier oben – ein Bangen, das sich vielleicht bald in wilden Schmerz verwandeln konnte.

So verging noch eine Stunde. Die Uhr holte schnarrend aus, um zwei zu schlagen. Zugleich regte sich der Kranke.

Sylvia sprang auf und neigte sich über ihn. Seine Augen waren offen. Es durchfuhr sie der gleiche selige Hoffnungsstrahl wie bei Professor Lindens Wort »bei Bewusstsein«. Vielleicht jetzt ... Vielleicht war er selber wieder da …

»Hugo, Hugo, kennst du mich?«, rief sie leise, aber inbrünstig.

Er war in der Tat zum Bewusstsein erwacht. In raschen Erinnerungsblitzen spielte sich in seinem Geiste das Vorgefallene ab: das Duell, die Verwundung, der Transport hierher, die Operation – und dann ein leeres Nichts. Und jetzt: Ihr Gesicht lag im Schatten, aber die Stimme hatte er erkannt – über ihn gebeugt das Weib seiner Liebe ...

»Sylvia! Sylvia, du! So hab ich dich wieder?«

»Und auf immer ... bist gerettet – bist genesen ... Ein langes Leben liegt vor dir, vor uns ... Nichts soll uns trennen. Wie fühlst du dich?«

»Ich bin glücklich, Sylvia, oh, so glück…«

Er erhob sich ein wenig, fiel aber mit einem durchdringenden Schmerzensschrei wieder in die Kissen zurück.

Da war auch schon Doktor Bresser an der Seite seines Sohnes und beugte sich über ihn.

»Er ist zu sich gekommen«, sagte Sylvia. »Er hat mich erkannt. Nicht wahr, Hugo, so sprich doch!«

Der alte Mann wehrte sie ab.

»Still, er stirbt …«

33

Martha Tilling an Graf Kolnos:

Grumitz im Juni 1895

Teurer Freund.

Innigsten Dank dafür, dass Sie mir Ihre baldige Rückkehr anzeigen und die Adresse Ihrer letzten Etappe geben. Da kann ich Ihnen wieder schreiben, was in der langen Zeit Ihrer Abwesenheit in meinen Kreisen vorgefallen ist.

Es war ein Drama, ein erschütterndes Drama. Sie werden ja alles hören, wenn Sie zurückkommen, aber vielleicht mit Übertreibungen und Entstellungen. So sollen Sie zuerst die ganze Wahrheit von mir erfahren.

Wenige Tage nachdem Ihr ›periodischer Reiseraptus‹ Sie gepackt hatte, hat sich das Drama abgespielt. Vielleicht ist doch durch die Zeitungen die Kunde davon zu Ihnen gedrungen? Aber Sie lesen ja keine Zeitungen in Ihrem Erholungsexil – und so wissen Sie wohl nichts vom Duell Bresser/Delnitzky. Ja, mein Schwiegersohn hat den jungen Dichter tödlich verwundet: Bresser war – nein, nicht Sylvias Geliebter, aber er war von Sylvia geliebt. So sehr geliebt, dass sie, unbekümmert um das, was die Welt dazu sagen könnte, an sein Krankenlager eilte – ich mit ihr – und bei ihm blieb bis zu seinem letzten Seufzer.

Was dann folgte, war herzzerreißend. Ich habe ja in meinem schwer geprüften Leben viele Schauerszenen durchgemacht, die der unbarmherzige Tragödiendichter Tod zu schaffen weiß: die Agonien in den böhmischen Lazaretten, die Cholerawoche in Grumitz, die Hinrichtung meines Liebsten ... zuletzt die Verluste, die meinen

Rudolf betroffen haben – aber ich dachte nicht, dass ich noch einmal einer Sterbestunde beiwohnen sollte, die mir eine ganz neue Art des Schmerzes offenbaren würde. Es ist ja nun vorüber, Gott sei Dank – also kann ich's sagen. In der Stunde, die ihr den Geliebten ihres Herzens entriss, ist meine arme Sylvia in solch Verzweiflung verfallen, dass die anderen es kurzweg Wahnsinn nannten. Sie musste in eine Nervenheilanstalt gebracht werden, wo man sie sechs Monate unter strengster Bewachung hielt, denn sie versuchte mehr als einmal, zum Fenster hinauszuspringen oder den Kopf an die Mauer zu schlagen. Nicht als bewussten Selbstmordversuch, sondern in Fieberdelirien. Nach und nach wich die Umnachtung ihres Geistes und die Schmerzanfälle machten einer sanfteren Schwermut Platz; stundenlang weinte sie an meiner Brust – ich besuchte sie natürlich täglich. Nach weiteren zwei Monaten konnte die Anstalt sie als geheilt entlassen. Seither lebt sie bei mir. Immer noch tief melancholisch. Aber sie ist ja noch jung, ich rechne auf die Heilkraft der Zeit; vielleicht bietet ihr das Schicksal doch noch Trost …

Die Scheidung ihrer Ehe ist vollzogen. Leider in einer Weise, als hätte nur sie alle Schuld. Anton hat vor kurzem seine Sängerin zur Gräfin Delnitzky gemacht. Diese hat das Theater verlassen und die beiden leben in dem Landhaus, das Anton ihr schon vor Jahren geschenkt hat.

Und Rudolf? Diese Frage hätten Sie jetzt sicher an mich gestellt, wenn ich Ihnen alles Obige mündlich erzählt hätte; denn Sie wissen ja, dass in meinen Gedanken und Sorgen stets meine beiden Kinder den gleichen Platz einnehmen. Sie lesen überhaupt in meiner Seele, Kolnos, und haben mich immer so gut verstanden. Also Rudolf? Er war am Vorabend jenes Duells von Wien abgereist und erfuhr davon erst nach einigen Tagen durch die Blätter. Vom Zustand Sylvias wusste er nichts. Ich wollte ihn nicht benachrichtigen, weil ich wusste, dass er eingegangene Verpflichtungen erfüllen musste. Aber von anderer Seite erhielt er Mitteilung: Da löste er seine Engagements und eilte zu mir. – Und wahrlich, seine Nähe hat mir wohlgetan.

Noch ein anderes liebes Wesen hat sich um mich bemüht, so viel Trost wie möglich zu bringen getrachtet: Cajetane Ranegg. Sooft ich allein war, kam sie zu mir; nur wenn Rudolf mir Gesellschaft leistete, ging sie fort. Sogar in auffallender Weise; sie mied ihn, so gut sie konnte. Dass sie ihn liebhat, weiß ich schon lange ... Aber er will von Wiederverheiratung nichts hören.

Als Sylvia vollständig genesen war, übersiedelten wir nach meinem alten Grumitz, dem ich für Brunnhof untreu geworden war. Ach, wie ist der Ort so bevölkert von den Gespenstern meiner Jugend ... Rudolf brachte mich hierher und reiste dann wieder ab – er musste das Versäumte nachholen. Was er tut und denkt und plant – das erzähle ich Ihnen mündlich. Ich bin ja noch immer mit ganzer Seele bei den großen Aufgaben, die mein Gatte hinterlassen und mein Sohn übernommen hat. Sosehr der eigene Kummer um meine unglückliche Sylvia mich auch bedrückt, sosehr ich selber leidend war – alle diese Sachen haben mein Herz stark hergenommen und meine Gesundheit ist arg erschüttert –, so habe ich doch nie aufgehört, für jene Ideale zu sinnen und zu sorgen.

Was soll ich Ihnen noch erzählen? Max und Elisabeth Dotzky, die vergnügt auf Brunnhof residieren, haben einen Thronerben bekommen.

Hier in Grumitz leben wir drei Frauen äußerst still und freuen uns nur der sommerlichen Natur. Wir drei, sagte ich. Cajetane Ranegg ist nämlich mein Gast. Ich bin ihr unendlich dankbar dafür, denn ihre Gesellschaft ist für meine traurige Sylvia eine Wohltat. Cajetane ist jung und – obwohl sie auch einen Herzenskummer hat – heiterer, sonniger Gemütsart. Das ist ein Umgang, der für meine Rekonvaleszentin doch viel ersprießlicher ist als der einer selber leidenden und wahrlich recht gedrückten alten Frau.

Nicht dass ich mich gar so alt fühlte ... Aber in den Augen junger Leute ... Es muss ein Naturgesetz sein, dass der Jugend nur die Jugend als vollwertig erscheint.

Genug! Dieser Brief ist ungebührlich lang geworden. Auf Wiedersehen – ich rechne auf Ihren Besuch.

34

Rudolf hatte sich von den Erschütterungen wieder erholt, die er durch den unliebsamen Wirtshausabend und wenige Tage darauf durch die unglücklichen Ereignisse im Hause Delnitzky erlitten hatte. Nun war seine Schwester wieder auf dem Wege der Genesung, und manche erhebenden Eindrücke und Erfahrungen auf sozialem Gebiet hatten das deprimierende Erlebnis jener Wiener Vorstadtepisode wettgemacht. Dass in einer Kampf- und Übergangsepoche wie der, in der er lebte, zwei Weltanschauungen – mehr noch: zwei Weltordnungen – miteinander ringen, an manchen Orten und durch einige Zeit die rückständige Sache Siege feiert, das darf einen nicht entmutigen; das darf vor allem den Blick nicht trüben für die Siegesanzeichen im eigenen Lager. Es kommt nur darauf an, wohin man den aufmerksamen Blick wendet. Und in letzter Zeit hatte Rudolf Gelegenheit gesucht und gefunden, die lichtvollen Phasen der sozialen Entwicklung zu beobachten und sich mit den Dingen und Personen zu beschäftigen, die den Eintritt in eine neue Ära voranbringen.

Was auf der anderen Seite noch so stark vorherrschte – das Elend in den unteren Schichten, Unwissenheit und Lasterhaftigkeit in allen Schichten, die aufgestachelten Verfolgungsgelüste der Nationen und Rassen, die Verherrlichung des Gewaltprinzips in den machthabenden Sphären –, das alles übersah er nicht. Doch er fühlte darüber hinweg den Hauch des neuen Geistes. Des Geistes, der berufen war, diese Dinge zu überwinden. Sie gelten ja nicht mehr allgemein als unabänderliche Tatsachen, mit denen man sich abfinden muss, sondern als zu lösende Probleme, und allenthalben waren Kräfte an der Arbeit, die Lösungen herbeizuführen.

Was Rudolf am meisten anspornte, war der persönliche Verkehr mit Gesinnungsgenossen. Darin fand er den positiven Trost, dass eine ganze Phalanx von Geistern demselben Ziel zusteuerte wie er selbst; er war also kein vereinzelter Träumer. Schon lange hatte er mit den Führern der verschiedenen fortschrittlichen Ideen in brieflichem Verkehr gestanden; jetzt hatte er sie selber aufgesucht, um im lebendigen Gedanken- und Gefühlsaustausch mit ihnen die eigene Zuversicht zu stärken. Er war nach Berlin gefahren, um sich Moritz von Egidy vorzustellen, und hatte sich dort nicht nur an den öffentlichen, von einer Zuhörerschaft von Tausenden bejubelten Vorträgen, sondern auch an dem intimen Umgang des herrlichen Menschen erfreut.

Er eilte dann nach England. Das war nicht nur eine Wallfahrt zu Herbert Spencer, dessen Werke die Grundlagen zu seinem eigenen Denken gebildet hatten, sondern dieses freieste Land Europas mit seiner Immunität gegen den festländischen Militarismus erschien ihm als der eigentliche Hort des Friedensgedankens, wie es ja tatsächlich, neben den Vereinigten Staaten Nordamerikas, die Wiege des Friedensgedankens war. Wenn auch dort wie überall die großen Massen noch nicht von der Idee eines gesicherten Weltfriedens durchdrungen waren, so bot England damals die sonst nirgends existierende Tatsache, dass die Regierung – in der Person ihres zum vierten Mal als solcher fungierenden Premier[11] – das Prinzip des

---

11) William Ewart Gladstone (1809 – 1898) war einer der bedeutendsten britischen Politiker in der zweiten Hälfte des 19. Jahrhunderts. Er war als Vertreter der Liberalen insgesamt 63 Jahre lang Mitglied des Parlaments, 27 Jahre Regierungsmitglied und 12 Jahre Premierminister.

Völkerschiedsgerichts vertrat. Dass wenige Jahre später gerade in diesem Land der Kriegsgeist am heftigsten aufflackern würde – das sah Rudolf freilich nicht voraus.

Auch zu dem *grand old man* wallfahrtete er. Als er ihn besuchte, war ein Freund des Meisters in dessen Arbeitszimmer anwesend: Unterhausmitglied Philipp Stanhope – auch ein Friedenskämpfer und Mitglied der Interparlamentarischen Union. Das Gespräch fiel auf die nächste Konferenz dieser Union, die in diesem Jahr – 1894 – im Saal der ersten Kammer der holländischen Generalstaaten zusammentreten sollte.

»Ich habe meinem Freund Stanhope eine Mission für diese Konferenz gegeben«, sagte Gladstone. »Schon im Vorjahr«, fügte er hinzu, »habe ich es im Parlament ausgesprochen – einen ständigen Schiedsgerichtsvertrag mit den Vereinigten Staaten abzuschließen. Ich habe aber hinzugesetzt, dass es noch ein anderes Mittel gibt, vorzugehen, auf welches ich einen besonderen Wert lege: die Gründung eines Tribunals, eines Zentraltribunals Europas, eines Hohen Rats der Mächte. Mein Freund Stanhope wird diese Idee vor der Konferenz weiter ausführen.«

Im folgenden September wohnte Rudolf in Den Haag dieser Konferenz bei, nicht als Teilnehmer, sondern als Zuhörer. Zu Punkt drei der Tagesordnung »Vorbereitung eines Organisationsplanes eines internationalen Schiedsgerichtstribunals« führte der Referent, Mr. Stanhope, Gladstones Worte über das »europäische Zentraltribunal«, über den »Hohen Rat der Mächte« an und fuhr fort:

»Unsere Aufgabe ist es nun, diese Forderung mutig vor die Regierungen zu bringen. Alles, was bis jetzt an sogenanntem Völkerrecht besteht, ist auf Zufälle, auf Präzedenzfälle, auf

Entscheidungen von Fürsten aufgebaut. Daher ist das Völkerrecht diejenige Wissenschaft, welche die wenigsten Fortschritte gemacht hat – eine widerspruchsvolle Anhäufung von vagen Papiermassen. Zwei große Notwendigkeiten liegen vor den zivilisierten Völkern: ein internationales Tribunal und ein Kodex, der dem modernen Geist entspricht und sich elastisch den neuen Fortschritten fügen könnte. Damit wäre der Triumph der Kultur erreicht und die verbrecherische Zuflucht zum Massentotschlag abgeschnitten. Wie die Dinge heute stehen, werden in jedem Parlament neue Militärkredite gefordert. Anders wäre es, wenn wir antworten könnten: Die Gefahren, gegen die die verlangten Rüstungen uns schützen sollen, würden durch das von uns verlangte Tribunal beseitigt. Darum soll ein Projekt ausgearbeitet werden, das wir den Regierungen vorlegen könnten.«

Mit großer Genugtuung hörte Rudolf diesen Worten zu. So war denn die Bewegung vom Gebiet der Theorie in die Wege der Praxis geleitet. Gespannt folgte er der an Stanhopes Antrag sich knüpfenden Diskussion. Zunächst der allen großen Initiativen gegenüber unvermeidliche Hemmversuch: Es sei für die Mitglieder der Konferenz nötig, sagte ein Opponent, »nur greifbare, ausführbare Anträge zum Beschluss zu erheben, welche in den verschiedenen Parlamenten mit einiger Wahrscheinlichkeit der Annahme vorgelegt werden könnten; die Gegner seien nur allzu sehr geneigt, die Konferenzbesucher als Träumer zu verspotten.«

»Ach«, bemerkte Rudolf halblaut zu seinem Galerienachbarn. »Die Rücksicht auf das Lachen der Toren würde alles Vorschreiten der Weisheit hindern.«

Dem Opponenten wurde aber entgegengetreten. Noch ein Zweiter, der ehrwürdige Frédéric Passy[12], erhob sich für den Vorschlag.

»Gegen ein vorhin angewendetes Wort will ich protestieren«, sagte er. »Das Wort *nie*. Es ist noch gar kein großer Fortschritt, gar nichts Neues überhaupt zur Geltung gekommen, von dem nicht anfänglich behauptet worden wäre, es könne nie geschehen. Dass z. B. Parlamentarier aus allen Ländern zusammentreten, um über Weltfrieden zu verhandeln, dass sie dies im Sitzungssaal der ersten Kammer eines monarchischen Staates tun werden ... Wie viele hätten auf die Frage, wann solches sich zutragen könne, geantwortet: Nie!«

Den Verlauf dieser Verhandlung hatte Rudolf stenografiert und seiner Mutter geschickt. Er schrieb dazu:

»Hier hast Du etwas für Dein ›Protokoll‹. Hätte Tilling das erlebt! Der Plan wird ausgearbeitet und an alle Regierungen verschickt werden. Nach und nach inkarniert sich doch das Wort. Diesmal stammt es ja von einem Regierungsleiter. – Freilich gerade jetzt tobt im fernen Osten wieder ein grausamer Krieg. Würde Europa da doch Einhalt gebieten! Aber war es nicht Europa, das den Chinesen und den Japanern das Kriegshandwerk gelehrt und sie mit den modernsten Waffen ausgerüstet hat?! Das alte System treibt eben überall seine Früchte. Doch das neue bereitet sich unablässig vor – für die Massen unsichtbar, für uns Kundige sichtbar.«

Die geplante Vortragsreise, die durch das Unglück seiner Schwester unterblieben war, hatte Rudolf später dennoch durchgeführt. Ob

---

12) Frédéric Passy (1822 – 1912) war Abgeordneter der französischen Nationalversammlung. Gemeinsam mit William Randal Cremer gründete er 1889 die Interparlamentarische Union. 1901 wurde er zusammen mit Henry Dunant mit dem ersten Friedensnobelpreis ausgezeichnet.

er dadurch viele Adepten gewonnen hatte, war ihm zweifelhaft, dass er sich aber in seinen Ansichten gefestigt und seinen Gedankenhorizont erweitert hatte, dessen war er sich deutlich bewusst.

Neben der lebendigen Anregung, die er in der persönlichen Berührung mit den führenden Geistern unter den Zeitgenossen fand, vertiefte er sich auch in deren Schriften und verfolgte überhaupt alles, was von neuen wissenschaftlichen und dichterischen Erscheinungen die Welt bewegte. Dennoch: Bei all diesem leidenschaftlichen Interesse an dem Gang der Welt, bei dem Eifer, mit dem er selber versuchte, zur allgemeinen Kulturarbeit sein Scherflein beizutragen, erfasste ihn manchmal ein Gefühl von Einsamkeit und Leere. Das waren Anfälle, die zuerst nur selten sich einstellten und schnell verflogen, dann aber nach immer kürzeren Zwischenräumen wiederkehrten und immer länger anhielten. Es war, wenn es kam, eine dumpfe, beengte, schwermütige Stimmung – etwas Aussichts- und Hoffnungsloses. Der Anspruch an persönliches Glück, der sich in jedem Geschöpf regt, auch beim entsagungsvollsten Asketen, machte sich fühlbar durch unbestimmtes Sehnen, durch quälende Selbstvorwürfe. Als ob ein zweites Ich in ihm wäre, das dem anderen bitter zurief: Was gibst du alles für die undankbare Mitwelt hin – wie sorgst du für die ungeborenen Geschlechter, und wie vergisst du dabei mich und meine Rechte!

Am besten wurde Rudolf den inneren Nörgler los, wenn er sich unter Mitstrebende mengte. Und so folgte er gern der Einladung, der interparlamentarischen Konferenz beizuwohnen, welche im August 1895 in Brüssel tagte und wo das Projekt, das in der vorherigen Konferenz angeregt worden war, fertig vorgelegt werden sollte.

Zum ersten Mal war in dieser Körperschaft das Königreich Ungarn vertreten, und zwar in glänzendster Weise durch seinen berühmtesten Schriftsteller Maurus Jókai und seinen größten politischen Redner Graf Albert Apponyi.

Der Entwurf zur Einsetzung und Organisation eines ständigen internationalen Schiedsgerichtshofes – aufgesetzt vom belgischen Senator Chevalier Descamps – fand die Genehmigung der Konferenz, und dessen Versendung an alle Regierungen wurde beschlossen.

Eben wollte Rudolf dieses Ergebnis, das ihm sehr verheißungsvoll schien, seiner Mutter schreiben, als er ein Telegramm aus Grumitz erhielt:

»Komm sofort. Mutter sehr krank. Sylvia.«

Mit dem nächsten Zug fuhr er heimwärts. Die Depesche hatte ihm einen schmerzlichen Schlag versetzt; er argwöhnte, dass das Wort »sehr krank« nur eine schonende Vorbereitung auf das schon eingetroffene Schlimmste war.

Wie sehr er an seiner Mutter hing, das empfand er jetzt, da er sie verloren wähnte, mit doppelter Klarheit. Einsam hatte er sich oft gefühlt in letzter Zeit – nun begriff er erst, dass die wahre Vereinsamung erst dann sein Los sein würde, wenn diese Vertraute ihm entrissen wäre.

Würde er sie noch am Leben finden? Könnte er ihr noch einmal sagen, wie teuer sie ihm war, und ihr schwören, dass er weiterarbeiten wolle an Tillings Mission?

Es war eine traurige, bange Reise. Manchmal klammerte er sich an den Gedanken, dass sie ja wieder gesund werden und noch lange leben könne; dann aber sah er sie wieder im Sarg liegen, in die Gruft versenkt …

Als er in die Endstation einfuhr, von wo ihn noch eine halbstündige Wagenfahrt von Grumitz trennte, war seine Bangigkeit aufs Höchste gesteigert, denn hier musste er schon erfahren, ob die Schlossherrin noch lebte oder nicht. Er sprang aus dem Waggon – da stand schon ein Grumitzer Diener.

»Wie geht es ihr?«, fragte er atemlos.

»Besser, gräfliche Gnaden, besser ...«

Erleichterten Herzens und voll erneuter Hoffnung, dass dieser Besserung volle Genesung folgen werde, schwang sich Rudolf auf das bereitstehende Kutschierwägelchen und nahm selber die Zügel zur Hand.

Es war ein prächtiger Sommermittag, warm, sonnig und duftig. Der Weg führte an weiten Feldern vorbei, durch einen hochstämmigen Wald, und hinter diesem kam schon das Schloss in Sicht, zu dem eine lange Kastanienallee führte.

In der Allee kamen zwei Frauengestalten dem Wagen entgegen. Rudolf hielt an, warf die Zügel dem Diener zu und sprang vom Bock – schon von weitem hatte er die beiden erkannt: Sylvia und Cajetane.

Dass Letztere in Grumitz war, hatte er nicht gewusst, und er empfand es als eine angenehme Überraschung, sie zu sehen.

Sylvia fiel dem Bruder um den Hals.

»Gott sei Dank, Rudi – es geht viel, viel besser ... Sie ist wieder auf. Aber vorgestern, als ich telegrafierte, glaubten wir, es sei das Ende – nicht wahr, Cajetane?«

Das junge Mädchen nickte bejahend und reichte nun Rudolf die Hand. Es war eine kühle und bebende Hand.

»Ja«, sagte sie. »Es war eine furchtbare Stunde.«

Sie gingen nun eilends zum Schloss. Dabei ließ Rudolf sich erzählen, was vorgefallen war. Es war ein Herzkrampf gewesen; schon der dritte oder vierte seit ein paar Monaten. Doch während die früheren ganz leichter Art gewesen waren, hatte dieser letzte die bedrohliche Form eines Erstickungsanfalls gezeigt.

»Aber was sagt der Doktor?«

»Dass man mit einem Herzübel bei richtiger Schonung und Behandlung achtzig Jahre alt werden kann.«

Sylvia, während sie sprach, hatte sich bei Rudolf eingehängt. Jetzt erst bemerkte er, wie elend sie aussah, blass und abgemagert.

»Bist du auch krank, Sylvia?«, fragte er teilnahmsvoll.

»Nein, nur unglücklich.«

Rudolf schwieg. Er wollte den banalen Trost nicht vorbringen, dass die Zeit solche Wunden heilt. Wer Sorgen hat, empfindet solche Trostversuche beinah als Beleidigung, das wusste er; da gab es nichts anderes, als in der Tat die Zeit wirken zu lassen.

35

Martha Tilling hatte ihr Ruhebett zur offenen Balkontür schieben lassen, und hier lag sie, mit Kissen unter dem Kopf und einer Decke über dem Schoß. Von ihrem letzten Anfall war ihr eine große Mattigkeit geblieben, und trotz der Sonnenwärme fröstelte es sie.

Rudolf trat herein und eilte auf das Lager zu.

»Mutter!«

Er hatte sich neben sie gekniet, und sie drückte seinen Kopf an ihre Brust.

»Mein Rudolf ... Wie freu ich mich, dass du da bist und ich ... nicht fort bin.«

»Du wirst bald wieder ganz gesund sein.«

»Möglich ... Oder ... Nein, denken wir nicht daran. Ich bin so froh, dass du gekommen bist. Wir werden uns ja viel zu erzählen haben.«

Als Rudolf sich einige Stunden später in seinem Zimmer umgezogen hatte und in das Speisezimmer zum Dinner hinabging, fand er da außer Sylvia und Cajetane den Grafen Kolnos, der seit einigen Wochen Marthas Gast in Grumitz war. Der junge Mann empfand eine aufrichtige Freude, den älteren Freund hier zu treffen; auch wusste er, wie seine Mutter Kolnos schätzte und dass es ihr lieb sein würde, während ihrer Rekonvaleszenz dessen Gesellschaft zu genießen. Er war fest überzeugt, dass sie bald wiederhergestellt sein würde. Die Angst, sie nicht mehr vorzufinden, war so schmerzlich gewesen, dass die darauffolgende Freude eine umso intensivere war und nun keine neue Angst mehr aufkommen ließ. Die Nähe des schönen Mädchens – der Schreiberin der anonymen Briefe, das wusste er längst – trug auch dazu bei, seine Stimmung zu heben; und in wirklich froher Laune nahm er an der kleinen Tafelrunde Platz. Vergessen und verscheucht waren alle seine eigenen Kampfsorgen – nur ein eigentümliches Gefühl von Herzensbehaglichkeit erfüllte ihn.

Dieses Grumitzer Speisezimmer, was für freundliche Kindheitserinnerungen weckte das in ihm! Es war noch alles so wie vor dreißig Jahren: dieselben Gemälde mit Frucht- und Wildmotiven an den Wänden, dieselbe große silberzeuggeschmückte Kredenz aus geschnitztem Eichenholz; diese unheimlichen Vögel, Greife, mit den herabhängenden Flügeln und wie zum Schnappen offenen Schnäbeln hatten ihm stets einen ganz besonderen Eindruck gemacht – und wie einen manchmal eine schwache Erinnerung an einen Duft, an einen Geschmack durchzuckt, so durchzuckte ihn jetzt die Erinnerung daran, wie Großpapa Althaus den kleinen Jungen oft zum Dessert auf den Schoß nahm und ihm eine Frucht oder ein Bonbon gab; er sah noch den struppigen weißen Schnurrbart, den lose aufgeknöpften blauen Generalsrock ...

Alle diese Erinnerungen erhöhten die Behaglichkeit seiner Stimmung, und in heiterem Ton begann er mit den anderen zu plaudern. Aber er fand keinen Widerhall. Auf ihren Gesichtern lag ein düsterer Schatten. Sie antworteten ihm einsilbig und in gedämpftem Ton. Von Sylvia wunderte ihn dieses Gebaren nicht – sie trug ja schwer an ihrer Trauer, aber was bedrückte Kolnos und Cajetane? Sollte die Gefahr doch nicht behoben sein – wussten sie etwa von einer hoffnungslosen Prognose des Arztes?

»Warum seid ihr so traurig?«, fragte er. »Der Zustand unserer Kranken ist doch nicht mehr furchterregend?«

Kolnos seufzte:

»Die unmittelbare Gefahr scheint behoben«, antwortete er, »aber …«

»Aber was?«

»Es war ein fürchterlicher Moment vorgestern – und das kann sich wiederholen.«

Jetzt war Rudolfs momentane frohe Laune wieder verflogen. Er wurde sich neuerdings bewusst, dass der Engel des Todes diesem Haus schon sehr nahe gewesen war; hatte er doch vor wenigen Stunden selber gefürchtet, ihn hier zu finden …

Und mit diesem Stimmungswechsel tauchten jetzt auch andere Erinnerungsbilder aus seiner Grumitzer Kinderzeit in ihm auf … – nichts mehr von Spielen und Festen, sondern jene Sterbewoche des Kriegsjahres 1866, aus der sich eine Kette von Angst- und Schreckensszenen in sein Gedächtnis gegraben hatte …

Der Rest des Mahls verlief ziemlich schweigsam. Gleich nach dem Essen entfernte sich Sylvia, um bei der Mutter nachzusehen.

»Frage sie, ob jemand von uns ihr heute noch Gesellschaft leisten soll.«

Nach einer Weile kam eine Kammerjungfer und richtete aus:

»Frau Gräfin Sylvia lässt sagen, dass es der Frau Baronin viel besser geht, dass sie aber schon zu Bett gegangen ist und schlafen – heute also niemanden mehr sehen will. Frau Gräfin Sylvia bleibt bei ihr.«

Das Mädchen wandte sich zum Gehen. Cajetane rief ihr nach:

»Sagen Sie der Gräfin Sylvia, dass ich sie in der Nachtwache ablösen werde.«

»Sehr wohl, Komtess. Ich hab ohnehin schon, wie gestern und vorgestern, im Nebenzimmer für Komtess ein Bett aufgeschlagen.«

»Wie gut Sie mit meiner Mutter sind, Cajetane …«

»Weil ich sie liebe.«

Nach diesen Worten wurde das junge Mädchen feuerrot; es fiel ihr ein, dass man beim gesprochenen Wort nicht unterscheiden kann, ob das »sie« mit kleinem oder großem Anfangsbuchstaben gedacht ist, und rasch korrigierte sie sich:

»Weil ich die Baronin Tilling liebe.«

Eine Welle von Zärtlichkeit erwärmte Rudolfs Herz. Er richtete einen dankbaren Blick auf sie und drückte ihr stumm die Hand.

Sie entfernte sich bald und die beiden Männer blieben allein.

»Ein liebes Geschöpf«, sagte Kolnos, nachdem sich die Tür hinter Cajetane geschlossen hatte. »Ich weiß, welcher Trost ihre Anwesenheit hier im Hause ist ... Und sie beweist Charakterstärke, indem sie hierbleibt. Täglich erhält sie Briefe von zu Hause, wohin man sie zurückruft: Ihre Familie ist gar nicht damit einverstanden, dass sie so lange fortbleibt, und so manches andere ... Aber sie lässt sich nicht irremachen. Komm, ich schlage vor, dass wir unsere Zigarren draußen rauchen; es ist ja ein so wundervoller Abend.«

Die Fenstertüren des Speisesaals führten auf eine Terrasse, vor welcher das Blumenparterre des Parks lag. Kolnos und Rudolf traten hinaus und ließen sich in zwei Schaukelstühle nieder. Die Luft war warm; am mondlosen Himmel wimmelte es von funkelnden Sternen. Allerlei Nachtgeflüster war vernehmbar: raschelndes Laub, das Tropfen einer Fontäne, ein ferner Unkenchor und nahes Grillenzirpen; manchmal das Bellen eines Hundes vom Dorf her und aus dem Schloss, dessen Fenster meist offen standen, hin und wieder die gedämpften Töne verrichteter Hausarbeit: das Schließen von Türen, Stimmen, Schritte.

Aus den Fenstern des oberen Stocks, da, wo Marthas Zimmer lagen, drang ein Schein durch die Jalousien. Kolnos schaute hinauf:

»Es ist noch Licht bei ihr«, sagte er.

Dann nach einer Weile:

»Hier auf der Terrasse saßen wir vor einigen Tagen noch beisammen, und ich musste ihr von meiner letzten Reise erzählen. Es war vielleicht meine letzte ... Ich bin schon zu alt, um mich in fremden Zonen herumzutreiben.«

»Wo bist du diesmal gewesen?«

»Ach, lassen wir das ... Mich drängt es, dir etwas anderes zu erzählen, etwas, das weiter zurückliegt und mir in diesen letzten Tagen, am Lager deiner Mutter, das ich für ein Sterbelager hielt, wieder vor die Seele getreten ist ...«

»Was war es?«, fragte Rudolf, da Kolnos bewegt innehielt.

»Die Erinnerung an meine letzte tiefe Leidenschaft. Du sollst es wissen, Rudolf – ich habe Martha Tilling aus ganzer Seele geliebt.«

»Du? Meine Mutter?«, rief der junge Mann erschüttert. »Und sie?«

»Sie? Ach, du kennst sie ja: Sie hat dem Toten die Treue gehalten. Ich werde dich einmal den Brief lesen lassen, worin sie das Angebot meiner Hand zurückgewiesen hat.«

»Wann war denn das? Dass ich niemals eine Ahnung hatte ...«

»In der Mitte der siebziger Jahre – sie war damals fünfunddreißig Jahre alt, in der vollen Entfaltung ihrer Schönheit. Wir hatten eine Zeit lang korrespondiert anlässlich einer Gedichtsammlung, die ich veröffentlicht und worin sie einige Strophen gegen den Krieg gefunden hatte. Dann besuchte ich sie ... Die Innigkeit der Verehrung, die sie dem auf so tragische Weise verlorenen Gatten entgegenbrachte, hielt mich zurück, meiner erwachenden Leidenschaft Ausdruck zu geben. Aber wir verstanden uns in vielen Dingen so gut ... Stundenlang konnten wir miteinander sprechen über Gott und die Welt. Ich fühlte, wie in ihr Herz eine warme Freundschaft für mich einzog, und da – nach einem weiteren Jahr – wagte ich, sie zu bitten, die Meine zu werden ... Ich hätte es nicht tun sollen; ich hätte verstehen sollen, dass ich Unmögliches wollte …«

»Ja, ich kann es mir auch nicht vorstellen, dass meine Mutter ihrem – heute noch – Betrauerten jemals einen Nachfolger hätte geben können.«

»Für mich war ihre Antwort, ihr sanftes, wehmütiges aber entschiedenes Nein, ein harter Schlag. Damals unternahm ich meine erste große überseeische Reise, die mich drei Jahre von Europa fernhielt.«

»Und du kamst geheilt zurück? Ja, Zeit und Abwesenheit sind souveräne Mittel gegen Liebesschmerz.«

»Nicht immer«, versetzte Kolnos kopfschüttelnd. »Du siehst es an deiner Mutter selber. Ich habe Linderung gefunden. Meine Leidenschaft hat sich in Freundschaft verwandelt und jetzt … na, jetzt sind wir ja beide alt, und die Freundschaft ist auf beiden Seiten echt und treu. Ich kann dir nicht sagen, wie ich erschrak, als ihr so schlecht war. Sie zu verlieren, das Unglück wäre …«

Die beiden Männer blieben noch länger als eine Stunde im Gespräch. Rudolf erzählte von seinen jüngsten Unternehmungen und Erfahrungen, und daran anknüpfend besprachen sie übereinstimmend des jungen Mannes weitere Aktionspläne.

Gegen zehn Uhr zog sich Kolnos auf sein Zimmer zurück. Rudolf blieb noch eine Weile in Gedanken versunken auf der Terrasse sitzen. Dann stieg er die Treppe zum Garten hinab; er wollte noch einen kurzen Rundgang in den duftenden Laubgängen machen.

Unterdessen war Cajetane Ranegg gleichfalls von einer anderen Seite in den Garten gekommen; die herrliche Nacht hatte sie herausgelockt. In ihrem Zimmer war sie von großer Unruhe gequält worden. Das Zusammentreffen mit dem so heftig geliebten Mann hatte sie erschüttert. Morgen wollte sie abreisen ... Sie musste fliehen, wenn sie sich nicht verraten sollte. Vielleicht wusste er schon, wie es um sie stand. Die anonymen Briefe hatte er wohl durchschaut – und dennoch war er kalt geblieben; sie hatte also nichts zu hoffen, und ihr Stolz verbot ihr, sich dem Verdacht auszusetzen, dass sie ihn erobern wollte. – Also fort von Grumitz.

Dieser Entschluss verursachte ihr Schmerz, aber sie war es ihrer Würde schuldig ...

Der Veilchenduft der schönen Sommernacht erschien ihr wie der Ausdruck ihres Schmerzes. Wie Musik, so sprechen mitunter auch Düfte nach, was die Seele des Atmenden erfüllt: Sehnsucht, Zärtlichkeit, Trauer.

Um die Biegung eines dunklen Weges stießen die beiden Lustwandelnden aneinander.

»Oh, Cajetane – noch auf?«

Ihr Herz schlug heftig.

»Ja, ich ... Es ist eine so schöne Nacht ...«

»Wundervoll ...«

Er schob ihren Arm unter den seinen, als ob es ganz selbstverständlich war, dass sie nun miteinander weiterpromenieren sollten.

Ein Glücksschauer durchrieselte das junge Mädchen, dennoch hielt ihre Wehmut an, denn sie wusste ja, dass sie hoffnungslos liebte.

Rudolf begann von seiner Mutter zu sprechen. Das war doch die Frage, die ihn jetzt am meisten erfüllte: Würde das Übel überwunden werden oder nicht? Und das Bewusstsein, dass das Mädchen an seiner Seite von treuer Anhänglichkeit an die Kranke beseelt war, machte sie ihm lieb und wert – mehr noch als die Kenntnis ihrer Schwärmerei für ihn. Er drückte ihren Arm an sich und blieb stehen.

»Liebe Cajetane«, begann er innig.

Es war ihm ganz warm ums Herz. Aber nein: Falsche Hoffnungen durfte er ihr nicht machen. Gewaltsam riss er sich aus der zärtlichen Stimmung heraus, und wieder weitergehend sagte er im veränderten Ton:

»Wir müssen jetzt ins Haus zurück ... Ich will noch einmal oben nachfragen. Und Sie? Bleiben Sie noch draußen?«

Sie ließ seinen Arm los.

»Ja, ich bleibe noch ... Gute Nacht.«

»Also bis morgen.«

Er schüttelte ihr die Hand und entfernte sich rasch.

Cajetane wandte sich um und verlor sich in die dunklen Laubgänge. Der Veilchenduft war jetzt noch viel beredter als zuvor. Das kurze Erlebnis hatte die Stärke ihrer Gefühle verdoppelt: doppelt verliebt und – doppelt unglücklich.

Martha verbrachte eine gute, ruhige Nacht. Am folgenden Tag fühlte sie sich so gekräftigt, dass sie ausgehen wollte; das ließ aber der Arzt nicht zu; sie durfte sich nicht anstrengen.

Um zwei Uhr nahm sie am Mittagessen im Speisezimmer teil; das Mahl wurde begangen wie eine Genesungsfeier. Cajetane aber fehlte dabei; sie war am Mittag nach Raneggburg zu ihren Eltern zurückgekehrt.

Als Rudolf von dieser Abreise erfuhr, war er unangenehm betroffen; doch die Freude über die sichtliche Besserung seiner geliebten Kranken ließ die Missstimmung nicht aufkommen. Die Idee, Raneggburg einen Besuch abzustatten, flog ihm durch den Sinn ... Er fragte:

»Warum ist sie so plötzlich abgereist? Ist etwas geschehen?«

»Oh, Ihre Mutter begehrte schon lange nach ihr. Sie sollte schon vor einigen Tagen fort und blieb nur wegen meiner Erkrankung ... Und da es mir jetzt wieder gut geht ...«, sagte Martha laut.

Leise fügte sie aber hinzu:

»Sie flieht vor dir.«

Im Laufe des Nachmittags besuchte Rudolf seine Mutter auf ihrem Zimmer.

Sie war allein. Wieder lag sie auf der Chaiselongue, denn es hatte sie plötzlich eine große Mattigkeit befallen und ein leiser Schmerz in der Herzgegend hatte sie gemahnt, dass der überstandene Anfall sich wiederholen könnte.

»Nun, wie geht's?«, rief Rudolf eintretend in munterem Ton.

»Ach, leidlich ... Schön, dass du kommst – ich habe dir viel zu sagen.«

»Streng dich nur nicht an mit Reden.«

Er schob einen anderen Sessel herbei und setzte sich seitlich zu Füßen der Chaiselongue.

»Ich möchte sprechen von dem, was nach meinem Tode …«

»Nein, nein, das verbitte ich mir«, unterbrach Rudolf ungestüm. »Du bist wieder gesund – ans Sterben brauchst du nicht zu denken und ich will nichts davon hören.«

»Sei doch vernünftig!«, bat Martha. »Du kannst dir nicht vorstellen, wie quälend mir jener Moment war, den ich für das Ende hielt – weil du nicht an meiner Seite warst und ich dir nicht alles sagen und von dir nicht hören konnte, was wir zwei uns zum Abschied zu sagen hätten ... Damit also solche Qual nicht wiederkomme, lass uns die gegenwärtige Stunde nutzen, in der du bei mir bist und in der ich die Kraft habe zu sprechen. Du wirst ja wieder von hier abreisen: Auch dir wird es eine Genugtuung sein, dass wir nicht auseinandergerissen worden sind, ohne uns gesagt zu haben, was zu sagen war. Also reden wir jetzt, als wäre es meine letzte Stunde ... Wir sind doch zwei vernünftige Menschen, Rudolf – wir wissen, dass der Tod, wenn er einmal angeklopft hat, bald wirklich zu kommen pflegt ... Und wir wissen auch, dass sein Kommen oder Wegbleiben nicht dadurch bestimmt wird, ob man von ihm spricht oder nicht. Wir beiden haben schon schlimmeren Todesfällen ins Gesicht geschaut, mein armer Sohn, als es der meine wäre! Ich habe meine Laufbahn vollbracht ... Es ist Abend – ich fürchte mich nicht vor der Nacht.«

Sie nahm vom nebenstehenden Tischchen ein mit Limonade gefülltes Glas und tat einen tiefen Zug.

»So sprich, Mutter, ich höre«, sagte Rudolf ehrerbietig.

»Ich bitte dich – es ist meine letzte, höchste Bitte: Lass niemals nach in dem Werk, das du begonnen hast ... Wenn du viele Enttäuschungen erlebst, wenn du auch wahrnimmst, dass der eingeschlagene Weg nicht der richtige war, versuche einen anderen – nur das Ziel verliere nicht aus den Augen! Es handelt sich ja um so Großes, so unausdenkbar Großes, um nichts Geringeres als das Glück der Welt anstelle ihres Elends.«

Bei den letzten Worten, die sie mit vor innerer Erregung bebender Stimme gesprochen hatte, hatte sie sich ein wenig erhoben. Jetzt lehnte sie sich wieder ganz zurück und fuhr in ruhigerem Ton fort:

»Man sollte meinen, wenn man diese Welt verlässt, dass es einem gleichgültig sein müsste, wie die Zukunft der künftigen Geschlechter sich entwickelt. Das ist aber nicht der Fall, wenigstens nicht bei mir. Die Sehnsucht nach besseren Zeiten für unsere Enkel – wenn ich ja auch keine Enkel mehr habe – brennt mir hier auf meinem Totenbett ...«

Rudolf machte eine Bewegung.

»… brennt mir ebenso heiß auf der Seele wie in der Zeit jugendlicher Lebenskraft, da man noch hoffen konnte, jene Zukunft selber zu erleben. Das muss ein Naturtrieb sein, diese Sorge um ein Jenseits des eigenen Lebens.«

»Das tun die Gläubigen auch, die auf einen Himmel hoffen.«

»Ja, die erhoffen aber diesen Himmel für ihr eigenes Ich – außerhalb der Erde und außerhalb der Menschen. Solchen ist gewöhnlich die Zukunft der Gesellschaft ganz gleichgültig und sie arbeiten nicht dafür. Ich aber glaube an ein allgemeines, nicht individuelles ewiges Leben, ein Leben, an dem wir alle gleichermaßen teilhaben. Das kommende Jahrhundert wird die krieglose, die endlose Zeit bringen, und nur die, welche das herbeiführen helfen, sind auf dem richtigen Weg – mögen sich ihnen tausend Hindernisse entgegenstemmen, mögen sie verkannt, verspottet, vernichtet werden, ihre

Arbeit baut das Kommende auf. Überdauern sie den Ansturm der Gegenkräfte, so können sie ihren Sieg noch sehen. Dir, Rudolf, kann es beschieden sein, du bist noch jung.«

»Ich sehe schon heute, Mutter, dass jener Bau sich zu erheben beginnt, zu dem ich einzelne, verschwindend kleine Steinchen beitrage und solange ich lebe beitragen werde.«

»Danke, mein Kind. Und noch eins: Glaube nicht, dass ich – eine Art weiblicher Abraham – meinen Sohn einem fremden Wohl opfern will. Ich sehe im Gegenteil, dass dir die höchste Genugtuung winkt, wenn du dich dem Geist der wachsenden Kultur verbündest, wenn du ausharrst als Streiter der Güte. ›Die Zukunft gehört der Güte‹ – das Wort stammt von Tilling. Aber damit die Güte zur Eroberin werde, zur Welteroberin, dazu braucht sie ihre kraftvollen Helden. Mögest du ein solcher sein! Dabei aber sollst du nicht geopfert werden. Die Arbeit am Glück anderer schließt das eigene Glück nicht aus.«

»Tilling war glücklich«, sagte Rudolf nachdenklich.

»Ja – und auch ich. Weißt du, Rudolf, du solltest … – Doch nein, ich will nicht diese Stunde missbrauchen, um dir etwas aufzuzwingen, wozu dein eigenes Herz dich nicht drängt ...«

»Ich verstehe, worauf du hinauswillst – Cajetane ... Was meintest du, als du bei Tisch sagtest, sie sei vor mir geflohen?«

»Sie ahnt, dass du von ihrer Liebe weißt, und dabei weiß sie, dass du nicht an sie denkst – also meidet sie deine Nähe, aus Stolz und aus Furcht. Sie liebt und bewundert dich so sehr, dass sie ganz aufgehen würde in deinem Tun und Streben ... Davon ist ihr nichts mehr fremd. Nicht weiß sie alles auswendig, was du geschrieben und gesprochen hast – alle Berichte über deine Vorträge besitzt sie

–, sie ist auch durch meine Schule gegangen. Ich habe sie in unsere Ideale eingeweiht. Du hast auf der ganzen Welt keine verständnisvollere und begeistertere Anhängerin als sie, Rudolf. Doch genug – ich darf in dieser Stunde keinen Druck auf deine Entscheidungen ausüben, wenigstens in dieser Richtung nicht. Da habe ich noch eine andere Bitte als Sterbende an dich: Nimm dich unserer Sylvia an – sei ihr eine Stütze! Sie wird sich erholen – aber jetzt darf man sie ihrem Grübeln nicht überlassen. Nimm dich ihrer an.«

»Ich verspreche es.«

»So, und jetzt« – Martha erhob sich wieder in sitzende Lage – »jetzt kehre ich wieder zu den Lebenden, den vielleicht noch lange Lebenden zurück. Ich will gesund werden.«

Rudolf umarmte sie:

»Das hoffe ich zuversichtlich, Mutter!«

Am nächsten Tag, als Mutter und Sohn wieder allein waren, kamen sie auf die Themen zurück, die gestern besprochen worden waren – diesmal aber ohne Pathos, in familiärem Ton.

»Ich fühle mich heute wirklich viel besser«, sagte Martha. »Vielleicht wird's noch ganz gut.«

»Aber gewiss!«

»Weißt du, obgleich ich das Sterben nicht fürchte, das Leben ist mir doch noch lieb. Es ist – abgesehen von seinen Freuden, die ja mit seinen Sorgen abwechseln – an sich doch so interessant. Wenigstens fünf Jahre will ich noch leben.«

»Warum gerade fünf?«

»Weil da ein neues Jahrhundert eintritt und die Menschen dann vielleicht …«

»Ach, das hoffe ich nicht«, unterbrach Rudolf kopfschüttelnd. »Die Natur macht keine Sprünge – die Zivilisation auch nicht. Sag mir, Mutter, um von näherliegenden Dingen zu reden: Du wolltest mir keinen bindenden Wunsch aussprechen in Bezug auf …«

Er stockte.

»Nun?«

»Auf Cajetane. Aber sag: Würdest du es wünschen?«

»Oh, wie sehr!«

»Warum?«

»Schon damit sich dein Adel fortpflanzt …«

»Mein Adel? *Darauf* legst du Wert?«

»Missversteh mich nicht. Nicht an den gräflichen Adel denke ich – sondern an deinen Rang als Edelmensch. Auch dieses Wort stammt von Tilling, erinnerst du dich? Und so wie du den Rang von Tilling übernommen hast, so könntest du ihn einst einem Sohn übertragen. Den Stamm derer fortsetzen, die den Mut haben, das Rechte, das sie sehen, auch zu ergreifen – du würdest ja deine Kinder danach erziehen.«

»Schon wieder denkst du an ferne Generationen? Einstweilen trachte ich danach, erziehend auf meine Zeitgenossen zu wirken – die mich hören und die mich lesen; und vor allem auf mich selber. Ich fühle, dass ich in einem fort mich entwickle und dass ich noch sehr viel zu lernen und an mir zu formen habe. Man muss beständig auf seine innere Stimme horchen – man muss danach trachten, sein inneres Wesen von allen äußeren Hindernissen zu befreien.«

»Man darf kein Kompromissmensch sein, willst du sagen?«

Die Unterhaltung wurde durch das Hinzukommen von Kolnos und Sylvia unterbrochen. Kolnos überbrachte die eben eingelangten Postsachen und setzte sich damit zu Martha, um ihr, wie es in den letzten Wochen zur Gewohnheit geworden war, aus den Zeitungen vorzulesen.

Rudolf nutzte das, um seine Schwester in eine andere Ecke des Zimmers zu führen.

»Komm, Sylvia, lass uns ein wenig plaudern; wir haben eigentlich gar nicht Gelegenheit gehabt – ich wollte, dass du mir dein Herz ausschüttest.«

Unterdessen sah Martha ihre Briefe durch. Sie gab zwei davon Kolnos.

»Lesen Sie mir das vor, es wird Sie interessieren.«

Er las:

»Krasnoje Poljana, den –...

Auf die Gefahr hin, liebe Baronin, Sie zu langweilen, indem ich wiederhole, was ich so oft in meinen Schriften – und ich glaube, auch Ihnen schon – gesagt habe, kann ich mich nicht enthalten, es noch einmal auszusprechen: Je älter ich werde und je mehr ich über die Frage des Krieges nachsinne, desto mehr bin ich überzeugt, dass die einzige Lösung der Frage in der Weigerung der Bürger läge, Soldaten zu werden. Solange jeder Mann im Alter von 20, 21 Jahren seiner Religion – nicht nur das Christentum, sondern auch das mosaische Gebot ›Du sollst nicht töten‹ – abschwören und versprechen muss, alle niederzuschießen, die sein Chef ihm befiehlt – auch die Brüder und Eltern –, so lange wird der Krieg dauern und immer grausamer werden. Auf dass der Krieg verschwinde, tut nur das eine not: Die Wiederherstellung der wahren Religion und damit der menschlichen Würde. Man muss den Leuten zeigen, dass sie selber es sind, die das Leid des Krieges hervorbringen, indem sie den Menschen mehr gehorchen als Gott.

Leo Tolstoi.«

»Was sagen Sie dazu?«, fragte Martha. »Halten Sie das von Tolstoi angegebene Mittel wirklich für das einzige?«

»Ich glaube überhaupt nicht an einzige Mittel«, antwortete Kolnos. »Eine so tausendfach verschlungene Sache, wie eine alte Institution es ist, die muss auch von tausend verschiedenen Seiten angegriffen werden, um zu weichen. Und dann, wer kann den Einzelnen zwingen, hinzugehen und als Märtyrer zu sterben? Auch die Sklaverei ist nicht dadurch aufgehoben worden, dass die Sklaven sich widersetzten ...«

Darauf las Kolnos den zweiten Brief:

»*Aulestad, Norwegen.*

Sie fragen mich, wie ich mir die Zukunft der Friedenssache denke? Immer im Bilde des Sonnenaufgangs. Für uns Nordländer kann der Sonnenaufgang so viel mehr bedeuten als für Südländer – bisweilen erwartet und begrüßt wie ein Wunder. Die Finsternis war so erdrückend lang, die Stille unheimlich, die erste Glut über den Felsenspitzen so trügerisch ... Es dauert und dauert und wächst, aber – keine Sonne! Auch wenn der Himmel schon hoffnungsvoll erstrahlt – noch immer keine Sonne! Und es ist kalt – eigentlich kälter als früher, denn die Fantasie ist ungeduldig geworden.

Da, auf einmal wie ein Blitz mitten in unsere Betrachtung hinein, die so lange verkündete Majestät selber! So stark, so bezwingend, dass die Augen sie nicht ertragen. Wir wenden den Blick zur

Landschaft, die schon lange beseelt war, ohne dass wir es merkten, in die Luft, die schon lange erhellt war, ohne dass wir es wahrnahmen. Alles, alles, bis hinab in die Tiefen und bis hinauf in die Höhen ist besonnt, klar, vollendet – von Wärme erfüllt, von Tönen durchzogen …

So, meine ich, geschieht es uns. Wir merken in unserer Sehnsucht nicht, was sich vollzieht – wie nahe schon die große Sonne des Weltfriedens ist. Es kommt etwas, das es bringt, wie ein Wunder. Aber es ist kein Wunder, wir sehen nur nicht in unserer Ungeduld, wie alles dafür vorbereitet war.

Ihnen, liebe Frau, viele Grüße

Bjørnstjerne Bjørnson.«

Unterdessen hatte Rudolf seine Schwester neben sich auf ein kleines Sofa setzen lassen. Er schaute sie voll besorgter Teilnahme an. Sie war so blass, und die zarten Züge gar so schmal.

»Nun, sag, wirst du nicht wieder aufblühen? Du bist kaum achtundzwanzig – was kann dir das Leben noch alles bieten!«

»Nichts.«

Und nach einer kleinen Pause:

»Hast du den ›toten Stern‹ gelesen, Rudolf?«

»Ja. Aber so denk doch nicht immer an den Verlorenen. Ich weiß, dass dich ein harter Schlag getroffen hat. Aber du darfst dich deinem Kummer nicht so standhaft hingeben, Sylvia. Nimm dir nicht die unverbrüchliche Totentreue unserer Mutter als Beispiel. Du hast kein gleiches Recht dazu. Wenn man jahrelang mit einem geliebten Wesen verbunden ist, wenn man mit ihm eins gewesen ist, Glück und Unglück geteilt hat – dann nur ist das lebenslängliche

Nachtrauern erlaubt. Aber du und Hugo? Glaubst du, wenn er dich verloren hätte, dich, die er nie besessen hat –, hätte da nicht schon nach kurzer Zeit eine neue Liebe seinen Dichtersinn erfüllt?«

»Du tust mir weh, Rudolf.«

»Verzeih – eine rettende Hand muss manchmal rau zugreifen.«

»Mir fehlt Cajetane – die hatte eine so zarte Art, mit meiner wunden Seele umzugehen ... Dass sie so plötzlich abgereist ist, macht mich böse auf dich!«

»Warum auf mich? Hab ich deine Freundin verjagt?«

»Oh, du weißt das ganz gut ...«

Ja, er wusste. Und ihr Wunsch, dass die Geflohene da wäre, erfasste auch ihn. Am liebsten hätte er zu Sylvia gesagt:

»Schreib ihr, damit sie wiederkommt.«

Aber er hielt sich zurück.

36

Mitternacht. Martha war mehrere Tage so wohl und kräftig gewesen, dass sie selber und auch ihre Umgebung es nicht mehr für nötig befunden hatten, dass jemand bei ihr wachte, und so war sie allein in ihrem Schlafzimmer.

Sie fand aber keinen Schlaf und auch keine Ruhe. Eine eigenartige Beklemmung schnürte ihr die Kehle zu und eine eigenartige Bangigkeit beschlich ihr Gemüt. Sie machte Licht und setzte sich im Bett auf. Die liegende Stellung hielt sie nicht aus.

Sollte sie nach der nebenan schlafenden Jungfer klingeln? Nein – wozu? Sie brauchte ja nichts. Nur Luft. Die konnte sie sich selber verschaffen, wenn sie das Fenster öffnete.

Sie schlüpfte in ihre Pantoffeln und in einen auf dem Sessel neben dem Bett liegenden weiten, weichen Schlafrock und ging sachten Schrittes zu dem Fenster, dessen Flügel sie aufschlug.

Eine frische, nach Sommerregen duftende Luft kam hereingeströmt. Man hörte das Klatschen der dicht fallenden Tropfen auf das Laub und das Rieseln aus einer Dachrinne. Martha atmete in tiefen Zügen die feuchte kühle Luft ein und die Brustbeklemmung wich; die Gemütsbangigkeit aber blieb. Die Dunkelheit, das eintönige Geplätscher und selbst der starke Regengeruch hatten etwas so Melancholisches ... Ach nein, die Melancholische war sie selber, nicht die feuchte Sommernacht – und jetzt wusste sie auch, was die Ursache ihres Bangens war: der Gedanke an das Gestorben-, das Begrabensein ...

Sie machte das Fenster wieder zu, nahm das Licht und ging durch die offen stehende Tür in ihr angrenzendes Schreibzimmer, wo alle ihre geliebten Reliquien waren und an allen Ecken und Enden die Andenken und Bilder Tillings standen und hingen. Hier wollte sie nun recht gründlich an den Tod denken – hier Abschied nehmen von ihren Erinnerungen und Abschied von sich selbst.

Sie warf sich in den Lehnstuhl vor dem Schreibtisch und rückte das Licht so, dass sein Schein auf die große Fotografie Tillings fiel, die in einem Rahmen auf dem Tisch stand.

»Mein Friedrich!«

Langsam und heiß rannen die zwei Tränen, die ihr ins Auge getreten waren, über die Wangen herab.

Dann aber weinte sie nicht mehr. Nicht um zu trauern hatte sie sich hierhergesetzt; denken wollte sie, sich noch einmal vergegenwärtigen, was sie mit ihrem Sohn gesprochen hatte; ob sie denn auch alles Wesentliche gesagt hatte. Nein, lange nicht alles. Was auch immer im Leben sie gesprochen oder geschrieben hatte über die große Sache, die ihr auf dem Herzen lag, stets war ein Rest geblieben; stets war das am heftigsten Empfundene, das am klarsten Erkannte nicht ausgedrückt worden.

Vorhin, im Dunkeln, als sie im Bett lag und ein krampfhaftes Zusammenziehen ihres Herzens sie aus halbem Schlaf aufgeweckt hatte, da war ihr mit einem einzigen Gedanken ein volles Verständnis aufgeblitzt für den ganzen Jammer der sich gegenseitig bedrohenden Menschheit und gleichzeitig für die Erhabenheit des Ziels, solchen Jammer zu verscheuchen, für die einfache Erreichbarkeit des Ziels – so intensiv schmerzlich, was den Jammer, so freudig hell, was die Rettung betrifft, dass sie meinte, jetzt müsse sie auch die Formel finden ... Aber während sie danach mit den Gedankenfühlern tastete, war der ganze Bewusstseinszustand entschwunden.

Jetzt, wo sie so dasaß, versuchte sie, sich ihn zurückzurufen – vergebens, andere Gedanken drängten sich heran: Sylvia, Cajetane ... Und mit aller Gewalt, wie immer, wenn sie so seelisch erregt war, eine Flut von Erinnerungen an ihren Verlorenen – aneinandergereiht all die Bilder der an Glück und Schmerz so reichen Ehezeit ... Würde es sich leichter sterben, wenn er noch da wäre? Wenn sie in der letzten Stunde den Kopf an seine Brust lehnen könnte? Die arme, vor mehr als zwanzig Jahren zerschossene, längst verweste Brust ...

Sie nahm Tillings Bild in die Hand. Dass sie beide einst so glücklich gewesen waren, dass sie einander so geliebt hatten, das war eine untilgbare Wirklichkeit. Untilgbar auch die Idee, deren Obhut er ihr übergeben und die sie nun in die Obhut ihres Sohnes gelegt hatte. Wieder strengte sie sich an, eine geeignete Wortformel zu finden, in der sich jene Ideen einkapseln ließen wie kostbare Tropfen Lebenselixiers in ein goldenes Fläschchen …

Draußen regnete es immer heftiger. Es hatte sich nun auch ein Wind erhoben, der den Guss an die Scheiben peitschte und sich pfeifend in die Kamine warf. Die klagenden Töne rissen Martha aus ihrem Sinnen heraus und verstärkten ihr Bangigkeitsgefühl ... Sollte sie doch rufen? Ihre Kinder würden ja herbeieilen, sie zu beruhigen, zu trösten ... Nein, wozu ihren Schlaf stören, ihnen überflüssig Angst bereiten?

Die moralische Bangigkeit ging wieder in physische Beklemmung über. Ein heftiger Schmerz in der Herzgegend steigerte sich zu Atemnot, und lautes Stöhnen entrang sich ihrer Brust.

Die Jungfer, die durch das Heulen des Windes schon früher erwacht war und unter der Tür den Lichtschein sah, hörte jetzt dieses Stöhnen und eilte ihrer Herrin zu Hilfe. Sie fand sie nach Atem ringend, und nun geschah, was Martha so gern vermieden hätte, das Haus wurde alarmiert.

Der Anfall dauerte aber nicht lange; bald lag Martha ganz ruhig atmend und schmerzbefreit auf ihrem Bett, um das ihre Kinder und die anderen standen.

Der herbeigeholte Arzt des Ortes bat, man möge nach dem Wiener Professor telegrafieren, und es wurde ein reitender Bote geschickt. Ebenso hatte Sylvia sofort an Cajetane eine Depesche gesendet.

Nach einer Stunde schlief Martha ein.

Schlief ein und erwachte nicht wieder.

Ein Herzschlag hatte ihrem Leben ein sanftes Ende gemacht.

Mit demselben Zug wie der Wiener Arzt war am folgenden Nachmittag Cajetane Ranegg in Grumitz angekommen. Schon auf der Station erfuhren beide, dass alles vorüber war.

Schluchzend betrat das junge Mädchen das Sterbezimmer und stürzte zum Lager der Toten, an deren Seite Rudolf kniete. Sylvia saß in einiger Entfernung, das Gesicht in den Händen vergraben.

Rudolf stand auf und trat auf Cajetane zu. Ein Strom von Zärtlichkeit überflutete sein wundes Herz; er umschlang ihre Gestalt und weinte an ihrer Schulter.

»Sie hat dich unendlich liebgehabt, Cajetane«, sagte er.

Dass er mit diesem »Du« und mit dieser Umarmung sich verlobte, das fühlte er. Doch er fühlte es wie einen lindernden Trost, wie die Erreichung eines Hafens.

Am nächsten Abend – bei der Toten wachten Sylvia und Kolnos – ging das Brautpaar in denselben Laubgängen auf und nieder wie neulich am Vorabend von Cajetanes Abreise.

Wieder dufteten die Veilchen so stark, aber diesmal hauchten sie dem jungen Mädchen ganz andere Dinge zu als neulich – sie erzählten von unverhofftem Liebesglück und von düsterer Totenklage.

So wie damals schob er ihren Arm unter den seinen.

»Wir haben einen Lieblingswunsch der Verlorenen erfüllt, Cajetane«, sagte er.

Sie erschrak.

»Wie? Vielleicht nur deshalb? Nur um ihren letzten Willen zu erfüllen?«

Er schüttelte den Kopf.

»Sie hat nichts befohlen. Sie wusste nur, was mir guttut. Doch eines hat sie mir auferlegt und habe ich ihr geschworen: meinem Lebenswerk treu zu bleiben. Bist du auch dazu bereit?«

»Ja, das bin ich.«

»Weißt du, dass du dazu verzichten musst auf deine ganze gewohnte Umgebung, auf den Beifall der Deinen, auf die Gemeinschaft mit ihnen?«

»Ja, das weiß ich.«

»Du wirst mich begleiten müssen in andere Länder – und wer weiß, nicht nur als freiwillige Reise, es ist ja alles möglich. Vielleicht verkennt und verfolgt man mich und weist mich aus.«

»Alles will ich mit dir teilen: auch die Verbannung, auch das Gefängnis – selbst den Tod.«

Er blieb stehen.

»Vielleicht den Sieg, Geliebte«, sagte er und drückte sie an sein Herz.

ENDE